BIBLIOTECA

MARY HIGGINS CLARK

MARY HIGGINS CLARK

Nacida en Nueva York en el seno de una familia de origen irlandés, Mary Higgins Clark está considerada como la reina indiscutible del género de misterio. Desde que en 1964 iniciara su carrera literaria, el reconocimiento de crítica y público a su talento ha sido unánime. Su capacidad para crear la intriga así como la extrema habilidad que demuestra para elaborar complejas redes y mantener al lector en continua tensión han cautivado a millones de personas. Entre los numerosos galardones que ha recibido destaca el Grand Prix de Littérature de Francia, que le fue otorgado en 1980.

LA CUNA CAERÁ

La ayudante del fiscal Kathleen DeMaio estaba lejos de imaginar que aquella fugaz visión le iba a traer funestas consecuencias. Desde la habitación del hospital Westlake donde se recupera de un leve accidente automovilístico, observa cómo un desconocido esconde el cadáver de una mujer en el maletero de un coche. Un fatal descubrimiento que la convertirá en el blanco de una compleja intriga médica, precisamente cuando su vida corre peligro si no es intervenida quirúrgicamente... en el hospital Westlake.

MARY HIGGINS CLARK

LA CUNA CAERÁ

Traducción de
Clara Janés

CÍRCULO DE LECTORES

A Ray, siempre con amor

¡Junto a mí envejece!
Aún nos queda por vivir lo mejor,
el final de la vida para lo cual surgió su
[comienzo.

Robert Browning

... pues algunos pacientes, aunque tienen conciencia de que su estado es peligroso, recuperan la salud gracias a la alegría que les brinda la bondad del médico.

Hipócrates

NOTA DE LA TRADUCTORA: El título de esta novela está tomado de una canción infantil inglesa que dice: «Cuando la rama se rompa, la cuna caerá».

I

Si no hubiera estado pensando en el caso que acababa de ganar, Katie no habría tomado la curva con tanta rapidez. La intensa satisfacción que le había producido el veredicto de culpabilidad aún la absorbía. Había sido un caso difícil. Roy O'Connor era uno de los principales abogados defensores de Nueva Jersey. El tribunal había suprimido la confesión del acusado, un golpe muy importante para la acusación, pero así y todo se las arregló para convencer al jurado de que Teddy Copeland fue el hombre que asesinó perversamente a la anciana de ochenta años, Abigail Rawlings, durante un intento de robo.

Margaret, la hermana de miss Rawlings, se hallaba en el tribunal para escuchar el veredicto y después fue a ver a Katie:

–Estuvo maravillosa, mistress DeMaio –dijo–. Parece usted una joven colegiala. Nunca creí que lo lograría. Pero cuando habló, probó cada uno de sus argumentos e hizo que los miembros del jurado sintiesen lo que el asesino le hizo a Abby. Y ahora, ¿qué sucederá?

–Con su historial, es de esperar que el juez decida enviarle a prisión para el resto de su vida –contestó Katie.

–Gracias a Dios –añadió Margaret Rawlings.

Sus ojos, nebulosos y apagados por la edad, se llenaron de lágrimas. Y mientras se los secaba en silencio, añadió:

–Echo mucho de menos a Abby. Solo quedábamos nosotras dos y no puedo quitarme de la cabeza todo el miedo que habrá pasado. Hubiera sido terrible que el criminal se hubiese salido con la suya.

«Pero no se salió con la suya.»

El recuerdo de estas palabras hizo que Katie se distrajese y apretara más el acelerador. El súbito aumento de la velocidad al coger la curva provocó que el coche patinase sobre la carretera helada.

–¡Oh, no!

Se aferró al volante, frenética. Aquella carretera vecinal estaba oscura, el coche se saltó la línea divisoria y empezó a girar. La mujer vio luces que se acercaban, a lo lejos.

Aunque hizo todas las maniobras posibles con el volante, no pudo controlar el coche. Se dirigía hacia el arcén de la carretera, pero este también estaba helado. Como un esquiador a punto de saltar, el coche se detuvo un instante en el borde del arcén, y las ruedas giraron antes de inclinarse hacia los campos boscosos. Frente a ella había una mancha oscura: un árbol. Katie sintió el desagradable choque del metal penetrando la corteza. El coche tembló y su cuerpo fue proyectado contra el volante y, luego, hacia atrás. Katie se cubrió la cara con los brazos, intentando protegerse de los fragmentos del cristal, que se había roto con el golpe. Un dolor agudo y penetrante le traspasó las muñecas y las rodillas. Los faros y las luces del cuadro de mandos se apagaron. Una oscuridad aterciopelada y negra se cerraba sobre ella mientras, desde un sitio sin identificar, lejos, oía una sirena.

Oyó el sonido de la puerta de un coche y percibió una corriente de aire frío.

–¡Dios mío! ¡Es Katie DeMaio!

Conocía aquella voz: pertenecía al agradable y joven policía Tom Coughlin, quien había sido testigo del juicio, la semana pasada.

–Está inconsciente.

Katie trató de protestar, pero sus labios eran incapaces de formar palabras; tampoco podía abrir los ojos.

–Le sale sangre del brazo. Parece como si se hubiese seccionado una arteria.

Notó que alguien le sostenía el brazo y que algo duro apretaba el miembro.

Oyó una voz diferente.

–Puede que tenga heridas internas, Tom. Estamos muy cerca del hospital Westlake. Voy a pedir una ambulancia. Tú quédate con ella.

Flotaba, flotaba. «Estoy bien, solo que no puedo ponerme en contacto contigo.»

Unas manos la elevaron y la colocaron en una camilla; sintió cómo la cubrían con una manta, mientras la escarcha le insensibilizaba el rostro.

Se la llevaban. Un coche se movía, no era una ambulancia. Se abrían y cerraban puertas. «Si solo pudiese hacerles comprender... Puedo oíros, no estoy inconsciente...»

Tom daba su nombre:

–Kathleen DeMaio. Vive en Abbington. Es ayudante del fiscal. No, no está casada. Es viuda. Es la viuda del juez DeMaio.

La viuda de John.

Un espantoso sentimiento de soledad. La oscuridad empezó a retroceder y una luz brilló ante sus ojos.

–Ya vuelve en sí. ¿Qué edad tiene, mistress DeMaio?

Era una pregunta muy práctica y muy fácil de contestar. Y por fin pudo responder:

–Veintiocho.

Le quitaban el torniquete que Tom le había puesto alrededor del brazo. Le cosían la herida del brazo e intentó no pestañear al ver las agujas del dolor.

Rayos X. El doctor de urgencias.

–Ha habido mucha suerte, mistress DeMaio. Ha recibido unos golpes bastante malos, pero no hay ninguna fractura. Le vamos a hacer una transfusión. Ha perdido mucha sangre. No se asuste. Todo irá bien.

–Es solo que...

Se mordió el labio. Volvió a la realidad y se las arregló para detenerse antes de dejar escapar aquel terrible, razonable y pueril miedo que tenía a los hospitales.

Tom le preguntó:

–¿Quiere que llamemos a su hermana? Tendrá que quedarse aquí toda la noche.

–No. Molly acaba de pasar la gripe. Todos la han tenido en casa.

Su voz era tan débil que Tom tuvo que inclinarse para poderla oír.

–De acuerdo, Katie. No se preocupe de nada. Haré que saquen su coche de la cuneta.

La llevaron en una camilla hasta una sección rodeada de cortinas del pabellón de urgencias. La sangre empezó a gotear a través de un tubo que tenía fijo en el brazo derecho. Entonces comenzó a sentir que la cabeza se le despejaba. El brazo izquierdo y las rodillas le dolían mucho. Todo el cuerpo le dolía. Estaba en un hospital. Estaba sola.

Una enfermera le alisaba el cabello quitándoselo de encima de la frente.

–Se pondrá bien, mistress DeMaio. ¿Por qué llora?

–No estoy llorando.

Pero sí estaba llorando.

En camilla la llevaron hasta una habitación. La enfermera le dio una píldora y un vasito de papel lleno de agua.

–La ayudará a descansar, mistress DeMaio.

Katie tenía la plena seguridad de que se trataba de una píldora para dormir. No la quería. Le haría tener pesadillas. Pero era mucho más fácil no discutir.

La enfermera apagó la luz. Sus pisadas se fueron haciendo cada vez más suaves a medida que se alejaban del cuarto. La habitación estaba fría. Las sábanas de hospital, ¿producían siempre aquella sensación?

Katie se dejó arrastrar por el sueño, a sabiendas de que la pesadilla era inevitable.

Pero esta vez tomó un aspecto diferente. Estaba en una montaña rusa, que subía y subía cada vez más y más alto y Katie no podía pararla aunque lo intentaba por todos los medios. Entonces la vagoneta tomó una curva, se salió de los raíles y empezó a caer. Se despertó temblando justo antes de que la vagoneta tocase el suelo.

La escarcha cubría las ventanas. Se incorporó vacilante. La ventana estaba un poquitín abierta y el aire hacía que la cortina oscilase. Por eso la habitación era tan fría. Cerraría la ventana, descorrería las cortinas y quizás así podría dormir. Por la mañana regresaría a casa. Odiaba los hospitales.

Tambaleándose, caminó hasta la ventana. La bata de dormir del hospital que le habían dado apenas le llegaba a las rodillas. Tenía las piernas frías. Y aquella escarcha... Y cada vez se mezclaba con más lluvia. Se recostó en el alféizar y miró hacia fuera.

Por el aparcamiento corrían grandes chorros de agua.

Agarrándose a la cortina, Katie miró al aparcamiento que quedaba dos pisos más abajo. Ante ella se levantaba lentamente la puerta del maletero de un coche. Se sintió mareada, se tambaleó, soltó la cortina y esta volvió a correrse. Se aferró al alféizar y volvió a mirar al coche. ¿Había algo blanco que flotaba? ¿Una manta? ¿Un gran fardo?

Posiblemente, lo debería de estar soñando, pero... Entonces Katie se llevó la mano a la boca para acallar el grito que le desgarraba la garganta. Tenía los ojos fijos en el maletero del coche. La luz estaba encendida. A través de las ráfagas de lluvia y granizo que golpeaban la ventana con insistencia observó cómo desaparecía aquella sustancia blanca. Y mientras el maletero se cerraba, vio un rostro: el rostro de una mujer grotesca en el descuidado abandono de la muerte.

2

El despertador sonó demasiado pronto, a las dos de la madrugada, y le despertó. Los largos años de aprendizaje para despertarse con el fin de atender una urgencia le mantenían constantemente en alerta. Tras levantarse, fue al lavabo del cuarto de inspección, se echó agua fría en el rostro, se hizo un perfecto nudo de corbata y se peinó. Los calcetines aún estaban húmedos. Sintió su frialdad y que estaban pegajosos al quitarlos del radiador, apenas caliente. Con una mueca, se los puso y a continuación se calzó.

Fue a buscar el abrigo, lo tocó y se sobresaltó. Aún estaba totalmente empapado. Haberlo colgado cerca del radiador había sido inútil, y, si se lo ponía, acabaría pillando una pulmonía. Además, las fibras blancas de la manga bien podían pegarse al azul oscuro. Aquello sería algo digno de explicación.

Se acordó del viejo Burberry que tenía en el armario empotrado. Se lo pondría. Dejaría el abrigo mojado y lo llevaría a la tintorería. La gabardina estaba arrugada. Se helaría, pero era lo único que podía hacer. Era una gabardina muy vulgar, de un horrendo verde oliva, y encima le quedaba grande tras haber perdido peso. Si alguien veía el coche y le veía a *él* en el coche, habría menos oportunidades de que le reconociesen.

Se dirigió rápidamente al armario empotrado, tiró de la gabardina que colgaba de una percha de alambre mal fijada y colocó el pesado y mojado abrigo Chesterfield en el fondo del armario. La gabardina olía como si nadie se la hubiese puesto durante mucho tiempo, con un olor polvoriento e irritante que le asaltó la nariz. Refunfuñando con disgusto, se la puso y se la abotonó.

Fue hasta la ventana y subió unos centímetros la persiana. Aún había bastantes coches en el aparcamiento; así, la presencia o la ausencia del suyo apenas se notaría.

Se mordió el labio al darse cuenta de que la fundida bombilla que siempre hacía que la sección más alejada del aparcamiento tuviese una oscuridad muy conveniente, había sido sustituida por una nueva que se proyectaba sobre la parte superior de su coche. Tendría que caminar entre las sombras de los demás vehículos y meter el cuerpo dentro del maletero con la mayor rapidez posible.

Ya era hora.

Abrió el armario empotrado que contenía suministros médicos y se agachó. Con manos expertas, palpó los contornos del cuerpo que había bajo la manta. Refunfuñando un poco, metió una mano por debajo del cuello, colocó la otra por debajo de las rodillas y sacó el cadáver. Mientras vivía, aquella mujer pesaba unos sesenta kilos, aunque había aumentado de peso durante el embarazo. Sus músculos percibieron cada gramo de aquel peso mientras lo llevaba hacia la mesa de reconocimiento. Allí, trabajando solamente a la luz de una pequeña linterna colocada en la mesa, envolvió el cadáver con la manta.

Examinó exhaustivamente el fondo del armario de suministros médicos y luego volvió a cerrarlo. Sin hacer ruido, abrió la puerta que daba al aparcamiento y con dos dedos sacó la llave del maletero del coche. Con serenidad, fue hasta la mesa de reconocimiento y cargó con la mujer muerta. Frente a él se hallaban los veinte segundos que podrían destruirle para siempre. Dieciocho segundos después estaba en el coche. El hielo le cortaba las mejillas. Aquel peso cubierto con una manta era una verdadera carga para sus brazos. Y elevándolo para que su mayor volumen descansase en un solo brazo, intentó meter la llave en el maletero. Pero la escarcha había cubierto la cerradura. Con impaciencia, fundió el hielo. Un instante después, la llave entró y la puerta del maletero se abrió lentamente. Miró entonces hacia las ventanas del hospital. De pronto vio una sombra en la habitación central del segundo piso. ¿Habría alguien mirando hacia fuera? La impaciencia que tenía por dejar el cuerpo cubierto con una manta en el maletero y quitárselo de los brazos le hizo obrar con rapidez. En el instante en que su brazo izquierdo se apartó de la manta, el viento la movió, la separó y reveló el rostro de la mujer. Pestañeando, dejó caer el cadáver y cerró la puerta con fuerza.

La luz había iluminado el rostro del cadáver. ¿Lo habría visto alguien? Volvió a mirar a la ventana donde había aparecido una sombra. ¿Había alguien allí? No estaba seguro. ¿Qué se podría ver desde aquella ventana? Ya se ocuparía de averiguar quién estaba en aquella habitación.

Metió la llave en la cerradura, abrió la puerta y puso en marcha el motor. Con premura, salió del aparcamiento sin encender los faros, hasta que se halló muy lejos en aquella carretera secundaria.

Era increíble que aquel fuese el segundo viaje a Chapin River en la misma noche. Pero suponiendo que no hubiese estado a punto de marcharse del hospital cuando ella, saliendo como un meteoro del despacho del doctor Fukhito, le detuvo...

Vangie estaba al borde de la histeria. Caminaba y cargaba su cuerpo sobre la pierna derecha mientras cojeaba por el pasillo cubierto, avanzando hacia él.

–Doctor, me es imposible concertar una cita con usted esta semana. Mañana me voy a Mineápolis. Voy a ver al médico que solía visitar, al doctor Salem. Quizá hasta me quede allí y deje que sea él quien traiga a mi hijo al mundo.

... Si no la hubiese visto, todo se habría estropeado.

Sin embargo, consiguió persuadirla para que le acompañase a su despacho; allí le habló, la calmó y le ofreció un vaso de agua. En el último minuto, ella sospechó algo e intentó zafarse. Aquel hermoso y petulante rostro se llenó de terror.

Y luego el horror de saber que, aunque se las hubiera arreglado para acallarla, el riesgo de que lo descubrieran era aún demasiado grande.

Encerró el cadáver en el armario de suministros médicos e intentó pensar.

Su brillante coche rojo constituía el peligro más inmediato. Era vital sacarlo del aparcamiento del hospital. Sin duda alguna, la gente se habría fijado en él cuando acabasen las horas de visita: un Lincoln Continental, el modelo más lujoso, con su agresivo frente cromado y arrogantes líneas que atraían la atención del público. Sabía exactamente dónde vivía. En Chapin River. Ella le había dicho que no esperaba a su esposo, piloto de la United Airlines, hasta el día siguiente. Decidió llevar el coche hasta su casa y dejar el bolso en la sala para que pareciese que había regresado.

Todo fue inesperadamente fácil. Había muy poco tráfico con aquel espantoso tiempo. Las ordenanzas urbanas de Chapin River exigían que los residentes poseyesen, por lo menos, una hectárea. Todas las casas estaban bastante apartadas de la carretera y se llegaba hasta ellas por senderos llenos de curvas. Abrió la puerta del garaje con el dispositivo automático del panel de mandos del Lincoln y aparcó el coche.

Encontró la llave de la puerta de la calle en el mismo llavero en que estaban las del coche. Pero no la necesitó: la puerta que comunicaba el garaje con la residencia estaba abierta. Había lámparas de mesa y de pie a lo largo de toda la casa que, probablemente, se alumbraran con un dispositivo automático que medía su tiempo. Anduvo deprisa. Caminó por el pasillo, se dirigió a los dormitorios. Buscaba el de los dueños. Era el último a la derecha y no había posibilidad de error. Había otros dos dormitorios. Uno estaba decorado para cuarto infantil, y había elfos y ovejitas pintorescas que sonreían desde el papel de la pared recientemente colocado, y una cuna totalmente nueva y una cómoda.

Fue entonces cuando se dio cuenta de que podía hacer pasar la muerte de la mujer por suicidio. Si había empezado a amueblar aquella habitación antes de que le tocase dar a luz, la amenaza de perder al niño sería una poderosa razón para suicidarse.

Entró en el dormitorio principal. La inmensa cama estaba hecha descuidadamente, el pesado cubrecama de felpilla blanca se veía mal colocado sobre las mantas. Cerca, en una *chaise longue*, estaban la bata y el salto de cama de ella. ¡Ah! Si pudiese llevar el cuerpo hasta allí y colocarlo encima de la cama. Era peligroso, pero no tanto como tirar el cadáver en cualquier sitio del bosque. Ello daría lugar a una gran investigación policial.

Dejó el bolso de la mujer en la *chaise longue*. Con el coche en el garaje y el bolso en la casa, parecería como si hubiese regresado a casa desde la consulta.

Luego recorrió los seis kilómetros que le separaban del hospital. Lo que había hecho había sido peligroso. ¿Qué hubiese pasado si un coche patrulla le hubiese detenido en aquella carretera de zona urbana tan cara? No tenía ninguna excusa para justificar su presencia.

Hizo el viaje en menos de una hora. Evitó acceder por la puerta principal y llegó a su despacho a través de una entrada secundaria que daba al aparcamiento. Eran justamente las diez de la noche cuando regresó.

Tenía empapados el abrigo, los calcetines y los zapatos. Temblaba y advirtió que sería demasiado peligroso sacar el cadáver hasta que disminuyese el riesgo de encontrarse con otra persona. El turno de noche de médicos y enfermeras empezaba a las doce. Decidió esperar hasta que fuese bien avanzada la madrugada antes de volver a salir. La entrada de urgencias se hallaba en el lado oeste del hospital. Por lo menos, no tendría que preocuparse de que le observasen ni los pacientes de urgencia ni ningún coche de la policía que llegase a toda prisa con un enfermo.

Puso la alarma del despertador para las dos de la madrugada y se echó en la mesa de reconocimiento. Durmió hasta que el reloj sonó.

Ahora, pasaba por encima del puente de madera y entraba en Winding Brook Lane. La casa quedaba a la derecha.

Apagó los faros, condujo por el sendero que iba hacia el garaje, dio la vuelta a la casa y aparcó su coche contra la puerta. Se quitó los guantes de conducir y se puso los de operar. Abrió la puerta del garaje; después abrió el maletero y llevó aquella forma envuelta en una manta, pasando junto a los estantes donde se acumulaban algunas cosas, hasta la puerta que comunicaba con la morada. Penetró en la residencia. La casa estaba en silencio. Dentro de unos minutos estaría a salvo.

Avanzó rápidamente por el pasillo y se dirigió hacia el dormitorio principal, esforzándose por aguantar el peso. Colocó el cadáver en la cama y lo liberó de la manta.

En el baño, que quedaba junto al dormitorio, esparció cristales de cianuro en un vaso azul y floreado, le añadió agua y vertió la mayor parte del contenido en el lavabo. Luego lo limpió con cuidado y volvió al dormitorio. Colocó el vaso junto a la mano de la mujer muerta y dejó que las últimas gotas de la mezcla mojasen el cubrecama. Estaba seguro de que las huellas digitales de ella estaban en el vaso. En el cadáver empezaban a aparecer las señales del rigor mortis, las manos estaban heladas. Dobló con cuidado la manta blanca.

El cadáver estaba extendido sobre el lecho; tenía los ojos fijos y los labios contorsionados. La expresión de la agonía y de la protesta. Todo estaba bien. La mayor parte de los suicidas cambian de opinión cuando ya es demasiado tarde.

¿Se le habría olvidado algo? No. El bolso con las llaves estaba en la *chaise longue*, había residuos de cianuro en el vaso. ¿Le quitaba o no el abrigo? Se lo dejaría puesto. Cuanto menos la manoseara, mejor sería.

¿Le quitaba o le dejaba puestos los zapatos? ¿Se los habría quitado ella en un santiamén?

Le levantó el largo caftán. Y en aquel momento sintió que se quedaba sin sangre. El hinchado pie derecho llevaba un mocasín muy usado, pero en el pie izquierdo solo se veía un calcetín.

El otro mocasín tenía que haberse caído. Pero ¿dónde? ¿En el aparcamiento? ¿En su despacho? ¿En la casa? Salió corriendo del dormitorio y lo buscó tratando de repetir uno por uno sus pasos hasta llegar al garaje. El zapato no estaba ni en la casa ni en el garaje. Frenético ante tal pérdida de tiempo, fue hasta el coche y miró en el maletero. Allí tampoco estaba.

Era muy probable que se hubiese caído cuando la llevaba al aparcamiento. Lo hubiese oído si se hubiese caído en el despacho. Tampoco estaba en el armario empotrado de suministros médicos. De eso estaba completamente seguro.

Debido a aquel pie hinchado, siempre llevaba mocasines. Recordaba haber oído a la recepcionista bromear al respecto.

Tendría que regresar, rebuscar en el aparcamiento, encontrar aquel zapato. Supongamos que alguien lo hubiese recogido y, además, la hubiera visto usándolo, ¿qué pasaría? Se hablaría de su muerte cuando se descubriese el cuerpo. Y supongamos que alguien dijera: «Pero ¿cómo? Si yo vi uno de sus mocasines en el aparcamiento. Sin duda lo perdió camino de su casa, la noche del lunes». Pero aunque solo hubiese caminado unos cuantos pasos sin zapato por el aparcamiento, la planta del calcetín estaría muy deteriorada y la policía lo notaría. Tendría que volver al aparcamiento y encontrarlo.

Pero entonces, y tras dirigirse a toda prisa hacia el dormitorio, abrió la puerta de un inmenso armario empotrado. En el suelo había un montón de zapatos femeninos. La mayoría tenía altísimos tacones. Hubiese sido ridículo que nadie creyese que usaba semejante tipo de calzado dado su estado, y con aquel tiempo. Había tres o cuatro pares de botas, pero nunca podría abrocharles la cremallera con el pie hinchado.

Entonces lo vio: un par de zapatos de tacón bajo, de aspecto cómodo y del tipo que usan la mayoría de las mujeres encinta. Parecían bastante nuevos, aunque, por lo menos, los había usado una vez. Los cogió aliviado, corrió hacia la cama, le quitó el mocasín que estaba en el pie y le puso los zapatos que acababa de sacar del armario. El derecho le apretaba, pero se las arregló para atárselo. Se metió el mocasín que había llevado el cadáver en el amplio bolsillo de la gabardina. Cogió la manta blanca y, llevándola bajo el brazo, salió de la habitación y se encaminó por el corredor y a través de la residencia, hacia la noche.

Cuando llegó al aparcamiento del hospital ya no llovía ni había escarcha, pero hacía mucho viento y frío. Fue hasta el extremo más alejado y aparcó allí el coche. Si por casualidad el guardia de seguridad se le acercaba y le hablaba, le diría que había recibido una llamada para encontrarse con una de sus pacientes que estaba a punto de dar a luz. Si por cualquier razón querían comprobar la historia, él se ofendería diciendo que, sin duda alguna, se trataba de una broma telefónica.

Pero sería mucho más seguro que no le viesen. Manteniéndose a la sombra de los arbustos que marcaban la línea divisoria del aparcamiento, intentó seguir apresuradamente su camino desde donde había dejado el coche hasta la puerta del despacho. Era lógico que el zapato hubiera caído cuando levantó el cuerpo para abrir el maletero. Casi a cuatro patas, rebuscó en el suelo. Cada vez se acercaba más al hospital. Ahora todas las luces de las habitaciones de los enfermos del ala este estaban apagadas. Alzó la mirada a la ventana central del segundo piso: la persiana estaba bajada. Alguien lo habría hecho. Se volvió a inclinar y fue caminando por el pavimento. ¡Si alguien lo viese! El mal humor y la frustración hacían que no notase el frío. ¿Dónde estaba aquel zapato? Tenía que encontrarlo.

En una curva que daba entrada al aparcamiento aparecieron un par de focos y un coche chirrió y se detuvo. El conductor, que probablemente quería ir a la sala de urgencias, debió de advertir que aquel no era el camino. Y describiendo un giro en forma de U, salió a toda prisa del aparcamiento.

Tenía que salir de allí, aquello era inútil. Cayó al suelo cuando intentó enderezarse, y una de sus manos se deslizó por el resbaladizo pavimento. Y entonces lo palpó: sintió la piel bajo sus dedos. Lo agarró y lo alzó. Pese a la poca luz que había pudo comprobar que era lo que buscaba: era el mocasín, lo había encontrado.

Quince minutos más tarde, introducía la llave en la cerradura de su casa. Se quitó la gabardina y la colgó en el armario empotrado. El espejo de cuerpo entero de la puerta reflejó su imagen. Asustado, se dio cuenta de que, de rodilla para abajo, los pantalones estaban mojados y sucios, de que llevaba el pelo totalmente despeinado, de que tenía las manos hinchadas, enrojecidas las mejillas y de que sus ojos, siempre prominentes, parecían querer salírsele de las órbitas. Tenía muy dilatadas las pupilas. Parecía un hombre bajo el efecto de un shock emocional, una caricatura de sí mismo.

Subió a toda prisa las escaleras, se desnudó y metió la ropa en el cesto de la ropa sucia. Luego, se dio un baño, se puso el pijama y una bata. Estaba demasiado excitado para dormir. Y, además, tenía mucha hambre.

La asistenta había dejado unas lonchas de cordero en un plato. Había una caja de queso fresco en la quesera. En el departamento de frutas del frigorífico había jugosas manzanas reineta. Llenó una bandeja cuidadosamente y la llevó a la biblioteca. En el bar, se sirvió un generoso whisky y se sentó a su mesa de trabajo. Mientras comía, revisó los sucesos de aquella noche. Si no se hubiese detenido a comprobar su agenda, no habría visto a la mujer y esta se hubiera ido, lo cual habría resultado irremediable.

Quitó la llave a su mesa de despacho, abrió el gran cajón central y apretó el botón del departamento en el que guardaba su archivo especial. Allí se encontraba un dossier de fuelle de papel manila. Cogió una nueva hoja de papel e hizo una anotación final.

15 de febrero

A las ocho cuarenta de la noche, este médico estaba cerrando la puerta posterior de su despacho. La paciente de la que se trata acababa de dejar al doctor Fukhito, vino a ver a este médico y le dijo que volvía a Mineápolis y que haría que su antiguo doctor, Emmet Salem, se ocupase de traer al mundo a su hijo. La paciente estaba histérica y el médico la persuadió de que entrase en su despacho. Era evidente que no podía dejar salir de nuevo a aquella paciente. Y, lamentándolo mucho, la necesidad hizo que este médico se preparase para eliminarla. Con la excusa de darle un vaso de agua, este médico disolvió cristales de cianuro en el líquido y forzó a la paciente a que bebiese el veneno. Esta expiró precisamente a las ocho y cincuenta y uno de la noche. El feto tenía veintiséis semanas. Es opinión de este médico que, si hubiese nacido, habría vivido. El historial médico completo y exacto se encuentra en este archivo, y debe reemplazar y anular el historial que se encuentra en el despacho del hospital Westlake.

Suspirando, soltó la pluma, metió la anotación final en un sobre de papel manila y selló el archivo. Se levantó y caminó hasta el último panel de la librería. Rebuscando detrás de un libro, tocó un botón y el panel, girando sobre goznes, dejó al descubierto una caja fuerte. La abrió rápidamente y colocó el archivo, notando inconscientemente el número creciente de sobres. Podría haber recitado de memoria todos sus nombres: Elizabeth Berkeley, Anna Horan, Maureen Crowley y Linda Evans... Más de media docena: los éxitos y los fracasos de su genio médico.

Cerró la caja y, con un golpe, volvió a colocar en su lugar el estante de libros; luego bajó paso a paso las escaleras, se quitó la bata, se metió en la impresionante cama con baldaquino y cerró los ojos.

Ahora que había acabado se sentía agotado hasta tal punto que tenía ganas de vomitar. ¿Se habría olvidado de algo? ¿Habría tenido en cuenta todas las cosas? Había puesto el frasquito de cianuro y los mocasines en la caja fuerte, ya los haría desaparecer de alguna forma mañana por la noche. Los acontecimientos de las últimas horas se agolparon furiosamente en su memoria. Cuando había hecho lo que tenía que hacer, se sentía agotado. Pero ahora que todo había terminado, como las otras veces, su sistema nervioso protestaba.

Mañana, de camino al hospital, dejaría la ropa en la tintorería. Hilda era una doméstica sin mucha imaginación, pero así y todo notaría el barro y la humedad en las rodillas de los pantalones. Averiguaría quién era el paciente que se hallaba en la habitación central del segundo piso del ala este y lo que podría haber visto. Ahora no era tiempo de pensar, ahora tenía que dormir. Se recostó en un codo, abrió el cajón de la mesita de noche y sacó una pequeña caja de pastillas. Un sedante suave era lo que necesitaba. Podría dormir dos horas.

Sus dedos buscaron y encontraron la pequeña cápsula. Se la tomó sin agua, se recostó y cerró los ojos. Y mientras esperaba que surtiese efecto, intentó tranquilizarse a sí mismo diciéndose que estaba a salvo. Pero por mucho que lo intentase no podía evitar el pensar que la prueba más irrevocable de su culpabilidad le era inaccesible.

3

–Si no le importa, preferiríamos que se marchase por la puerta posterior –dijo la enfermera–. Frente a la principal hay mucho hielo y los obreros están intentando limpiarla. Allí le esperará un taxi.

–No me importa salir a través de una ventana, siempre y cuando llegue a mi casa –dijo, nerviosa, Katie–. Lo peor es que tendré que volver el viernes. El sábado me van a hacer una intervención quirúrgica menor.

–¡Oh!

La enfermera miró el parte médico.

–¿Qué le sucede? –preguntó.

–Me parece que he heredado un problema que mi madre solía tener: cada mes, durante el período, casi me voy en hemorragias.

–Entonces esa debe de ser la razón por la que tenía tan poca sangre cuando entró. No se preocupe por ello. Un legrado no es grave. ¿Quién es su médico?

–El doctor Highley.

–¡Oh, es el mejor! Pero usted estará en el ala oeste. Allí van todas sus pacientes. Aquello es como un hotel de lujo. Ya sabe que es el médico más importante que tenemos.

La enfermera seguía mirando el parte médico.

–No ha dormido mucho, ¿verdad?

–Lo cierto es que no.

Katie engurruñó la nariz mientras se abotonaba la blusa. Estaba salpicada de sangre. Dejó que la mano izquierda le colgase sin cerrarla sobre el brazo vendado. La enfermera la ayudó a ponerse el abrigo.

La mañana estaba cubierta y hacía muchísimo frío. Katie llegó a la conclusión de que febrero tenía todas las opciones de ser el mes que más aborrecía. Tembló al salir del aparcamiento y acordarse de su pesadilla. Esta era la zona que había visto desde su habitación. El taxi se detuvo. Agradecida, se encaminó hacia él, pestañeando por culpa del dolor que sentía en las rodillas. La enfermera la ayudó a subir, le dijo adiós y cerró la puerta. Mientras apretaba el acelerador, el taxista le preguntó:

–¿Adónde vamos, señora?

Desde la ventana de la habitación del segundo piso que Katie acababa de abandonar, un hombre observaba su partida. El parte médico, que la enfermera acababa de dejar en la mesa, estaba entre sus manos: «Kathleen N. DeMaio, 10 Woodfield Way, Abbington. Lugar de trabajo: Fiscalía del condado de Valley».

Un temblor de miedo le recorrió el cuerpo. «Katie DeMaio.»

El parte médico decía que le habían dado una píldora muy fuerte para dormir.

De acuerdo con el historial médico, la paciente no solía tomar medicación, lo que indicaba que no tomaba píldoras para dormir ni sedantes. Ello quería decir que no tendría tolerancia y que se sentiría muy mareada con lo que le habían dado.

Había una nota en el parte médico que decía que la enfermera de turno la había encontrado en el borde de su cama a las 2.08 de la madrugada, presa de gran agitación y quejándose de tener pesadillas.

Pero la persiana de la habitación estaba subida, lo cual quería decir que había estado levantada. ¿Qué habría visto? Y si observó algo, aunque pensara que se trataba de una pesadilla, su sentido profesional sin duda haría que le picase la curiosidad. Aquella mujer era un riesgo inaceptable.

4

Estaban sentados hombro contra hombro en el último sofá del drugstore de la calle Ochenta y siete. Habían dejado a un lado los bollos sin comer y bebían sombríamente café. El brazo de la chaqueta del uniforme azul acerado de la muchacha descansaba sobre los galones dorados de la manga del hombre, que entrelazaba los dedos de su mano derecha con los de la mano izquierda de ella.

–Te he echado de menos –dijo él con precaución.

–Yo también, Chris. Pero que nos veamos lo empeorará todo.

–Dame un poco de tiempo, Joan. Te juro ante Dios que encontraremos una solución. Tenemos que encontrarla.

Joan movió la cabeza y él se volvió a mirarla. Encogiéndose por dentro, advirtió cuán infeliz parecía ella. Sus ojos pardos estaban enturbiados y su pelo castaño, que aquella mañana llevaba recogido en un moño, acrecentaba la palidez de aquel límpido y uniforme cutis.

Por centésima vez, se preguntó por qué no había terminado de una vez con Vangie cuando le trasladaron a Nueva York, el año pasado. ¿Por qué había respondido al ruego de su mujer, quien le pedía que volviesen a intentarlo para ver si su matrimonio funcionaba, cuando diez años de vivir juntos no habían servido de nada? Para colmo, ahora esperaban un hijo. Se acordó de la espantosa disputa que tuvo con ella antes de marcharse. ¿Debía contárselo a Joan? No, no serviría de nada.

–¿Te gustó China? –le preguntó él.

Joan se espabiló.

–Fascinante. Es completamente fascinante.

Joan era azafata de la Pan American. Se habían conocido seis meses antes en Hawai, cuando uno de los capitanes de la United, Jack Lane, dio una fiesta.

La base de trabajo de Joan estaba en Nueva York, donde compartía un apartamento en Manhattan con otras dos azafatas de la Pan Am.

Es increíble, y casi parece una locura, lo bien que se entienden algunas personas desde el primer minuto en que se conocen. Él le dijo que estaba casado. Pero también fue capaz de añadir, con toda honestidad, que cuando le trasladaron de Mineápolis a Nueva York quería separarse de Vangie. El último y desesperado intento por salvar el matrimonio no servía de nada. Ninguno de los dos era culpable, pues, por encima de todo, aquel matrimonio nunca debería de haber existido.

Fue entonces cuando Vangie le habló del hijo que esperaba.

En aquel momento, Joan le dijo:

–Llegaste en el último vuelo.

–Sí. Tuvimos problemas con los motores en Chicago y hubo que anular el último vuelo. Así que tuvimos que regresar. Llegué sobre las seis y cogí una habitación en el Holiday Inn de la calle Cincuenta y siete.

–¿Por qué no fuiste a casa?

–Porque hace dos semanas que no te veo y quería verte. Tenía que verte. Vangie no me espera hasta las once más o menos. Así pues, no te preocupes.

–Chris, ya te dije que había solicitado que me cambiasen a la división de América del Sur y lo han aprobado. La próxima semana me mudaré a Miami.

–No, Joan.

–Es la única solución, Chris. Lo siento, pero no me gusta salir con un hombre casado. Detesto destruir hogares.

–Pero nuestras relaciones han sido totalmente inocentes.

–En el mundo en que vivimos, ¿quién lo creería? El solo hecho de que dentro de una hora le mentirás a tu mujer sobre tu llegada ya dice bastante, ¿no crees? Y no lo olvides, soy hija de un pastor protestante. Me imagino la reacción de mi padre si le digo que estoy enamorada de un hombre que no solo está casado, sino que además lo está con una mujer que por fin espera el niño que llevaba deseando desde hacía diez años. Te aseguro que no se sentiría muy orgulloso de mí.

Joan acabó de beberse el café.

–Y, digas lo que digas, Chris, presiento que si no estoy cerca de ti es posible que tú y tu mujer volváis a compartir una mayor intimidad. Te estoy absorbiendo los pensamientos, cuando deberías ocuparte de ella. Además, te asombraría saber hasta qué punto un bebé es capaz de unir a las personas.

Con suavidad, Joan retiró los dedos de la mano de Chris.

–Será mejor que me marche a casa, Chris. El vuelo ha sido muy largo y estoy cansada. Y también sería bueno que tú te marcharas a la tuya.

Se miraron mutuamente, sin disimulo. Joan le acarició el rostro deseando borrar las arrugas de su frente, que denotaban infelicidad.

–La verdad es que podríamos haber sido muy felices juntos –dijo Joan.

Luego, añadió:

–Pareces muy cansado, Chris.

–Anoche no dormí mucho que digamos. –Intentó sonreír–. No creas que voy a abandonarte, Joan. Te aseguro que iré a Miami a buscarte. Y cuando vaya, seré libre.

5

El taxi dejó a Katie ante la puerta de su casa. Con prisa y dolorida, subió los escalones del porche, introdujo la llave en la cerradura y, abriendo la puerta, murmuró:

–¡Gracias a Dios que estoy de vuelta en casa!

Experimentaba la sensación de haber pasado varias semanas fuera, en vez de una sola noche. Con mirada cariñosa, apreció los tonos terrosos, relajantes y serenos del vestíbulo y de la sala de estar y las plantas trepadoras que la habían atraído cuando visitó la casa por primera vez.

Cogió el cuenco que contenía violetas africanas y olió el penetrante perfume de las flores. Su nariz estaba atiborrada de los olores antisépticos de las medicinas. Le dolía el cuerpo y estaba un poco envarada, mucho más ahora que cuando se levantó de la cama, esa misma mañana. Pero por lo menos, estaba de vuelta en casa.

«John, si estuviese vivo, si hubiese estado aquí anoche para visitarme...»

Katie colgó el abrigo y se hundió en el sofá de terciopelo color albaricoque de la sala de estar. Alzó la mirada hacia el retrato de John que estaba sobre la chimenea: John Anthony DeMaio, el juez más joven del condado de Essex. Aún se acordaba con gran claridad de la primera vez que le vio, cuando fue a pronunciar una conferencia en la Facultad de Derecho de Seton Hall, donde ella estudiaba.

Cuando la conferencia acabó, los estudiantes se agruparon alrededor de John.

–Juez DeMaio, espero que el Tribunal Supremo deniegue la apelación del caso Collins.

–Juez DeMaio, estoy de acuerdo con la decisión que tomó en el caso Reicher contra Reicher.

Y entonces fue cuando le tocó el turno a Katie.

–Juez, tengo que decirle que no estoy de acuerdo con la decisión que tomó en el caso Kipling.

John sonrió.

–Sin duda alguna, tiene usted todo el derecho, miss...

–Katie... Kathleen Noel Kallahan.

Nunca comprendió por qué en aquel momento se vio obligada a decir su nombre completo, aunque su marido siempre la llamó así: Kathleen Noel.

Aquel día salieron a tomar café juntos. A la noche siguiente, él la llevó a cenar al restaurante Monsignor II, en Nueva York. Cuando los violinistas se acercaron a su mesa, John pidió que tocasen *Viena, ciudad de mis sueños*. Y cantó junto con los instrumentos: «*Wien, Wien, nur Du allein...*».

Cuando acabaron de tocar, él le preguntó:

–¿Has estado alguna vez en Viena, Kathleen?

–Nunca he salido del país, salvo para hacer una excursión con la facultad a las Bermudas. Y, para colmo, llovió los cuatro días.

–Algún día irás conmigo al extranjero. Pero me gustaría que, antes que nada, vieses Italia. ¡Qué hermoso país!

Aquella noche, cuando la dejó, John le dijo:

–Tienes los ojos azules más hermosos que me ha sido concedido mirar. Y no creo que una diferencia de doce años entre ambos sea mucho. ¿No estás de acuerdo, Kathleen?

Tres meses después, y tras obtener la licenciatura en derecho, Kathleen se casó con John.

Esta casa... John había crecido en ella, la había heredado de sus padres.

–Yo estoy muy unido a esta casa, Kathleen. Pero me gustaría que tú tuvieras conciencia de estarlo también. A lo mejor te gustaría una casa más pequeña.

–Me crié en un apartamento de tres habitaciones en Queens, John, y dormía en un sofá cama de la sala de estar. La palabra intimidad tuve que buscarla en el diccionario para saber qué quería decir. Me encanta esta casa.

–Me gusta oírtelo decir, Kathleen.

Se amaban mucho... Y, además, eran muy buenos amigos. Ella, entonces, le habló de la pesadilla.

–Tengo que advertirte que de vez en cuando me despierto gritando como una obsesa. Todo empezó cuando tenía ocho años, al morir mi padre. Estaba en el hospital recuperándose de un ataque al corazón cuando le dio otro.

Parece ser que el anciano que compartía la habitación con él se cansó de llamar al timbre de la enfermera. Pero nadie apareció. Y cuando por fin lo hicieron, ya era demasiado tarde.

–Y fue entonces cuando empezaste a tener pesadillas, ¿no?

–Supongo que oí tantas veces la historia que terminó impresionándome de mala manera. En la pesadilla, me veo en el hospital yendo de cama en cama en busca de mi padre. Y en los lechos solo veo rostros de gente que conozco. Todos están dormidos. A veces se trata de compañeras de la facultad, o de primos o de cualquier otra persona. Pero siempre intento encontrar a papá, sé que me necesita. Por fin veo una enfermera, corro hacia ella y le pregunto dónde está. Entonces ella sonríe y responde: «Está muerto. Todas esas gentes están muertas. Y tú también vas a morir aquí».

–¡Pobre niña mía!

–¡Oh, John! Ya sé que, desde un punto de vista intelectual, es una tontería no superar esa pesadilla. Pero te aseguro que me aterroriza la idea de ser paciente de un hospital.

–Yo te ayudaré a superarlo.

Katie había tenido el valor de decirle lo que sufrió en realidad desde que murió su padre.

–Le eché mucho de menos. Siempre fui su preferida. Molly ya tenía dieciséis años y salía con Bill, por lo que creo que no le dolió tanto. Pero durante todo el tiempo que estuve en el colegio, no dejé de pensar en lo divertido que sería si hubiera vivido para asistir a las obras de teatro que representábamos y a las graduaciones. Me aterrorizaban las cenas que daban cada primavera en homenaje a padres e hijos.

–Pero ¿no tenías a un tío ni a nadie más de la familia que te pudiese acompañar?

–Solo un tío. Pero nos hubiera costado mucho que no apareciese borracho.

–¡Oh, Kathleen!

Los dos se echaron a reír. Luego, John añadió:

–Bien, cariño, yo me ocuparé de acabar con esa tristeza que tienes.

–Puedo decirle que ya lo ha conseguido, señor juez.

Pasaron la luna de miel viajando por Italia. Los dolores empezaron durante aquel viaje. Regresaron a tiempo para la apertura de los tribunales. John era el juez principal del condado de Essex y ella se ocupó de un caso de homicidio en el condado de Valley. Cuando regresaron, John fue a que le hiciesen un chequeo. Aquella estancia de una noche en el hospital Monte Sinaí se extendió a tres días más de pruebas adicionales. Entonces, una noche, él la esperó en el ascensor, impecablemente elegante, con una bata de terciopelo color vino y una desvanecida sonrisa en el rostro. Katie corrió hacia él consciente, como siempre, de las miradas que le echaban a John las demás personas que subían en el ascensor; pensarían que, hasta en pijama y en bata, John tenía un aspecto impresionante. Katie estaba a punto de decírselo, cuando John se lo reveló:

–Tenemos problemas, cariño.

Hasta entonces, por el modo en que dijo «tenemos problemas», se notaba que, en aquellos pocos meses y en todos los aspectos, ambos formaban una sola persona. Al entrar en la habitación, John añadió:

–Es un tumor maligno. Parece ser que en ambos pulmones. ¡Por Dios santo, Kathleen! ¡Si ni siquiera fumo!

Incrédulos, se echaron a reír hasta alcanzar el paroxismo del dolor y la ironía: John Anthony DeMaio, juez del tribunal del condado de Essex, antiguo presidente del Colegio de Abogados de Nueva Jersey, que aún no contaba treinta y ocho años de edad, se veía condenado a una sentencia inapelable de seis meses de vida. Para él no habría ni libertad bajo fianza ni apelaciones.

John volvió a su puesto.

–Moriré con las botas puestas. ¿Y por qué no? –añadió, encogiéndose de hombros–. Prométeme que te volverás a casar, Kathleen.

–Quizás algún día. Pero será muy difícil encontrar a un hombre que te iguale.

–Me gusta que pienses así. Viviremos con intensidad cada minuto que nos quede de estar juntos.

Aun en medio de aquella sensación, y sabiendo que el tiempo se les acababa, trataban de aprovechar cada segundo al máximo.

Un día, él volvió del tribunal y dijo:

–Creo que ya no voy a trabajar más.

El cáncer se extendió. El dolor fue creciendo más y más. Al principio, John iba al hospital y se pasaba varios días sometido a quimioterapia. Las pesadillas de Katie volvieron de nuevo con espantosa regularidad. Pero cuando John volvía al hogar, todo se arreglaba. Katie renunció a su trabajo; deseaba pasar cada minuto del día al lado de su marido.

Hacia el final, John le preguntó:

–¿Te gustaría que tu madre viniese de Florida a vivir contigo?

–¡Cielo santo, no! Mamá es admirable, pero vivimos juntas hasta que fui a la universidad y me bastó. Además, a ella le encanta Florida.

–Bueno, de todas formas, me consuela saber que Molly y Bill viven cerca. Ellos se ocuparán de ti. Además, a ti te gustan los niños.

Entonces se quedaron ambos callados.

Bill Kennedy era cirujano ortopédico; él y Molly tenían seis niños y vivían dos pueblos más allá, en Chapin River. El día que Katie y John se casaron, estos le aseguraron a Bill y a Molly que superarían su marca.

–Nosotros vamos a tener siete hijos –afirmó John.

La última vez que fue a someterse a tratamiento quimioterapéutico, no regresó a casa. Estaba tan débil que le obligaron a pasar la noche en el hospital. Y en un momento en que John hablaba con Katie, cayó en estado de coma. Ambos esperaban que la muerte le cogiese en casa. Pero, aquella noche, John murió en el hospital.

A la semana siguiente, Katie solicitó un empleo en la fiscalía y la aceptaron. Fue una decisión acertada, pues en el departamento nunca había personal suficiente y ella siempre tuvo más casos de los que era lógico que se ocupase. No quedaba mucho tiempo para dedicarse a la introspección. Todos y cada uno de los días, y durante muchísimos fines de semana, Katie tenía que concentrarse en aquel montón de casos. Y, en cierto aspecto, era, además, una buena terapia. La furia que acompañaba el dolor, el sentimiento de que se habían burlado de ella y la ira al ver que a John le habían negado tantas cosas en la vida, los encauzaba en los casos de los que se ocupaba. Cuando seguía un caso criminal, se sentía como si luchase de manera tangible contra, por lo menos, una forma de maldad que destruía las vidas.

Katie se quedaría con la casa. John le dejó en herencia todos sus considerables bienes. Así y todo, sabía que era una tontería que una mujer de veintiocho años de edad, con un salario de veintidós mil dólares, viviese en una casa que costaba un cuarto de millón, rodeada por dos hectáreas de terreno.

Molly y Bill la urgían siempre a vender.

–No olvidarás la vida que viviste con John hasta que no te deshagas de ella –le había dicho Bill.

A lo mejor tenía razón. En aquel momento, Katie se movió. Se levantó del sofá, se estaba entristeciendo demasiado. Mejor sería que llamase a Molly. Si esta había intentado llamarla la noche anterior y no había recibido respuesta, estaría encantada, ya que siempre rezaba para que Katie «conociese a alguien». Pero no quería que Molly, al intentar hablar con ella en su despacho, se enterase de que había sufrido un accidente.

A lo mejor, su hermana la visitaba y comían juntas. Katie tenía ingredientes necesarios para hacer una ensalada y bloody marys. Molly siempre estaba a régimen. Pero no abandonaría por nada de este mundo su bloody mary a la hora de la comida.

–¡Por Dios santo, Katie! ¿Cómo quieres que una mujer que tiene seis hijos no eche un trago a la hora de la comida?

La vivaracha presencia de Molly haría desaparecer con presteza aquel sentimiento de aislamiento y de pesadumbre.

Katie advirtió que llevaba puesta la blusa manchada de sangre. Cuando hubiera hablado con Molly, y mientras esperaba que llegase, tomaría un baño y se cambiaría.

Al mirarse al espejo que había sobre el sofá, vio que el golpe que había recibido bajo el ojo derecho tomaba un marcado color morado. Su tez, morena por naturaleza y que su madre llamaba el toque «moreno irlandés» que había heredado de su padre, tenía un color amarillo enfermizo. El oscuro cabello castaño que le llegaba hasta el cuello, y que tenía una hermosa y natural caída, aparecía pegado contra el rostro y la nuca.

–Deberías ver al otro tipo –dijo con cierta sorna.

El doctor le dijo que no se mojase el brazo. Alrededor del vendaje se pondría un plástico para mantenerlo seco. Y antes de que tuviese tiempo de coger el teléfono, este empezó a sonar. Pensó que se trataba de Molly. «Sin duda mi hermana es una bruja.»

Pero se trataba de Richard Carroll, el médico forense.

–¿Cómo te encuentras, Katie? Me acabo de enterar de que has sufrido un accidente.

–Mucho ruido y pocas nueces. Me desvié un poco de la carretera. El problema fue que encontré un árbol en mi camino.

–¿Cuándo sucedió?

–Anoche, sobre las diez. Venía de la oficina camino de casa. Me quedé a trabajar hasta tarde para poner los archivos un poco al día. Pasé la noche en el hospital y ahora acabo de llegar a casa. Tengo un aspecto horrible. Pero en realidad estoy bien.

–¿Quién te llevó a casa? ¿Molly?

–No, todavía no sabe nada. Llamé a un taxi.

–Siempre como el llanero solitario, ¿verdad? ¿Por qué demonios no me llamaste a mí?

Katie se echó a reír. La preocupación que dejaba traslucir la voz de Richard era, al mismo tiempo, lisonjera y amenazadora. Richard y el marido de Molly eran buenos amigos. Varias veces en los últimos seis meses, Molly, con toda intención, invitó a cenar a Katie y a Richard; pero este era demasiado descortés y cínico, y ella siempre se sentía algo inquieta ante él. De todas formas, era evidente que no quería comprometerse con nadie, y en especial con nadie con quien trabajaba con mucha frecuencia.

–La próxima vez que me encuentre con un árbol en el camino, ya sé lo que tengo que hacer.

–Te tomarás dos días de vacaciones, ¿verdad?

–¡Oh, no! Voy a ver si Molly está libre para que venga a comer conmigo. Luego iré a la oficina. Por lo menos tengo que ocuparme de unos diez casos que he de archivar. Y, además, el viernes tengo una vista muy importante.

–De nada servirá que te diga que estás loca. De acuerdo. Bueno, tengo que colgar, me están llamando por la otra línea. Sobre las cinco y media iré a verte para que bebamos algo juntos.

Y colgó antes de que ella pudiera contestar.

Katie marcó el número de Molly. Cuando su hermana contestó, su voz temblaba.

–Katie, supongo que te habrás enterado, ¿no?

–¿Enterado de qué?

–La gente de tu despacho estará al llegar.

–¿Llegar adónde?

–A casa de mis vecinos. Los Lewis. Esa pareja que se mudó el verano pasado... Katie, ese pobre hombre acababa de llegar a su casa después de un vuelo nocturno cuando la encontró... A su mujer, a Vangie. Se ha suicidado. ¡Estaba encinta de seis meses, Katie!

Los Lewis. ¡Los Lewis! Katie los conoció en la fiesta de Año Nuevo que ofrecieron Molly y Bill. Vangie era una rubia muy bonita; Chris, piloto de aviación.

Medio en tinieblas oyó la voz entrecortada de Molly que decía:

–Katie, ¿por qué una mujer que quería tan desesperadamente tener un hijo se habrá suicidado?

La pregunta quedó vagando en el aire. Unos temblores fríos recorrieron el cuerpo de Katie. Aquel largo pelo rubio extendido sobre los hombros, su pesadilla. ¡Qué raros eran los trucos que la mente le jugaba! Tan pronto como Molly dijo el nombre, volvió la pesadilla de la última noche. El rostro que entrevió desde la ventana del hospital era el de Vangie Lewis.

6

Richard Carroll aparcó su coche dentro de las líneas señalizadas por la policía en Winding Brook Lane. Le impresionó mucho el darse cuenta de que los Lewis eran vecinos de Bill y Molly Kennedy. Bill era médico residente cuando Richard hizo su internado en el hospital Saint Vincent. Luego, Richard se especializó en medicina forense y Bill en ortopedia. Para ellos constituyó una sorpresa muy agradable tropezarse en el tribunal del condado de Valley cuando Bill tuvo que comparecer como testigo experto en un juicio de mala práctica médica. Aquella amistad, que tuvo un aire casual en los días del hospital Saint Vincent, se hizo íntima. Ahora solían jugar al golf con frecuencia y Richard a menudo iba a su casa para tomarse una copa después de la partida.

Conoció a la hermana de Molly, Katie DeMaio en la fiscalía, y se sintió inmediatamente atraído por aquella concienzuda y joven abogada. Era un recordatorio perenne de los días en que los iberos invadieron Irlanda, dejando un legado de descendientes de piel cetrina y pelo negro, que ofrecían un gran contraste con el azul intenso de los ojos celtas. Pero Katie, sutilmente, le desanimó cuando le sugirió que saliesen juntos; y Richard, con cierta filosofía, se la quitó del pensamiento, pues había muchísimas mujeres atractivas que gozaban bastante en su compañía.

Sin embargo, al oír hablar a Molly, a Bill y a sus hijos de Katie, de lo divertida que era y de lo destrozada que se sentía por la pérdida de su esposo, su interés volvió a renacer. Después, en los últimos meses, asistió a un par de cenas que dieron Bill y Molly, y descubrió, para desgracia suya, que se sentía mucho más atraído por Katie DeMaio de lo que en realidad hubiera querido.

Richard se estremeció; se encontraba allí por asuntos profesionales y policiacos. Una mujer de treinta años se había suicidado. Su trabajo consistía en descubrir cualquier señal médica que pudiese indicar que Vangie Lewis no se había quitado la vida. Aquel mismo día, más adelante, haría la autopsia. Su mandíbula se crispó al pensar en el feto que la víctima llevaba dentro. Aquel desgraciado nunca tuvo una oportunidad. ¿Cómo explicar aquello desde el punto de vista del amor materno? De un modo cordial y objetivo, le disgustaba la difunta Vangie Lewis.

Un joven policía de Chapin River le dejó entrar. La sala de estar quedaba a la izquierda del vestíbulo. Un tipo con uniforme de capitán de líneas aéreas estaba sentado en el sofá, echado hacia delante, dándose golpes con la mano en el puño. Estaba mucho más pálido que muchos de los muertos de los que se ocupaba Richard y temblaba violentamente. Richard sintió cierta simpatía por él. El marido. ¡Vaya golpe brutal: regresar a casa y encontrarse con que la mujer de uno se ha suicidado! Decidió que hablaría con él más tarde. Luego preguntó al policía:

–¿Por dónde?

–Por aquí –le respondió.

Le hizo una seña con la cabeza indicando la parte posterior de la casa.

–Pase a la cocina. Los dormitorios están a la derecha. El cuerpo está en el principal.

Richard avanzó con rapidez dándose cuenta de cómo estaba montada la casa. Todo parecía caro, aunque la decoración era descuidada, sin ningún sello personal, ni siquiera interés. La ojeada que echó a la sala de estar le mostró el típico aspecto creado por un diseñador de interiores sin imaginación, que uno ve en tantísimas tiendas de decoración de la calle principal de las ciudades pequeñas. Richard poseía un agudo sentido del color y, en su interior, creía que aquello le ayudaba mucho en su trabajo; en su mentalidad los matices y contrastantes eran como el sonido de notas discordantes.

Charley Nugent, detective de la Brigada de Homicidios, estaba en la cocina. Los dos hombres intercambiaron breves saludos.

–¿Cuál es tu opinión? –preguntó Richard.

–Ya hablaremos cuando la vea.

Muerta, Vangie Lewis no era muy bonita que digamos. Su largo cabello rubio tenía ahora un matiz de sucio marrón; el rostro estaba contorsionado, las piernas y los brazos, rígidos por el rigor mortis, parecían haber sido estirados por alambres. Tenía el abrigo abotonado. Y, debido a la preñez, este se le levantaba por encima de las rodillas. Las suelas de los zapatos apenas se veían bajo un largo caftán floreado.

Richard levantó el caftán por encima de los tobillos. Las piernas, sin duda hinchadas, habían ensanchado los leotardos. Los costados del zapato derecho se marcaban en la carne.

Con experiencia, el hombre levantó un brazo, lo mantuvo un instante y lo dejó caer. Luego se fijó en las manchas decoloradas que aparecían alrededor de la boca, debidas a la quemadura del veneno.

Charley estaba a su lado.

–¿Cuánto tiempo se supone que lleva muerta?

–Yo diría que entre doce y quince horas. Está muy rígida.

La voz de Richard era indiferente, pero su sentido íntimo de la armonía se hallaba perturbado. La muerta tenía puesto el abrigo y también los zapatos. ¿Habría sucedido justo al volver a casa o pensaba salir? ¿Qué habría hecho para de pronto quitarse la vida? Junto a ella, en la cama, estaba el vaso. Se inclinó y lo olió. El inconfundible olor de almendra amarga del cianuro le penetró la nariz. Era increíble cuántos suicidas tomaban cianuro después de la muerte masiva de los seguidores de Jones, en Guyana. Se enderezó.

–¿Dejó alguna nota?

Charley negó con la cabeza.

Richard pensaba que Charlie se ocupaba del trabajo para el que había nacido. Siempre tenía aspecto de doliente y los párpados le cubrían tristemente los ojos. Además, parecía sufrir de un permanente problema de caspa.

–Ni carta ni nada. Hacía diez años que estaba casada con el piloto. Es ese tipo que está en la sala de estar. Parece bastante deshecho. Son de Mineápolis y hace menos de un año que se habían mudado al este. Ella siempre quiso tener un hijo y, por fin, quedó encinta. Se sentía en la gloria. Empezó a decorar el cuarto del niño y hablaba del bebé mañana, tarde y noche.

–¿Y luego lo mata y se mata?

–Según lo que me ha contado su marido, últimamente estaba muy nerviosa. Había días que tenía una especie de fijación de que iba a perder el niño. Otras veces actuaba como si temiese el momento de dar a luz. Parece ser que últimamente mostraba señales de tener un embarazo complicado.

–Y en vez de dar a luz o arriesgarse a perder el niño, ¿se ha matado?

El tono de Richard era escéptico y se veía a las claras que no se tragaba aquello.

–¿Está Phil contigo?

Phil era otro miembro experto de la Brigada de Homicidios de la fiscalía.

–Está fuera, hablando con la gente del vecindario.

–¿Quién la encontró?

–El marido. Acababa de llegar de un vuelo. Llamó a una ambulancia y a la policía local.

Richard se quedó mirando fijamente las señales de quemadura que había alrededor de la boca de Vangie Lewis.

–Debe de haberse salpicado –dijo con aire meditativo–. O quizá intentó vomitar el veneno, pero ya era demasiado tarde. ¿Podemos hablar con el esposo, hacer que venga aquí?

–Claro.

Charley hizo una seña al joven policía, quien se volvió y se alejó por el largo corredor.

Cuando Christopher Lewis entró en el dormitorio, tenía el aspecto de estar a punto de vomitar. Su tez poseía en aquel momento un enfermizo color verde. Un sudor frío y abundante le cubría la frente. Se había abierto la camisa, se había aflojado el nudo de la corbata y había metido las manos en los bolsillos del pantalón.

Richard le miró analizándolo. Lewis parecía destrozado, enfermo, nervioso... Pero allí faltaba algo. No tenía el aspecto de un hombre cuya vida se hubiese visto amenazada.

Richard había visto la muerte innumerables veces, había sido testigo del dolor de los parientes llenos de un silencio mudo; había quienes gritaban histéricamente, temblaban y lloraban y se arrojaban sobre el muerto; otros palpaban una mano del difunto intentando comprender. Se acordó del joven marido cuya esposa cayó muerta en un tiroteo, mientras la pareja salía de su coche para hacer la compra semanal. Cuando Richard llegó al sitio, se encontró al hombre que sostenía el cadáver, desconcertado, hablándole e intentando que la muerta le entendiese.

Aquello era dolor.

Fuese cual fuese la emoción que Christopher Lewis experimentaba, Richard apostaría su vida a que no era la de un marido destrozado.

Charley le interrogaba:

–Sé que esto es doloroso para usted, capitán Lewis. Pero facilitará mucho las cosas si nos permite hacerle unas preguntas.

–¿Aquí?

Era una voz que protestaba.

–Pronto sabrá por qué, no tardaremos mucho. ¿Cuándo fue la última vez que vio a su esposa?

–Hace dos noches. Yo me disponía a emprender un vuelo hacia la costa.

–¿Y a qué hora llegó a casa?

–Hará como una hora.

–¿Habló con su esposa durante estos dos días?

–No.

–¿Cuál era el estado mental de su esposa cuando la dejó?

–Ya se lo dije.

–¿Le importaría repetirlo para que pudiese oírlo el doctor Carroll?

–Vangie estaba preocupada, tenía mucha aprensión a tener un aborto.

–¿Le alarmaba a usted tal posibilidad?

–Estaba muy pesada y al parecer retenía mucho los líquidos, aunque tomaba píldoras para ello. Tengo entendido que esto es bastante normal.

–¿Llamó al ginecólogo para hablar con él y así quedarse usted tranquilo?

–No.

–De acuerdo, capitán Lewis. ¿Quiere echarle una ojeada a la habitación para ver si nota a faltar algo? Ya sé que no es fácil. Pero ¿quisiera fijarse con cuidado en el cuerpo de su mujer, para intentar ver si hay algo en él que, en cierto aspecto, sea diferente? Por ejemplo, ese vaso. ¿Está usted seguro que es el del baño?

Chris obedeció. Con un rostro que cada vez se hacía más pálido, observó cuidadosamente, detalle a detalle, el aspecto de su esposa muerta. Con ojos inquisitivos, Charley y Richard le observaban.

–No –murmuró–. No veo nada raro.

Las maneras de Charley se hicieron ágiles.

–De acuerdo, señor. En cuanto tomemos unas fotos, nos llevaremos el cadáver de su esposa para hacerle la autopsia. ¿Precisa de nuestra ayuda para comunicarse con alguien?

–Tengo que hacer unas cuantas llamadas. Por lo menos al padre y a la madre de Vangie. Se sentirán hechos polvo. Les llamaré ahora desde la biblioteca.

Cuando se hubo marchado, Richard y Charley intercambiaron una mirada.

–Ha visto algo que nosotros no hemos visto –dijo Charley llanamente.

Richard asintió.

–Ya me di cuenta.

Cabizbajos, ambos hombres clavaron la mirada en el rígido cadáver.

7

Antes de que Katie colgase, se las arregló para decirle a Molly lo del accidente y sugerirle que comiesen juntas. Pero Jennifer, su hija de doce años, y los gemelos de seis, se encontraban en casa, recuperándose de la gripe:

–Jennifer ya está bien, pero no me gustaría dejar solos a esos muchachos el tiempo suficiente para que me cuelguen el cubo de la basura –contestó Molly, y añadió que iría a recoger a Katie y la llevaría después a su casa.

Mientras esperaba, Katie tomó un baño rápido y se las arregló para lavarse y secarse el pelo con el secador, usando solo el brazo derecho. Luego se puso un grueso suéter de lana y unos pantalones de tweed muy bien cortados. El suéter rojo le daba algo de color al rostro; llevaba el pelo suelto justo sobre el cuello. Mientras se bañaba y se vestía, intentó racionalizar la alucinación de la noche pasada.

¿Habría estado de verdad de pie frente a la ventana? ¿Sería solo parte del sueño? Quizá la persiana se soltó y se enrolló despertándola de la pesadilla. Cerró los ojos cuando aquella escena volvió a aparecer en su conciencia. Parecía tan real: la luz del maletero brilló directamente sobre aquellos ojos fijos, sobre el largo pelo y las arqueadas cejas. Durante un instante, todo pareció muy claro. Aquello era lo que la asustaba: la claridad de la imagen. Hasta en el sueño aquel rostro le era conocido.

¿Le hablaría a Molly de esto? Claro que no. Últimamente Molly estaba muy preocupada con ella.

–Estás muy pálida, Katie. Trabajas demasiado. Has perdido la alegría.

Molly la había obligado a aceptar que la operasen.

–No puedes permitir que semejante cosa te ocurra indefinidamente. Esas hemorragias pueden ser peligrosas, si las dejas.

Luego añadió:

–Debes darte cuenta de que eres una mujer joven, Katie. Deberías coger unas vacaciones de verdad, viajar.

En el exterior de la casa se oyó, muy fuerte, un claxon mientras Molly frenaba su camioneta llena de parches. Haciendo un esfuerzo, Katie se puso una chaqueta de castor, se subió el cuello por encima de las orejas y salió con toda la prisa que le permitían sus hinchadas rodillas. Molly se inclinó, le abrió la puerta del coche, le dio un beso y la miró con ojos críticos.

–La verdad es que no se puede decir que estés rozagante. ¿Son graves las heridas?

–Podía haber sido mucho peor.

El vehículo olía vagamente a mantequilla de cacahuete y a chicle. Era un olor familiar y reconfortante, y Katie empezó a sentirse mejor. Pero aquel estado de ánimo desapareció inmediatamente cuando Molly dijo:

–El vecindario está hecho un lío. La gente de tu departamento ha bloqueado la casa de los Lewis. Y un detective, también de tu departamento, está haciendo preguntas a todo el mundo. Me pilló precisamente cuando me marchaba. Le dije que era tu hermana y repetimos el número de que eras maravillosa.

Katie dijo:

–Sería Phil Cunningham o Charley Nugent.

–Era un tipo grande, de cara llenita, agradable.

–Ese es Phil Cunningham. Es un buen hombre. ¿Qué clase de preguntas hacía?

–Bastante rutinarias: si habíamos reparado en la hora en que se marchó o regresó... Ya sabes, de esa clase.

–¿Y tú reparaste?

–Cuando los gemelos están enfermos e insoportables soy incapaz de darme cuenta de nada, ni aunque Robert Redford se mudase a la casa de al lado. De todas formas, apenas se ve la casa de los Lewis en un día soleado. Ya me dirás cómo la íbamos a ver de noche y con tormenta.

En aquel momento pasaban sobre el puente de madera justo antes de girar hacia Winding Brook Lane. Kate se mordió el labio.

–Molly, ¿quieres dejarme frente a la casa de los Lewis, por favor?

Molly se volvió asombrada.

–¿Por qué?

Katie intentó sonreír.

–Bien, soy ayudante del fiscal y ello es una buena razón. Además, soy consejera del departamento de policía de Chapin River. Normalmente, no tendría que ir. Pero ya que me encuentro aquí, creo que es mi deber.

El coche fúnebre del despacho del médico forense acababa de situarse en el sendero que conducía al garaje de la casa de los Lewis. Richard estaba en el umbral observando. Cuando Molly frenó, se acercó al coche. Con presteza, Molly explicó:

–Katie va a comer conmigo y pensó que debería haceros una visita. ¿Por qué no vienes tú también a comer con nosotros? Si puedes, claro.

Richard aceptó, ayudó a Katie a bajar del coche y dijo:

–Me alegro de verte. Hay algo en todo este asunto que no me gusta.

Ahora que Katie estaba a punto de ver a la víctima, sintió que la boca se le quedaba seca. Se acordaba de la imagen del rostro en su sueño.

Richard dijo:

–El marido está dentro.

–Le conozco, tú también debes de conocerle. Me lo presentaron en la fiesta de Año Nuevo que dio Molly. Pero ahora que me acuerdo, tú llegaste un poco tarde y ellos se marcharon antes de que tú entrases.

Richard dijo:

–Muy bien, ya hablaremos de todo esto más tarde. Esta es la habitación.

Katie se obligó a mirar el rostro ya conocido, y lo reconoció al instante. Tembló y cerró los ojos. ¿Se estaría volviendo loca?

–¿Te encuentras bien, Katie? –le preguntó Richard sin rodeos.

¿Qué clase de boba era?

–Me encuentro perfectamente bien –dijo, y su voz sonó bastante normal a sus propios oídos, y añadió–: Me gustaría hablar con el capitán Lewis.

Cuando llegaron a la biblioteca, la puerta estaba cerrada. Sin llamar, Richard la abrió con sigilo. Chris Lewis hablaba por teléfono dándoles la espalda. El tono de su voz era bajo, aunque claro.

–Ya sé que es increíble, pero te lo juro, Joan, no sabía nada de lo nuestro.

Richard cerró la puerta sin hacer ruido, y él y Katie se miraron en silencio. Luego ella dijo:

–Le diré a Charley que se quede aquí. Voy a recomendarle a Scott que hagamos una investigación a fondo.

Scott Myerson era el fiscal.

–Yo mismo me ocuparé de hacer la autopsia tan pronto como llegue el cadáver. En cuanto tengamos la seguridad de que ha sido el cianuro lo que la mató, mejor será que empecemos a averiguar cómo lo consiguió. Vamos, y procuremos no demorarnos mucho en casa de Molly.

La casa de Molly, como su coche, era un paraíso de normalidad. Katie la visitaba con frecuencia para tomarse un vaso de vino o cenar cuando volvía a casa al salir del trabajo. El olor de la buena comida que se cocinaba, los pies de los niños golpeando la escalera, el volumen a toda marcha de la televisión, las ruidosas voces infantiles, gritando y peleándose, eran para ella como volver a entrar en el mundo real, después de pasarse el día entero tratando con asesinos, secuestradores, carteristas, gamberros, pervertidos, incendiarios, rateros y chulos. Pero a pesar de lo mucho que quería a los Kennedy, aquellas visitas hacían que Katie apreciase la tranquila paz de su propio hogar, con la excepción, por supuesto, de las veces en que sentía que le pesaba la soledad y trataba de imaginarse cómo sería su vida si John estuviese aún vivo y hubieran empezado a tener niños.

–¡Katie! ¡Doctor Carroll!

Los gemelos llegaron dando saltos a saludarles.

–Katie, ¿has visto los coches de la policía? ¡Algo debe de haber pasado en casa del vecino!

Peter, que era diez minutos mayor que su hermano gemelo, era siempre el portavoz de los dos.

–¡Sí, justo en la casa del vecino! –añadió John.

Molly los llamaba Peter y su eco.

–¡Perdeos de vista y dejadnos tranquilos mientras comemos!

–¿Dónde están los otros niños? –preguntó Katie.

–Gracias a Dios, Billy, Diana y Moira hoy han ido al colegio –respondió Molly–. Jennifer está en la cama. Acabo de ir a su dormitorio y se ha dormido otra vez. La pobrecilla se siente muy mal.

Se sentaron a la mesa de la cocina, que era grande y alegremente cálida. Molly sacó la comida del horno, ofreció de beber, cosa que no aceptaron, y sirvió café. Katie pensó que su hermana cocinaba muy bien. Todo cuanto hacía tenía un sabor excelente. Pero cuando Katie intentó comer, se dio cuenta de que no podía tragar bocado. Miró a Richard. Este había añadido mostaza picante a su plato y comía con evidente satisfacción. Katie le envidió el distanciamiento que poseía en relación con su trabajo. Aún era capaz de gozar de un buen plato; aunque Katie estaba segura de que pensaba en el caso de los Lewis. Tenía la frente arrugada y el mechón de pelo castaño que le colgaba estaba alborotado, sus ojos azulgrisáceos parecían pensativos, y sus inmensos hombros se inclinaban hacia delante, mientras con dos dedos tamborileaba en la mesa. Katie hubiera apostado cualquier cosa a que ambos se hacían la misma pregunta: ¿con quién hablaba por teléfono Chris Lewis?

Se acordó de la única conversación que había mantenido con Chris: fue en una fiesta de Año Nuevo, e intercambiaron opiniones sobre secuestros de aviones. Parecía un hombre interesante, inteligente, agradable. Su aspecto de duro le hacía muy atractivo. También se acordó de que, tanto él como Vangie, se encontraban en todo momento en extremos opuestos del salón, lleno hasta los topes. Chris no mostró ningún entusiasmo cuando le felicitó por el hijo que iban a tener.

–Molly, ¿qué impresión tenías tú de los Lewis? Quiero decir, de la relación que había entre ambos –le preguntó Katie a su hermana.

Molly parecía perturbada.

–Sinceramente, creo que era un desastre. Vangie estaba tan obsesionada con su embarazo, que cada vez que venían a vernos hacía que la conversación girase entorno al niño, cosa que, sin duda alguna, le molestaba a él. Y dado que yo tuve que ver algo con el embarazo, me preocupaba bastante.

Richard dejó de tamborilear con los dedos y se irguió.

–¿Que tú tuviste que ver con qué?

–Quiero decir... Bueno, Katie, tú ya me conoces. El día que se mudaron, el verano pasado, fui a conocerles inmediatamente y les invité a cenar. Así lo hicieron. Vangie me dijo enseguida cuánto deseaba tener un hijo y cuánto le molestaba el hecho de que sus mejores años para tenerlo ya habían pasado. Acababa de cumplir los treinta.

Molly bebió un trago de bloody mary y miró con tristeza la copa vacía.

–Le hablé de Liz Berkeley. No pudo concebir hasta que visitó a un ginecólogo experto en cuestiones de fertilidad. Además, Liz acababa de dar a luz a una niñita y, claro, estaba extasiada. En resumen, que le hablé a Vangie del doctor Highley. Fue a visitarle y a los pocos meses se quedó embarazada. Desde entonces, cuánto he lamentado no haberme sabido callar a tiempo.

–¿El doctor Highley?

Molly asintió.

–Sí, el que te va a...

Katie movió la cabeza y la voz de Molly se desvaneció.

8

A Edna Burns le gustaba su trabajo. Era la recepcionista y quien se encargaba de la contabilidad de los dos médicos que estaban al frente y llevaban la sección de maternidad del hospital Westlake.

–Quien manda de verdad aquí es el doctor Highley. Ya sabes que estuvo casado con Winifred Westlake y ella se lo dejó en herencia. Él es quien está al mando de todo.

El doctor Highley era tocoginecólogo y tal como Edna explicaba:

–Es una fiesta ver cómo se comportan sus pacientes, cuando, por fin, quedan embarazadas. Se sienten tan felices, que uno pensaría que han inventado los niños. La verdad es que les cobra un ojo de la cara. Pero en realidad es un hacedor de milagros.

»Por otra parte –seguía explicando Edna–, Highley es el médico al que hay que acudir si se tiene un problema interno y *no* se quiere que se complique. Ya sabéis a qué me refiero –añadió guiñando el ojo.

El doctor Fukhito era psiquiatra. La sección de maternidad del hospital Westlake se basaba en un concepto de la medicina total: la mente y el cuerpo debían estar en armonía para un buen embarazo. Y si algunas mujeres eran incapaces de concebir, muchas veces se debía a que los temores y la ansiedad las perturbaban emocionalmente. Todos los pacientes de ginecología consultaban, por lo menos una vez, al doctor Fukhito. Pero a las embarazadas se les exigía una serie de consultas frecuentes.

Edna gozaba contando a sus amigos que la idea inicial del hospital Westlake se debía al viejo doctor Westlake, que murió antes de ponerla en práctica. Luego, hacía de esto ya ocho años, su hija Winifred se casó con el doctor Highley. Compraron la clínica River Falls cuando quedó en bancarrota, la rebautizaron con el nombre de su padre y puso al frente a su marido. Edna suspiraba mientras continuaba diciendo:

–Ella y el doctor estaban locamente enamorados. Quiero decir que ella tenía diez años más que él y nada a que aspirar. Pero eran una verdadera pareja de amantes. Él solía enviarle flores dos veces a la semana y, por muy ocupado que estuviese, siempre la acompañaba cuando iba de compras. Y os puedo asegurar que cuando murió fue terrible, pues nadie pudo nunca imaginar que estuviese tan enferma del corazón.

Luego, añadía:

–Gracias a Dios el doctor Highley siempre está ocupado. He visto a mujeres que no habían sido capaces de concebir quedarse encinta dos y hasta tres veces. Desde luego, algunas no tienen la suerte de conservar el niño hasta el parto, pero por lo menos saben que tienen una oportunidad. Deberíais ver qué cuidados reciben. Yo le he visto internar a mujeres en el hospital dos meses antes del parto. Claro, eso cuesta una fortuna. Aunque en realidad si alguien quiere un niño y puede permitirse el lujo, pagaría lo que le pidiesen. Pronto vosotras mismas podréis leerlo –añadía–. El próximo jueves, la revista *Newsmaker* publicará un artículo sobre el doctor Highley y la maternidad. La semana pasada vinieron los redactores y le fotografiaron en su despacho, junto a las fotos de todos los niños que ha traído al mundo. Fue maravilloso, y si creéis que ahora estamos ocupados, esperad a que salga el artículo. El teléfono estará continuamente comunicando.

Edna era una contable nata, sus libros eran maravillas de exactitud. Le encantaba hacer recibos y experimentaba un orgullo sensual cuando iba al banco a hacer grandes ingresos en la cuenta de su jefe. En su mesa de trabajo había un aviso muy claro y prominente que decía que todos los pagos había que hacerlos al contado. No se enviaban facturas mensuales. Miss Burns explicaría las programaciones de pago retenidas.

El doctor Highley le había dicho que, salvo que le avisase de lo contrario, ella se ocuparía de concertar citas con todos los pacientes que se marchasen del hospital. Y si por cualquier razón alguno no asistía a la cita, Edna le llamaría por teléfono a su casa y concertaría otra. Era una forma de funcionar muy buena, y, como dejaba entrever jubilosa Edna, proporcionaba una verdadera prosperidad económica.

El doctor Highley siempre la felicitaba por la excelente forma que tenía de llevar los libros y por su capacidad para mantener la agenda llena de citas.

La única vez que el doctor Highley la reconvino de mala manera fue cuando la oyó hablar con una paciente del problema de otra. Edna tuvo que admitir que su comportamiento no estuvo bien, pero aquel día se había permitido tomar un par de manhattans, y había bajado la guardia.

El doctor acabó su reprimenda diciendo: «Si la encuentro de nuevo hablando, se va a la calle».

Y sabía que lo decía en serio.

Edna suspiró, estaba cansada. La noche anterior, los dos médicos tuvieron turno nocturno y hubo mucho movimiento. Luego, durante un rato, se ocupó de los libros de contabilidad. Esta noche estaba impaciente por irse a casa y no habría quien la hiciese salir de nuevo a la calle. Se pondría una bata y se prepararía unos cuantos y buenos manhattans. Tenía jamón en lata en la nevera y cenaría eso, mientras veía la televisión.

Eran casi las dos de la tarde; dentro de tres horas se largaría. En aquel momento de tranquilidad, tenía que comprobar la agenda del día anterior para tener la seguridad de que había concertado todas las citas futuras. Refunfuñando y mirando con sus ojos miopes apoyó la ancha y pecosa cara en una gordezuela mano; se notaba el pelo sucio, pues no había tenido tiempo de lavárselo la noche anterior. Estaba un poco cansada después de tomarse unos cuantos cócteles.

Era una mujer de cuarenta y cuatro años, más bien gorda, que aparentaba diez años más de los que en realidad tenía. Había pasado su monótona juventud cuidando de sus ancianos padres. Cuando Edna veía fotos suyas tomadas mientras estudiaba en la Escuela de Secretariado Drake, le sorprendía un poco comprobar qué bonita había sido veinticinco años antes. Aunque siempre fue un poco regordeta, era bonita.

No estaba totalmente concentrada en la página que leía. De pronto algo la hizo centrar toda su atención. Se quedó quieta: la cita de las ocho de la noche del día anterior de Vangie Lewis.

La noche anterior Vangie llegó a la cita temprano y se quedó hablando con ella un rato. Estaba muy molesta. Bueno, Vangie era una mujer que se quejaba más o menos por todo, pero era tan bonita que a Edna le gustaba mirarla. Vangie había engordado mucho durante su embarazo y, para los expertos ojos de Edna, retenía mucho líquido. Edna rogaba para que Vangie pudiese tener su hijo sano y salvo, pues lo deseaba mucho.

Por consiguiente, no la culpaba por estar enfurruñada; en realidad, no se encontraba bien. El mes pasado Vangie empezó a usar unos mocasines muy gastados porque los otros zapatos ya no le resultaban cómodos. Sc los enseñó a Edna:

–¡Mira! ¡Tengo tan hinchada la pierna derecha que

solo puedo usar estas abarcas que tiró la asistenta! Una está a punto de deshacerse.

Edna intentó burlarse de ella.

–Bueno, con estas zapatillas de cristal, no me quedará más remedio que llamarte Cenicienta y a tu marido el Príncipe Encantado.

Edna sabía que estaba loca por su marido. Sin embargo, Vangie le espetó impaciente:

–¡Vamos, Edna, que todo el mundo sabe que el Príncipe Encantado era el novio de la Bella Durmiente y no de Cenicienta.

Edna se echó a reír.

–Entonces la culpa la tiene mi madre, que se habrá hecho un lío. Porque cuando me contó *La Cenicienta*, me dijo que quien buscaba a la dueña de los zapatos de cristal era el Príncipe Encantado. Pero eso carece de importancia: antes de que te des cuenta, tendrás a tu hijo en brazos y volverás a usar bonitos zapatos.

La noche anterior, Vangie, subiéndose el largo caftán que empezó a usar desde que se le hinchó la pierna, le había dicho:

–Edna, apenas puedo calzarme estas abarcas. ¿Y para qué todo esto, Dios mío, para qué? –añadió Vangie casi llorando.

–Veo que estás empezando a deprimirte, guapa. Has hecho bien en venir a charlar con el doctor Fukhito. Él te tranquilizará.

En aquel momento, el doctor Fukhito la llamó y le dijo que entrara mistress Lewis, quien al marcharse de la recepción, tropezó y perdió el zapato izquierdo.

–¡Oh, vete a la mierda! –gritó, y siguió andando.

Edna recogió el mocasín suponiendo que Vangie volvería a verla cuando hubiese hablado con el doctor Fukhito.

Siempre se quedaba a trabajar hasta tarde los lunes por la noche. Se ocupaba de los libros. Pero cuando sobre las nueve de la noche se disponía a marcharse y vio que Vangie aún no había regresado, decidió correr el riesgo de llamar al doctor Fukhito para decirle que dejaría el zapato frente a la puerta de su despacho, en el corredor.

Nadie le contestó en el despacho del doctor Fukhito. Esto quería decir que Vangie había salido por la puerta que daba directamente al aparcamiento. Era una locura que hubiese salido sin zapato, cogería un resfriado si se le mojaba el pie.

Sin proponérselo Edna, con el zapato en la mano, se marchó. Salió al aparcamiento y se dirigió hacia su coche, justo a tiempo de ver cómo el doctor Highley, al volante del gran coche de Vangie, aquel rojo Lincoln Continental tan llamativo, se marchaba. Trató de correr tras él e hizo señas al médico, pero de nada le valió. Así pues, se marchó a su casa.

A lo mejor el doctor Highley se había ocupado de concertar una nueva cita con Vangie, de todas formas la llamaría para asegurarse de ello. Marcó rápidamente el número de los Lewis. El teléfono sonó una, dos veces.

Una voz masculina contestó:

–Residencia de mister Lewis.

–¿Podría hablar con mistress Lewis, por favor? –preguntó Edna.

Y empleó un tono comercial, resuelto pero amistoso, que había aprendido en la Escuela de Secretariado Drake. Se preguntó si estaría hablando con el capitán Lewis.

–¿De parte de quién?

–De la consulta del doctor Highley. Queremos concertar fecha para la nueva cita de mistress Lewis.

–Espere un momento.

Sabía que alguien cubría con la mano el auricular. Oía voces lejanas. ¿Qué pasaría? A lo mejor Vangie estaba enferma. Si era así, habría que informar inmediatamente al doctor Highley.

Al otro extremo del hilo telefónico, la voz empezó a decir:

–Le habla el detective Cunningham, de la fiscalía del condado de Valley. Lamento decirle que mistress Lewis ha muerto de repente. Rogamos le comunique a su médico que mañana le visitará una persona de nuestro departamento.

–¿Que mistress Lewis ha muerto?

La voz de Edna se transformó en un desalentado aullido.

–¿Cómo ha ocurrido?

Hubo una pausa.

–Parece que se ha suicidado.

Se interrumpió la comunicación.

Lentamente, Edna colgó el receptor. No era posible. Simplemente no podía ser posible.

Las citas médicas concertadas para las dos de la tarde llegaron al mismo tiempo: mistress Volmer, para el doctor Highley; mistress Lashley para el doctor Fukhito. Edna las saludó mecánicamente.

–¿Se encuentra bien, Edna? –le preguntó, curiosa, mistress Volmer–. Parece como si le pasase algo o estuviese molesta.

Edna sabía que mistress Volmer había hablado algunas veces con Vangie en la sala de espera. Estaba a punto de decirle que Vangie había muerto, cuando su instinto le aconsejó que primero hablase con el doctor Highley.

Salió la paciente de la una y media. Oyó la voz del médico en el interfono.

–Edna, haga pasar a mistress Volmer.

Edna miró a las mujeres. No había modo de hablar por aquel aparatito sin que ellas se enterasen.

–¿Podría pasar un momentito, doctor? Tengo algo que comunicarle.

Sus palabras sonaron muy eficaces, cosa que le agradó, pues era señal de que era capaz de controlarse.

–Sí, por favor, entre.

La voz del médico no parecía muy alegre. Highley estaba un poco harto, pero así y todo podía ser agradable. Así lo había comprobado Edna la noche anterior.

Avanzó por el pasillo todo lo rápidamente que le permitió su pesado cuerpo y llegó resollando a la puerta del médico. Tras llamar, le respondieron del interior:

–Entre, Edna.

Su voz denotaba cierta irritación.

Tímidamente, abrió la puerta y entró en el despacho.

–Doctor –dijo, apresurada–, supongo que querrá saberlo. Acabo de llamar a mistress Lewis, a Vangie Lewis, para concertar una cita. Usted me dijo que quería verla cada semana.

–Sí, sí, así es. Pero por todos los dioses, cierre la puerta, que todo el hospital se va a enterar de lo que tiene que decirme.

Edna le obedeció rápidamente y, tratando de mantener la voz baja, le dijo:

–Doctor, cuando llamé a la residencia, contestó un detective que me dijo que mistress Lewis se había suicidado y que mañana vendrían a verle.

–¿Que mistress Lewis...?

La voz del doctor dejaba traslucir el desconcierto.

Ahora que Edna podía hablar, las palabras se le amontonaban en la boca y brotaban como un torrente.

–Estaba tan molesta anoche... ¿No es verdad, doctor? Quiero decir que ambos pudimos advertirlo. Su modo de hablar conmigo y su manera de actuar, como si nada le importase... Bueno, usted ya debía saberlo. Créame, opino que no pudo hacer usted nada mejor que acompañarla hasta su casa, en su coche. Traté de saludarle, pero no me vio. De todas formas, supongo que nadie mejor que usted sabía cómo se encontraba mistress Lewis.

–Edna, ¿con cuántas personas ha hablado de esto?

Había algo en el tono de voz del doctor Highley que la puso muy nerviosa. Intranquila, evitó mirarle.

–¿Por qué me lo pregunta, señor? Con nadie. Acabo de enterarme ahora mismo.

–¿Me va a decir que no ha hablado de la muerte de mistress Lewis ni con mistress Volmer, ni con nadie en recepción?

–Claro que no. Con nadie, señor.

–¿Ni siquiera con el detective, por teléfono?

–No, señor.

–Edna, mañana, cuando venga la policía, usted y yo le diremos todo lo que sabemos sobre el estado mental de mistress Lewis. Ahora, escúcheme. –Y apuntándole con un dedo, se acercó. Involuntariamente, Edna retrocedió–. No quiero que mencione usted el nombre de mistress Lewis a nadie, a *nadie*. ¿Me comprende? La pobre era muy neurótica e inestable. Pero el hecho es que su suicidio puede tener muy malas consecuencias para nuestro hospital. ¿Qué cree usted que van a decir los periódicos cuando se enteren de que era paciente mía? Y de ningún modo quiero que chismorree en la recepción con otras pacientes, algunas de las cuales están en peligro de abortar, ¿me ha entendido bien?

–Sí, señor –respondió Edna, temblando.

Debería haber advertido que el doctor pensaría que chismorrearía sobre el suceso.

–¿Le gusta su trabajo, Edna?

–Sí, señor.

–Entonces no hable con nadie. Con nadie, ¿me oye? Ni una sola palabra sobre el caso de los Lewis. Si me entero de que dice tan solo una, la despediré. Mañana hablaremos con la policía, y con nadie más. Los problemas mentales de mistress Lewis son confidenciales. ¿He hablado con bastante claridad?

–Sí, señor.

–¿Va a salir esta noche con sus amigos? Ya sabe cómo se pone usted cuando bebe.

Edna estaba a punto de llorar.

–Me iré directamente a casa. No me encuentro bien, doctor. Mañana quiero estar bien cuando la policía me interrogue. ¡Pobre Cenicienta!

Hizo pucheros mientras las lágrimas le brotaban con facilidad. Pero entonces vio la expresión del rostro del doctor: estaba furioso, disgustado. Edna se enderezó y se secó los ojos.

–Ahora haré pasar a mistress Volmer, doctor. Y no tiene de qué preocuparse. Para mí, este hospital tiene mucho valor. Sé todo cuanto significa su labor para usted y para nuestras pacientes. No diré ni una sola palabra.

Edna pasó el resto de la tarde muy ocupada. Se las arregló para alejar de su cabeza el recuerdo de Vangie mientras hablaba con las pacientes, concertaba citas futuras, cobraba y les recordaba a algunas que se habían retrasado algo en los pagos. Por fin, a las cinco de la tarde pudo marcharse.

Cálidamente protegida por su abrigo de piel sintética que imitaba a la de un leopardo y con un sombrero que hacía juego, condujo su coche hasta su apartamento, situado en Edgeriver, a nueve kilómetros de distancia.

9

En la sala de autopsias clínicamente impersonal del depósito de cadáveres del condado de Valley, Richard Carroll sacó cuidadosamente el feto del cadáver de Vangie Lewis. Sus largos y sensibles dedos elevaron el cuerpecillo notando que el líquido amniótico había empezado a fluir. Vangie Lewis no hubiese podido conservar el niño mucho tiempo más. Richard supuso que pesaría algo más de un kilogramo: era un varón.

El primogénito.

Movió la cabeza ante aquella vida desperdiciada y colocó el cuerpo en una mesita adyacente. Vangie tenía un avanzado estado de toxemia. Era increíble que un médico hubiese permitido el embarazo hasta aquel punto y en aquellas condiciones. Le hubiera gustado mucho conocer la cantidad de glóbulos blancos que tenía; posiblemente era muy alta.

Ya había enviado muestras para que las analizasen en el laboratorio. No le cabía ninguna duda de que el cianuro la había matado; tenía quemadas la garganta y la boca, pues había tomado una gran cantidad. Que Dios la cogiese confesada.

¿Y qué decir de aquellas quemaduras externas de la boca? Con cuidado, Richard las examinó intentando imaginarse el momento en que bebió el veneno: habría empezado a tragarlo, pero al sentir su quemadura, habría cambiado de opinión e intentado vomitarlo, derramando el líquido por encima del labio y el mentón.

Para él, aquello no estaba claro.

Del abrigo colgaban unas cuantas finas fibras blancas; parecían pertenecer a una manta. Las mandó analizar, pues creía que Vangie murió sobre un cubrecama de felpilla y quería comparar aquellas fibras con las del cubrecama. Desde luego, por el desgaste se deducía que había usado mucho aquel abrigo y por tanto podía haberlas cogido en cualquier parte.

El cadáver estaba tan hinchado que daba la sensación de que la víctima se había limitado a ponerse la ropa que mejor la cubriese.

Con excepción de los zapatos. Esto era otro detalle incongruente: aquellos zapatos tenían un buen diseño y eran caros; además, parecían recién estrenados. Resultaba improbable que Vangie hubiese salido el lunes con esos zapatos y tuvieran un aspecto tan nuevo. No había manchas de agua ni de nieve, aunque en el tobillo del leotardo se veían manchas de nieve sucia. ¿No sugería aquello que Vangie salió, entró de nuevo y decidió marcharse otra vez, se cambió de zapatos y luego se suicidó?

Aquello tampoco estaba claro.

Otra cosa: los zapatos le apretaban muchísimo, en particular el del pie derecho. Apenas podía atárselo y el empeine, además, era estrecho: era como atornillárselos. Y considerando el resto de la ropa que llevaba, ¿cómo explicarse que fuera a ponerse un par de zapatos que la iban a matar?

Unos zapatos que la iban a matar...

Aquella frase se clavó en su mente. Se irguió. Había terminado. Tan pronto como tuviera el informe del laboratorio, hablaría con Scott Myerson sobre sus descubrimientos.

Se volvió de nuevo para mirar el feto. El cianuro había entrado en su corriente sanguínea. Como su madre, debió de sufrir mucho antes de morir. Richard lo examinó con cuidado. El milagro de la vida nunca dejaba de infundirle respeto. En todo caso, crecía con cada experiencia que tenía de la muerte. Le maravillaba el exquisito equilibrio del cuerpo: la armonía de sus partes: músculos y fibras, huesos y cartílagos, venas y arterias; la profunda complejidad del sistema nervioso, la capacidad del cuerpo para curar sus propias heridas, su elaborado intento para proteger lo que aún no había nacido.

De pronto se inclinó sobre el feto. Le quitó con presteza la placenta y lo estudió bajo una luz muy intensa. ¿Sería posible?

Solo era una sospecha. Tendría que comprobarla. Dave Broad era el hombre indicado. Estaba a cargo de las investigaciones prenatales del hospital Monte Sinaí. Le enviaría el feto y le pediría opinión.

Si lo que creía era verdad, había una razón más que poderosa para que el capitán Chris Lewis estuviese disgustado con el embarazo de su esposa.

¡Lo bastante disgustado como para matarla!

10

Scott Myerson, fiscal del condado de Valley, preparó una reunión que tendría lugar a las cinco de la tarde en su despacho, con Katie, Richard y los dos detectives de la Brigada de Homicidios asignados al caso del suicidio de mistress Lewis. La oficina de Scott estaba muy lejos de la imagen creada por la televisión de lo que eran los predios particulares de un fiscal: era pequeña, las paredes estaban pintadas de un tenue color amarillo, los muebles medio destrozados, y los antiguos archivos tenían un color gris digno de los buques de guerra. Las ventanas se abrían sobre la cárcel del condado.

La primera en llegar fue Katie; se sentó con vivacidad en una butaca bastante cómoda. Scott la miró con una sonrisa. Era un hombre pequeño que tenía una voz asombrosamente profunda. Llevaba grandes gafas de carey, un bigote negro bien cortado y un traje meticulosamente hecho y de estilo conservador, que le hacía parecer más un banquero que un hombre de leyes. Se había pasado todo el día en el tribunal ocupado en un caso que llevaba personalmente, y solo había hablado por teléfono con Katie. Ahora observaba su brazo vendado, el golpe que tenía bajo un ojo y el indicio de dolor que dejó entrever el rostro de la muchacha al mover el cuerpo.

–Gracias por venir, Katie –le dijo–. Sé que estás saturada de trabajo y lo aprecio de veras. Creo que sería bueno que mañana te tomases el día libre.

Katie movió negativamente la cabeza.

–No, me encuentro bien. Creo que mañana gran parte de este dolor habrá desaparecido.

–Muy bien. Recuerda que si empiezas a encontrarte mal quiero que te marches a casa.

Luego fue directamente al grano:

–El caso de los Lewis... Vamos a ver, ¿qué tenemos?

Richard y los detectives entraron mientras Katie hablaba. En silencio, se sentaron en tres sillas de tijera.

Scott golpeaba con un lápiz la mesa mientras escuchaba. Luego se volvió a los detectives.

–Y vosotros, ¿qué sabéis?

Phil Cunningham sacó su bloc de notas.

–Esa casa lo era todo menos un hogar feliz. Parece ser que los Lewis asistieron a varias fiestas del vecindario.

Miró a Katie y añadió:

–Tengo entendido que tu hermana los invitó. Chris Lewis le caía bien a todo el mundo. Pero Vangie era insoportable. Es evidente que porque tenía celos de él. No le interesaba ninguna de las actividades del vecindario, absolutamente ninguna. Asistía a todas las fiestas siempre colgada del brazo de su marido y le molestaba mucho que él hablara más de cinco minutos con otra mujer. Chris tenía mucha paciencia con ella. Una de las vecinas señaló que su marido le había dicho, después de una de esas fiestas, que si él hubiera estado casado con Vangie, la habría matado con sus propias manos. Luego, cuando quedó embarazada, se volvió completamente insufrible. No paraba de hablar en ningún momento.

Charley abrió su bloc de notas:

–Hubo una llamada de la consulta de su ginecólogo para concertar una cita y les dije que mañana iríamos a hablar con el médico.

Richard habló con serenidad.

–Hay unas cuantas preguntas sobre el estado de Vangie Lewis que me gustaría hacer a ese médico.

Scott miró a Richard.

–¿Has acabado ya la autopsia?

–Sí, no hay duda de que fue el cianuro. La mató instantáneamente. Tenía la boca y la garganta muy quemadas. Lo cual me lleva a un punto crucial.

Había una botella de agua y vasos de papel encima de un archivo. Richard se encaminó hacia allí, llenó un vaso y añadió:

–Bien, supongamos que este vaso está lleno de cianuro disuelto y que yo estoy a punto de suicidarme. Bebo un gran trago.

Se lo bebió con rapidez; el vaso de papel estaba casi lleno; los otros le miraban absortos. Richard seguía sosteniendo el vaso en la mano y dijo:

–En mi opinión, Vangie Lewis por lo menos debió de haber bebido la cantidad que yo acabo de beber, para encontrar la proporción de cianuro que hemos hallado en su cuerpo. Hasta aquí todo va bien. Ahora bien, aquí surge el problema. La parte exterior de sus labios, del mentón y hasta parte del cuello están quemados. La única forma de que ocurra algo así es vomitando parte del líquido... Por cierto, bastante líquido. Si Vangie tragó la misma cantidad que yo de un golpe, significa que tenía la boca vacía.

¿Quiere esto decir que bebió otro trago y lo vomitó? Imposible. La reacción es instantánea.

–¿No habrá bebido solo la mitad del primer buche y arrojado el resto? –preguntó Scott.

Richard se encogió de hombros.

–Había demasiado cianuro en su organismo y en su rostro como para pensar en eso. Sin embargo, la cantidad vertida sobre el cubrecama fue mínima y solo había unas gotas en el fondo del vaso. O sea, que si estaba sosteniendo el vaso lleno, habría tenido que salpicar un poco sobre los labios y el mentón y luego beberse el resto para justificar toda la cantidad. Podría haber sucedido de esa forma, pero no lo creo. El otro problema es los zapatos que llevaba puestos.

Explicó con rapidez la opinión que tenía de que Vangie Lewis no podría haber caminado cómodamente con los zapatos que llevaba. Mientras hablaba, Katie recordó el rostro de Vangie. El rostro muerto que había visto en el suelo y el rostro muerto que había contemplado sobre la cama se mezclaban en su mente. Se forzó por centrar la atención en lo que sucedía en la habitación y se dio cuenta de que Charlie hablaba con Scott.

–Richard y yo creemos que el marido notó algo raro en el cadáver, pero no nos lo dijo.

–Yo creo que se trataba de los zapatos –añadió Richard.

Katie se volvió y le miró.

–La llamada telefónica que hizo Chris... Ya te he hablado de ella antes, Scott.

–Sí –dijo Scott recostándose en su butaca–. Muy bien. Vosotros dos.

Y señaló a Charley y a Phil:

–Averiguad todo cuanto podáis sobre el capitán Lewis y también quién es esa Joan. Enteraos de la hora en que llegó su vuelo. Comprobad las llamadas telefónicas que Vangie Lewis hizo durante los últimos días. Ocupaos de que Rita vea al médico de mistress Lewis para que le dé su opinión sobre sus condiciones físicas y mentales.

–Yo le puedo decir lo que quiera sobre sus condiciones físicas –dijo Richard–. Si hubiera abortado, se habría ahorrado el cianuro.

–Además, hay otra cosa. ¿Cómo consiguió el cianuro? –preguntó Scott.

–No hay ni rastro en la casa –le informó Charley–. Ni una gota. Aunque como le gustaba la jardinería a lo mejor tenía guardado un poco del verano pasado.

–¿Para qué? ¿Por si quería suicidarse?

En la voz de Scott no había humor.

–¿Algo más que agregar, caballeros?

Richard dudó y dijo lentamente:

–Puede que sí, pero es tan improbable... Y debido a lo que acabo de oír, es muy posible que siga una pista equivocada. Dadme otras veinticuatro horas. Entonces es posible que pueda arrojar una nueva luz sobre este caso.

Scott asintió y se puso de pie.

–Muy bien, creo que todos estamos de acuerdo. Ninguno de nosotros opina que se trata de un suicidio.

Y miró a Richard.

–Una sola pregunta más: ¿existe la probabilidad de que haya muerto en otra parte y de que alguien la colocase en la cama?

Richard refunfuñó.

–Es posible... Pero la forma en que se coaguló la sangre en su cadáver quiere decir que estaba descansando en la posición en que la encontramos en el lecho desde el momento en que bebió el cianuro.

–De acuerdo, eso es solo una suposición, ya continuaremos esta noche –dijo Scott.

Katie empezó a ponerse de pie.

–Ya sé que parecerá una locura, pero...

Sintió cómo el brazo de Richard la sostenía.

–Sin duda alguna, parece que estás rígida –le interrumpió él.

Por un instante Katie pensó hablarles del sueño loco que había tenido en el hospital. La voz de Richard la hizo volver a la realidad. Ante ellos habría quedado como una tonta. Y, agradecida, le sonrió a Richard mientras decía:

–Creo que lo que tengo más rígido es la cabeza.

II

No estaba dispuesto a permitir que Edna destruyese todo cuanto había construido. Sus manos se agarraron al volante; sentía cómo le temblaban, tenía que calmarse.

Lo más extraño de todo era la exquisita ironía del destino: que, de todos, hubiera sido Edna quien le había visto conducir el Lincoln fuera del aparcamiento. Sin duda alguna, la enfermera creyó que Vangie le acompañaba en el coche, pero en cuanto lo contase a la policía, lo descubrirían. Casi podía oír las preguntas: «Usted llevó a mistress Lewis a su casa, doctor. ¿Qué hizo cuando la dejó? ¿Llamó a un taxi? ¿Qué hora era entonces, doctor? Miss Burns nos ha dicho que usted se marchó del aparcamiento poco antes de las nueve de la noche».

La autopsia, sin duda, probaría que Vangie murió más o menos a esa hora. ¿Y qué pensaría la policía si él les decía que había regresado andando al hospital con aquella tormenta?

Había que acallar a Edna. En el asiento de al lado iba su maletín médico, y en su interior, el pisapapeles de su despacho. No solía molestarse en llevar maletín, pero aquella mañana lo había sacado con la intención de guardar los mocasines. Tenía la intención de ir a cenar a Nueva York y abandonar los zapatos en diferentes cubos de basura, donde desaparecerían a la mañana siguiente.

Pero aquella mañana Hilda había llegado pronto y se quedó a hablar con él en el vestíbulo, mientras el médico se ponía el abrigo gris de tweed y ella le entregaba el sombrero y el maletín. Resultaba imposible cambiar los mocasines de la Burberry al maletín delante de su asistenta. ¿Qué hubiera pensado? No importaba, la gabardina estaba en el fondo del armario empotrado, la doméstica no tenía ningún motivo para acercarse allí. Y esta noche, tras acabar con Edna, iría a casa y haría desaparecer los zapatos a la noche siguiente.

Era un verdadero golpe de suerte que Edna viviese tan cerca del hospital, motivo por el cual él conocía su apartamento, pues varias veces la había ido a visitar cuando ella, debido a la ciática que padecía, no podía ir al trabajo. Le bastaría con comprobar el número del apartamento para estar plenamente seguro. Tendría que hacer que la muerte pareciese un asesinato cometido durante un robo. El gabinete de Katie DeMaio se ocuparía, sin duda, de esta causa, pero nunca relacionaría el homicidio de una anónima contable con su empresario o con Vangie Lewis.

Le robaría la cartera y las pocas joyas que tuviese. Devanándose los sesos, se acordó de que tenía un alfiler con una mariposa y un minúsculo rubí y un anillo de compromiso con unos pequeños diamantes. Se los había mostrado cuando fue a dejarle un poco de trabajo en casa, hacía unos meses.

«Doctor, este es el anillo de compromiso de mi madre –dijo orgullosa–. Papá y mamá se enamoraron la primera vez que salieron juntos y mi padre se lo regaló en la segunda cita. ¿Me creería usted si le dijese que ambos tenían poco más de cuarenta años? Papá me lo dio cuando mamá murió, ya hace de esto tres años, y usted sabe que él apenas la sobrevivió dos meses. Desde luego, mamá tenía unos dedos muy pequeños, por eso lo llevo en el meñique. Mi padre le regaló este alfiler en su décimo aniversario de casados.»

Tuvo que aguantar aquel aburrido cuento, aunque ahora se daba cuenta de que, como todo en esta vida, en potencia podía ser útil. Había permanecido sentado junto al lecho mientras Edna guardaba su barato joyero de plástico en la mesilla de noche. Sería fácil llevarse aquel anillo, el alfiler y la cartera, lo cual dejaría bien a las claras que se trataba de un asesinato por robo.

Luego se desharía de las cosas junto con los zapatos. Y aquello sería el final de todo.

Con la excepción de Katie DeMaio.

Se mojó el labio de arriba con la parte inferior del labio inferior; se notaba la boca seca.

Tenía que pensar en el apartamento de Edna. ¿Cómo se las arreglaría para entrar? ¿Se atrevería a tocar el timbre para que le dejase pasar? ¿Y si no estaba sola?

Pero estaría sola, estaba seguro de ello. Edna se iría a casa para empezar a beber; lo adivinaba en los movimientos nerviosos y vehementes que hacía mientras la miraba andar por el pasillo. Estaba agitada, inquieta y, sin duda alguna, nerviosa por las historias que contaría al día siguiente a la policía.

Un sudor helado le perlaba la frente cuando se paró a pensar que a lo mejor Edna había decidido hablar con las pacientes en la recepción antes de dirigirse a él para contarle lo de Vangie. Las ednas de este mundo necesitaban público: escuchadme, fijaos en mí, ¡existo!

No sería por mucho tiempo, Edna; no, no sería por mucho tiempo.

Estaba ya muy cerca de la zona del aparcamiento. La última vez que la visitó dejó el coche detrás de la casa, en uno de los aparcamientos para visitantes. ¿Se atrevería a dejarlo allí? Hacía frío, soplaba el viento, estaba oscuro. Muy poca gente se atrevería a pasear por ese lugar y quienquiera que lo hiciese se daría prisa, no se fijaría en un coche oscuro, de precio medio y totalmente corriente. La última vez que estuvo fue hasta el extremo del edificio donde ella tenía el apartamento. Edna vivía en el piso bajo. Unos arbustos espesos intentaban ocultar una herrumbrosa cerca de hierro que separaba el complejo de una marcada pendiente que bajaba unos cuatro metros y terminaba en los raíles de uno de los ramales del tren.

La ventana del dormitorio de Edna se abría sobre el aparcamiento; la cubrían altos arbustos sin podar. Estaba a nivel del suelo, bastante baja si no se equivocaba. ¿Qué sucedería si no estaba abierta? A esta hora, y si no se equivocaba, Edna estaría ya muy bebida. Podría entrar y salir por la ventana, lo cual haría más creíble lo del robo. En caso contrario, tendría que tocar el timbre, entrar, matarla y marcharse después. Si alguien le veía, podría decir que se había detenido para llevar unos papeles, y que había decidido no hacerlo, debido a que Edna estaba bebida. Cualquier intruso debió llegar más tarde; nadie que estuviera en su sano juicio acusaría a un rico doctor de robar a su contable, que no tenía un céntimo.

Satisfecho, fue reduciendo la marcha a medida que se acercaba al complejo de apartamentos: las unidades dobles, todas exactamente iguales, parecían tristes y severas en la fría noche de febrero.

En el aparcamiento habría una media docena de coches. Estacionó el suyo entre una camioneta y una «rubia» y desapareció entre el cavernoso espacio que proyectaban los vehículos mayores.

Se puso los guantes de operar y se colocó el pisapapeles en un bolsillo del abrigo; salió con cuidado, cerró la puerta sin hacer ruido y desapareció entre las profundas sombras que arrojaban los edificios. En silencio dio gracias a los dioses porque Edna vivía en el último apartamento. Así no había manera de equivocarse de dirección.

La persiana del dormitorio estaba casi bajada. Había una planta sobre la que descansaba la persiana, lo pudo ver con claridad. Una de las luces del vestíbulo iluminaba la habitación. La ventana estaba ligeramente abierta; Edna debía de estar en el salón o en el comedor. Oyó el débil sonido de la televisión. Entraría por la ventana.

Miró con rapidez a su alrededor y volvió a asegurarse de que la zona estaba desierta. Con dedos de acero, cubiertos con los ajustados guantes, abrió la ventana. Sin hacer ruido, subió la persiana. En silencio, sacó la maceta y la puso en el suelo. Más tarde, aquello sería una clara prueba de cómo había entrado el ladrón. Se deslizó por el alféizar. A pesar de su gran estatura, era un hombre muy ágil.

Ya estaba en el dormitorio. En la débil luz advirtió la limpieza virginal, el cubrecama de ganchillo, el crucifijo sobre el lecho, las fotos enmarcadas de una pareja de personas mayores, el adorno de encaje de la tapa mellada del tocador de caoba.

Ahora llegaba el momento importante, el momento que detestaba. Palpó el pisapapeles que tenía en el bolsillo. Estaba decidido a machacarle los sesos. Una vez leyó que se había probado la culpabilidad de un médico debido a las puñaladas dadas en los sitios clave. No estaba dispuesto a que sus conocimientos médicos le delatasen; eran precisamente aquellos conocimientos la causa de que se encontrara allí.

Empezó a caminar de puntillas por el pequeño vestíbulo. El baño quedaba a la derecha; la sala de estar, a unos dos metros de donde se encontraba, a la izquierda. Se asomó cuidadosamente. El televisor estaba encendido, pero la habitación se hallaba vacía. Oyó el ruido de una silla que crujía. Edna debía de estar en el comedor. Con un cuidado infinito, penetró en la sala de estar. Era el momento. Si ella le veía y gritaba...

Pero Edna le daba la espalda. Envuelta en una bata de algodón azul, estaba hundida en una butaca, a uno de los extremos de la mesa. Una mano oprimía un gigantesco vaso de cóctel y la otra estaba recogida en el regazo. La alta coctelera que tenía delante estaba casi vacía. La cabeza se apoyaba en el pecho, su respiración débil y uniforme le permitió comprobar que estaba dormida. Apestaba a alcohol.

Con rapidez, calibró la situación, sus ojos se fijaron en el silbante radiador que quedaba a la derecha de la mesa. Era de un modelo antiguo, con los tubos marcados. ¿Sería posible? A lo mejor ni tenía que usar el pisapapeles, quizá...

–Edna –susurró por lo bajo.

–¿Qué? ¡Oh...!

Levantó la cabeza y le miró con ojos adormilados. Confundida, empezó a levantarse apoyándose de una manera extraña en la butaca.

–Doctor...

Un violento golpe la hizo recular; su cabeza se estrelló contra el radiador. En su cerebro estallaron luces cegadoras. ¡Oh, el dolor, Dios mío, el dolor! Edna suspiró. La calmante calidez de la sangre que brotaba la sumió en la oscuridad. El dolor se extendió y se intensificó y llegó al clímax. Luego empezó a retroceder y acabó.

Él saltó, procurando no pisar la sangre esparcida. Luego se inclinó sobre Edna con cuidado. Mientras la observaba, los latidos del pulso en su garganta temblaron y se detuvieron. Estaba muy cerca del rostro de Edna, que dejó de respirar. Soltó el pisapapeles en el interior del bolsillo; ya no lo necesitaría. Ni se molestaría en aparentar un robo, todo daría la sensación de que Edna se había caído. Tenía suerte, había nacido para que no le descubriesen.

Volvió rápidamente sobre sus pasos y entró en el dormitorio. Observando con astucia y comprobando que el aparcamiento aún seguía vacío, salió por la ventana, se acordó de colocar la planta en su sitio, bajó la persiana y cerró la ventana hasta dejarla como estaba al entrar.

Mientras salía, oyó el sonido persistente de un timbre: ¡el timbre de la puerta de Edna! Miró nerviosamente a todas partes. La tierra, dura y seca, no ofrecía ninguna evidencia de huellas; el alféizar estaba completamente limpio. No había ninguna señal de que se hubiese removido el posible polvo que hubiera, puesto que había saltado sobre el alféizar, no había huellas de zapatos. Volvió corriendo al coche y, con serenidad, arrancó el motor. Con los faros apagados, salió del complejo de aparcamientos. Al acercarse a la carretera 4, los encendió.

¿Quién había estado en el umbral de la puerta de Edna? ¿Intentaría entrar? Edna estaba muerta, ya no podría chismorrear. Pero había estado muy cerca, demasiado cerca.

La adrenalina corrió por sus venas. Ahora solo quedaba una amenaza posible: Katie DeMaio.

Ya empezaría a ocuparse de eliminarla. El accidente que había sufrido le proporcionaba la ocasión necesaria para iniciar la medicación.

En su historial médico aparecía un claro déficit en glóbulos rojos. Ya le habían hecho una transfusión en la sala de urgencias; ordenaría que le hiciesen otra, pretendiendo aumentar sus defensas para la operación.

Le recetaría píldoras Cumadín, que impedirían la coagulación, contrarrestando así los beneficios de la transfusión. El viernes, cuando fuese al hospital, estaría al borde de la hemorragia. Sería posible hacer una operación de urgencia sin administrarle más coagulantes; pero si fuera necesario, le inyectaría heparina; eso agotaría todos sus mecanismos de coagulación y no sobreviviría a la intervención quirúrgica.

El bajo número de glóbulos rojos, sumado al Cumadín y la heparina, serían tan efectivos con Katie DeMaio como lo había sido el cianuro con Vangie Lewis.

12

Richard y Katie se marcharon juntos del despacho de Scott; ella sabía que él se molestaría si, por casualidad, le sugería que cogería un taxi para que la llevase a casa. Antes de subir al coche, Richard le propuso:

–Primero cenaremos. Un bistec y una botella de vino te hará correr los jugos.

–¿Qué jugos? –preguntó ella, precavida.

–La saliva, los estomacales, todos.

Richard escogió un restaurante formado por una suerte de cabina que colgaba de manera precaria sobre las palizadas. El pequeño comedor era cálido debido al fuego de la chimenea y a la luz de las velas.

–¡Oh, qué agradable! –dijo Katie.

Era evidente que el dueño conocía muy bien a Richard.

–¡Qué gusto verle por aquí, doctor Carroll! –dijo al

tiempo que les conducía a la mesa que se hallaba frente a la chimenea y ayudaba a Katie a sentarse.

Esta sonrió pensando que, o bien Richard lo suponía, o parecía estar tan helada y desconsolada como lo estaba en realidad.

Richard pidió una botella de Saint Emilion; un camarero trajo pan de ajo caliente. Se sentaron y permanecieron agradablemente en silencio mientras comían y bebían. Katie advirtió que era la primera vez que estaba así con Richard: juntos en una pequeña mesa, separados de todos los demás del salón, mirándose frente a frente.

Richard era un hombre muy alto, de aspecto fuerte y saludable, lo que se manifestaba en su endrino y oscuro cabello, en sus rasgos marcados y equilibrados, en sus anchos y corpulentos hombros. «Cuando sea mayor, tendrá una apariencia leonina», pensó Katie.

–Acabas de sonreír –dijo Richard–. En fin, te doy el penique de siempre por tus pensamientos.

Ella se lo contó.

–Leonino.

Richard consideró la palabra reflexivamente.

–Un león en invierno, lo acepto. ¿Te gustaría saber lo que pienso?

–Claro que sí.

–Cuando tienes la cara relajada, tus ojos son muy tristes, Katie.

–Lo siento, no es esa mi intención. Creo que no soy una persona triste.

–¿Sabías que he querido pedirte que salieses conmigo durante los últimos seis meses, y solo me he atrevido por culpa de un accidente que casi te ha costado la vida?

–Tú nunca me invitaste a salir –dijo Katie, evasiva.

–Tú no querías que te lo pidiese. Dejas entrever una señal definitiva que dice: «Se ruega no molestar». ¿Por qué?

–No me gusta salir con compañeros de trabajo. Estos son mis principios, más o menos –respondió Katie.

–Te entiendo. Pero no es de eso de lo que hablamos.

Nosotros gozamos con nuestra mutua compañía, ambos lo sabemos. Aunque no quieras aceptarlo. Mira el menú.

Sus maneras cambiaron y se hicieron casi comerciales.

–Las especialidades de este sitio son el entrecôte y el bistec au poivre.

Al verla dudar, Richard le sugirió:

–Pide el bistec, es fantástico. Y que no esté muy hecho –añadió optimista.

–No, muy hecho –dijo Katie.

Ante la cara de terror que puso Richard, ella soltó una carcajada:

–Por supuesto, no muy hecho.

El rostro volvió a cobrar su aspecto normal. Pidió ensalada con el aliño de la casa y patatas asadas. Luego se inclinó hacia delante y se quedó estudiando a Katie.

–¿Es que no quieres nada de nada? –le preguntó.

–¿Te refieres a la ensalada o al bistec?

–No, no te escabullas. De acuerdo, no soy sincero. Estoy tratando de dominarte y tú estás cautiva. Pero, dime, ¿qué haces cuando no estás en el despacho o en casa de tu hermana? Sé que te gusta esquiar.

–Sí, tengo una amiga de la universidad que está divorciada. El invierno siguiente a la muerte de John me arrastró con ella a Vermont. En la actualidad ella, dos parejas y yo alquilamos una casa en Stowe durante la temporada de esquí. Voy todos los fines de semana que puedo. Aunque no soy una gran esquiadora, me gusta mucho.

–Yo solía esquiar –dijo Richard–, hasta que tuve que abandonarlo debido a una torcedura de rodilla. Debería hacerlo de nuevo. A lo mejor hasta tú me invitas a ir contigo alguna vez.

No esperó a que Katie le contestase.

–Mi deporte preferido es la vela. La primavera pasada me llevé el bote al Caribe y navegué de isla en isla. Radiantes días sin nubes, grandes velas hinchadas que se deslizan por el viento cortando la verde agua. He aquí tu bistec –acabó con cierto tono humorístico.

–Y también citas con frecuencia a William Carlos Williams –murmuró Katie.

En secreto, esperó impresionarle al demostrarle que conocía aquellos versos, pero no pareció sorprendido.

–Sí, así es. El aliño de la casa es bueno, ¿no crees? –añadió Richard.

Siguieron charlando después del café. Para entonces Richard le había contado ya muchas cosas sobre sí mismo.

–Mientras estuve en la Facultad de Medicina me comprometí con la chica que vivía junto a mi casa. Creo que sabes que me crié en San Francisco.

–¿Y qué pasó? –preguntó Katie.

–No dejábamos de posponer la boda, hasta que, al fin, se casó con mi mejor amigo, sea este quien sea –Richard sonrió–. Estoy bromeando. Jean era una chica muy agradable, pero le faltaba algo. Una noche, cuando por cuarta o quinta vez hablábamos sobre casarnos, dijo: «Richard, nosotros nos queremos, pero ambos sabemos que para casarse es necesario algo más». Tenía razón.

–¿Y no lo has sentido, no te has parado a pensarlo? –le preguntó Katie.

–La verdad es que no. De eso hace ya siete años. Y me sorprende un poco saber que ese «algo más» no haya ocurrido hasta ahora.

Richard no parecía esperar ningún comentario. Por el contrario, empezó a hablar del caso de los Lewis.

–Me pone de muy mal humor. La pérdida de cualquier vida me hace sentir así. Vangie Lewis era una mujer joven. Le quedaban muchos años por delante.

–Así pues, ¿no estás convencido de que se trata de un suicidio?

–No estoy convencido de nada. Necesito tener mucha más información antes de emitir un juicio.

–Yo no creo que Chris Lewis sea un asesino. Hoy día es demasiado fácil obtener el divorcio si uno quiere ser libre.

–Hay otro aspecto a considerar.

Richard apretó los labios.

–Será mejor que dejemos de hablar de este tema.

Eran casi las diez y media cuando llegaron a casa de Katie. Richard parecía intrigado ante aquella admirable casa de piedra.

–¿Es muy grande? Quiero decir, ¿cuántas habitaciones tiene?

–Doce –dijo, reacia, Katie–. Era la casa de John.

–No creo que la hayas comprado con el salario de ayudante del fiscal –comentó Richard.

Katie empezó a abrir la puerta del coche; entonces Richard le dijo:

–Espera. Voy a ayudarte a salir, puede que el suelo aún esté resbaladizo.

No había pensado invitarle a entrar, pero tampoco le dio la oportunidad de despedirse en la puerta. Richard le cogió la llave de la mano, la introdujo en la cerradura, abrió la puerta y la siguió adentro.

–No voy a quedarme –le aclaró–. Pero tengo que admitir que me domina la curiosidad por saber dónde vives.

Katie encendió las luces y pareció algo molesta mientras Richard miraba el vestíbulo y luego la sala de estar. Silbando, comentó:

–Muy, pero que muy agradable.

Caminó hasta el retrato de John y se quedó mirándolo.

–Por lo que me han dicho, era todo un hombre.

–Sí, sí que lo era.

Con cierta molestia, Katie se dio cuenta de que en casi todas las mesas había una foto de John y de ella. Richard fue pasando de una a otra.

–¿Un viaje al extranjero?

–De nuestra luna de miel.

Tenía los labios tensos.

–¿Cuánto tiempo estuviste casada, Katie?

–Un año.

Richard observó cómo un matiz de dolor se cernía sobre el rostro de Katie. No, era más que eso; era también una expresión de sorpresa, como si aún la desconcertase lo que había sucedido.

–¿Cuándo te enteraste de que estaba enfermo? Tengo entendido que era cáncer.

–Al poco tiempo de regresar de nuestra luna de miel.

–O sea que solo hicisteis un viaje, ¿no? Después fue como hacer la guardia ante un reo condenado a muerte. Lo siento, Katie, pero mi trabajo me hace ser grosero, supongo que demasiado grosero para mi propio bien. Ahora me marcharé.

Dudó un instante.

–¿No crees que valdría la pena correr las cortinas cuando estás sola?

Katie se estremeció.

–¿Por qué? Nadie va a venir a robarme.

–Tú, más que nadie, deberías ser consciente del gran número de robos que se producen en las casas. En este sitio serías una víctima de primera categoría. En especial si la gente sabe que vives sola. ¿Te importa?

Y sin esperar respuesta, fue hasta la ventana y corrió las cortinas.

–Bueno, me largo, te veré mañana. ¿Cómo vas a ir al trabajo? ¿Crees que tu coche estará ya arreglado?

–No, pero los del taller de reparaciones me van a prestar uno y me lo traerán mañana por la mañana.

–De acuerdo.

Por un momento se quedó con una mano en el pomo de la puerta. Luego, con un vozarrón y un tono muy creíble, dijo:

–Os dejo, Katie Scarlett. Cierra la puerta tras de mí. No quiero que nadie trate de entrar en Tara.

Se inclinó, la besó en la mejilla y se marchó.

Sonriendo, Katie cerró la puerta. Un recuerdo le cruzó por la mente: tenía cinco años de edad y jugaba, alegre, en el patio lleno de barro, con su traje del día de Pascua de Resurrección. Oyó la voz irritada de su madre y la de su padre que, divertido, imitaba la de Gerald O'Hara: «Es la tierra, Katie Scarlett». Luego, con voz conciliadora, se dirigió a la madre: «No te enfurezcas con la niña. A todos los pequeños les encanta la tierra».

El reloj de pared dio la hora musicalmente. Después de la presencia cálida y masculina de Richard, la habitación parecía vacía. Apagó las luces con presteza y subió al piso superior.

Sonó el teléfono cuando se iba a meter en la cama. «Es probable que Molly haya intentado hablar conmigo», pensó mientras levantaba el receptor. Pero fue la voz de un hombre la que respondió cuando dijo:

–Diga.

–¿Mistress DeMaio?

–Sí, dígame.

–Le habla el doctor Highley. Espero que no sea muy tarde para llamarla, pero he intentado hacerlo varias veces esta noche. Lo cierto es que ayer sufrió usted un accidente, y el hecho de que haya pasado la noche en nuestro hospital me ha llamado la atención. ¿Cómo se encuentra?

–Bastante bien, doctor. Es muy amable por su parte el haber llamado.

–¿Cómo está su trastorno hemorrágico? Según el historial clínico que tenemos aquí ayer le hicieron una transfusión.

–Supongo que sigue más o menos igual. Creí que ya había acabado con el período, pero ayer empezó de nuevo. En realidad, estoy convencida de que por eso me mareé cuando perdí el control del coche.

–Bien, como usted sabe, debería haberse ocupado de esta situación por lo menos hace un año. Pero no importa. Dentro de una semana todo habrá pasado. Lo que sí quiero es que le hagan otra transfusión para aumentar sus defensas antes de la operación. Y también quiero que tome unos medicamentos. ¿Podría ir al hospital mañana por la tarde?

–Sí. En realidad, de todas formas, había una oportunidad de que fuese mañana. ¿Se ha enterado usted de lo de mistress Lewis?

–Sí, es una situación terrible y triste. Bien, entonces la veré mañana. Venga antes de las doce y decidiremos la hora.

–De acuerdo. Y muchas gracias, doctor.

Katie colgó. Al ir a apagar la luz, meditó ante el hecho de que el doctor Highley no le había llamado la atención en su primera visita. ¿Se debería a que mantenía una actitud reservada, hasta distante? Katie creyó que era una señal muy clara de cómo uno se podía equivocar al juzgar a las personas. Había sido muy amable por parte del médico intentar ponerse en comunicación con ella aquella misma noche.

13

Bill Kennedy, el cirujano ortopédico del hospital de Lenox Hill, pulsó el timbre de la casa de los Lewis. Había estado operando todo el día y no se había enterado de la muerte de Vangie Lewis hasta que volvió a casa. Alto y con el pelo prematuramente canoso, con aspecto de erudito y un poco tímido en su vida profesional, Bill se transformaba en una persona diferente tan pronto entraba en el cálido refugio en que Molly había convertido su hogar.

La bulliciosa presencia de su mujer hacía posible que Bill dejara atrás todos los problemas de sus pacientes y se relajara. Sin embargo, aquella noche la atmósfera era muy diferente. Molly ya había dado de cenar a los niños y la orden estricta de que se fuesen a sus habitaciones. Con presteza, le contó lo ocurrido a Vangie:

–Llamé a Chris y le dije que viniese a cenar con nosotros y a dormir en la biblioteca en vez de quedarse solo en su casa. No lo aceptó, así que será mejor que vayas allí y lo saques a la fuerza. Por lo menos quiero tener la seguridad de que come algo.

Mientras Bill caminaba entre las casas, consideró la tragedia que hubiese sido para él regresar a su casa y ver que había perdido a Molly. Pero no habría sido lo mismo para Chris Lewis; nadie en su sano juicio sería capaz de pensar que el matrimonio de aquel hombre se pareciese en algo al de Bill y Molly. Nunca le había contado a su esposa que una mañana, al entrar a tomar café en un drugstore cerca del hospital, vio a Chris sentado a una mesa con una chica muy hermosa, de unos veinte años. En los rostros de ambos se veía que se querían.

¿Se habría enterado Vangie de lo de la chica? ¿Habría sido esa la razón por la que se había suicidado? Pero ¡de forma tan violenta! En su mente apareció un recuerdo del verano pasado. Vangie y Chris habían ido a su casa a comer una barbacoa. Ella empezó a asar un bombón de altea y acercó demasiado la mano al fuego. Le salió una ampolla en un dedo y empezó a quejarse como si hubiese sufrido quemaduras de tercer grado. Fue chillando hasta donde estaba Chris, que intentó calmarla. Sintiéndose en una situación molesta por su mujer, este explicó:

–Vangie soporta muy poco el dolor.

Cuando Bill salió con una pomada dispuesto a aplicársela, casi había desaparecido la ampolla. ¿De dónde sacaría coraje una persona con el comportamiento emocional de Vangie para suicidarse? Cualquier persona que hubiese oído hablar sobre semejante veneno sabía que, aunque la muerte era prácticamente instantánea, también era dolorosa.

No, Bill hubiese jurado que en el caso de que Vangie Lewis se suicidase, lo habría hecho con somníferos. Lo cual demostraba cuán poco se sabe acerca de cómo funciona la mente humana... Ni siquiera alguien como él, a quien se suponía buen conocedor de las personas...

Chris Lewis abrió la puerta. Desde que le descubrió con la chica, Bill sentía cierta reserva. No le gustaba juntarse con hombres que se iban de juerga cuando sus esposas estaban encinta. Pero al verle el rostro desencajado y la auténtica tristeza de sus ojos, sintió compasión. Cogiéndole por los hombros, le dijo:

–Lo siento muchísimo.

Chris asintió, atontado. Tenía la sensación de que, igual que una cebolla se va mondando capa a capa, el significado de aquel día se hundía sin poder apresarlo. Vangie había muerto, ¿acaso la discusión que tuvieron la llevó al suicidio? No podía creerlo y, sin embargo, se sentía solo, asustado y cobarde. Dejó que Bill le convenciese para ir a cenar. Tenía que salir de la casa; era incapaz de pensar con cordura allí. Molly y Bill eran buenas personas. ¿Podría confiarles lo que sabía, podría confiar en alguien? Sin saber muy bien lo que hacía, cogió su chaqueta y siguió a Bill por la calle.

Bill le sirvió un whisky doble que casi se bebió de un trago. Pero cuando vio la copa medio vacía, se forzó por beber con más mesura. El alcohol le quemó la garganta y el pecho y le alivió la tensión. «Cálmate –pensó–, cálmate, anda con tiento.»

Los niños entraron en la biblioteca para dar las buenas noches; todos eran muy bien educados y, además, muy guapos. El mayor, Billy, se parecía a su padre. Jennifer era una belleza morena. Las niñas más jóvenes, Diana y Moira, gemelas, eran rubias como Molly. Chris casi sonrió. Las gemelas se parecían mucho. Chris siempre había querido tener hijos; ahora su hijo malogrado había muerto con Vangie y experimentaba otra sensación de culpabilidad. No había aceptado aquel embarazo. Era su hijo, y, sin embargo, no lo quiso ni un solo segundo. Y Vangie lo sabía. ¿Qué había pasado? ¿Quién la había llevado al suicidio? ¿Quién? Esa era la cuestión, pues la noche pasada Vangie no había estado sola.

No se lo había dicho a la policía. Hubiera sido como abrir una lata de gusanos, rogarles que iniciasen una investigación. ¿Y adónde conduciría? A Joan. A la otra mujer. Y a él mismo.

El empleado del motel le vio marcharse la noche pasada y ponerse en camino de su casa para terminar con Vangie. Hasta había pensado en unas cifras de las que hablaría con ella; Vangie podría quedarse con la casa y él le pasaría al año veinte mil dólares, por lo menos, hasta que su hijo cumpliese los dieciocho. Suscribiría un buen seguro de vida a favor de ella. Se ocuparía de la educación del niño. Vangie podría seguir visitando a aquel psiquiatra japonés que tanto le gustaba. «Solo te ruego que me dejes marchar, Vangie. Por favor, déjame ir. No puedo pasar ni un solo minuto más de mi vida junto a ti. Nos estamos destruyendo mutuamente...»

Llegó a la casa más o menos alrededor de la medianoche. En cuanto abrió el garaje, notó que algo había pasado, ya que casi chocó con el Lincoln. Vangie lo había aparcado en el sitio asignado a su coche. No, otra persona había aparcado el coche; Vangie no se hubiera atrevido a meter aquel gran coche en el espacio que quedaba entre las columnas de la pared derecha. El garaje era inmenso; en un solo lado cabían dos coches y ese lado era el que Vangie siempre usaba. Necesitaba cada centímetro del espacio disponible, pues era muy mala conductora y, además, es probable que su visión no fuese mucho mejor. Sencillamente era incapaz de medir bien los espacios. Chris siempre aparcaba su Corvette en el espacio más estrecho. Pero la noche pasada, allí aparecía expertamente colocado el Lincoln.

Entró y halló vacía la casa. Vio el bolso de Vangie en la *chaise longue* de su habitación. Aquello le desconcertó, pero no se alarmó. Era evidente que Vangie había salido con alguien, con quien pasaría la noche; hasta le agradó suponer que era posible que Vangie tuviera una amiga en quien confiar. Siempre había deseado que su mujer tuviera una amiga e intentó que entablase amistad con la gente. Pero Vangie podía ser muy reservada. Se preguntó cómo era posible que se hubiera olvidado del bolso, aunque era olvidadiza y, a lo mejor, solo se había llevado algunas cosas para pasar aquella noche, sin molestarse en cargar con su pesado bolso.

La casa deprimía a Chris y decidió regresar al motel. No le había dicho a Joan que pensaba ir a casa. Tenía mucho cuidado en mencionar lo menos posible ante ella el nombre de Vangie, ya que, para Joan, esta sola mención era un recordatorio permanente de lo que para sí misma era ser una entrometida. Si le hubiese hablado aquella mañana a Joan de la discusión que tuvo con su mujer, sintiéndose Vangie tan molesta que se marchó a pasar la noche a casa de otra persona, Joan se hubiese sentido terriblemente deprimida.

Pero por la mañana encontró muerta a Vangie. Alguien había aparcado su coche antes de la medianoche, alguien la había llevado a casa antes de esa hora. ¡Y aquellos zapatos! El único día que se los había puesto se había quejado de ellos sin cesar. Aquello ocurrió unos días antes de Navidad, cuando la llevó a Nueva York para que se divirtiese un poco. ¡Diversiones! ¡Dios mío, qué día más deprimente! A Vangie no le gustó la obra de teatro que vio, en el restaurante donde fueron a cenar no servían piccata de ternera, antojo que, por cierto, tenía aquella noche, y no paró de hablar de que uno de los zapatos se le clavaba en el tobillo derecho.

Hacía semanas que solo llevaba aquellos sucios mocasines. Chris le había rogado que, por favor, se comprase unos zapatos decentes y ella le había replicado que aquellos eran los únicos cómodos. ¿Dónde estarían? Los buscó con gran detenimiento por toda la casa. Fuera quien fuese la persona que la trajo anoche en el auto, sabía también dónde estaban los zapatos.

No dijo nada de esto a la policía, no quería ver involucrada a Joan.

«Tomé una habitación en un motel porque discutí con mi esposa. Quería divorciarme. Decidí regresar a casa y hacerle entrar en razón. Pero al no encontrarla allí, me marché.»

No le parecía necesario mencionar nada de aquello; ni siquiera los zapatos parecían importar. A lo mejor Vangie quería que cuando la viese por última vez estuviera perfectamente bien vestida y aquella pierna hinchada la avergonzaba. Era muy vanidosa.

Chris podía, sin embargo, haberles explicado a los polis que había estado allí y dónde había encontrado aparcado el coche.

–Ven al comedor, Chris. Te sentirás mejor si comes algo.

La voz de Molly era amistosa.

Cansinamente, alzó los ojos; la suave luz del pasillo dibujó el rostro de Molly y por primera vez se dio cuenta del parecido familiar que había entre ella y Katie DeMaio.

Katie DeMaio, la hermana de Molly. No podría hablar de esto con Bill y Molly sin involucrarlos en medio de todo el asunto. ¿Cómo iba Molly a aconsejarle sinceramente sobre si debía callarse o no en lo relativo a su ida a la casa la noche pasada, cuando su propia hermana trabajaba en la fiscalía? No, tendría que tomar la decisión por sí mismo.

Se pasó una mano por los ojos ardientes.

–Me gustaría comer algo, Molly –dijo Chris–. Y, sea lo que sea, de verdad que huele bien. Pero tendré que marcharme enseguida. El director de la funeraria vendrá a casa a recoger unas ropas de Vangie. Sus padres quieren verla antes del entierro.

–¿Cuándo será? –preguntó Bill.

–Mañana por la tarde enviaremos el ataúd a Mineápolis. Yo lo acompañaré y el servicio se celebrará al día siguiente. El médico forense nos ha entregado el cuerpo esta tarde.

Aquellas palabras martillaban los oídos de Chris: ataúd, cuerpo, funeraria... «¡Oh, Dios mío! –pensó–. Esto tiene que ser una pesadilla. Quería liberarme de ti, Vangie, pero no que murieses. Te he llevado al suicidio. Joan tiene razón, hubiera debido permanecer a tu lado.»

A las ocho regresó a su casa; a las ocho y media llegó el director de la funeraria; había preparado una maleta que contenía ropa interior y el vaporoso caftán que los padres de Vangie le habían regalado por Navidades.

El director de la funeraria, Paul Halsey, mostró gran comprensión y serenidad, y le preguntó los datos necesarios con rapidez. Nacimiento: quince de abril. Anotó el año. Fallecimiento: quince de febrero...

–Solo dos meses antes de su treinta y un cumpleaños –comentó.

Chris se frotó la frente. Algo estaba mal, hasta en esta situación irreal donde todo estaba mal había algo específico que no funcionaba.

–No –dijo–. Hoy es dieciséis, no quince.

–El certificado de defunción dice con claridad que mistress Lewis murió entre las ocho y las diez de la noche. Es decir, del quince de febrero –dijo Halsey–. Usted cree que ha sido el dieciséis porque la descubrió esa mañana. Pero el inspector médico que hizo la autopsia puede señalar la hora de la muerte con toda exactitud.

Chris le clavó la mirada. El asombro disolvió su sentimiento de cansancio e irrealidad. Había estado en su casa a medianoche y había visto allí el coche y el bolso de Vangie. Se quedó una media hora antes de volver al motel, en Nueva York. Esa mañana, cuando había regresado a la casa, supuso que Vangie habría vuelto después de que él se marchara y se había suicidado.

Pero ahora acababa de enterarse de que a las doce de la noche Vangie ya llevaba tres o cuatro horas muerta. Ello quería decir que en algún momento después de la hora en que él se marchó, alguien había traído el cadáver, lo había colocado en el lecho y había puesto el vaso casi vacío junto a ella.

Alguien quería que la muerte de Vangie pareciese un suicidio.

¿O se habría suicidado en otro sitio? ¿La habría llevado a su casa alguien que, sencillamente, no quería verse involucrado en el asunto? Claro que no. Vangie nunca se hubiese infligido el dolor que produce morir por envenenamiento de cianuro.

Su asesino lo había montado todo para que pareciese un suicidio.

–¡Oh, Dios mío! –susurró Chris–. ¡Oh, Dios mío!

Recordó el rostro de Vangie. Los grandes y petulantes ojos con espesas pestañas; la recta y pequeña nariz; el cabello color miel que le caía sobre la frente; los breves labios de forma perfecta. En su último minuto, Vangie debió de haberse dado cuenta. Alguien no la dejó salir, la obligó a beber el veneno y la mató perversamente con el hijo que llevaba en sus entrañas. Debió de haberse sentido aterrada. Experimentó una oleada de misericordia hacia ella y las lágrimas asomaron a sus ojos.

Nadie, ningún marido podía quedarse callado y dejar sin castigo aquella muerte.

Pero si se lo contaba a la policía y daba inicio a la investigación, habría una persona a la que acusarían inevitablemente. Mientras el director de la funeraria le miraba con fijeza, Chris dijo en voz alta:

–Tengo que decírselo. Aunque me echarán la culpa.

14

Colgó el teléfono lentamente. Katie DeMaio no sospechaba nada. Ni siquiera cuando mencionó el nombre de Vangie Lewis hubo el menor indicio de que su oficina desease otra cosa que hablar con él sobre el estado emocional de Vangie.

Pero había que tener en cuenta que el accidente de Katie apenas hacía veinticuatro horas que había ocurrido. Y era probable que ella aún estuviese conmocionada por el shock.

Su recuento de glóbulos rojos era bajo. Mañana, cuando empezase a tomar el Cumadín, sus mecanismos de coagulación empezarían a deteriorarse. Y al aumentar la hemorragia no solo se sentiría desorientada, sino también mareada. Sin duda alguna no tendría la suficiente capacidad de análisis como para diferenciar la supuesta pesadilla del acontecimiento real del que había sido testigo.

A menos, claro está, que hicieran demasiadas preguntas sobre el suicidio, o que la posibilidad de que el cadáver de Vangie hubiese sido movido del lugar en que en realidad murió saliese a relucir en la conversación que sostuvieran en el despacho de Katie.

El peligro era aún muy grande.

Se hallaba en la biblioteca de la casa de los Westlake, su hogar en la actualidad. La casa tenía un estilo Tudor campestre: pasillos llenos de arcos, estanterías empotradas, chimeneas de mármol; las paredes estaban cubiertas por papeles pintados a mano y las ventanas se adornaban con vidrieras de Tiffany. El tipo de casa que era imposible reproducir hoy día por ningún precio, pues ya no se disponía de artesanos.

La casa de los Westlake. El hospital Westlake. El concepto de maternidad Westlake. El nombre le había servido de mucho, le dio acceso inmediato al mundo social y profesional: era el distinguido ginecólogo que, tras conocer a Winifred Westlake en un viaje transatlántico, se casó con ella y abandonó su país natal para proseguir el trabajo de su suegro.

La perfecta excusa para abandonar Inglaterra. Nadie, ni siquiera Winifred, sabía nada de los años anteriores a Liverpool, en el hospital Christ, de Devon. Aunque en los últimos tiempos Winifred había empezado a hacer preguntas.

Eran casi las once de la noche y aún no había cenado. Saber lo que tenía que hacerle a Edna le había quitado el apetito.

Ahora que todo había pasado, se sentía aliviado. En ese momento, la necesidad de ingerir alimento se convirtió en hambre. Fue a la cocina. Hilda le había dejado la cena preparada en el horno del microondas: una pequeña poularde de Cornualles con arroz silvestre. Bastaba calentarlo durante unos minutos. Cuando tenía tiempo, prefería cocinarse sus propios alimentos; la cocina de Hilda era aburrida, a pesar de que su preparación era bastante buena.

Era una buena doméstica. Le gustaba volver a casa y encontrarla elegantemente ordenada; servirse una copa, comer cuando quería y pasarse las horas trabajando, tomando notas en la biblioteca sin verse molestado por la posibilidad de que alguien se presentase a darle la lata, cosa que ocurría de vez en cuando en el laboratorio del hospital.

Necesitaba la libertad de la casa. Se había quitado de encima el ama de llaves que tenían Winifred y su padre, ¡perra hostil!, que le miró con ojos amargados e hinchados de tanto llorar: «Miss Winifred casi nunca estuvo enferma hasta que...».

En aquel momento él le clavó los ojos y la mujer no terminó la frase, aunque lo que iba a decir era: «Hasta que se casó con usted».

El primo de Winifred sentía hacia él un amargo rencor y había intentado crear problemas tras su muerte. Pero no pudo probar nada, no había ni una sola pista de evidencia tangible. La gente dejó de prestar atención al primo, que fue considerado como un ex heredero resentido.

Desde luego, tampoco había mucho dinero que digamos, ya que Winifred había empleado la mayor parte para comprar el hospital. En la actualidad sus investigaciones sumaban cantidades enormes, las cuales sacaba casi en su totalidad de la práctica médica, ya que, obviamente, no podía solicitar una beca. Pero así y todo se las arreglaba. Algunas mujeres estaban dispuestas a pagar cualquier cifra con tal de quedar embarazadas.

Hilda le había preparado la mesa en el pequeño comedor que quedaba junto a la despensa, al que llamaban el cuarto de desayuno. No le gustaba comer en la cocina, pero el gran comedor de siete por diez metros resultaba grandilocuente y ridículo para un solo comensal. Esta habitación, con su mesa redonda, su aparador reina Ana y la vista del jardín lleno de árboles, era mucho más atractiva.

Escogió una botella de Pouilly-Fuissé frío de la nevera y se sentó a comer. Acabó la cena ensimismado en sus pensamientos. En la mente le daba vueltas la idea de qué dosis exacta debía administrar a Katie DeMaio. El Cumadín no debería aparecer en la sangre después de la muerte; el fallo de la coagulación se atribuiría a las transfusiones. Si se veía obligado a administrarle heparina, era probable que aparecieran residuos, y del Cumadín, si hacían una autopsia completa. Aunque tenía una idea aproximada de cómo evitarlo.

Antes de irse a la cama se dirigió al armario empotrado del vestíbulo. Metería los mocasines en su maletín y los dejaría a buen recaudo, no arriesgándose así a que se volviese a producir el trastorno de aquella mañana. Metió la mano en el armario empotrado y sacó del bolsillo de la Burberry un zapato deformado. Expectante, metió la mano que le quedaba libre en el otro bolsillo, primero con mucha calma y luego nervioso. Finalmente agarró la gabardina y la registró por todas partes. Luego se arrodilló y buscó entre los pares de zapatos colocados perfectamente en el suelo del armario. Por fin se puso de pie y clavó la vista en el deformado mocasín que sostenía en la mano. De nuevo se vio a sí mismo quitándoselo al pie derecho de Vangie.

El zapato *derecho*.

El zapato que sostenía en la mano.

Histérico, empezó a reírse de forma ruidosa y entrecortada, mezclándose con la furia frustrada de su ser. Después de todos los peligros que había corrido, después de aquel ignominioso andar a gatas por el aparcamiento, como un perro olfateando algo, no lo había encontrado.

En algún momento, en la oscuridad, probablemente cuando tuvo que esconderse entre la maleza al pasar aquel coche por el aparcamiento, el zapato cayó de su bolsillo y el que había recogido era el que ya tenía.

Y en algún lugar, el magullado, deforme y horrible mocasín izquierdo que Vangie Lewis llevaba en el momento de su muerte estaba esperando a ser encontrado, para dejar las huellas que conducirían hasta él.

15

Katie había programado el despertador para que sonase a las seis de la mañana, pero ya estaba totalmente despierta mucho antes de que la decidida y animada voz del locutor de la CBS le diera los buenos días. Había dormido intranquila y, en varios momentos, estuvo a punto de saltar. Se sentía asustada por una vaga pesadilla.

Por la noche, siempre bajaba el termostato. Temblando, corrió a subirlo. Luego, con rapidez, hizo café, subió una taza y se acostó de nuevo.

Recostada en las almohadas y cubierta por un grueso edredón, bebió con gusto mientras el calor de la taza empezaba a calentarle los dedos.

–Esto está mucho mejor –murmuró–. Bueno... ¿qué me pasa?

El antiguo tocador modelo Williamsburg con su espejo central ovalado estaba justo enfrente de la cama. Se miró en él. Tenía el pelo revuelto y un largo mechón oscuro le caía sobre la almohada color marfil ribeteada de encaje. El golpe que tenía bajo un ojo presentaba un color morado y ligeramente amarillo. Tenía los ojos hinchados de dormir y las profundas ojeras acentuaban la delgadez del rostro. Y pensó que, como diría su madre, parecía un trapo que el gato hubiera introducido en la casa.

Sin embargo, había algo más que el aspecto físico, algo más que el dolor debido al accidente: experimentaba una pesada sensación de aprensión.

¿Habría empezado a soñar de nuevo, aquella noche, esa extraña y aterradora pesadilla? No estaba muy segura de ello.

Vangie Lewis. Recordó unas palabras que oyó en el funeral de John:

«A nosotros, a quienes tanto entristece la certeza de la muerte...»

Desde luego, la muerte era algo cierto, pero no de esa forma. Ya era bastante terrible pensar que Vangie se hubiese suicidado: parecía imposible que alguien eligiese matarse ingiriendo cianuro. Aunque, sencillamente, Katie no podía creer que Chris Lewis fuese capaz de cometer un acto tan violento.

Pensó en la llamada del doctor Highley, en esa condenada operación. Cada año se hacían operaciones de legrado, miles de operaciones, en mujeres de toda edad. No era la operación en sí misma, sino lo que llevaba consigo. ¿Y si no acababa con la hemorragia? El doctor Highley había dejado entrever que, a lo mejor, al final sería necesario pensar en una histerectomía.

Si hubiese quedado embarazada durante el año que vivió con John... Pero no sucedió...

¿Y si algún día se volvía a casar? ¿No sería una amarga y miserable mala pasada que entonces no pudiera concebir? «No pienses en ello –se reconvino–. ¿Te acuerdas de ese verso de *Fausto*?: "Lloramos por lo que, a lo mejor, nunca perdemos".»

Bueno, por lo menos pronto la operarían y se quitaría aquella preocupación de encima. La hospitalizarían el viernes por la noche, la intervendrían el sábado y estaría de vuelta en su casa el domingo. Y el lunes, a trabajar. No era gran cosa.

El día anterior, tras volver de la oficina, Molly le había llamado y le había dicho:

–Katie, estoy segura de que no querías hablar delante de Richard. Pero ¿no crees que sería una buena idea posponer la operación hasta el mes próximo? No se puede decir que estés en muy buena forma.

A lo que Katie le había contestado con vehemencia:

–Ni soñarlo. Quiero acabar con esto. Y además, Molly, no me sorprendería nada que el accidente fuese consecuencia de esta maldita cosa. El lunes me sentí mareada dos veces.

Molly se sintió dolida.

–¿Por qué no me lo dijiste?

–¡Vamos! ¡Tú sabes que ni a ti ni a mí nos gusta la gente que se queja! Ya sabes que, cuando la cosa va en serio, te lo digo siempre.

–Así lo espero. Bien, creo que tienes razón en querer pasar la operación lo antes posible.

Luego le preguntó:

–¿No le vas a decir nada a Richard?

Katie intentó que su voz no sonase exasperada:

–No. Ni se lo voy a decir al ascensorista, ni al policía de tráfico, ni al teléfono de la esperanza. Solo lo sabréis tú y Bill, y basta.

–Muy bien, pero no te pases de lista.

Molly colgó el teléfono con decisión. En su tono de voz se mezclaban el afecto y la autoridad: aquella misma voz de advertencia que empleaba cuando uno de sus hijos empezaba a ponerse pesado.

«No soy tu hija, Molly –pensó Katie en aquel momento–. Te quiero, pero no soy hija tuya.»

Y mientras bebía el café, se preguntó si no dependía demasiado de Molly y de Bill al pedirles el apoyo emocional que necesitaba. ¿No se estaría dejando arrastrar por ellos, alejándose cada vez más de la corriente principal de la vida?

«¡Oh, John!» Miró instintivamente su retrato. Esta mañana, no era más que eso: un retrato, un hombre guapo de aspecto serio, con ojos suaves y penetrantes. Una vez, durante su primer año de viudedad, había cogido aquel retrato, lo había mirado fijamente y luego lo había puesto boca abajo en el tocador, gritando: «¿Por qué me has dejado?».

A la mañana siguiente de ocurrir aquel suceso, volvió a recobrar el equilibrio, se sintió avergonzada de sí misma y tomó la resolución de no beber nunca más de tres vasos de vino seguidos cuando se sintiese deprimida.

Cuando volvió a colocar el retrato en su lugar, advirtió una hendidura que el relieve del marco de plata había hecho en la tapa del precioso y antiguo tocador. Intentó explicarse ante aquella foto.

–No es solo compasión de mí misma, me siento airada en *tu* nombre. Yo quería que vivieses otros cuarenta años, tú sabías cómo gozar de la vida y cómo convertirla en algo valioso de verdad.

Mas ¿quién conocía los designios del Señor? ¿Quién era Su consejero? Ese día recordó aquellas frases de la Biblia. Al acordarse de todo esto, Katie pensó que lo mejor que podía hacer era reflexionar sobre ello.

Se quitó el salto de cama verde pálido, entró en el baño y abrió la ducha. El salto de cama quedó sobre el asiento de la mesa donde tenía los maquillajes. En la universidad le gustaba llevar pijamas de rayas, pero John le había comprado unos exquisitos camisones y peinadores en Italia y a ella le parecía correcto seguir usándolos en su casa, en el dormitorio que había pertenecido a aquel hombre.

Quizá Richard tenía razón, quizá guardaba demasiado el luto. John sería el primero que se lo echaría en cara, si se hubiera enterado.

La ducha caliente la ayudó a levantar el ánimo. Tenía un acto de conciliación programado para las nueve, una sentencia para las diez y dos nuevos casos que había que empezar a preparar, pues la vista se celebraría la semana siguiente. Además, tendría muchísimo que hacer con el juicio del viernes próximo. Desanimada, pensó que ya era miércoles. Mejor sería que empezara a moverse.

Se vistió con presteza. Escogió una falda de lana marrón claro y una nueva blusa de seda turquesa de mangas largas que disimulaba el vendaje que llevaba en uno de los brazos.

El coche que le prestaba el taller de reparaciones llegó cuando acababa de tomar un segundo café. Llevó al conductor de regreso al taller y soltó un silbido al ver la terrible abolladura que tenía la parte delantera del suyo. Dio gracias a Dios por no haber sido herida de gravedad. Luego se dirigió hacia el despacho.

Había sido una noche muy movida en el condado. Habían violado a una chica de catorce años. La gente hablaba de un accidente ocasionado por un borracho en el que había habido cuatro muertos. Un jefe de policía local solicitó permiso del fiscal para formar un grupo de sospechosos para que un testigo pudiese decir quién había tomado parte en un robo a mano armada.

Scott salía en aquel momento de su despacho y Katie observó:

–¡Vaya noche!

Él asintió.

–¡Hijo de puta! El borracho que chocó con el otro coche lleno de muchachos estaba tan cargado que no podía ni aguantarse de pie. Los cuatro chicos han muerto. Eran estudiantes que estaban a punto de graduarse en Pascal Hills e iban camino de una reunión para formar un comité. A propósito, pensaba enviar a Rita para que hablase con los médicos del hospital Westlake, pero va a ocuparse del caso de violación. En especial me interesa el psiquiatra que atendía a Vangie Lewis. Me gustaría conocer su opinión en lo relativo al estado mental de la mujer. Puedo enviar a Charley o a Phil, pero creo que una mujer pasará más inadvertida y así podría entretenerse un rato y averiguar si mistress Lewis hablaba con las enfermeras o era amiga de otras pacientes. Bueno, tendré que esperar hasta mañana. Rita se ha pasado toda la noche trabajando y ahora anda por ahí, en un coche, con la chica a la que violaron, para ver si puede descubrir al agresor. Tenemos la plena seguridad de que vive muy cerca de la casa de la muchacha.

Katie dudó. No había pensado decirle a Scott que era paciente del doctor Highley, ni que la ingresarían en el hospital Westlake el viernes por la noche, pero hubiese sido impensable que le informase otra persona del despacho. Así pues, prefirió llegar a un compromiso consigo misma.

–A lo mejor puedo servirte de ayuda. El doctor Highley es mi ginecólogo y, de hecho, hoy tengo una cita con él.

Apretó los labios y decidió que no había necesidad de contar lo de su operación.

Scott frunció las cejas. Como le ocurría siempre cuando se sorprendía, su voz se hizo más profunda:

–¿Qué impresión te ha causado? Richard dejó entrever ayer algo sobre el estado de Vangie. Me parece que cree que Highley estaba corriendo ciertos riesgos con ella.

Katie meneó la cabeza.

–No estoy de acuerdo con Richard. La especialidad del doctor Highley son los embarazos difíciles. De hecho, se le considera un hombre capaz de hacer milagros. Y esa es su valía. Intenta que nazcan bebés que otros doctores dejarían perder.

Pensó en la llamada telefónica del doctor Highley la noche anterior.

–Puedo asegurarte que es un médico que se toma muy en serio su profesión.

El gesto ceñudo de Scott hizo que las arrugas de su frente y alrededor de sus ojos se hicieran más profundas.

–¿Es esa tu reacción instintiva ante ese hombre? ¿Hace mucho tiempo que lo conoces?

Intentando ser objetiva, Katie habló del médico:

–No lo conozco ni bien ni desde hace mucho tiempo. El ginecólogo que yo solía consultar se retiró. Hace dos años que se marchó de aquí y la verdad es que no me he molestado en buscar otro nuevo. Entonces, cuando empecé a tener molestias... Bien, mi hermana Molly había oído hablar del doctor Highley. Tiene amigas que hablan maravillas de él. Molly visita a uno que vive en Nueva York, pero la verdad es que no estaba dispuesta a perder tanto tiempo. Así pues, el mes pasado le pedí una cita. Creo que merece la confianza que he depositado en él.

Se acordó del examen que le había realizado. Había sido muy amable y le había dicho:

–Ha hecho muy bien en venir a verme. En efecto, debo sugerirle que no haga caso omiso del estado en que se halla más allá de un año. Considero que el útero es como una cuna que siempre debe mantenerse en buen estado.

Lo único que le sorprendió a Katie es que no tuviera ninguna enfermera como ayudante. Su otro ginecólogo siempre llamaba a la suya antes de proceder a un examen. Aunque, claro está, aquel hombre pertenecía a otra generación. Supuso que el doctor Highley tendría unos cuarenta y cinco años.

–¿Qué trabajo tienes para hoy? –le preguntó Scott.

–Tengo la mañana muy ocupada, pero puedo hacer lo que quieras por la tarde.

–De acuerdo. Ve a ver a Highley y habla también con el loquero. Mira si te puedes enterar de si son o no de la opinión de que Vangie fuera capaz de suicidarse. Averigua cuándo estuvo allí por última vez y si habló del marido. Ahora Charley y Phil se ocupan de investigar a Chris Lewis. Pasé la noche medio despierto y opino que Richard tiene razón. Hay algo que no huele muy bien en este suicidio. Habla también con las enfermeras.

–Con las enfermeras no –dijo Katie sonriendo–. Con la recepcionista, Edna, sí. Conoce la vida y milagros de todo el mundo. El mes pasado no llevaba yo ni dos minutos en la sala de espera cuando me di cuenta de que le estaba contando mi vida. En realidad, deberías utilizarla para que interrogase a los testigos.

–Debería utilizar a mucha gente –comentó secamente Scott–. Habla con la junta de propietarios.

–De acuerdo. Te veré más tarde.

Katie entró en su despacho, cogió unos sumarios y corrió a la cita que tenía con un abogado defensor sobre una interposición. Estuvo de acuerdo en cambiar un cargo de posesión de heroína, de «posesión con intenciones de distribución», por una simple «posesión». Desde allí, a toda prisa, subió al tribunal del segundo piso, donde, con rostro meditabundo, escuchó cómo sentenciaban a siete años de cárcel a un joven de veinte años de edad al que ella había acusado. Podrían haberle echado veinte años por robo a mano armada y asalto premeditado. De los siete años, era pobable que solo cumpliese un tercio y luego le dejaran en libertad. Conocía de memoria la historia de aquel muchacho y pensó que con tal pájaro de nada serviría la rehabilitación.

Entre el montón de mensajes que le esperaban había dos llamadas telefónicas del doctor Carroll. Una a las nueve y cuarto y otra a las nueve cuarenta. Le telefoneó, pero Richard estaba fuera ocupado en un caso. La sensación de ligera presión que ejercieron aquellas dos llamadas se vio sustituida por otra de decepción al no poder hablar con él.

Llamó al despacho del doctor Highley esperando oír la cálida voz nasal de Edna. Pero quienquiera que contestó al aparato tenía una voz femenina grave, desconocida y nerviosa.

–Consultorio del doctor Highley.

–¡Oh! –Katie pensó con presteza y decidió preguntar por Edna–. ¿Podría hablar con miss Burns?

Hubo una pausa de una fracción de minuto antes de oír la respuesta:

–Miss Burns no vendrá hoy, está enferma. Soy mistress Fitzgerald.

Katie comprendió que había confiado demasiado en hablar con Edna.

–Siento mucho saber que miss Burns no está bien.

Explicó brevemente que el doctor Highley esperaba su llamada y que también le gustaría ver al doctor Fukhito. Mistress Fitzgerald le dijo que esperase y al cabo de unos momentos le respondió:

–Ambos la recibirán, desde luego. El doctor Fukhito está libre quince minutos antes de las visitas de la tarde, de las dos a las cinco. El doctor Highley preferiría recibirla a las tres de la tarde, si le va bien a usted.

–Muy bien. Veré al doctor Highley a las tres de la tarde –dijo Katie–. Y le ruego me confirme las tres y cuarenta y cinco para ver al doctor Fukhito.

Colgó el aparato y volvió a dedicarse al trabajo que tenía sobre la mesa.

A la hora de la comida, Maureen Crowley, una de las secretarias del despacho, abrió la puerta, asomó la cabeza y se ofreció para traerle un bocadillo. Katie, totalmente enfrascada en la vista del viernes, asintió.

–¿Lo quiere de jamón y pan de centeno con mostaza y lechuga? ¿Y con un café negro? –preguntó Maureen.

Katie levantó la cabeza sorprendida:

–¿Acaso soy tan predecible?

La chica tendría unos diecinueve años, una gran melena de cabello dorado, ojos de color verde esmeralda y el encantador y pálido cutis de una verdadera pelirroja.

–Perdone que se lo diga, Katie. Pero en lo referente a comida, usted siempre pide lo mismo.

La puerta se cerró tras ella.

«Parece como si estuvieras crispada. Llevas demasiado tiempo de luto. Siempre comes lo mismo», pensó.

Katie intentó tragar el duro nudo que le atenazaba la garganta y se sorprendió al darse cuenta de que estaba al borde de las lágrimas. «De verdad debo estar enferma, si es que estoy tan susceptible», se dijo.

Cuando llegó la comida, la ingirió dándose solo vagamente cuenta de lo que hacía. El caso en el que trataba de concentrarse era como un borrón total. Ante ella veía en todo momento el rostro de Vangie Lewis. ¿Por qué lo había visto en la pesadilla?

16

Richard Carroll había pasado una noche muy mala. Su teléfono sonó a las once de la noche, unos minutos después de que hubiera abandonado a Katie. Le dijeron que en el depósito de cadáveres había cuatro adolescentes.

Colgó el receptor lentamente. Vivía en el piso decimoséptimo de un gran rascacielos, al norte del puente George Washington. Durante unos minutos se quedó mirando la conocida vista de los rascacielos de Nueva York, los coches que pasaban velozmente por el Henry Hudson Parkway y las lucecitas verdiazules que revelaban y dibujaban las gráciles líneas del puente George Washington.

En aquel mismo momento otros teléfonos sonarían para informar a los padres de aquellos adolescentes que sus hijos no volverían a casa.

Richard miró su sala de estar. Estaba cómodamente amueblada con un gran sofá, amplias butacas, una alfombra oriental en tonos azules y marrones, una estantería que ocupaba toda una pared y fuertes mesas de roble que una vez adornaron el salón de la granja de uno de sus antepasados de Nueva Inglaterra. En las paredes tenía colocadas con gusto acuarelas originales con temas marinos. Richard suspiró. Su profunda butaca de orejas con escabel, tapizada en cuero, estaba junto a la estantería. Había pensado beber algo, leer durante una hora y acostarse. Pero decidió ir al depósito para atender a los padres cuando fueran a identificar a los muchachos. Dios sabía cuán poco podría hacer por aquellas personas... Pero Richard también sabía que se sentirían mejor si lo encontraban allí.

Eran más de las cuatro de la madrugada cuando regresó al apartamento. Mientras se desnudaba se preguntó si su trabajo no le estaba convirtiendo en un hombre demasiado triste. Los cadáveres de aquellos chicos formaban un terrible amasijo. El choque debía de haber sido terrible. Sin embargo, uno podía ver cuán atractivos debían de haber sido en vida. Una de las chicas, en particular, se le quedó grabada en el cerebro. Tenía el cabello oscuro y una fina y recta nariz. Y hasta muerta parecía grácil.

Le recordaba a Katie.

El pensamiento de que Katie había sufrido un accidente de automóvil la noche del lunes pasado le perturbó. Le pareció que sus relaciones habían progresado años luz en el par de horas que habían pasado juntos durante la cena.

¿Qué temía? ¿Por qué no olvidaba a John DeMaio? ¿Por qué no le decía «gracias por el recuerdo» y seguía su vida?

Mientras se metía en la cama, se sintió torvamente satisfecho de haber servido mínimamente de ayuda a los padres de los chicos, asegurándoles que murieron repentinamente y que era probable que en ningún momento tuvieran conciencia de lo que les ocurría, ni sintieran nada.

Durante dos horas durmió inquieto. A las siete de la mañana ya estaba en su despacho. Al cabo de unos minutos recibió una llamada. Le comunicaron que una señora mayor se había ahorcado en un sector venido a menos de Chester, pequeño pueblo situado en el extremo norte del condado. Tuvo que ir hasta el lugar donde se había producido la muerte. La mujer tenía ochenta y un años de edad y parecía frágil como un pajarito. De su traje colgaba una nota: «Ya no me queda nadie, estoy muy enferma y cansada, quiero reunirme con Sam. Ruego perdonen las molestias que pueda causar».

Aquella nota le hizo caer en algo que le había estado atormentando. Con todo lo que había oído decir sobre Vangie Lewis, sería lógico pensar que, en caso de que se hubiese quitado la vida, hubiera dejado una nota explicando el suicidio o culpando a su marido.

La mayoría de las mujeres dejaban notas.

Cuando regresó a su despacho, Richard intentó llamar dos veces a Katie; esperaba pillarla entre dos sesiones del tribunal. Deseaba oír el sonido de su voz. Por algún motivo le había puesto nervioso abandonarla en aquella gran casa la noche pasada. Pero no pudo dar con ella.

¿Por qué tenía el presentimiento de que algo la atormentaba? Regresó al laboratorio y trabajó sin parar hasta las cuatro y media. Cuando volvió al despacho, recogió los mensajes y se sintió intensamente contento de ver que Katie, a su vez, le había llamado. «¿Y por qué no lo iba a hacer?», se preguntó a sí mismo cínicamente. Un ayudante del fiscal no haría caso omiso de las llamadas del forense. La telefoneó al instante. La operadora de la centralita de la fiscalía le dijo que Katie se había marchado y ya no regresaría, pero no supo decirle dónde se encontraba.

Maldición.

Eso quería decir que hoy ya no hablaría con ella. Tenía que cenar en Nueva York con Clovis Simmons, actriz de uno de aquellos seriales lacrimógenos. Clovis era divertida y siempre se lo pasaba muy bien con ella, hasta que empezó a advertir que ella parecía tomarse en serio aquellas salidas.

Tomó una resolución: sería la última vez que saldría con Clovis. No era honesto seguir saliendo con ella. Negándose a considerar cualquier otra razón para tomar una decisión tan súbita, se recostó en la butaca y refunfuñó. La mente le estaba enviando una señal de socorro, haciendo que se acordase de cuando viajó por el Medio Oeste, y las emisoras de radio anunciaron de pronto la llegada de un tornado. Un aviso era algo que había que tomar en serio. Un aviso sugería un problema en potencia.

No había exagerado cuando le dijo a Scott que si Vangie Lewis hubiese abortado, no hubiera necesitado el cianuro. ¿Cuántas mujeres, en sus mismas condiciones, aceptaban el concepto de maternidad Westlake? Molly hablaba maravillas del ginecólogo porque una de sus amigas tuvo muy buen embarazo. Pero ¿quién hablaba de los fracasos? ¿Cuántos habría habido? ¿No habría algo singular en el número de muertes entre las pacientes del hospital Westlake? Richard pulsó el interfono y le pidió a su secretaria que viniese.

Marge tenía poco más de treinta años. Llevaba el pelo medio canoso, cuidadosamente cardado según el estilo que hizo famoso Jacqueline Kennedy a principios de la década de los sesenta. Usaba una falda unos centímetros por encima de sus rollizas rodillas. Tenía el aspecto de una esposa de suburbio que asistía a un concurso de la televisión. Era una excelente secretaria que disfrutaba en todo momento de las situaciones constantemente dramáticas del departamento.

–Tengo una sospecha, Marge. Quiero hacer una investigación oficiosa sobre el hospital Westlake. Solo en la sección de maternidad. El concepto que tienen de la maternidad lleva funcionando unos ocho años. Me gustaría saber cuántas pacientes han muerto en el momento de dar a luz debido a complicaciones en el parto. Y qué proporción existe entre las muertes y el número de pacientes tratadas. No quiero dejar entrever que me interesa. Por ello tampoco quiero que Scott revuelva sus archivos. ¿Conoces a alguien que trabaje en ese hospital y que pueda ver los archivos bajo cuerda?

Marge frunció el ceño. Su nariz, no muy diferente del pequeño y agudo pico de un canario, se arrugó.

–Voy a ver cómo me las arreglo.

–Muy bien. Y otra cosa: comprueba cualquier pleito por negligencia que se haya presentado contra alguno de los médicos de la sección de maternidad del hospital Westlake. No me importa si se suspendieron o no: solo quiero saber la razón, si es que existe alguno.

Satisfecho de haber iniciado la investigación, Richard corrió a su casa para ducharse y cambiarse. Unos segundos después de abandonar su despacho, el doctor David Broad, del laboratorio prenatal del hospital Monte Sinaí, le llamó por teléfono. El mensaje que recogió Marge decía que Richard debía ponerse en contacto con el doctor Broad por la mañana. Se trataba de un asunto urgente.

17

Katie salió hacia el hospital a las tres menos cuarto. El tiempo se había calmado y ahora había un tenaz, sombrío y nuboso frío. Pero por lo menos el calor de los coches había derretido la mayor parte de la escarcha de las carreteras. Deliberadamente redujo la velocidad al tomar la curva donde sufrió el accidente.

Llegó unos minutos antes de la hora convenida; podía haberse ahorrado el adelanto. La recepcionista, mistress Fitzgerald, se mostró amable pero fría. Y cuando Katie le preguntó si sustituía con mucha frecuencia a Edna, ella le respondió envarada:

–Miss Burns casi nunca falta a su trabajo. Por consiguiente, casi no hay necesidad de sustituirla.

A Katie le pareció que la respuesta era indebidamente defensiva. Intrigada, decidió seguir con el tema.

–Siento muchísimo que miss Burns esté enferma. Espero que no se trate de nada serio –añadió.

–No –dijo la mujer, claramente nerviosa–. Es una especie de virus. Estoy segura de que mañana estará aquí.

Había varias futuras madres sentadas en la recepción, enfrascadas en la lectura de revistas, y no había forma posible de entablar conversación con ellas. Una embarazada de rostro hinchado y movimientos lentos y deliberados apareció por el corredor que conducía a los despachos de los doctores. En una mesita sonó un timbre y la recepcionista levantó el auricular.

–Mistress DeMaio, el doctor Highley la espera –dijo.

Parecía aliviada.

Katie caminó con presteza por el corredor. Se acordaba de que el despacho del doctor Highley era el primero. Obedeciendo las instrucciones impresas que decían que llamase y entrase, abrió la puerta y penetró en una habitación de tamaño normal. Parecía una cómoda biblioteca. Había toda una pared cubierta de estantes de libros. Las fotos de las madres con sus bebés casi cubrían una segunda pared. Cerca de la tallada mesa del doctor había una butaca giratoria. Katie se acordó de que la habitación de reconocimiento, un servicio y un sitio que era más bien combinación de cocina y zona de esterilización del instrumental completaban el conjunto. El doctor estaba detrás de la mesa y se puso de pie para recibirla.

–Mistress DeMaio...

El tono de su voz era cortés y apenas si se percibía un ligero acento británico. No era un hombre muy alto, medía poco más de metro setenta y cinco. Su rostro, de piel lisa y mejillas redondeadas, terminaba en un mentón regordete y oval. Su cuerpo daba la impresión de una fuerza cuidadosamente controlada. Tenía el aspecto de una persona que engorda con facilidad. Su fino y escaso pelo color arenoso, entre el que aparecían algunas canas, estaba cuidadosamente peinado con una raya al lado. Las cejas y pestañas, del mismo color arenoso, acentuaban los saltones ojos de color azul acerado. Tomando cada uno de los rasgos por separado, no era un hombre atractivo; pero su aspecto global le confería prestancia y autoridad.

Katie se ruborizó al darse cuenta de que el doctor tenía conciencia del escrutinio a que le sometía y no le gustaba. Se sentó con rapidez y, para entablar conversación, le dio las gracias por la llamada de la noche anterior.

Él trató de no dar importancia a aquel gesto de gratitud.

–En realidad me gustaría que de verdad tuviese motivos para darme las gracias. Si usted hubiese dicho al médico de urgencias que era paciente mía, le hubiera dado una habitación del ala oeste. Le puedo asegurar que son mucho más cómodas. Aunque desde ellas, más o menos, se ve lo mismo.

Katie, que había empezado a rebuscar en su bolso un bloc de papel, levantó la mirada.

–¿Y qué me importa a mí la vista? Aunque cualquiera hubiera sido mejor que la que me dieron la otra noche, porque...

Se detuvo. El bloc que tenía en la mano le recordó que estaba allí por asuntos de su oficio. ¿Qué hubiera pensado el médico si se hubiese puesto a hablar de sus pesadillas? Inconscientemente intentó erguirse en aquella butaca demasiado baja y mullida.

–Si no le importa, doctor, sería mejor que hablásemos primero de Vangie Lewis –sonrió–. Me parece que, por lo menos durante unos minutos, se van a invertir nuestros papeles. Seré yo quien haga las preguntas.

La expresión del doctor se volvió severa.

–Solo me gustaría que fuese otro el motivo, mucho más agradable, por cierto, para esta inversión de papeles. Esa pobre chica... Apenas he podido pensar en otra cosa desde que me enteré de lo ocurrido.

Katie asintió.

–Yo la conocía muy poco, pero tengo que decir que experimento la misma reacción. Bien, se trata, como usted comprenderá, de pura rutina. Como no dejó ningún mensaje, al fiscal le gustaría conocer un poco el estado mental de la suicida.

Katie hizo una pausa y luego preguntó:

–¿Cuándo fue la última vez que vio a mistress Vangie Lewis?

El doctor se recostó en la butaca. Entrelazó los dedos debajo del mentón, dejando ver unas uñas completamente limpias y empezó a hablar lentamente:

–El jueves pasado, por la noche. Desde que cumplió la mitad del embarazo, le pedí que me viniese a ver por lo menos una vez a la semana. Aquí tengo su historial médico.

Y señaló una carpeta de papel manila que había sobre su mesa. Encima había escrito un nombre: LEWIS, VANGIE. Katie pensó que aquello era algo totalmente impersonal, un recordatorio de que, hacía exactamente una semana, Vangie Lewis había estado en la habitación de reconocimiento, junto a aquel despacho, donde le tomaron la tensión arterial y le confirmaron los latidos del corazón del feto.

–¿Cómo era mistress Lewis? Quiero decir física y emocionalmente.

–Me gustaría contestar primero lo referente a la condición física. Desde luego, era una preocupación. Por supuesto corríamos el peligro de un embarazo complicado, por lo cual yo la observaba con mucho detenimiento. Pero como usted comprenderá, con cada día que pasaba aumentaban las posibilidades de que el feto sobreviviera.

–¿Cree usted que mistress Lewis habría podido llegar hasta el parto?

–Imposible. En realidad el jueves pasado la previne de que era muy posible que en dos semanas tuviera que ingresar en la clínica para forzar el parto.

–¿Cómo reaccionó ante sus palabras?

El doctor frunció el entrecejo.

–Yo esperaba que a mistress Lewis le importaría muchísimo la vida de su hijo. Pero la realidad era que a medida que se acercaba al nacimiento potencial, más parecía temer al alumbramiento. Hasta llegué a pensar que no era muy diferente de una niñita que quería jugar a papás y mamás pero a la que hubiese aterrorizado que su muñeca se convirtiese en un niño de verdad.

–Comprendo.

Katie tomó ensimismada unas notas en el bloc.

–¿Mostró Vangie alguna señal específica de depresión?

El doctor Highley meneó la cabeza.

–Yo no lo advertí. Sin embargo, creo que el doctor Fukhito le responderá mejor a esta pregunta, pues la vio el lunes por la noche y su especialidad le ha preparado mejor para reconocer cualquier síntoma a pesar de que se disimule. La impresión general que yo tengo es que experimentaba un temor morboso a dar a luz.

–Una última pregunta: su consulta está al lado de la del doctor Fukhito. ¿Vio usted por casualidad en algún momento a mistress Lewis la noche del lunes?

–No.

–Gracias, doctor, me ha sido usted muy útil.

Metió el bloc de papel en el bolso que llevaba en bandolera.

–Ahora le toca a usted el turno de hacer preguntas.

–No tengo muchas que hacer. La verdad es que me las contestó anoche. Cuando acabe de charlar con el doctor Fukhito le ruego que vaya a la habitación ciento uno en el otro extremo del hospital. Le harán una transfusión. Espere una media hora antes de conducir.

–Creí que solo tenía que esperar la gente que donaba sangre –dijo Katie.

–Solo lo hacemos para estar seguros de que no se produce ninguna reacción. Además...

El médico abrió el último cajón de la mesa. Katie vio en su interior varias botellitas metódicamente colocadas. El doctor seleccionó una que contenía nueve o diez pastillas.

–Tome la primera esta noche y mañana, una cada seis horas. Haga lo mismo el viernes. En total tiene que tomar cuatro píldoras mañana y otras cuatro el viernes. Debo insistir y decirle que no se olvide de tomarlas. Como usted bien sabe, si la operación no le soluciona el problema tendremos que pensar en otra intervención más radical.

–Tomaré las píldoras –dijo Katie.

–Muy bien. Ingresará en el hospital alrededor de las seis de la tarde del viernes.

Katie asintió.

–Estupendo. A esa hora haré mis últimas rondas y la veré. Confío en que no esté usted preocupada.

En la primera cita que Katie tuvo con el médico admitió que tenía miedo a los hospitales.

–No, no lo estoy.

Él abrió la puerta y dijo con suavidad:

–Entonces hasta el viernes, mistress DeMaio.

18

El grupo de investigación formado por Phil Cunningham y Charley Nugent volvió a la fiscalía a las cuatro de la tarde dejando entrever la agotada excitación nerviosa de unos sabuesos que hubiesen seguido una pieza. Entraron rápidamente en el despacho de Scott Myerson y procedieron a comunicarle sus hallazgos.

–El marido es un mentiroso –dijo agudamente Phil–. No se esperaba que regresase hasta ayer por la mañana, pero a su avión se le averió un motor y dejó a los pasajeros en Chicago. La tripulación regresó a Nueva York, lo cual quiere decir que estaba de vuelta el lunes por la noche.

–¡El lunes por la noche! –explotó Scott.

–Sí. Y tomó una habitación en el Holiday Inn, de la calle Cincuenta y siete oeste.

–¿Y cómo te has enterado de eso?

–Conseguimos una lista de la tripulación del vuelo del lunes y hablamos con todos ellos. La azafata que se ocupa de cobrar las bebidas vive en Nueva York y Lewis la acercó en su coche hasta Manhattan. Terminaron por cenar juntos. Lewis le explicó un cuento que, claro, no es cierto, sobre que su esposa estaba fuera por lo cual se quedaría a pasar la noche en la ciudad e iría al teatro.

–¿Y le dijo eso a la azafata?

–Sí. Aparcó el coche en el Holiday Inn, tomó una habitación y fueron a cenar. La azafata lo dejó a las siete y media. Después Lewis sacó el coche y, según las anotaciones del garaje, lo tuvo fuera dos horas. Regresó a las diez. Y ahora, agárrate: volvió a largarse a medianoche y regresó a las dos.

Scott silbó:

–Nos mintió sobre el vuelo. Mintió a la azafata sobre su mujer, y además estuvo en algún sitio, con su coche, entre las ocho y las diez, y entre la medianoche y las dos de la madrugada. ¿A qué hora dijo Richard que murió Vangie Lewis?

–Entre las ocho y las diez de la noche –respondió Ed.

Charley Nugent había permanecido callado, pero entonces dijo:

–Todavía hay más cosas: Lewis tiene una amiguita, una azafata de la Pan Am. Se llama Joan Moore y vive en el doscientos uno de la calle Ochenta y siete este de Nueva York. El portero nos ha dicho que el capitán Lewis la llevó a su casa desde el aeropuerto ayer por la mañana. Dejó sus cosas y salieron a tomar café en el drugstore que hay frente al edificio.

Scott empezó a golpear la mesa con un lápiz, signo seguro de que estaba a punto de ordenar algo. Sus ayudantes esperaban con un bloc a mano.

–Son las cuatro de la tarde –dijo Scott con viveza–. Pronto se marcharán los jueces. Llama a uno por teléfono y dile que espere unos quince minutos. Dile que necesitamos una orden de registro.

Phil dio un salto en la butaca y cogió el teléfono.

–Tú –Scott señaló a Charley–, averigua qué funeraria se ha ocupado del cadáver de Vangie Lewis en Mineápolis. Ponte en contacto con esa funeraria: no se puede enterrar el cuerpo. Y asegúrate como puedas de que Chris Lewis no decide incinerarlo. A lo mejor aún tenemos que hacer otros análisis. ¿Cuándo dijo Lewis que regresaría?

Charley respondió:

–Nos dijo que regresaría mañana, inmediatamente después del funeral y del entierro.

Scott refunfuñó:

–Averigua en qué avión va a llegar y ve a esperarle. E invítale a venir para ser interrogado.

–¿No crees que tratará de escapar? –preguntó Charley.

–No, no lo creo. Tratará de hacerle frente a todo. Si es inteligente, sabe que no tenemos nada contra él. Además, quiero hablar con la chica. ¿Qué sabes de ella?

–Comparte apartamento con otras dos azafatas. Piensa cambiarse a la división de Hispanoamérica de la Pan Am, que vuela desde Miami. Ahora se encuentra en Fort Lauderdale para firmar el contrato de alquiler de un apartamento. Regresará a última hora de la tarde del viernes.

–Ve a esperarla también al avión –dijo Scott– e invítala a que venga para ser interrogada. ¿Dónde estaba el lunes por la noche?

–Volaba a Nueva York. Lo hemos comprobado.

–De acuerdo.

Y se quedó callado un minuto.

–Otra cosa. Quiero las agendas telefónicas de la casa de los Lewis. A ver si os enteráis de las llamadas que hicieron la semana pasada. Cuando hagáis la investigación, tratad de encontrar algún tipo de dispositivo de contestación automática en uno de los teléfonos. Lewis es capitán de líneas aéreas y sería lógico que tuviese alguno.

Phil Cunningham colgaba en aquel instante el teléfono.

–El juez Haywood esperará.

Scott cogió el teléfono y marcó rápidamente el número del despacho de Richard. Cuando le contestaron, le dijeron que se había ido. El fiscal murmuró entre dientes:

–¡Coño! Para un día que se marcha temprano y tiene que ser hoy.

–¿Lo necesitas ahora mismo?

En la voz de Charley había cierta curiosidad.

–Quiero saber lo que quería decir cuando afirmó que había otra cosa que no cuadraba. ¿Te acuerdas de esa afirmación? A lo mejor sería importante conocerla. De acuerdo, manos a la obra. Cuando registréis la casa, hacedlo hasta el último rincón. A ver si encontráis cianuro. Tenemos que enterarnos con rapidez dónde consiguió Vangie Lewis el cianuro que la mató... O dónde lo consiguió el capitán Lewis –añadió ya tranquilo.

19

En contraste con el despacho del doctor Highley, el del doctor Fukhito parecía más espacioso y claro. La mesa del despacho, de líneas largas y esbeltas, ocupaba menos espacio que la impresionante, y de estilo inglés, del doctor Highley. Unas graciosas butacas de respaldo de mimbre con cojines tapizados que hacían juego con una *chaise longue* ocupaban el lugar de las butacas de cuero y orejas del otro despacho. En vez de aquella pared llena de fotos de madres e hijos, en la consulta del doctor Fukhito había una serie de exquisitas reproducciones de xilografías de Ukiyo-e.

El doctor Fukhito era bastante alto para ser japonés, a menos que fuera tan erguido que pareciese más alto de lo que en realidad era. Eso pensó Katie. No, supuso que mediría un metro setenta y cinco.

Como su socio, el doctor Fukhito vestía de manera conservadora y cara. Su traje de rayas de cabeza de alfiler se veía realzado por la camisa azul pálido y una corbata de seda en un tono discreto del mismo color. Su pelo, negro como el azabache, y el pequeño y bien cortado bigote se complementaban con su tez de color oro pálido y unos ojos oscuros más redondos que achinados. Tanto según el canon de belleza oriental como el occidental era un hombre extraordinariamente guapo.

«Es probable que también sea muy buen psiquiatra», pensó Katie, mientras buscaba su bloc de notas y se tomaba deliberadamente tiempo para absorber el mayor número de impresiones.

La visita que le hiciera el mes pasado al doctor Fukhito había sido breve e informal. Sonriente, este le había explicado:

–El útero es una parte fascinante de la anatomía. A veces un flujo irregular o desproporcionado puede indicar la existencia de un problema emocional.

–No lo creo así –le respondió Katie–. Mi madre tuvo el mismo problema durante muchísimos años. Tengo entendido que eso puede ser hereditario.

El médico le preguntó sobre su vida personal.

–Supongamos que un día fuera necesario hacerle una histerectomía. ¿Cómo se sentiría?

–Sería terrible para mí. Siempre he querido tener familia.

–Entonces ¿piensa volverse a casar? ¿Mantiene relaciones con alguien?

–No.

–¿Y por qué no?

–Porque ahora me interesa más mi trabajo.

Katie acabó la entrevista de manera súbita:

–Es usted muy amable, doctor, pero no tengo ningún problema emocional, se lo puedo asegurar. Y quiero quitarme este asunto de encima. Puede tener la seguridad de que es un problema totalmente físico.

Gentilmente él asintió, se puso de pie y le dio la mano.

–Bien, si va usted a ser paciente del doctor Highley, no se olvide de que también yo estoy aquí. Si llega un momento en que necesite hablar de sus asuntos con alguien, quizás yo podría serle útil.

Varias veces durante el último mes Katie había pensado fugazmente que posiblemente no sería mala idea hablar con él, para que le diese su opinión objetiva y profesional sobre su estado emocional. O se preguntó si aquel pensamiento no había surgido mucho más recientemente, por ejemplo, después de cenar la noche anterior con Richard.

–Como used bien sabe, doctor, una paciente suya y del doctor Highley, Vangie Lewis, murió la noche del lunes.

Katie notó que él enarcaba ligeramente las cejas. ¿Se debía a que esperaba que, de manera categórica, dijese que Vangie se había suicidado?

Katie prosiguió:

–Doctor, usted vio a Vangie sobre las ocho de la noche de ese día, ¿no es cierto?

Él asintió.

–La vi precisamente a las ocho de la noche.

–¿Cuánto tiempo se quedó?

–Unos cuarenta minutos. Llamó el lunes por la tarde para pedir una cita. Yo suelo trabajar hasta las ocho de la noche. Pero el lunes tenía todas las horas dadas. Así se lo hice saber y le sugerí que viniese a verme el martes por la mañana.

–¿Y cómo reaccionó?

–Se puso a llorar. Se comportaba como si estuviese muy deprimida. Y, claro está, le dije que viniese y que la recibiría a las ocho.

–¿Por qué estaba tan deprimida, doctor?

El médico habló lentamente, eligiendo con gran cuidado las palabras:

–Había discutido con su esposo. Estaba convencida de que no la amaba y de que no quería que naciera el niño. En el aspecto físico, el esfuerzo del embarazo empezaba a notársele en la cara. En realidad era bastante inmadura: era hija única y estaba totalmente malcriada y consentida. Las molestias físicas le resultaban insoportables y, de pronto, la perspectiva del alumbramiento se convirtió en algo terrible para ella.

Inconscientemente los ojos del médico se fijaron en una butaca que había a la derecha de su mesa. Allí se había sentado Vangie el lunes por la noche, con aquel largo caftán que le ceñía el cuerpo. A pesar de que decía que quería tener un hijo, odiaba las ropas que le obligaba a llevar su maternidad y detestaba perder la figura. En el último mes intentó ocultar su cuerpo deformado y la pierna hinchada usando vestidos que llegaban hasta el suelo. Era un milagro que no se los hubiese pisado y caído al suelo, dada la manera en que los arrastraba entre las piernas.

Katie fijó los ojos en el médico con curiosidad: estaba nervioso. ¿Qué consejo le habría dado a Vangie que la hizo correr a su casa para suicidarse? O si la sospecha de Richard era cierta ¿la habría puesto en manos de un asesino? La discusión. Chris Lewis no había admitido que discutió con Vangie. Echándose hacia delante con agilidad, Katie dijo:

–Doctor, me doy cuenta de que usted quiere guardar el secreto profesional en lo relativo a las charlas que mistress Lewis sostuvo con usted. Pero se trata de un asunto oficial. Necesitamos saber todo cuanto pueda decirnos acerca de la discusión de Vangie Lewis con su marido.

Al médico le pareció que la voz de Katie surgía desde muy lejos. Ante él veía los ojos aterrorizados de Vangie clavados en su cara. Haciendo un gran esfuerzo alejó de su mente estos pensamientos y miró a Katie con franqueza.

–Mistress Lewis me dijo que creía que su esposo amaba a otra mujer. Le acusó de mantener relaciones con otra mujer. Me dijo que le había avisado que cuando se enterase de qué mujer se trataba, le haría la vida imposible. Estaba muy furiosa, agitada, amargada y asustada.

–¿Y usted qué le respondió?

–Le prometí que, tanto antes como durante el alumbramiento, le daríamos toda nuestra asistencia para que se sintiese bien. Añadí que esperábamos que pudiese tener el niño que siempre quiso, el cual, a lo mejor, podría servirle para salvar su matrimonio.

–¿Y cómo reaccionó?

–Empezó a calmarse. Entonces creí necesario advertirle que si sus relaciones matrimoniales no mejoraban cuando el niño naciese, debería considerar la posibilidad de acabar con ellas.

–Entonces ¿qué pasó?

–Se puso furiosa, juró que nunca permitiría que su marido la abandonase, que yo, como todo el mundo, me ponía de parte de él. Se puso de pie y cogió el abrigo.

–¿Y usted qué hizo, doctor?

–Era evidente que no era momento de hacer nada. Le aconsejé que se marchase a casa, durmiese bien y me llamase por la mañana. Me daba cuenta de que era demasiado pronto para que hiciera frente al hecho, en apariencia irrevocable, de que el capitán Lewis quería divorciarse.

–¿Y se marchó?

–Sí. Tenía el coche en el aparcamiento que queda detrás del hospital. De vez en cuando pedía permiso para usar mi entrada privada, y así podía salir directamente al aparcamiento. Pero la noche del lunes no me dijo nada. Simplemente salió por esa puerta.

–¿Y nunca más supo de ella?

–No.

–Comprendo.

Katie se puso de pie y se acercó a la pared donde estaban colgados los grabados. Deseaba que el doctor Fukhito siguiera hablando. Era evidente que ocultaba algo. Estaba nervioso.

–¿Sabía usted que el lunes por la noche fui ingresada

en este hospital, doctor? Sufrí un pequeño accidente de coche.

–Me alegro de que haya sido pequeño.

–Sí...

Katie se quedó de pie ante uno de los grabados, *Senda de Yabu Koji Atnagoshita.*

–¡Qué hermoso! –exclamó–. Pertenece a la serie de las «Cien vistas de Yedo», ¿no es verdad?

–Sí. Al parecer conoce usted mucho el arte japonés.

–En realidad no. Mi esposo sí que lo conocía y fue quien me habló un poco sobre este arte. Tengo otras reproducciones de la serie, pero esta es preciosa. ¿No cree que es muy interesante tener cien vistas diferentes de un mismo sitio?

El doctor Fukhito se puso alerta, Katie le daba la espalda y no vio cómo apretaba los labios formando una línea rígida.

Katie se volvió.

–Doctor, me trajeron al hospital sobre las diez de la noche del lunes. ¿Podría decirme si hubo alguna posibilidad de que Vangie Lewis no se hubiese ido a las ocho del hospital, de que aún estuviese por aquí y de que, a las diez, cuando me trajeron semiinconsciente, yo pudiese verla?

El doctor Fukhito clavó sus ojos en Katie y sintió que un miedo pegajoso y húmedo le traspasaba la piel. Se forzó a sonreír.

–No sé cómo hubiera podido suceder.

Katie advirtió que tenía los puños cerrados y blancos y que se forzaba por permanecer sentado en la butaca, para no huir. Y algo, de pronto, brilló en sus ojos: ¿sería ira o miedo?

20

A las cinco de la tarde, Gertrude Fitzgerald conectó el teléfono al dispositivo del contestador automático y cerró con llave la mesa de recepción. Nerviosa, marcó el número de Edna y tampoco recibió respuesta. No había duda. Últimamente Edna bebía cada vez más y más, pero era una persona muy buena y alegre que, en realidad, quería a todo el mundo. Con frecuencia comían juntas; solían hacerlo en la cafetería del hospital. Aunque de vez en cuando Edna le proponía:

–Salgamos y comamos algo decente.

Lo que significaba que deseaba ir al pub próximo al hospital para beberse un manhattan. Cuando sucedía, Gertrude siempre intentaba que no bebiese más de una copa; y para engañarla, le decía:

–Esta noche puedes tomarte dos, guapa.

Gertrude comprendía la necesidad que tenía Edna de beber. Ella no bebía, pero sentía aquel vacío y ardiente sentimiento que existe cuando todo lo que uno hace es trabajar día tras día y luego ir a casa a mirar las cuatro paredes. De vez en cuando ella y Edna se burlaban de todos los artículos periodísticos que recomendaban ejercicios de yoga o jugar al tenis, o hacerse socio de un club de observación de pájaros, o apuntarse a un curso de cualquier otra cosa. Entonces Edna decía:

–No puedo cruzar estas piernas gordas en la posición del loto y no hay forma de que me doble y llegue al suelo sin doblar las rodillas. Soy alérgica a las sales y, al final del día, estoy demasiado cansada para preocuparme por la historia de la antigua Grecia. Solo me gustaría conocer a un hombre agradable al que le gustase acompañarme a casa por la noche. Te juro que no me importaría que roncase.

Hacía siete años que Gertrude era viuda, pero por lo menos le quedaban sus hijos y sus nietos: gente que la quería, la visitaba y a veces le pedía prestados unos cientos de dólares. En una palabra, gente que la necesitaba. Ella también se había sentido sola y Dios bien lo sabía, pero no era lo mismo que le ocurría a Edna. Ella había vivido. Tenía sesenta y dos años, buena salud y algo que recordar.

Estaba segura de que el doctor Highley sabía que había mentido cuando le dijo que Edna había llamado diciendo que estaba enferma, aunque Edna había admitido que el médico la había reconvenido sobre su problema de bebida, y necesitaba el trabajo. Sus viejos padres le habían costado una fortuna antes de morir, pero Edna nunca se quejó. Lo más triste es que aún deseaba que ellos viviesen. Les echaba de menos.

¿Y si Edna no había estado bebiendo? ¿Y si estaba enferma o le pasaba otra cosa? Este pensamiento hizo que Gertrude se quedase sin aliento. No había más vueltas que darle, tendría que ir a su casa, ahora mismo iría en el coche hasta allí. Si la encontraba bebiendo, haría lo posible para que no siguiera haciéndolo y la ayudaría a ponerse sobria. Si estaba enferma, se ocuparía de ella.

Con la mente más tranquila, Gertrude se puso de pie sin dudar más. Había otra cosa: esa mistress DeMaio de la fiscalía. Había sido muy amable, pero era evidente que ansiaba hablar con Edna. Quizás hasta la llamaría mañana por teléfono. ¿Qué querría de ella? ¿Todo cuanto Edna pudiera decirle sobre mistress Lewis?

Aquel era un gran problema, y la mantuvo ocupada mientras recorría los diez kilómetros que la separaban del apartamento de Edna. Todavía no había encontrado la respuesta cuando aparcó el coche en la zona de visitas, detrás del apartamento de su amiga, y se dirigió a la puerta principal.

Las luces estaban encendidas. Aunque las cortinas, brillantes y haciendo pliegues, estaban corridas, Gertrude estaba segura de que las luces estaban encendidas en la sala de estar comedor. Al acercarse a la puerta oyó un débil rumor de voces. Claro está, provenían del televisor.

Por un instante se sintió irritada. Le molestaría mucho que Edna estuviera sentada cómodamente en su butaca y no se hubiera ni molestado en contestar al teléfono. Ella, Gertrude, había hecho su trabajo, cubierto su ausencia, y ahora había conducido varios kilómetros, apartándose de su camino, para tener la seguridad de que su amiga no tenía problemas.

Gertrude tocó el timbre. Sonó el doble tañido del carillón. Se quedó esperando. Aunque aguzó el oído, no oyó ruido de pies que se acercasen hacia la puerta, ni la voz conocida diciendo: «Ya voy». Quizá se estaba enjuagando la boca para disimular el alcohol. Siempre temía que uno de los doctores pudiera presentarse allí con un trabajo urgente, cosa que había ocurrido varias veces, precisamente cuando Edna no había ido a trabajar. Así fue como el doctor Highley se enteró de su problema.

No se oía el sonido tranquilizador de voces o pisadas. Gertrude tembló cuando volvió a pulsar el timbre. Quizá Edna estaba durmiendo la borrachera. Hacía un frío tremendo, solo deseaba llegar a casa.

Tras llamar al timbre cuatro veces, el disgusto se convirtió en alarma. No había por qué engañarse, había pasado algo y tenía que entrar en el apartamento. El conserje, mister Krupshak, vivía justo enfrente, al otro lado del patio. Gertrude le contó rápidamente lo que ocurría.

El conserje estaba cenando y parecía más bien molesto, pero su esposa, Gana, cogió el gran llavero que colgaba de un clavo sobre el lavadero.

–La acompañaré –dijo.

Ambas mujeres cruzaron el patio apresuradamente.

–Edna es una verdadera amiga –dijo, espontánea, Gana Krupshak–. A veces, por la noche, voy a visitarla. Charlamos y bebemos una copa. A mi marido no le gusta el alcohol, ni siquiera el vino. Precisamente anoche fui a verla, sobre las ocho, y tomé un manhattan con ella. Me contó que una de sus pacientes predilectas se había suicidado. Bien, ya hemos llegado.

Las mujeres se hallaban en el pequeño porche que conducía al apartamento de Edna. La esposa del conserje empezó a buscar la llave.

–Es esta –murmuró.

La introdujo en la cerradura y le dio una vuelta.

–Esta cerradura tiene truco, hay que saber darle la vuelta.

La cerradura giró y la mujer abrió la puerta de par en par, mientras seguía hablando.

Las dos mujeres vieron a Edna en el mismo momento: yacía en el suelo, sobre sus piernas, con la bata azul abierta, de modo que se le veía el camisón de franela. Su pelo canoso se le pegaba alrededor del rostro. Tenía los ojos abiertos y fijos, clavados en un punto indeterminado; la sangre coagulada formaba una encarnada corona encima de su cabeza.

–¡No, no!

Gertrude oyó cómo su voz se elevaba y se volvía cada vez más aguda, hasta convertirse en un chillido, como si fuera un ser que ella no pudiese dominar. Se llevó los nudillos a la boca.

Con voz ahogada, Gana Krupshak dijo:

–Y pensar que anoche mismo estaba sentada aquí conmigo y...

Su voz se quebró.

–Había empinado bastante el codo. Ya sabe lo que quiero decir. ¡Qué borracheras cogía! Me contaba que una paciente suya se había suicidado. Entonces cogió el teléfono y llamó al marido de esa paciente.

Gana empezó a sollozar ruidosamente. Hipaba.

–Y saber que ahora también la pobre Edna está muerta...

21

Chris Lewis estaba junto a los padres de Vangie, a la derecha del ataúd, y recibía, aturdido, los comprensivos pésames de los amigos. Cuando les llamó para decirles que Vangie había muerto, ellos decidieron que verían el cadáver en privado. El servicio fúnebre tendría lugar a la mañana siguiente y después el entierro, al que solo asistiría él.

Sin embargo, al llegar a Mineápolis esa tarde se encontró con que sus suegros habían preparado un velatorio público para aquella noche, y después del servicio del día siguiente por la mañana en la capilla, todo un cortejo fúnebre acompañaría el cadáver de Vangie hasta el cementerio.

–Hay muchos amigos que quieren despedirse de nuestra hijita. Pensar que hace dos días estaba viva y ahora ya no está entre nosotros... –lamentó la madre, sollozando.

¿Solo era miércoles? A Chris le parecía que habían pasado semanas desde que había descubierto aquella escena, digna de una pesadilla, en su dormitorio, el día anterior por la mañana. *Ayer por la mañana.*

–¿No es verdad que nuestra hija tiene un aspecto hermoso? –preguntaba la madre a un visitante que se había acercado al ataúd.

«Nuestra hijita. Nuestra hija. Si hubieseis permitido que creciera –pensó Chris–, todo habría sido muy diferente.»

Aquellos padres demostraban la hostilidad que sentían hacia él. Hostilidad que vagaba por debajo de la superficie, preparada para saltarle encima.

–Una muchacha feliz no se quita la vida –había dicho la madre de Vangie acusadoramente.

Parecían cansados, agotados; parecían destruidos por el dolor. Aquella gente sencilla y trabajadora que se lo habían negado todo para rodear a su hija, inesperadamente bella, de lujos y le habían hecho creer que su deseo era ley.

¿Sería más llevadero para ellos, cuando se revelase la verdad, saber que la habían matado? ¿O acaso no sería mejor no decirles nada y evitar que se enteraran del horror final? La suegra de Chris ya estaba intentando hallar consuelo creándose una versión propia del hecho, una versión que le permitiese vivir:

–Chris estaba de viaje, nosotros vivimos lejos. Y mi hijita se sentía tan mal que tomó algo y se fue a dormir.

«¡Dios mío! –pensó Chris–. ¡Cómo retuercen la verdad, la vida, las personas!» Deseaba hablar con Joan, que se había sentido tan perturbada al enterarse de la muerte de Vangie que apenas fue capaz de hablar: «¿Sabía lo nuestro?».

Finalmente tuvo que admitir que Vangie sospechaba que a él le interesaba otra persona.

Joan regresaría de Florida el viernes por la noche. Él volvería a Nueva Jersey mañana por la tarde, después del funeral. No le diría nada a la policía hasta que no tuviese oportunidad de hablar con Joan para prevenirla, ya que se podría ver envuelta en el asunto. La policía buscaría un motivo para culparlo de la muerte de Vangie y, a sus ojos, Joan sería el motivo.

¿Haría bien obrando así? ¿Acaso tenía derecho a implicar a Joan y descubrir algo que con toda seguridad aún heriría más a los padres de Vangie?

¿Habría habido otra persona en la vida de Vangie? Chris echó una mirada al ataúd y vio el rostro tranquilo de Vangie, sus manos serenamente cruzadas. Apenas habían vivido como hombre y mujer durante los últimos años. Dormían uno al lado del otro como dos extraños. Él, emocionalmente agotado por las disputas infinitas; ella, queriendo que la mimasen y la tratasen como si fuese una niña. Chris hasta sugirió que durmiesen en habitaciones distintas, pero ella se puso histérica.

Vangie quedó embarazada dos meses después de haberse mudado a Nueva Jersey. Cuando Chris estuvo de acuerdo en intentar, por última vez, salvar el matrimonio, decidió hacer un verdadero esfuerzo para que aquello funcionase, pero pasaron un verano desdichado. Hacia agosto, apenas se cruzaban palabras. Solo una vez, hacia mediados de ese mes, hicieron el amor. Y para Chris era una ironía del destino, ya que después de diez años de matrimonio, ella quedó embarazada precisamente cuando él acababa de conocer a otra persona.

Una sospecha, que Chris advirtió había permanecido agazapada en alguna región de su subconsciente, surgió con claridad: ¿sería posible que Vangie hubiese tenido que ver con otro hombre, un hombre que no quería aceptar ninguna responsabilidad sobre ella y el niño? ¿Se habría enfrentado su mujer a una persona así? Vangie le había amenazado con que si se enteraba de con quién se veía Chris, desearía morir.

Y suponiendo que ella tuviera una aventura con un hombre casado, ¿qué hubiera pasado si él le hubiese proferido semejantes amenazas histéricas?

Chris se dio cuenta de que había estrechado manos, dado las gracias y mirado rostros conocidos sin verlos en realidad: vecinos del edificio donde él y Vangie habían vivido antes de mudarse a Nueva Jersey, compañeros de trabajo, amigos de los padres de Vangie... Los padres de Chris vivían en Carolina del Norte. No se encontraban muy bien, pero les aconsejó que fuesen a Mineápolis a pesar del frío que hacía.

–Lo siento mucho.

El hombre que le daba la mano tendría unos sesenta años. Era esbelto y extraordinariamente atractivo; tenía el pelo canoso y espesas cejas sobre unos ojos vivarachos y penetrantes.

–Soy el doctor Salem. Emmet Salem. Traje al mundo a Vangie y fui su primer ginecólogo. Fue uno de los seres más hermosos que he traído al mundo y nunca cambió. Lo único que siento es no haber estado en mi consulta cuando me llamó el lunes.

Chris le clavó los ojos.

–¿Que Vangie le llamó el lunes?

–Sí. La enfermera me dijo que parecía muy irritada. Quería verme inmediatamente. Yo estaba dando un seminario en Detroit, pero la enfermera concertó una cita para hoy. Y, según tengo entendido, pensaba venir en avión ayer. A lo mejor podría haberle servido de ayuda.

¿Por qué habría llamado Vangie a aquel hombre? ¿Por qué? A Chris le parecía imposible de imaginar. ¿Qué le habría hecho volver a un médico al que no había visto desde hacía años? Vangie no se encontraba bien, pero si quería que la examinasen ¿por qué acudir a un médico que vivía a dos mil kilómetros de distancia?

–¿Estaba enferma Vangie? –preguntó el doctor Salem.

Miraba con curiosidad a Chris esperando la respuesta.

–No, no estaba enferma –dijo Chris–. Como es probable que usted sepa, esperaba un niño, y desde el principio fue un embarazo difícil.

–¿Que Vangie qué?

La voz del doctor se elevó y se quedó mirando a Chris, asombrado.

–Ya sé que le coge de sorpresa, pues había abandonado toda esperanza. Pero en Nueva Jersey empezó a someterse al concepto que de la maternidad tienen en el hospital Westlake. A lo mejor ha oído hablar de él o del doctor Highley. El doctor Edgar Highley.

–Capitán Lewis, ¿podría hablar un minuto con usted?

El director de la funeraria le cogió por el brazo y le llevó rápidamente hacia su despacho privado, que quedaba en el vestíbulo, frente al lugar donde se celebraban los velatorios.

–Perdón –le dijo Chris al doctor.

Sin saber cómo debía interpretar la agitación del director, se dejó llevar a su despacho.

El director de la funeraria cerró la puerta y miró a Chris.

–Acabo de recibir una llamada de la fiscalía del condado de Valley, Nueva Jersey –dijo–. Y ya está camino de aquí la confirmación por escrito que nos prohíbe enterrar el cadáver de su esposa. El cadáver regresará por avión al despacho del médico forense del condado de Valley, mañana, cuando se haya celebrado el servicio.

«Saben que no se trata de un suicidio –pensó Chris–. Ya lo saben, de nada vale que lo siga ocultando.» El viernes por la noche, tan pronto tuviese la oportunidad de hablar con Joan le contaría al fiscal todo lo que sabía o sospechaba.

Sin responder al director de la funeraria, se volvió y salió del despacho. Quería hablar con el doctor Salem y averiguar lo que Vangie le había dicho por teléfono a la enfermera.

Pero cuando entró en el salón el doctor Salem ya se había marchado. Se quedó solo y no les comentó nada a los padres de Vangie. La madre se secaba los ojos hinchados con un húmedo y arrugado pañuelo. Entonces le preguntó a Chris:

–¿Qué le has dicho al doctor Salem para que se marchara así? ¿Qué le ha turbado de ese modo?

22

El miércoles regresó a su casa a las seis de la tarde. En aquel momento Hilda se marchaba. Su rostro estólido e indiferente estaba en guardia. Siempre se mantenía distante de aquella mujer. Sabía que le gustaba, y además necesitaba el trabajo. ¿Y por qué no? Era una casa que siempre estaba limpia, sin ninguna señora que diese órdenes constantes, ni niño que se metiese por en medio.

Ningún niño. Fue a la biblioteca, se sirvió un whisky y, ensimismado, contempló desde la ventana cómo el ancho cuerpo de Hilda desaparecía por la calle hacia la parada del autobús, que quedaba a dos manzanas.

Había estudiado medicina porque su madre murió al dar a luz, al nacer él. Aquellas historias acumuladas a lo largo de los años, que escuchó desde la época en que ya tenía entendimiento, siempre se las contaba el tímido y discreto hombre que era su padre.

–Tu madre deseaba mucho tenerte. Sabía que arriesgaba la vida, pero no le importaba.

Sentado en la farmacia de Brighton, observaba cómo su padre preparaba las recetas mientras le preguntaba:

–¿Y eso para qué sirve? ¿Esa píldora para qué es buena? ¿Por qué escribes advertencias de peligro en esas botellas?

Aquello le fascinaba; asimilaba toda la información que su padre compartía con él: el único tema del que este era capaz de hablar, porque era el único mundo que había conocido.

En la Facultad de Medicina acabó la carrera entre los diez primeros del curso, e importantes hospitales de Londres y Glasgow le ofrecieron un puesto para hacer la residencia. Sin embargo, eligió el hospital Christ, de Devon, con un laboratorio de investigaciones magníficamente equipado, oportunidad que le permitía al mismo tiempo hacer experimentos y prácticas. Con el tiempo llegó a formar parte del personal de dicho hospital y su fama de ginecólogo creció rápidamente. Aquello demoró su proyecto, lo retrasó. Debido a su incapacidad para someterlo a prueba, el proyecto estaba maldito.

A los veintisiete años se casó con Claire, prima lejana del duque de Sussex, quien, a pesar de pertenecer a un entorno social infinitamente superior, contrajo matrimonio con él. Su fama y la expectativa de su futura importancia anularon todas las barreras.

¡Y aquella increíble ignominia! Él, que se ocupaba de traer nuevas vidas al mundo, se había casado con una mujer estéril. Él, que tenía las paredes cubiertas de retratos de niños que nunca hubiesen nacido si no hubiera sido por su ayuda, no tenía ninguna esperanza de llegar a ser padre algún día.

¿Cuándo empezó a odiar a Claire? Le llevó mucho tiempo: siete años.

Aquello ocurrió cuando, por fin, se dio cuenta de que a ella no le importaba nada, que nunca le había importado nada; que su desilusión no era, ni más ni menos, que disimulo, pues ya antes de casarse con él sabía que no podía concebir.

Inquieto, se apartó de la ventana. Sería otra noche fría y ventosa. ¿Por qué febrero siempre parecía el mes más largo, a pesar de ser el más corto?

Cuando todo aquello acabase, se tomaría unas vacaciones. Cada vez se sentía más crispado y estaba perdiendo el control.

Esa misma mañana había estado a punto de estallar, cuando Gertrude le comunicó que Edna había llamado para decir que estaba enferma. Se agarró a la mesa y observó cómo los nudillos se le iban poniendo blancos. Entonces se acordó: el aleteante latido deteniéndose. Los ojos vidriosos, los músculos relajándose para siempre. Gertrude trataba de encubrir a su amiga. Gertrude mentía.

Refunfuñó una respuesta y, al hacerlo, hizo que su voz sonase indiferente.

–Es bastante molesto que Edna no venga hoy. Confío en que mañana se haya incorporado a su trabajo.

Aquellas palabras dieron resultado. Lo comprobó en la nerviosa manera con que Gertrude se humedecía los labios y evitaba mirarle. Creía que estaba de mal humor por culpa de la ausencia de Edna. Además, era probable que supiese que ya le había hablado tajantemente a Edna sobre el problema que tenía con la bebida.

Gertrude podría ser aliada suya.

Policía: *¿Y qué respondió el doctor, cuando usted le dijo que miss Burns estaba ausente?*

Gertrude: *Se puso de bastante mal humor. Es un hombre muy metódico y no le gusta que nada turbe su rutina.*

El zapato que faltaba. Por la mañana, poco después de amanecer, había ido al hospital y buscado de nuevo por el aparcamiento y por el despacho.

¿No lo habría llevado puesto Vangie cuando entró en su consulta, el lunes por la noche? Advirtió que no podía estar seguro, con aquel largo caftán y, encima, el abrigo de invierno mal abrochado. El caftán era demasiado largo y el abrigo se tensaba en el abdomen. Vangie se subió el caftán para enseñarle la hinchada pierna derecha y entonces vio el mocasín. Sin embargo, no se había fijado en el otro zapato. ¿Lo llevaría puesto? Sencillamente, no lo sabía.

Si el zapato se hubiese caído en el aparcamiento, cuando llevó el cadáver hasta el coche, alguien lo habría recogido. Quizá un hombre de la brigada de limpieza. Pero descartó aquella idea. Con frecuencia los pacientes ingresados que abandonaban el hospital se marchaban con bolsas de plástico que casi reventaban, llenas de tarjetas deseándoles una pronta recuperación y de plantas de regalo y de objetos personales que, en el último minuto, no cabían en la maleta, y a menudo perdían cosas entre la habitación del hospital y el aparcamiento. Había llamado al departamento de objetos perdidos, pero no tenían ningún zapato. A lo mejor quien lo encontró se había limitado a arrojarlo al cubo de basura.

Se acordó de cuando sacó el cadáver de Vangie del maletero del coche y lo llevó hacia la casa, rozando los estantes del garaje, que estaban llenos de herramientas de jardinería. ¿Era posible que el zapato perdido se hubiese enganchado en alguna de ellas? Si lo encontraban en uno de aquellos estantes, se vería obligado a tener que responder a algunas preguntas.

Si Vangie no tenía puesto el zapato cuando se marchó de la consulta del doctor Fukhito, la planta de las medias se habría ensuciado. Pero el pasillo que unía a ambos despachos estaba cubierto y si la planta hubiese estado muy rozada, él se habría dado cuenta cuando colocó el cadáver en el lecho.

El horror de descubrir que solo tenía el zapato derecho, aquel zapato que tanto trabajo le había costado quitar, le había puesto nervioso. Era un tonto redomado. ¡Después de correr tantos riesgos!

El zapato derecho seguía en su maletín, en el maletero del coche, y no estaba seguro de si debía deshacerse de él; por lo menos no debía hacerlo antes de tener la plena seguridad de que el otro no aparecería. Aunque la policía iniciara una investigación profunda del suicidio, no habría nada que constituyese evidencia en su contra. El archivo del despacho soportaría cualquier investigación profesional a fondo, pues el auténtico archivo, el que se refería a los casos especiales, estaba guardado en la caja fuerte que había en la pared de su casa, y desafiaba a cualquiera a que la localizase. Ni siquiera aparecía en los planos generales de la construcción. Fue el mismo doctor Westlake el que la instaló y, a parte de él, solo la conocía Winifred.

Nadie tenía motivos para sospechar de él; nadie excepto Katie DeMaio, quien había estado a punto de decirle algo cuando le mencionó la vista que se veía desde la habitación del hospital que había ocupado. Pero en aquel momento ella cambió de idea.

Fukhito fue a verlo cuando se marchaba. Parecía nervioso.

–Mistress DeMaio me hizo muchas preguntas –le dijo–. ¿Crees que es posible que piensen que mistress Lewis se suicidó?

–En realidad, no lo sé.

Gozó con el nerviosismo de Fukhito. Sabía que había una razón para ello.

–La entrevista que concediste a la revista *Newsmaker* se publicará mañana, ¿verdad?

Miró a Fukhito con desdén.

–Sí, pero puedes tener la seguridad de que les di a entender claramente que tengo varios consejeros psiquiátricos. Tu nombre no aparecerá en el artículo.

A pesar de estas palabras, Fukhito parecía intranquilo.

–Así y todo, la entrevista va a llamar la atención sobre el hospital, nos pondrá en evidencia –se quejó Fukhito.

–Qué quieres decir, que se van a fijar en ti, ¿verdad, doctor?

Y casi se echó a reír ante el rostro atormentado por la culpabilidad de Fukhito.

Ahora, a punto de acabar el whisky, advirtió que no había tomado en consideración otra forma de escapatoria. Si la policía llegaba a la conclusión de que habían matado a Vangie y si investigaban en el hospital, sería bastante fácil sugerir, falsamente reacio, que interrogasen al doctor Fukhito, en especial debido a su pasado.

Después de todo, el doctor Fukhito era la última persona que se sabía había visto viva a Vangie Lewis.

23

Después de entrevistar al doctor Fukhito, Katie fue al ala este del hospital para que le hiciesen la transfusión. Se la realizaron en una zona protegida por biombos, cerca de la sala de urgencias. Mientras descansaba en el lecho e intentaba reconstruir su llegada al hospital el lunes por la noche, le subieron una manga y le fijaron una aguja al brazo.

Recordó haber estado en aquella habitación, pero no estaba segura. El doctor que le había cosido la herida del brazo la miró.

–Hola. Ya me parecía haberla visto en la entrada. Veo que el doctor Highley ha ordenado que le hagan otra transfusión. Supongo que se debe a la baja cifra de glóbulos rojos.

–Sí, estoy bajo el cuidado del doctor Highley.

–Estupendo. Voy a echar una mirada a la herida del brazo.

Tras hacerlo, le volvió a poner un vendaje, mientras Katie seguía echada.

–He hecho un buen trabajo, tengo que admitirlo. No le quedará ninguna cicatriz para enseñársela a sus nietos.

–Si llego a tenerlos. Dígame una cosa, doctor, ¿estuve yo en esta cama el lunes por la noche?

–Sí, aquí fue donde estuvo después de hacerle las radiografías. ¿No se acuerda?

–Tengo tal confusión...

–Perdió mucha sangre. Tenía un shock tremendo.

–Lo entiendo.

Cuando acabó la transfusión, Katie se acordó de que el doctor Highley le había dicho que no condujese durante los veinte minutos siguientes. Entonces decidió ir al departamento de admisiones con el fin de cumplimentar los formularios necesarios para su estancia en el hospital. Así no tendría que preocuparse de hacerlo el viernes por la tarde.

Cuando dejó el hospital eran casi las seis de la tarde. De pronto advirtió que, de manera automática, había conducido en dirección a Chapin River. «Tonterías –pensó–. Mañana por la noche vas a cenar con Molly y Bill; así pues, olvídate de visitarlos hoy.»

Tras tomar esta decisión, hizo un giro en forma de U con el coche y se encaminó hacia Palissades Parkway. Empezaba a sentir hambre, pero el pensamiento de volver a casa no le atraía. ¿Qué poeta había escrito sobre las delicias de la soledad, acabando el poema con los siguientes versos?:

> Pero nunca vuelvas a casa después de las cinco,
> a menos que allí te esté esperando alguien.

Bien, ella había aprendido a hacer frente a la soledad, a gozar de verdad de una tranquila velada dedicada a la lectura, mientras escuchaba música.

Aquel sentimiento de vacío que la embargaba últimamente era algo nuevo.

Pasó junto al restaurante en el que había cenado la noche anterior con Richard y, obedeciendo a un impulso súbito, entró en el aparcamiento. Esta noche probaría la otra especialidad, el entrecôte. Quizás en aquel cálido, íntimo y tranquilo restaurante fuese capaz de pensar.

El propietario la reconoció y sonrió encantado.

–¡Buenas noches, mistress DeMaio! Aunque el doctor Carroll no ha reservado ninguna mesa, tengo una cerca de la chimenea.

Katie negó con la cabeza.

–Esta noche cenaré sola.

Por un instante el hombre pareció desconcertado, pero inmediatamente recuperó el aplomo.

–Entonces supongo que contamos con una nueva y hermosa amiga del restaurante.

La condujo a una mesa cercana a la que había ocupado la noche anterior con Richard.

Katie aceptó la sugerencia de tomar una copa de Borgoña, se relajó y experimentó la misma inquietud de la noche anterior. ¡Ah! ¡Si pudiese reunir sus pensamientos y despejar las impresiones que había recibido al hablar con el doctor Highley y el doctor Fukhito sobre Vangie Lewis!

Sacó el bloc y empezó a revisar lo que había anotado durante las entrevistas. La del doctor Highley: Katie esperó que le explicase por qué Vangie Lewis tenía claros y serios problemas con el embarazo, y todo lo que dijo e hizo al respecto fue completamente razonable. Día a día, intentó salvar al niño. Sus observaciones sobre cuál fue la reacción de Vangie ante el inminente nacimiento sonaban a ciertas. Molly le había contado que, una vez, Vangie reaccionó histéricamente al ver que tenía una ampolla en un dedo.

Y entonces ¿qué? ¿Qué más quería saber del doctor Highley?

Se acordó del doctor Wainwright, un reconocido oncólogo de Nueva York, que se había ocupado de John. Cuando murió su marido, le habló con el rostro y la voz llenos de dolor.

–Quiero que sepa que hemos hecho todo lo posible por salvarlo, mistress DeMaio. No nos quedó nada por probar. Pero a veces Dios nos arrebata a los pacientes de nuestras manos.

El doctor Highley dejó ver que lamentaba la muerte de Vangie, aunque, sin duda alguna, no era cierto. Sin embargo, era lógico que mantuviese una postura objetiva. Katie había oído a Bill y a Richard hablar de la necesidad de la objetividad cuando se era médico. De lo contrario, se vería desgarrado en dos mitades y terminaría por convertirse en un inútil.

Richard. Sin quererlo, sus ojos se posaron en la mesa que había ocupado con él. Richard había dicho: «Ambos sabemos que lo pasamos bien juntos».

Tenía razón y ella lo sabía. Quizá fuera este el motivo por el que solía sentirse inquieta a su lado, como si fuera a perder el dominio de las cosas. ¿Sería posible que aquello ocurriese dos veces en la vida? Desde el principio uno sabe que algo va bien, que alguien es la persona adecuada.

Cuando estaban a punto de marcharse de casa de su hermana, Molly, después de la rápida comida de ayer, esta les había invitado para que fuesen a cenar el día siguiente, jueves por la noche: «Vendrán también Liz y Jim Berkeley –dijo Molly–. Ella es la que piensa que el doctor Highley es un dios. A lo mejor os interesa hablar con Liz».

Katie se dio cuenta de cómo ansiaba que llegase esa cena.

De nuevo se fijó en sus notas. Las del doctor Fukhito. Había algo que no funcionaba. Katie opinaba que el doctor sopesó deliberadamente cada una de sus palabras al hablar sobre la consulta de Vangie, el lunes por la noche. Era como observar a alguien atravesar, paso a paso, un campo sembrado de minas. ¿Qué era lo que temía? Aun contando con la razonable preocupación de guardar el secreto profesional sobre las relaciones entre médico y paciente, parecía temer que se le escapase algo que intrigase a Katie.

Además, se mostró abiertamente hostil cuando Katie le preguntó si, por algún motivo, Vangie había podido encontrarse en el hospital a las diez de la noche, cuando a ella la llevaron allí.

¿Y si ella hubiese visto a Vangie? ¿Y si Vangie se hubiese marchado en aquel momento del despacho del doctor Fukhito y se hubiera dirigido al aparcamiento? Aquello explicaría el hecho de que hubiese visto el rostro de Vangie en aquella loca pesadilla.

El doctor Fukhito dijo que Vangie salió por la entrada privada. Nadie más la había visto marcharse.

¿Y si no lo había hecho? Podría haberse quedado con el médico. Él se pudo marchar con Vangie, o seguirla a su casa; o pudo darse cuenta de que tenía tendencias suicidas y él era el responsable en cierto aspecto.

Lo suficiente para ponerle nervioso.

El camarero llegó para tomar nota. Antes de dejar el bloc, Katie hizo una anotación final: «Investigar la vida del doctor Fukhito».

24

Aun antes de cruzar el puente George Washington y de dirigirse hacia el río Harlem y hacia FDR Drive, el miércoles por la noche, Richard sabía que hubiera debido anular su cita con Clovis. Le embargaba la muerte de Vangie Lewis. Su subconsciente le sugería que había pasado por alto algo durante la autopsia. Había algo que le hubiese gustado examinar con mayor detenimiento. Pero ¿qué era?

Además, le preocupaba Katie. La noche anterior parecía demasiado delgada, estaba extremadamente pálida, y hasta que no se tomó un par de copas de vino no apareció algo de color en sus mejillas.

Katie no estaba bien, esa era la razón. Él era médico y hubiera debido darse cuenta de ello antes.

El accidente. ¿Hasta qué punto la habrían examinado bien? ¿No sería posible que hubiese recibido un golpe más grave del que se suponía? Aquel pensamiento le rondaba por la cabeza mientras entraba en la calle Cincuenta y tres, desde el FDR Drive, y se encaminaba al apartamento de Clovis, a una manzana de distancia.

Clovis había preparado una coctelera de martini muy seco y un plato de pastelillos calientes llenos de carne de cangrejo acabados de salir del horno. Con su terso cutis, su alto y esbelto cuerpo y aquella tez de vikinga, a Richard le parecía que era una Ingrid Bergman joven. Hasta hacía poco tiempo Richard había jugado con la idea de que a lo mejor terminaban juntos. Clovis era inteligente, interesante y tenía buen humor.

Pero mientras le devolvía el beso con sincero afecto, tuvo plena conciencia de que nunca se preocuparía por Clovis de la misma manera que ahora le preocupaba Katie DeMaio.

Se dio cuenta de que Clovis le hablaba.

–Solo hace diez minutos que he llegado a casa. El ensayo duró demasiado. Tuvieron que hacer muchos arreglos en el texto. Así pues, preparé los cócteles y los pinchos y supuse que podrías relajarte mientras yo me vestía. ¿Me estás escuchando?

Richard aceptó la copa y sonrió excusándose.

–Lo siento. Tengo un caso que no me deja tranquilo. ¿Te importaría que hiciera un par de llamadas mientras te arreglas?

–Claro que no –dijo Clovis–. Adelante, ahí tienes el teléfono.

Clovis cogió la copa y se encaminó hacia el pasillo que conducía al dormitorio y al baño.

Richard sacó su tarjeta de crédito de la cartera y marcó el número de la operadora. No estaba dispuesto a cargar una llamada que iba a hacer a una mujer desde el teléfono de otra mujer. Rápidamente dio el número de su cuenta a la operadora. Y cuando le pusieron con el teléfono que quería, dejó que este sonase una docena de veces antes de colgar: Katie no estaba en casa.

A continuación, llamó a Molly. A lo mejor Katie se había detenido allí. Pero Molly no había hablado con Katie en todo el día.

–En realidad, no la espero –dijo Molly–. Recordad que ambos venís a cenar mañana por la noche. Quizá me llame más tarde. Me gustaría que ya estuviera en casa. Nunca está tranquila.

Aquellas eran las palabras que él necesitaba oír. Entonces le preguntó:

–Molly, ¿qué le pasa a Katie? ¿Crees que tiene un problema físico, algo que no marcha bien? Quiero decir, algo además del accidente.

Molly dudó.

–Creo que sería mejor que hablases con Katie de eso.

Aquello era evidente. Un frío temor le recorrió el cuerpo.

–Molly, quiero saberlo, ¿qué le pasa?

–¡Oh, no gran cosa! –dijo con premura Molly–. Te lo aseguro. Pero es algo de lo que no le gusta hablar. Creo que he dicho más de lo que debería. Te veré mañana.

Y colgó.

Richard le refunfuñó al aparato silencioso. Cuando se disponía a colgar el auricular, experimentó el impulso de hacer una llamada a su despacho. Habló con el ayudante del turno nocturno.

–¿Qué tal va eso?

–Acabamos de recibir una llamada pidiendo una ambulancia. Han encontrado un cadáver en un apartamento de Edgeriver. Es probable que se trate de un accidente, pero la policía local quiere que demos nuestra opinión. La gente de Scott va para allá.

–Ponme con la oficina de Scott –dijo Richard.

Scott no perdió tiempo andándose por las ramas:

–¿Dónde estás? –le preguntó.

–En Nueva York. ¿Me necesitas?

–Sí. La mujer que han encontrado en Edgeriver es la recepcionista con quien Katie quería hablar hoy en el Westlake. Se llama Edna Burns. Se supone que llamó hoy para decir que estaba enferma, pero no hay duda de que lleva muerta más de veinticuatro horas. El cadáver lo descubrió una compañera del hospital Westlake. Estoy intentando localizar a Katie. Me gustaría que fuese allí.

–Dame la dirección –dijo Richard.

La escribió rápidamente y colgó el auricular. Katie había querido interrogar a Edna Burns sobre Vangie Lewis, y ahora Edna estaba muerta.

Richard llamó a la puerta del dormitorio de Clovis. Esta abrió vestida con una bata de felpa y le preguntó sonriendo:

–¿A qué viene tanta prisa? Acabo de salir de la ducha.

–Lo siento, Clo.

Sin perder tiempo, Richard le explicó lo que pasaba. Estaba impaciente por marcharse.

Clovis parecía claramente decepcionada.

–¡Oh, claro que lo entiendo! Pero contaba con estar contigo. Hace ya un par de semanas... Tú lo sabes. De acuerdo, vete. Pero mañana por la noche cenamos juntos. ¿Me lo prometes?

Richard intentó establecer un compromiso.

–Bueno, muy pronto.

Se disponía a marcharse cuando Clovis le cogió por el brazo y le dio un beso en la cara.

–Mañana por la noche –dijo Clovis con firmeza.

25

Tras marcharse del restaurante camino de su casa, Katie se acordó de la conversación que había tenido con Edna Burns la primera vez que fue a visitar al doctor Highley. Edna había nacido para escuchar a todo el mundo.

Katie no era muy dada a hablar de sus asuntos personales. Pero Edna, después de anotar toda la información preliminar, le sonrió comprensiva. Sin creer lo que oían sus oídos, Katie escuchó cómo le contaba todo cuanto sabía sobre John.

¿Cuántas cosas le habría contado Vangie a Edna? Iba al hospital Westlake desde el verano pasado. ¿Cuánto sabía Edna sobre el doctor Fukhito? En el nerviosismo de aquel hombre había algo extraño e intimidante. ¿Por qué se había puesto tan nervioso?

Katie se detuvo enfrente de su casa y decidió no guardar aún el coche en el garaje. Era miércoles y mistress Hodges había estado haciendo la limpieza. La casa olía ligeramente a cera al limón. Brillaba el espejo sobre la antigua mesa de mármol del vestíbulo. Katie sabía que habrían cambiado las sábanas de la cama, que los azulejos de la cocina relumbrarían y que los muebles y las alfombras estarían limpios. Y que su ropa estaría planchada y colocada en cajones o armarios empotrados.

En vida de John, mistress Hodges había trabajado la

jornada completa. Ahora que se había retirado, le había rogado a Katie que le diese la oportunidad de ir un día a la semana y de cuidar de «su casa».

Era imposible que aquello durase mucho. Mistress Hodges tenía más de setenta años.

¿A quién cogería cuando mistress Hodges ya no pudiese ir? ¿Quién cuidaría con aquel esmero exquisito los valiosos *bric-à-brac*, las antigüedades, los muebles ingleses, las hermosas y antiguas pinturas orientales?

–Es hora de vender –se dijo Katie–. Me lo dicta el corazón.

Se quitó el abrigo, lo arrojó en una butaca y vio que solo eran las ocho menos cuarto. La noche se cernía infinita ante ella. Edna le había dicho que vivía en Edgeriver; o sea, a menos de veinte minutos en coche. ¿Por qué no la llamaba por teléfono? ¿Por qué no le sugería que fuera a verla? Mistress Fitzgerald le había dicho que esperaba que Edna se incorporase mañana al trabajo, lo que quería decir que no podía estar muy enferma. Si Katie era buena psicóloga, a Edna le encantaría aquella oportunidad de chismorrear sobre Vangie Lewis.

Mistress Hodges siempre dejaba un pastel o tarta recién hechos, o bollos, en la caja del pan para Katie. Cogería cualquier cosa que hubiese y se lo llevaría a Edna, y lo comerían tomando el té. Aquella ceremonia se prestaba a un buen intercambio de chismes.

El número de Edna constaba en la guía telefónica. Katie marcó el número con presteza. Sonó una vez e, inmediatamente, alguien cogió el auricular. Entonces pensó en decir: «Hola, miss Burns». Pero no llegó a articularlo.

Una voz masculina respondió:

–Dígame.

Aquella breve palabra sonó en una voz casi automática y no totalmente desconocida.

–¿Puedo hablar con miss Burns? –preguntó Katie–. Soy mistress DeMaio, de la fiscalía.

–¡Katie!

Ahora reconoció la voz. Era la de Charley Nugent que decía:

–¡Gracias a Dios que Scott te ha localizado! ¿Podrías acercarte hasta aquí?

–¿Ir ahí?

Temiendo la respuesta, Katie le preguntó:

–¿Y qué haces tú en el apartamento de Edna Burns?

–Pero ¿no te has enterado? Está muerta, Katie. Se cayó o la empujaron contra el radiador. Se abrió totalmente la cabeza.

Entonces Charley bajó la voz.

–Oye, Katie, la última vez que la vieron viva fue ayer, alrededor de las ocho de la noche. Estaba con una vecina.

La voz se volvió casi un susurro.

–La vecina la oyó hablar por teléfono con el marido de Vangie Lewis. Edna Burns le dijo a Chris Lewis que iba a hablar con la policía sobre la muerte de su mujer.

26

Cuando hubo acabado de beber el segundo whisky, entró en la cocina y abrió la nevera. Le había dicho a Hilda que no le preparase nada para cenar; en cambio, le había dejado una larga lista de cosas que tenía que comprar. Asintió de buen humor al ver lo que había en el departamento de carnes: las pechugas deshuesadas, los filetes mignon, las chuletas dobles de cordero. En el departamento de las verduras había espárragos frescos, tomates y berros. En la cajita de los quesos, Brie y Jarlsberg. Esta noche se comería las chuletas, los espárragos y una ensalada de berros.

El agotamiento emocional siempre le obligaba a comer. La noche en que murió Claire se marchó del hospital mostrando a todos la apariencia de un marido mudo de dolor y se encaminó a un tranquilo restaurante que quedaba a una docena de manzanas, donde comió copiosamente. Luego fue a su casa, escondiendo aquel agudo sentimiento de bienestar con la conocida postura de parecer embargado por el dolor. Los amigos que se habían reunido para darle el pésame y acompañarle en el sentimiento estaban un poco desilusionados.

–¿Dónde te habías metido, Edgar? Estábamos preocupados por ti.

–No lo sé, no me acuerdo. He estado caminando y caminando.

Lo mismo ocurrió cuando murió Winifred. Dejó a sus parientes y amigos en la funeraria y se negó a cenar con ellos.

–No, no. Necesito estar solo.

Regresó a su casa y esperó lo bastante para contestar unas cuantas llamadas telefónicas. Luego se puso en contacto con el servicio de la central telefónica que se ocupaba de atender las llamadas.

–Si alguien me llama, le ruego que digan que estoy descansando y que llamaré después.

Luego se metió en el coche y fue hasta el hotel Carlyle de Nueva York. Allí pidió una mesa apartada y encargó la cena. Mediada la cena levantó la vista y vio al primo de Winifred, Glenn Nickerson, en el otro extremo del salón. Glenn, el instructor de atletismo de un instituto de segunda enseñanza que había sido el heredero de Winifred hasta que él apareció.

Glenn llevaba el mismo traje azul oscuro y la misma corbata negra que había llevado en el funeral: un traje barato que le sentaba mal y que sin duda había comprado para la ocasión. Su atuendo normal solía ser una chaqueta deportiva, pantalones y zapatillas de tenis.

Sin duda Nickerson le observaba. Alzó la copa y brindó, con una sonrisa burlona en el rostro. Muy bien podía haber gritado lo que pensaba: ¡Por el dolido viudo!

Edgar hizo lo que creyó necesario hacer: fue hasta Glenn sin mostrar el menor signo de dolor y le habló amablemente.

–¿Por qué no te sentaste conmigo cuando me viste, Glenn? No me había dado cuenta de que venías al Carlyle.

Este era uno de nuestros sitios favoritos para cenar. Aquí nos comprometimos. ¿Nunca te lo dijo Winifred? No soy judío, pero creo que una de las costumbres más hermosas de este desconcertante mundo es la de la fe judía, en la que, tras una muerte, los dolientes comen huevos para simbolizar la continuación de la vida. Me encuentro aquí para celebrar en silencio la continuidad del amor.

Glenn le clavó los ojos con una expresión irónica. Luego se puso de pie y pidió la cuenta mientras decía:

–Admiro tu capacidad de filosofar, Edgar. No, no creo que el Carlyle sea uno de los lugares donde suela cenar. Sencillamente te seguí hasta aquí ya que había decidido visitarte. Pero llegué a la manzana donde vives justamente cuando salías con el coche. Tenía el presentimiento de que podía ser interesante observarte, y no me equivocaba.

Edgar le dio la espalda a Glenn y se volvió dignamente a su mesa sin volver la cabeza. A los pocos minutos vio a Glenn en la puerta del comedor camino de la calle.

A la semana siguiente, Alan Levine, doctor que trataba a Winifred, le dijo, indignado, que Glenn le había pedido que le enseñase el historial médico de Winifred.

–¡Le eché del despacho! –dijo Alan, enfurecido–. Le dije que Winifred había presentado los síntomas clásicos de la angina de pecho y que se haría un favor a sí mismo si se molestaba en estudiar las actuales estadísticas de las mujeres cuando tienen más de cincuenta años y sufren de ataques al corazón. Así y todo, tuvo las agallas de hablar con la policía. Me llamaron de la fiscalía y me preguntaron, con pocas palabras, si se podía provocar una dolencia cardíaca. Les contesté que vivir en la actualidad era más que suficiente para tener problemas cardíacos. Inmediatamente dejaron el caso. Mandaron a Glenn a hacer gárgaras y le dijeron que resultaba evidente que era un pariente desheredado que intentaba ocasionar problemas.

«Pero uno puede provocar problemas cardíacos, doctor Levine. Uno puede preparar escenas íntimas para la querida esposa. Uno puede aprovecharse de su propensión a la gastroenteritis para producir ataques tan fuertes que parezcan colapsos en un cardiograma. Después de sufrir algunos, parece que la señora sufre uno de consecuencias fatales, y muere en presencia de su propio médico que ha llegado momentos antes, encontrando al esposo, médico también, practicando la respiración boca a boca. Nadie sugeriría que se hiciera una autopsia. Y aun en el caso de que esto sucediese, casi no habría riesgos.»

El único riesgo que hubiera podido existir sería que se hubiera pensado en investigar la muerte de Claire.

Las chuletas estaban ya casi cocinadas. Con mano experta, aliñó los berros, sacó los espárragos de la olla y tomó media botella de Beaujolais que estaba colocada en la despensa, entre otras muchas. Acababa de ponerse a comer cuando sonó el teléfono. Se debatió intentando hacer caso omiso de él, pero decidió que a esta hora podía ser peligroso no contestar a una llamada. Tiró la servilleta sobre la mesa y corrió a descolgar el auricular que había en la cocina. Con precisión dijo:

–Habla el doctor Highley.

Del otro lado del aparato le llegó un sollozo.

–Doctor... ¡Oh, doctor Highley! Soy Gertrude, Gertrude Fitzgerald, doctor. Cuando iba camino de casa decidí ir a ver a Edna...

El doctor Highley apretó el puño que sostenía el auricular.

–Doctor, Edna ha muerto, la policía está aquí. Edna se cayó. Doctor, ¿podría venir ahora? Hablan de hacerle la autopsia. Edna odiaba las autopsias. Solía decir que era terrible descuartizar a la gente muerta. Doctor, usted sabe cómo se comportaba Edna cuando bebía. Les he dicho que usted la había visitado en su apartamento y la había encontrado bebida. Venga y dígales cómo se conducía Edna a veces, doctor. ¡Oh, por favor! ¡Venga y convénzales de que se cayó para que no tengan que descuartizarla!

27

Antes de salir de su casa, Katie se hizo una taza de té y la llevó al coche. Mientras conducía con una mano se llevó el caliente líquido a los labios con la otra. Había pensado llevar una tarta a casa de Edna para tomar el té con ella. Y ahora Edna estaba muerta.

¿Cómo era posible que una persona a la que había visto una sola vez le causase tal impresión? ¿Se debería sencillamente al hecho de que Edna era muy buena persona y se preocupaba sinceramente de las pacientes? ¡Había tanta gente indiferente y a la que no le importaba nada! En la conversación que sostuvo con Edna, el mes pasado, le habló espontáneamente sobre John.

Y Edna la había comprendido, pues le dijo:

–Yo sé lo que es ver a una persona morir día a día. Por un lado, una quiere que deje de sufrir. Por otro, no quiere dejarlos marchar.

Ella había compartido las secuelas que deja una pérdida.

–Cuando mamá y papá murieron, todas mis amigas me dijeron: «Ahora eres libre, Edna». Y yo les contesté: «Libre, ¿para qué?». Estoy segura de que usted sintió lo mismo que yo.

Edna la tranquilizó sobre el doctor Highley:

–Es imposible que encuentre mejor médico para los problemas ginecológicos. Por ello me enfurezco cuando oigo que alguien le critica o le pone un pleito por mal ejercicio de la medicina. Y le digo una cosa. Me gustaría matarlos yo misma. Este es el problema que surge, cuando se creen que uno es Dios. Piensan que uno es capaz de hacer lo imposible. Le digo que cuando un médico pierde hoy día a un paciente, tiene que preocuparse por ello. Y no me refiero solo a los tocólogos, sino también a los geriatras. Supongo que nadie cree que debe morir.

¿Qué había querido decir Charley cuando le contó que Edna había telefoneado la noche anterior a Chris Lewis? Por debajo de aquellas palabras, Charley le había sugerido claramente la posibilidad de que aquel hombre no había jugado limpio.

–No lo creo –dijo en voz alta Katie al desviarse de la carretera 4 hacia Edgeriver.

Hubiera sido muy típico de Edna que llamase a Chris Lewis para expresarle su condolencia. ¿O acaso Charley sugería que Edna, de alguna forma, había amenazado a Chris Lewis?

Tenía una vaga idea de dónde se hallaba la zona donde estaban los apartamentos y la encontró con facilidad. Permaneció un momento reflexionando que, en lo referente a los apartamentos ajardinados, este estaba un poco abandonado. Cuando vendiese la casa sería probable que se mudara a una gran torre, por lo menos para una temporada. Había unos cuantos edificios junto al Hudson que tenían preciosos apartamentos con terraza. Sería interesante estar cerca de Nueva York. Entonces tendría una mayor probabilidad de ir al teatro y a los museos. Cuando venda la casa... ¿En qué momento el *si* se convirtió en *cuando*? Charley le había dicho que el apartamento de Edna era el último del bloque que cobijaba a las unidades del cuarenta y uno al sesenta. También le dijo que aparcase cerca.

Aminoró la marcha y advirtió que un coche había entrado en la urbanización por otra carretera y se dirigía hacia la misma zona que ella. Era un coche de tamaño medio y de color negro. Por un momento, el conductor dudó. Luego eligió aparcar en el primer sitio libre que quedaba a la derecha. Katie le adelantó. Si el apartamento de Edna era el último a la izquierda, trataría de acercarse lo más posible. Encontró un sitio donde estacionar y aparcó allí. Se apeó del coche y se dio cuenta de que debía de estar viendo la ventana posterior del apartamento de Edna, que estaba levantada unos centímetros. La persiana bajada descansaba sobre el borde de una maceta. Por allí se veía una débil luz que salía del interior del apartamento.

Katie pensó en la vista que tenía desde las ventanas de su dormitorio: desde él se veía un pequeño estanque del bosque que quedaba detrás de la casa. En cambio Edna solo podía mirar a un aparcamiento y a una reja metálica herrumbrosa. Así y todo, le había dicho a Katie que le gustaba mucho su casa. Era muy acogedora.

Katie oyó ruido de pisadas y se volvió con presteza. En aquel aparcamiento solitario cualquier sonido parecía amenazador. Una figura, cuya silueta acentuaba la débil luz de un solitario farol, se le acercaba. Le chocó encontrar algo familiar en aquella sombra.

–Perdóneme, espero no haberla asustado.

Aquella voz cultivada tenía un débil acento inglés.

–¡Doctor Highley!

–Creo que no esperábamos vernos tan pronto y en circunstancias tan trágicas, mistress DeMaio.

–Entonces ya se ha enterado. ¿Le llamaron desde mi despacho, doctor?

–Hace frío. Tomemos por este sendero que da la vuelta al edificio.

Casi sin tocarle el codo con la mano, la siguió por la senda.

–Mistress Fitzgerald me llamó, pues hoy sustituyó a miss Burns, y es evidente que ella fue quien la descubrió. Parecía muy turbada y me rogó que viniese. Todavía no conozco ningún detalle de lo ocurrido.

–Tampoco yo –dijo Katie.

En aquel momento doblaban la esquina y se dirigían hacia la fachada del edificio. Entonces oyeron unas pisadas detrás de ellos.

–¡Katie!

Esta sintió cómo aumentaba la presión de los dedos del doctor en su codo; un instante después la soltó. Richard se acercaba. Katie se sintió absurdamente contenta de verle. Él la cogió por ambos hombros, con un gesto que acabó al mismo tiempo que empezaba, y la atrajo hacia sí. Luego la soltó

–¿Te llamó Scott?

–No. Dio la casualidad de que fui yo quien llamó a Edna. ¡Oh, Richard! Te presento al doctor Edgar Highley.

Sin perder un minuto presentó a los dos hombres, que se dieron la mano.

Katie pensó que todo aquello era absurdo. Mientras ella se dedicaba a presentar a aquellos hombres, a unos pocos metros detrás de una puerta había una mujer muerta.

Charley los dejó entrar y pareció tranquilizarse al verlos.

–Tu gente debería de estar aquí dentro de un par de minutos –le dijo a Richard.

–Hemos tomado fotografías. Pero me gustaría que también tú echases un vistazo.

Katie estaba acostumbrada a la muerte. En el curso de su trabajo constantemente veía imágenes terribles y muy vívidas de víctimas del crimen. Solía saber cómo apartarse de aquel aspecto emocional y concentrarse en las ramificaciones legales de una muerte violenta. Pero era una cosa muy diferente ver a Edna hecha un guiñapo contra el radiador, vistiendo aquella especie de camisón de franela que su propia madre consideraba indispensable; ver la bata de felpilla, como las que su madre solía comprar en las rebajas de Macy's; ver la firme evidencia de la soledad: las rodajas de jamón enlatado, la vacía copa de cóctel.

Edna había sido una persona muy alegre que había encontrado una pequeña medida de felicidad en este apartamento amueblado con mal gusto. Pero hasta aquellas paredes la habían traicionado y se habían convertido en el escenario de su muerte violenta.

Gertrude Fitzgerald estaba sentada en el anticuado sofá de terciopelo que se hallaba colocado en el extremo opuesto de aquella habitación en forma de L, dando la espalda al cadáver. Lloraba en silencio. Richard fue directamente al comedor para examinar a la muerta. Katie se acercó a mistress Fitzgerald y se sentó junto a ella. El doctor Highley se le unió y acercó una butaca de respaldo recto.

Gertrude intentó hablarles.

–¡Oh, doctor Highley! ¡Mistress DeMaio! ¿No es eso terrible, terrible?

Aquellas palabras la hicieron estallar de nuevo en sollozos. Katie, con suavidad, le colocó una mano sobre los hombros temblorosos.

–Lo siento muchísimo, mistress Fitzgerald. Sé bien que usted quería a miss Burns.

–Era siempre tan agradable y tan divertida. Siempre me hacía reír. Pero quizá tenía esa debilidad. Todo el mundo tiene una debilidad, pero nunca molestó a nadie con ello. ¡Oh, doctor Highley! ¡Usted también la echará de menos!

Katie observó cómo el doctor se inclinaba hacia Gertrude con su rostro severo.

–Sin duda alguna, mistress Fitzgerald. Edna era una persona maravillosamente eficiente. Hacer su trabajo la enorgullecía mucho. El doctor Fukhito y yo solíamos bromear, ya que, gracias a Edna, nuestras pacientes se relajaban tanto para cuando las visitábamos, que muy bien podía haberle quitado el puesto al doctor Fukhito.

Gertrude estalló diciendo:

–Doctor, les he dicho a esos hombres que usted ya había estado aquí. Se lo dije. Les dije que usted conocía el problema que tenía Edna y que es una tontería decir que no se cayó. ¿Por qué iba a haber alguien que le quisiera hacer daño?

El doctor Highley miró a Katie.

–Edna sufría de ciática. Y cuanto tenía ataques, de vez en cuando le solía traer trabajo para que lo hiciera en casa. Sin duda alguna no estuve aquí más de tres o cuatro veces. Una vez, suponiendo que estaba enferma, vine a verla inesperadamente. Entonces comprendí que tenía un problema muy serio con la bebida.

Katie levantó la vista y se dio cuenta de que Richard había acabado de examinar el cadáver. Se levantó, se dirigió hasta donde él estaba y miró a Edna. En silencio rezó:

¡Oh, señor! ¡Concédele el descanso eterno! Y que las legiones angélicas la acojan y la lleven hacia un lugar de renovación, de luz y paz.

Se tragó de golpe el nudo súbito que se le había formado en la garganta y le preguntó serenamente a Richard qué había averiguado.

Este se encogió de hombros y le replicó:

–Hasta que tenga oportunidad de comprobar la profundidad de la fractura, yo diría que su muerte podría haber ocurrido de cualquier manera. No cabe la menor duda de que el golpe ha sido terrible. Pero si estaba borracha, y es evidente que lo estaba, puede haber tropezado al intentar incorporarse. Era una mujer bastante corpulenta. Por otra parte, hay una gran diferencia entre ser atropellado por un coche o por un tren. Y esa es la clase de diferencia que tenemos que establecer.

–¿Hay alguna señal de que forzasen la entrada? –le preguntó Katie a Charley.

–Ninguna. Pero estas cerraduras son del tipo que uno puede hacer saltar hasta con una tarjeta de crédito. Y si estaba tan bebida como creemos que lo estaba, cualquiera puede haber entrado fácilmente.

–Pero ¿por qué razón iba a entrar alguien? ¿Qué me dijiste sobre el capitán Lewis?

–La mujer del conserje, Gana Krupshak, era íntima de Edna Burns. Lo cierto es que estaba con mistress Fitzgerald cuando descubrieron el cadáver. La dejamos regresar a su casa un poco antes de que tú vinieras. Está muy impresionada. Nos dijo que Edna estaba bastante bebida. Se quedó con ella hasta las ocho y media. Luego decidió ir a buscar el jamón. Esperaba que Edna comiese algo que la ayudase a serenarse. Edna le habló del suicidio de Vangie.

–¿Qué? ¿Qué fue exactamente lo que le dijo? –le preguntó Katie.

–No mucho. Solo mencionó el nombre de Vangie y lo guapa que había sido. Entonces mistress Krupshak fue a la cocina y oyó que Edna marcaba un número en el teléfono y casi oyó toda la conversación. Jura que Edna llamaba capitán Lewis a la persona con la que hablaba por teléfono. Y le dijo que mañana pensaba hablar con la policía. Además, escucha lo siguiente: la mujer del conserje jura que oyó a Edna dar instrucciones a Lewis de cómo llegar aquí en coche. Y luego le oyó decir a Edna algo sobre el príncipe encantado.

–¿El príncipe encantado?

Charley se encogió de hombros.

–Tu desconcierto es tan grande como el mío. Pero la testigo está segura de lo que dice.

Richard dijo entonces:

–Trataremos este caso como un homicidio en potencia. Empiezo a estar de acuerdo en la sospecha que tiene Scott sobre Chris Lewis.

Entonces Richard miró a la sala de estar.

–Mistress Fitzgerald está bastante deprimida. ¿Ya acabaste de hablar con ella, Katie?

–Sí. Ahora no está en condiciones de que la interroguemos.

–Haré que uno de los coches de la patrulla la acompañe a casa.

Charley se ofreció voluntariamente.

–Otro de los muchachos puede seguirlos conduciendo el coche de ella.

Katie pensó: «No creo que Chris Lewis haya sido capaz de hacerle esto a Edna. No creo que haya matado a su esposa». Miró alrededor.

–¿Estás seguro de que no falta nada de valor?

Charley se encogió de hombros.

–Por todo lo que hay en este lugar no darían más de cuarenta dólares en un mercadillo. Además, tiene la cartera en uno de los bolsillos. Contiene dieciocho dólares y tarjetas de crédito. Ya sabes, lo normal. No hay ninguna señal de que hayan tocado nada y, mucho menos, violentado.

–De acuerdo.

Katie volvió al lado del doctor Highley y de Gertrude.

–Vamos a mandar que uno de los chicos la lleve a su casa –le dijo amablemente.

–¿Qué le van a hacer a Edna?

–Hay que investigar la profundidad de las heridas de la cabeza. No creo que hagan mucho más con el cuerpo. Pero si hay la más ligera probabilidad de que alguien le haya hecho esto a Edna, tenemos que saberlo. Piense en ello como una forma de demostrar que, para nosotros, su vida era valiosa.

Mistress Fitzgerald hizo pucheros y dijo:

–Supongo que tiene usted razón.

Y luego miró al doctor:

–Doctor Highley, perdone que me haya atrevido a pedirle que viniera aquí. Lo siento mucho.

–No tiene importancia.

El doctor metió una mano en un bolsillo:

–Le he traído estos sedantes por si los necesita. Como la van a llevar a su casa, será mejor que tome uno ahora.

–Iré a buscarle un vaso de agua –dijo Katie.

Fue al lavabo del baño: el baño y el dormitorio estaban al final del pasillo. Mientras dejaba correr el agua para que saliese fría, advirtió que detestaba la idea de que Chris Lewis se convirtiese en el principal sospechoso de las dos muertes.

Regresó con el vaso de agua para Gertrude y volvió a sentarse a su lado.

–Aunque solo sea para satisfacernos, mistress Fitzgerald, queremos tener la certeza de que no hubo la posibilidad de que tratasen de robar a Edna. ¿Sabe usted si guardaba algún objeto de valor, alguna joya quizá?

–¡Oh, tenía un anillo y un alfiler de los que estaba muy orgullosa! Solo se los ponía en ocasiones muy especiales. No sé dónde los guardaba. Es la primera vez que vengo a su casa. ¡Oh, espere un minuto! ¡Doctor!, ¡recuerdo que Edna me dijo que le había enseñado a usted el anillo y el alfiler! Me dijo que le había mostrado dónde los escondía cuando usted estuvo aquí. Quizá podría serle útil a mistress DeMaio.

Katie miró aquellos fríos ojos grises y pensó: «Odia todo esto, le enfurece encontrarse aquí, no quiere verse mezclado en este asunto».

«¿Habría estado Edna enamorada del doctor? –se preguntó Katie de pronto–. ¿Habría exagerado el número de veces que el doctor le había traído trabajo, dejando quizá entrever a Gertrude que él estaba un poco interesado en ella? Quizá sin tener la intención de ocultar la verdad, se había inventado un pequeño romance e imaginado una posible relación con él.» Si hubiera sido así, no habría por qué asombrarse de que mistress Fitzgerald le hubiese llamado con premura, ni de que él pareciese tan turbado e incómodo ahora.

–No sé nada de escondites –dijo el doctor con voz tensa y con un dejo de sarcasmo–. Una vez Edna me enseñó un alfiler y un anillo que estaban en una caja que había en el cajón de su mesita de noche. Me cuesta mucho trabajo considerar que ese sitio es un escondite.

–¿Podría indicármelo, doctor? –le preguntó Katie.

Caminaron juntos por el pasillo y se dirigieron al dormitorio. Katie encendió la lámpara; un pie barato y rojizo y una pantalla de papel grabado.

–Estaba ahí –dijo el doctor Highley señalando hacia el cajón de la mesa de noche que estaba al lado derecho de la cama.

Usando solo las puntas de los dedos, Katie abrió el cajón. Sabía que era probable que se realizara una investigación completa para hallar evidencias, de la que formarían parte los especialistas en huellas digitales.

El cajón tenía un fondo inesperadamente profundo. Katie metió la mano y sacó un joyero de plástico azul. Cuando levantó la tapa, el sonido de campanitas de una caja de música interrumpió el sombrío silencio. Un pequeño broche y un delgado anillo con un viejo diamante descansaban sobre un pedazo de terciopelo.

–Supongo que estos serán los tesoros –dijo Katie–. Y me imagino que eliminarán la teoría del robo. Los guardaremos en el despacho hasta que sepamos quién es el pariente más cercano.

Empezó a cerrar el cajón, pero se detuvo y miró al interior.

–¡Oh, doctor, mire!

Colocó rápidamente el joyero en la cama y metió la mano en el cajón.

–Por motivos sentimentales, mi madre solía guardar el viejo y estropeado sombrero negro de su madre –dijo–. Y Edna debió de haber hecho lo mismo.

Agarró un objeto, tiró de él y lo sacó para que el doctor pudiera verlo.

Era un mocasín marrón, muy estropeado y deformado, casi a punto de deshacerse. Pertenecía a un pie izquierdo.

Mientras el doctor Highley clavaba la vista en el zapato, Katie dijo:

–Es probable que perteneciese a su madre, pero Edna lo consideraba como un tesoro tan grande que lo guardaba junto a estas patéticas joyas. ¡Oh, doctor! ¡Si los recuerdos pudiesen hablar, de cuántas historias nos enteraríamos!

28

Precisamente a las ocho de la mañana del jueves, el equipo de investigación de la Brigada de Homicidios del condado de Valley llegó a casa de los Lewis. Al frente del grupo de seis hombres iban Phil Cunningham y Charley Nugent. Los detectives que iban a ocuparse de tomar las huellas digitales recibieron órdenes de centrarse principalmente en el dormitorio, el baño y la cocina.

De entrada se admitió que solo existía una posibilidad muy tenue de que descubriesen huellas dactilares significativas que no pertenecieran ni a Chris ni a Vangie Lewis.

Pero el informe del laboratorio había dado lugar a otra pregunta: las huellas de Vangie aparecían en el vaso que se encontró junto a ella, aunque había ciertas dudas sobre la colocación de dichas huellas. Vangie no era zurda. Cuando vertió los cristales de cianuro en el vaso, hubiera sido lógico que lo sostuviera con la izquierda y vertiese el veneno con la derecha; pero en el vaso solo se veían las huellas de sus dedos de la mano derecha. Era un hecho preocupante e inconcluyente que ayudaba a desacreditar el aparente suicidio.

Cuando se hubo encontrado el cadáver, se sometieron a prueba los botiquines de ambos baños y de la habitación de invitados. Se los examinó de nuevo con todo detalle. Se abrió y olió cada una de las botellas, aunque no encontraron aquel aroma a almendras amargas que buscaban. Charley dijo:

–Vangie debió de guardar el cianuro en algún sitio.

–A menos que llevase consigo la cantidad que usó en el vaso y tirara luego los sobres o las cápsulas por el retrete –sugirió Phil.

Se inspeccionó cuidadosamente el dormitorio con la esperanza de encontrar cabellos que no perteneciesen a la cabeza de Vangie ni a la de Chris, pues, como bien dijo Phil:

–En todas las casas puede haber cabellos de recaderos, vecinos, de cualquier persona. Siempre se nos están cayendo cabellos. Pero la mayoría de las personas no dejan entrar en sus dormitorios ni a los buenos amigos. Por ello si se encuentra cabellos humanos que no pertenecen a las personas que duermen en el dormitorio, es muy posible que se haya dado con una buena pista.

Prestaron particular atención a los estantes del garaje. Abundaban en ellos las usuales latas medio llenas de pintura, de aguarrás, unas cuantas herramientas de jardín, mangueras, insecticidas, polvos vitamínicos para las plantas y venenos para las hierbas. Phil refunfuñó molesto cuando la punta de una zapa se enredó en la manga de su chaqueta. Aquella punta sobresalía por encima del borde del estante:

su mango estaba colocado en el sitio correcto, entre el extremo del estante y una pesada lata de pintura. Al inclinarse para liberar la manga vio un pedacito de algodón estampado clavado en la punta. ¡Aquel estampado! Él lo había visto hacía poco tiempo; era aquella tela india y desvaída de color, madrás. El vestido que Vangie Lewis llevaba cuando murió. Phil llamó al fotógrafo de la policía para que entrase en el garaje y le dijo, señalando la herramienta:

–Saca una foto de eso. Quiero una ampliación de ese material.

Después de tomar la foto, Phil, con cuidado, quitó el pedazo de material de la punta, lo guardó en un sobre y lo cerró.

En la casa, Charley estaba examinando el escritorio de la sala de estar. «¡Qué extraño!», pensó. Uno puede hacerse una imagen muy clara de la gente con solo ver cómo guarda sus papeles. Era evidente que Chris Lewis se ocupaba de la contabilidad de la familia. Las matrices de los libros de cheques estaban escritas con precisión, y los balances, ajustados al céntimo. Al parecer pagaban todas las facturas tan pronto como las recibían. El gran cajón del fondo contenía carpetas verticales, ordenadas por orden alfabético: American Expres; Bank Americard; Cartas personales; Seguros; Servicio de mensajes telefónicos.

Charley cogió la carpeta de cartas personales y rápidamente le echó una ojeada: Chris Lewis mantenía correspondencia normal con su madre. «Chris, muchas gracias por el talón, pero no deberías ser tan generoso.» Solo hacía dos semanas que habían escrito aquellas palabras. Una carta fechada en enero empezaba así: «Le compré a papá el televisor para el dormitorio y disfruta muchísimo con él». Y una de julio pasado decía: «El nuevo aire acondicionado es toda una bendición».

Si Charley se sintió decepcionado al no encontrar más datos personales significativos, tuvo que admitir, a regañadientes, que Christopher Lewis era un hijo generoso y que se preocupaba de sus ancianos padres. Releyó las cartas de la madre, esperando hallar algún indicio sobre las relaciones entre Vangie y Chris. Las últimas cartas acababan más o menos de esta forma: «Siento que Vangie no se encuentre bien». O: «A veces las mujeres tenemos embarazos difíciles». O: «Dile a Vangie que la apoyamos moralmente».

Al mediodía, Charley y Phil decidieron dejar al resto del grupo para que completase la investigación y regresaron al despacho. Habían pensado ir a esperar el avión de Chris Lewis a las seis de la tarde. Habían descartado que alguien hubiese entrado por la fuerza. No había restos de cianuro ni en la residencia ni en el garaje. El contenido del estómago de Vangie reveló que había comido muy poco el lunes; era probable que su único alimento en todo el día hubiese sido una tostada y un té, unas cinco horas antes de morir. En la barra de pan que guardaba en la panera faltaban dos rebanadas. Los platos sucios que había en el lavaplatos contaban su propia historia: un solo plato de la cena, una taza y su platito, un cuenco de ensalada, probablemente de la noche del domingo. Un vaso de zumo y una taza: el desayuno del lunes. Una taza, un platito y un plato con migas de tostada, de la comida del mismo día.

Parecía que Vangie había cenado sola el domingo por la noche y nadie había comido con ella el lunes por la noche. La cafetera de cristal que había en el fregadero no estaba allí el martes por la mañana. Sin duda Chris Lewis se hizo un café en algún momento después de descubrir el cadáver.

El sendero que conducía al garaje y al jardín fueron sometidos también a una investigación minuciosa, pero no encontraron nada raro.

–Los muchachos se van a pasar el día ocupados en ello, aunque no hemos echado en falta nada –dijo llanamente Charley–. Y aparte del hecho de que Vangie se desgarró el vestido con esa punta de zapa en el garaje, no tenemos ningún dato. Espera un minuto, aún no hemos comprobado si había algún mensaje en el servicio de mensajes telefónicos.

Consiguió el número del servicio de mensajes telefónicos cogiéndolo del escritorio, marcó dicho número y se identificó:

–Deme todos los mensajes que hayan dejado para el capitán Lewis y su señora a partir del lunes –ordenó Charley.

Sacó la pluma y empezó a escribir, mientras Phil miraba por encima del hombro: «Lunes 15 de febrero: 16 h, llamada de Northwest Reservations, confirmación del asiento a nombre de mistress Lewis en el vuelo doscientos treinta y cinco, salida 16.10, desde el aeropuerto de La Guardia, hacia el aeropuerto de las ciudades de Mineápolis-Saint Paul, el 16 de febrero, martes».

Phil silbó por lo bajo y Charley preguntó:

–¿Sabe usted si mistress Lewis recibió este mensaje?

Charley mantuvo el auricular un poco alejado del oído para que Phil pudiera oír también, mientras la operadora decía:

–¡Oh, sí! Yo estaba en la centralita la noche del lunes y se lo di sobre las siete y media.

Con voz enfática, la operadora añadió:

–Mistress Lewis pareció sentirse muy aliviada. En efecto, dijo: «¡Oh, gracias a Dios!».

–Muy bien –dijo Charley–. ¿Qué otros mensajes tiene?

–Lunes quince de febrero, nueve y treinta de la noche. El doctor Fukhito dejó dicho que mistress Lewis le llamara a su casa en cuanto llegase y añadió que ya conocía su número de teléfono.

Charley elevó una ceja y dijo:

–¿Es eso todo?

–Tengo otro mensaje –replicó la operadora–. Una tal miss Edna Burns llamó a mistress Lewis a las diez de la noche del lunes. Deseaba que mistress Lewis estuviese tranquila y que la llamase por muy tarde que fuera.

Charley dibujaba triángulos en el bloc mientras la operadora decía que no había habido más mensajes en el servicio ni para el martes ni para el miércoles, aunque sabía que en la casa habían recibido una llamada el martes por la noche, que había contestado el capitán Lewis.

–Precisamente me había puesto yo a atenderla cuando él cogió el teléfono. Claro, me retiré inmediatamente –explicó la operadora.

En respuesta a la pregunta de Charley, le confirmó que mistress Lewis no se enteró de la llamada del doctor Fukhito ni de la de miss Burns. No se puso en contacto con el servicio a partir de las siete y media del lunes por la noche.

–Muchas gracias –dijo Charley–. Ha sido usted de gran ayuda. Es probable que queramos tener una lista completa de los mensajes que haya tomado para los Lewis desde cierto tiempo hasta ahora. Pero ya nos pondremos en contacto con usted para eso.

Charley colgó el auricular y miró a Phil.

–Vamos. Me imagino que Scott va a estar impaciente por enterarse de todo esto.

–Y tú ¿cómo lo interpretas? –le preguntó Phil.

Charley le respondió:

–¿Y cómo puedo interpretarlo? A las siete y media del lunes por la noche, Vangie Lewis planeaba ir a Mineápolis. Un par de horas después, estaba muerta. A las diez del lunes por la noche, Edna Burns tiene un mensaje importante que darle a Vangie. A la noche siguiente, Edna está muerta. Y la última persona que la ve viva, la oye hablar con Chris Lewis mientras le dice que tiene algo que contarle a la policía.

–¿Y qué me dices del bicho japonés que llamó a Vangie el lunes por la noche? –le preguntó Phil.

Charley se encogió de hombros.

–Katie habló ayer con él. Puede que tenga algo.

29

A Katie, la noche del miércoles le pareció inacabable. Se metió en la cama tan pronto regresó del apartamento de Edna. Pero primero se acordó de tomar una de aquellas píldoras que el doctor Highley le había recetado.

Tuvo un sueño inquieto. Su subconsciente se vio turbado por imágenes del rostro de Vangie que flotaban a través del sueño. Antes de despertarse, aquel sueño se disolvió en otro nuevo: la cara de Edna con el aspecto que tenía de muerta; el doctor Highley y Richard que se inclinaban sobre ella.

Se despertó. Unas vagas y turbadoras preguntas se le escapaban, se negaban a entrar en foco. El viejo y estropeado sombrero negro de su abuela. ¿Por qué pensaba en aquel sombrero? Claro está, debido al casi destrozado y viejo zapato que Edna, sin duda alguna, apreciaba mucho y guardaba con sus joyas. Pero ¿por qué un solo zapato?

Haciendo una mueca mientras se levantaba de la cama, pensó que el dolor que le atravesaba el cuerpo había aumentado durante la noche. Las rodillas, que chocaron contra el cuadro de mandos del coche, le molestaban aún más ahora que después del accidente. Con ironía, pensó que le agradaba que el maratón de Boston no se corriese hoy. No lo ganaría.

Confiando en que un baño caliente le aliviaría un poco el dolor, se metió en la bañera, se relajó y abrió los grifos. Un mareo repentino la hizo tambalearse y se agarró a los bordes de la bañera para no desplomarse. Al cabo de unos instantes aquella sensación desapareció. Entonces empezó a volverse lentamente, temiendo que aún pudiera desmayarse. El espejo del baño reveló la palidez mortal de su tez, las débiles gotas de sudor que había en su frente. «Es esta condenada hemorragia –pensó–. Aunque no fuera a ingresar mañana por la noche en el hospital, es probable que terminasen llevándome allí.»

El baño apaciguó un poco los dolores. Una base de maquillaje de color beige redujo al mínimo la palidez. Una falda fruncida y una chaqueta haciendo juego, de tweed color brezo, y un suéter de cuello cisne completaron aquel intento de disfraz. «Por lo menos ahora no parece que vaya a caerme de bruces, aunque la realidad es esa.»

Con el zumo de naranja se tomó otra de las píldoras que le había dado el doctor Highley y pensó en el hecho, aún increíble, de la muerte de Edna. Después de marcharse del apartamento, fue con Richard a una cafetería a tomar café. Él pidió una hamburguesa y explicó que había planeado cenar en Nueva York. Tenía una cita con otra mujer, y Katie le creyó, pues no había razón para no hacerlo. ¿Acaso no era un hombre atractivo? Sin duda alguna, no pasaba todas las veladas sentado en su apartamento o asistiendo a reuniones familiares con Molly y Bill. A Richard le sorprendió y le gustó saber que ella había vuelto al restaurante Palissades. Luego pareció ensimismarse y casi olvidar dónde estaba. Varias veces pareció como si estuviera a punto de preguntarle algo, pero luego parecía cambiar de idea. Y aunque ella protestó, Richard insistió en llevarla a casa. Entró con ella y comprobó que las puertas y las ventanas estaban cerradas.

–No sé por qué me siento intranquilo sabiendo que te quedas sola en este sitio.

Katie se encogió de hombros.

–Edna vivía en un apartamento ajardinado de paredes delgadas y nadie se dio cuenta de que se había herido y necesitaba ayuda.

–No fue así –dijo Richard cortante–. Murió casi al instante. Katie, ¿conoces al doctor Highley?

–Le interrogué sobre Vangie esta tarde –le respondió ella.

Richard dejó de fruncir el entrecejo.

–Muy bien, de acuerdo, te veré mañana. Supongo que Scott convocará una reunión para hablar de Edna Burns.

–Seguro que lo hará.

Richard la miró con expresión turbada.

–Cierra la puerta con llave cuando me marche –dijo Richard.

No recibió ningún beso de despedida en la mejilla.

Por la mañana, Katie puso el vaso en que había tomado el zumo de naranja en el lavaplatos. Cogió rápidamente el abrigo y el bolso y subió al coche.

Charley y Phil empezarían a inspeccionar la casa de los Lewis esta mañana. Conscientemente, Scott estaba construyendo una tela de araña alrededor de Chris Lewis, circunstancial pero fuerte. ¡Ah, si ella pudiese probar que había otro sendero que explorar antes de que le echasen la culpa a Chris...! El problema de que a uno le detengan acusado de homicidio es que, aun en el caso de que se pruebe la inocencia, nunca se pierde la mala fama. En los próximos años la gente seguiría diciendo: «¡Oh! ¡El capitán Lewis se vio envuelto en la muerte de su esposa! ¡Un abogado listo le sacó del lío, pero es culpable como dos y dos son cuatro!».

Llegó al despacho un minuto antes de las siete y media. No le sorprendió encontrar que Maureen Crowley ya estaba allí; era la secretaria más responsable que había tenido. Aparte de eso, poseía una mente muy aguda y era capaz de trabajar sin pedir constantemente que la dirigiesen. Katie se detuvo ante su mesa de trabajo.

–Tengo que hacer una cosa, Maureen. ¿Podrías venir a verme cuando dispongas de un minuto?

La muchacha se puso de pie con agilidad. Tenía un cuerpo joven, grácil y una cintura estrecha. El suéter verde que llevaba acentuaba el vívido color verde de sus ojos.

–¿Cómo se encuentra, Katie? ¿Quiere un café?

–Estupendo –replicó Katie. Y luego añadió–: Sin ningún bocadillo de jamón con pan de centeno. Aún no, por lo menos.

Maureen pareció turbada.

–Perdone que dijese eso ayer. Es usted la persona menos rutinaria de todo el mundo.

–No estoy tan segura de eso.

Katie entró en su despacho, colgó el abrigo y se sentó frente al bloc de notas que había utilizado en el hospital Westlake.

Maureen trajo el café, acercó una silla y esperó callada con el bloc de taquigrafía sobre sus rodillas.

–Este es el problema –dijo Katie lentamente–: No nos satisface pensar que la muerte de Vangie Lewis haya sido un suicidio. Ayer hablé con sus médicos, los doctores Highley y Fukhito, en el hospital Westlake.

En aquel momento oyó un gran suspiro y levantó rápidamente la cabeza. El rostro de la muchacha estaba tan pálido como una hoja de papel. Mientras Katie la miraba, dos puntos brillantes se oscurecieron en sus mejillas.

–¿Te pasa algo, Maureen?

–No, no. Lo siento.

–¿He dicho algo que te haya molestado?

–No, de verdad que no.

–Muy bien.

Poco convencida, Katie volvió a mirar el bloc.

–Según nuestros conocimientos, el doctor Fukhito, o sea el psiquiatra del hospital Westlake, fue la última persona que vio a Vangie Lewis con vida. Quiero averiguar todo cuanto pueda sobre este hombre y con la mayor rapidez posible. Ponte en contacto con el Colegio Médico del condado de Valley y con el Colegio Oficial de Médicos Americanos. Me han dicho que trabaja voluntariamente en el hospital Valley Pines. Quizá podamos enterarnos de algo allí. Por favor, haz hincapié en que todos los informes son confidenciales. Pero averigua de dónde proviene, dónde estudió, otros hospitales con los que haya estado relacionado... En fin, su historia personal, todo cuanto puedas averiguar.

–Supongo que no querrá que hable con alguien del hospital Westlake. ¿O sí?

–¡Cielo santo, no! ¡No quiero que se enteren de que estamos investigando al doctor Fukhito!

Por alguna razón, Maureen pareció aliviada.

–Ahora mismo me pondré a ello, Katie.

–A decir verdad, no creo que sea muy honrado hacerte venir temprano para que hagas otro trabajo y que venga yo y te dé otra labor. Nuestro viejo condado de Valley no puede permitirse el lujo de pagar horas extras. Ambas lo sabemos.

La joven se encogió de hombros.

–Eso no importa. Cuanto más trabajo en esta oficina, más me gusta. Y ¿quién sabe?, a lo mejor me pongo a estudiar derecho, aunque suponga estudiar cuatro años de bachiller superior y tres en la facultad.

–Serías una buena abogada –dijo Katie, sintiendo de verdad lo que decía–. Me sorprende que no hayas hecho el bachiller superior.

–Fui lo bastante loca para comprometerme con un chico el verano en que acababa el bachillerato elemental. Mis padres me persuadieron de que siguiese un curso de secretariado. Por lo menos así estaría algo preparada. ¡Y cuánta razón tenían! El compromiso no duró ni siquiera lo que el curso.

–¿Y por qué no empezaste el bachillerato superior en septiembre pasado, en vez de ponerte a trabajar?

El rostro de la chica se volvió torvo y Katie pensó que parecía muy desgraciada; pensó que Maureen debió de haberse sentido muy herida por la ruptura con su novio.

Sin mirar a Katie, Maureen dijo:

–Me sentía muy nerviosa y no quería ser eternamente una colegiala. Fue una buena decisión.

Salió del despacho y sonó el teléfono. Era Richard, y su voz parecía recelosa:

–Katie, acabo de hablar con Dave Broad, el jefe del departamento de investigación prenatal del hospital Monte Sinaí. Debido a una sospecha que tuve, le envié a Dave el feto que Vangie Lewis llevaba en sus entrañas. Y mi sospecha era cierta: Vangie no estaba embarazada del hijo de Chris Lewis. ¡El niño que extraje de su útero tenía rasgos claramente orientales!

30

Edgar Highley clavó los ojos en Katie DeMaio cuando ella se presentó para enseñarle aquel zapato. ¿Se estaba burlando de él? No. Creía lo que decía y pensaba que aquel zapato era un recuerdo sentimental de Edna.

Tenía que hacerse con aquel zapato. ¡Ah, siempre que aquella mujer no llegara a mencionarlo al médico forense o a los detectives! ¿Y qué pasaría si decidía enseñárselo? Gertrude Fitzgerald podría reconocerlo. Había estado muchas veces en la recepción cuando Vangie iba al hospital. Él había oído a Edna burlarse con su amiga de las zapatillas de cristal de Vangie.

Katie volvió a colocar el zapato en el cajón, lo cerró y salió del dormitorio con el joyero bajo el brazo. Él la siguió desesperado por lo que podría decir. Pero se limitó a entregar el joyero al detective, añadiendo:

–Aquí están el anillo y el alfiler, Charley. Supongo que con esto se acaban todas las posibilidades de robo. No he registrado el escritorio ni el armario empotrado.

–No importa. Si Richard sospecha que ha sido una muerte violenta, inspeccionaremos este sitio a fondo mañana por la mañana.

Alguien llamó insistentemente a la puerta. Katie la abrió y dejó que entrasen dos hombres que llevaban una camilla.

Edgar Highley volvió donde estaba Gertrude, quien ya se había bebido el vaso que Katie le había traído.

–Le traeré más agua, mistress Fitzgerald –dijo el doctor en voz baja.

Miró por encima de su hombro: los otros le daban la espalda mientras observaban cómo los enfermeros se preparaban para levantar el cadáver. Aquella era su oportunidad. Tenía que arriesgarse y coger el zapato. Y dado que Katie no lo había mencionado de inmediato, era muy improbable que lo hiciera ahora.

Fue al baño rápidamente, abrió el grifo, cruzó el pasillo y entró en el dormitorio. Usando un pañuelo para evitar dejar huellas dactilares, abrió el cajón de la mesita de noche. Cuando estaba a punto de coger el zapato, oyó pisadas que se acercaban por el pasillo. Con presteza, cerró el cajón. Se metió el pañuelo en un bolsillo y se quedó de pie en el umbral del dormitorio. Las pisadas se detuvieron.

Deseando permanecer tranquilo, se volvió. Richard Carroll, el médico forense, estaba de pie en la parte del pasillo que iba del dormitorio al baño. Y mirándole con ojos inquisitivos, le dijo:

–Doctor, me gustaría hacerle algunas preguntas sobre Edna Burns.

Su voz sonaba fría.

–Naturalmente.

Luego, con lo que esperó sería un tono espontáneo de voz, añadió:

–Precisamente me había quedado de pie aquí pensando en miss Burns. Es lamentable que haya perdido la vida.

–¿Que la haya perdido?

La voz de Richard sonaba cada vez más inquisitiva.

–Sí. Tenía muy buena cabeza para las matemáticas. Y en esta época de computadoras, Edna podría haber usado su inteligencia para convertirse en alguien. Sin embargo, solo se convirtió en una alcohólica gorda y chismosa. Aunque estas palabras le puedan parecer groseras, las digo con auténtico dolor. Edna me caía muy bien y voy a echarla de menos. Perdóneme, pero he dejado correr el agua. Quiero darle un vaso de agua bien fría a mistress Fitzgerald. La pobre mujer está terriblemente deprimida.

El doctor Carroll se hizo a un lado para dejarle salir. ¿Acaso la crítica que había hecho de Edna habría distraído al médico forense de preguntarse qué hacía él en la habitación de Edna?

Lavó el vaso, lo llenó y se lo llevó a Gertrude. Los enfermeros ya se habían marchado con el cadáver y Katie DeMaio ya no estaba.

–¿Se ha ido mistress DeMaio? –preguntó al detective.

–No, ha ido a hablar con la mujer del conserje. Volverá enseguida.

No quería marcharse hasta tener la completa seguridad de que Katie no diría nada sobre el zapato delante de Gertrude. Pero cuando aquella regresó a los pocos minutos, no lo mencionó para nada.

Se marcharon juntos del apartamento. La policía local se ocuparía de vigilarlo hasta que terminase la investigación oficial.

Deliberadamente acompañó a Katie hasta su coche. Pero entonces se les unió el médico forense, que dijo:

–Tomemos café juntos, Katie. Sabes dónde está la cafetería Golden Valley, ¿verdad?

El médico forense esperó hasta que ella puso el coche en marcha y dijo:

–Buenas noches, doctor Highley.

Y se marchó bruscamente.

Mientras iba hacia su casa, Edgar Highley llegó a la conclusión de que existía cierta relación personal entre Katie DeMaio y Richard Carroll. Si ella moría por culpa de una hemorragia, Richard Carroll se interesaría por el motivo de dicha muerte, tanto desde el aspecto profesional como desde el emocional. Tendría que actuar con muchísimo cuidado.

Había cierta hostilidad en la actitud de Carroll hacia él, aunque no había razón para ello. ¿Acaso había ido a ver el cadáver de Edna? Pero de todas formas, ¿de qué hubiera valido si hubiera obrado así? No debió haberla empujado con tanta fuerza. ¿Debería haberle robado, además? Esa había sido su intención original. Y si la hubiera seguido, habría encontrado el zapato la noche pasada.

Pero Edna había hablado. Edna le había dicho a Gertrude que él la había visitado en su apartamento. Y hasta a lo mejor dio a entender que lo había hecho con más frecuencia, otorgándole así mayor importancia. Gertrude le dijo a Katie que él sabía dónde estaba guardado el horrendo joyero. Si los de la fiscalía decidían que Edna había sido asesinada, ¿encontrarían un nexo de unión entre el asesinato y el trabajo de Edna en el hospital? ¿Qué otras cosas había dicho Edna a la gente?

Este pensamiento le obsesionaba a medida que se acercaba a su casa.

Katie era la clave. Katie DeMaio. Si la quitaba de en medio no habría ninguna evidencia que lo relacionara con la muerte de Vangie ni con la de Edna. Los archivos del hospital estaban en perfecto orden y las pacientes actuales podrían soportar la investigación más minuciosa.

Giró hacia la senda destinada a los coches, entró en el garaje y luego penetró en su casa. Las chuletas de cordero estaban en un plato, frías y cubiertas de grasa. Los espárragos estaban fláccidos, la ensalada, marchita y caliente. Recalentaría la comida en el horno y se prepararía una ensalada fresca. En unos minutos la mesa tendría el mismo aspecto que antes de producirse la llamada telefónica.

Mientras preparaba la comida notó que se iba calmando. Estaba muy próximo a la seguridad, no tardaría en dar a conocer su genio al mundo. Ya había tenido éxito y lo probaría más allá de cualquier duda. Algún día podría proclamarlo. Aún no, pero sí algún día. Y él no sería como uno de esos fanfarrones que aseguran haber triunfado, aunque se niegan a ofrecer la menor prueba. Él contaba con archivos exactos, documentos científicos, fotos, radiografías. Y los relatos paso a paso y día a día de todos los problemas que habían surgido y de cómo les había hecho frente. Todo estaba en las carpetas de su caja fuerte secreta.

Cuando llegase el momento adecuado, quemaría las carpetas que tratasen de los fracasos y reclamaría el reconocimiento que le debían. Esto sucedería, sin duda alguna, cuando los triunfos fueran mayores que los fallos.

Nada podía cruzarse en su camino. Vangie casi lo había echado todo a perder. ¿Qué hubiera pasado si no se la hubiera encontrado en el momento en que salía del despacho del doctor Fukhito? ¿Y qué habría pasado si ella no le hubiera dicho que había decidido consultar a Emmet Salem?

Casualidad. Suerte. Llamadlo como queráis.

Pero también había sido la casualidad la que hizo que Katie DeMaio se acercara a la ventana en el preciso momento en que él se marchaba llevándose el cadáver de Vangie. Y una exquisita ironía que Katie hubiese ido a verle antes.

Volvió a sentarse a la mesa. Con gran satisfacción comprobó que la cena tenía un aspecto tan apetecible y delicioso como cuando la preparó por vez primera. Los berros eran frescos y crujientes; las chuletas, tiernas; los espárragos echaban humo bajo la delicada salsa holandesa. Se sirvió vino en una esbelta copa, gozando con el tacto delicadamente satinado del cristal al cogerla. El vino tenía el cordial sabor del Borgoña que esperaba de antemano.

Comió lentamente. Como sucedía siempre, el alimento le proporcionaba una sensación de bienestar. Haría lo que tenía que hacer y luego estaría seguro.

Mañana sería jueves. El número de la revista *Newsmaker*, en el que aparecía el artículo sobre él, estaría en los puestos de periódicos y ayudaría a realzar su prestigio tanto social como médico.

El hecho de ser viudo le confería, además, un atractivo específico. Él sabía lo que solían decir sus pacientes: «El doctor Highley es muy inteligente y muy distinguido, y tiene una casa preciosa en Parkwood».

Después de la muerte de Winifred dejó que las relaciones con sus amigos se fueran enfriando. Eran demasiado hostiles. El primo de su mujer no dejaba de hacer insinuaciones, él lo sabía. Por eso, durante aquellos tres años no se había interesado en ninguna otra mujer. Y no es que la soledad fuese un sacrificio para él. Su trabajo no era solo completamente absorbente, sino también plenamente satisfactorio. El tiempo que le dedicaba empezaba a reportar recompensas. Sus peores críticos profesionales admitían que era un buen médico, que el hospital estaba muy bien equipado y que otros del ramo empezaban a copiar el concepto de maternidad Westlake.

–No permito que mis pacientes fumen o beban mientras estén embarazadas –le dijo a la periodista de la revista que le entrevistó–. Les exijo que sigan un régimen específico. Muchas mujeres de las que se dice que son estériles tendrían retoños si quisieran prestar la misma dedicación a ello que los atletas a su entrenamiento. Muchos de los problemas permanentes de salud que hoy día se sufren se evitarían por completo si las madres no comiesen lo que no deben ni tomasen las medicinas que tampoco deben. Todos conocemos lo que la talidomida hizo a montones de víctimas desafortunadas. Sabemos que una madre drogadicta puede dar a luz a un niño con las mismas debilidades. Y que frecuentemente una madre alcohólica tiene un hijo perturbado emocionalmente, retardado y de talla inferior a lo normal. ¿Y qué decir de los muchos problemas que consideramos que forman parte normal del destino del hombre: la bronquitis, la dislexia, la hiperactividad, el asma, los defectos de audición o de visión? Creo que el lugar adecuado para eliminar estos defectos no se encuentra en el laboratorio, sino en el útero. Y no aceptaré a una paciente que no esté dispuesta a colaborar con mis métodos. Le podría mostrar docenas de mujeres que he tratado, que tienen varios abortos en su historial médico aunque en la actualidad han dado a luz niños. Muchísimas más podrían experimentar esta misma alegría si tuvieran deseos de cambiar sus hábitos. En particular sus hábitos de comer y beber. Muchísimas otras podrían concebir y dar a luz a un hijo si no tuvieran tanto desequilibrio emocional, que, en efecto, funciona como un anticonceptivo mental mucho más eficaz que cualquier otro tipo de anticonceptivo que se pueda comprar en la farmacia. Este es el motivo y la base del concepto de la maternidad Westlake.

La periodista del *Newsmaker* se quedó impresionada. Pero la siguiente pregunta que le hizo tenía mala idea:

–Doctor, ¿no es cierto que le critican por las minutas tan exorbitantes que cobra?

–Exorbitante es la palabra que usted ha usado. Ese dinero, aparte de una pequeña cantidad que se emplea para cubrir mis gastos, bastante espartanos, se utiliza para tener el hospital al día y para proseguir los estudios prenatales.

–Doctor, ¿no es cierto que un gran porcentaje de sus casos se refiere a mujeres que han tenido varios abortos estando sometidas al cuidado de usted, aun después de seguir rígidamente su tratamiento y de pagarle diez mil dólares, más los gastos del hospital y laboratorio?

–Sería una locura por mi parte afirmar que soy capaz de hacer que dé a luz toda mujer que tiene un embarazo difícil. Sí, ha habido casos en que el deseado embarazo ha empezado, aunque luego se ha producido un aborto espontáneo. Si esto ocurre varias veces, le sugiero a la paciente que adopte un niño y la ayudo a llevar a cabo la adopción adecuada.

–Siempre por dinero.

–Supongo que a usted le pagan por entrevistarme, jovencita. Ahora diga, ¿por qué no emplea su tiempo en trabajos voluntarios?

Había sido una tontería atacar a la periodista de esta forma; una tontería con la que arriesgaba atraerse la animosidad, una tontería que daba motivos a que le desacreditaran o a que se ocupasen con demasiada hondura de su vida. Él le dijo que había sido ginecólogo jefe en Liverpool antes de casarse con Winifred. Pero desde luego no le habló en absoluto del hospital Christ, de Devon.

La siguiente pregunta de la entrevistadora le tendió una trampa.

–¿No es cierto que practica usted abortos, doctor?

–Sí, los hago.

–¿Y no es incongruente en un ginecólogo? Quiero decir, intentar salvar un feto y eliminar otro.

–Yo suelo decir que el útero es una cuna. Desprecio los abortos y deploro el dolor del que soy testigo cuando algunas mujeres vienen a verme. Son mujeres que han perdido toda esperanza de concebir debido a que han tenido abortos y unos médicos estúpidos, toscos y descuidados han destrozado sus úteros. Creo que cualquiera, y entre ellos incluyo a mis colegas, se quedaría asombrado al saber cuántas mujeres se han negado la esperanza de concebir porque han decidido retrasar esa maternidad mediante el aborto. Solo deseo que todas las mujeres den saludablemente a luz a sus retoños. Y para aquellas que no quieren hacerlo, por lo menos puedo asegurar que cuando por fin quieran tener un hijo, podrán tenerlo.

La periodista acogió muy bien aquel argumento y cambió de actitud.

Acabó la comida, se relajó en la butaca y se sirvió un poco más de vino. Se sentía optimista y cómodo. Las leyes estaban cambiando. Y dentro de unos años podría dar a conocer su genio sin ningún contratiempo legal. Vangie Lewis, Edna Burns, Winifred, Claire... serían estadísticas que nada tendrían que ver con él. Los indicios quedarían muy lejos.

Se ensimismó mirando el vino mientras bebía; volvió a llenar la copa y bebió de nuevo. Estaba cansado. Mañana por la mañana tenía que hacer una operación de cesárea: otro caso difícil que aumentaría su fama. Se trataba de un embarazo difícil, pero los latidos del corazón del feto eran muy marcados. No cabía la menor duda de que el niño nacería. La madre era miembro de la familia Payne, muy importante en el mundo social. El padre, Delano Aldrich, era ejecutivo de la Fundación Rockefeller. Este era el tipo de familia cuya defensa sería muy importante en caso de que volviese a salir a la superficie el escándalo de Devon.

Quedaba un obstáculo. Había traído consigo la carpeta de Katie DeMaio que había en el archivo del hospital. Empezaría a preparar ahora la carpeta que sustituiría a la verdadera y que enseñaría a la policía cuando ella muriese.

En vez de la historia que ella le había contado y en la que se quejaba de prolongados períodos de hemorragia en el transcurso del último año, escribiría: «La paciente se queja de hemorragias frecuentes y espontáneas que nada tienen que ver con los ciclos menstruales». En vez de hablar de esponjosidad en las paredes uterinas de origen probablemente hereditario, condición que se remediaría definitivamente con una sencilla operación de legrado, él hablaría de trastornos del sistema vascular. En vez de hablar de hemoglobina ligeramente baja, indicaría que se hallaba de modo crónico en la zona de peligro.

Se encaminó a la biblioteca. La carpeta en la que se leía KATHLEEN DEMAIO y que se había llevado del hospital se hallaba sobre la mesa de trabajo. De un cajón extrajo una carpeta nueva y escribió en ella el nombre de Katie. Durante media hora trabajó con ahínco consultando la carpeta del hospital para conseguir información sobre la anterior historia médica de la paciente. Por fin acabó. Mañana llevaría la nueva carpeta al hospital. Luego añadió varios párrafos a la carpeta original; una vez terminada la colocaría en la caja fuerte.

> La paciente sufrió un pequeño accidente automovilístico el lunes por la noche, 15 de febrero. A las dos de la madrugada la paciente, bajo el efecto de un sedante, observó desde la ventana de su habitación cómo este médico transportaba los restos de Vangie Lewis. La paciente aún no comprende que lo que observó fue un acontecimiento real, no una alucinación. La paciente se ve ligeramente traumatizada por el accidente y por una hemorragia persistente. Es inevitable que llegue a acordarse con claridad de lo que observó y, por dicha razón, no se puede permitir que siga siendo una amenaza para este médico.
>
> La paciente recibió una transfusión de sangre el lunes por la noche en la sala de urgencias del hospital. Este médico recetó una segunda transfusión con la pretensión de prepararla para la intervención quirúrgica del sábado. Este médico, además, le administró un medicamento anticoagulante: píldoras de Cumadín, que tomará cada cuatro horas hasta el viernes por la noche.

Apretó los labios y dejó a un lado la pluma. Era fácil imaginarse cómo acabaría aquel informe:

> La paciente ingresó en el hospital a las seis de la tarde del viernes 19 de febrero quejándose de mareos y de debilidad general. A las nueve de la noche este médico, acompañado de la enfermera Renge, encontró que la paciente tenía

hemorragia. La presión sanguínea bajó con rapidez. Después de hacer una transfusión le realizó una intervención quirúrgica de urgencia, a las nueve y cuarenta y cinco de la noche.

La paciente Kathleen Noel DeMaio expiró a las diez de la noche.

Sonrió al pensar por anticipado en cómo terminaría este problemático caso: había planeado perfectamente todos los detalles, hasta la asignación de la enfermera Renge al turno de la noche del viernes. Era joven, inexperta y le temía muchísimo.

Después de colocar la carpeta en el escondite temporal del cajón superior de la mesa, subió al primer piso, se metió en la cama y durmió hasta las seis de la mañana.

Tres horas después trajo al mundo a un niño saludable gracias a la cesárea que le practicó a mistress Delano Aldrich, y aceptó con gratitud el lloriqueante agradecimiento de la paciente y de su esposo.

31

El funeral por Vangie se celebró el jueves a las diez de la mañana en la capilla de la funeraria de Mineápolis. Partiéndosele el corazón de dolor y compasión por los padres de Vangie, Chris estuvo a su lado mientras sus ahogados sollozos le repercutían como martillazos. ¿Acaso hubiera podido hacer que las cosas fuesen diferentes? Si en un principio hubiese intentado aplacar a Vangie, ¿estaría ella allí ahora de cuerpo presente? Si hubiera insistido en que le acompañase a ver a un consejero familiar hacía años, ¿le habría ayudado en su matrimonio? Se lo había sugerido, pero ella se negó y dijo: «No necesito ningún consejo. Y no sugieras, siempre que me irrito, que algo en mí no va bien. Muy al contrario. Tú nunca te irritas por nada. A ti no te importa nada ni nadie. Tú eres el problema, no yo».

«¡Oh, Vangie, oh, Vangie!» ¿Acaso la verdad no estaría a medio camino de las opiniones de los dos? Casi desde el principio de su matrimonio, él dejó de preocuparse de todo.

Los padres de la muerta se sintieron profundamente heridos cuando se enteraron de que no podrían enterrar a Vangie, ya que su cadáver tendría que volver al este.

–¿Por qué?

–Sencillamente, no lo sé.

De nada valía dar una respuesta más profunda. No, por lo menos de momento.

«Asombrosa gracia, cual dulce sonido.»

La soprano solista llenaba la capilla con su voz.

«Una vez me perdí, pero ahora me he encontrado.»

Meses atrás, durante el verano pasado, Chris sintió que la vida era sombría e inútil. Entonces asistió a aquella fiesta, en Hawai, y allí estaba Joan. Aún se acordaba del preciso momento en que la vio: Joan estaba en la terraza con un grupo de personas. Todo cuanto decía hacía reír a los demás. También ella reía, y le brillaban los ojos. Tenía los labios abiertos y la cabeza echada hacia atrás. Chris cogió una copa y se unió al grupo. Desde aquella noche, no se había separado más de Joan.

«... era ciego, pero ahora veo.»

El médico forense no hubiera entregado el cadáver de Vangie la noche del martes si hubiese sospechado que ocurría algo raro. ¿Qué había pasado entonces para que cambiase de idea?

Pensó en la llamada que le había hecho Edna. ¿Hasta qué punto habría chismorreado con otras personas? ¿Podría haber arrojado cierta luz sobre la muerte de Vangie? Antes de marcharse de Mineápolis tendría que llamar al doctor Salem. Tenía que averiguar qué sabía acerca de Vangie, qué le había hecho reaccionar con tanto ímpetu la noche anterior. ¿Por qué había concertado Vangie una cita para verle?

Tenía que haber otra persona en la vida de Vangie. Ahora tenía plena seguridad. ¿Y si Vangie se hubiera quitado la vida delante de esa persona y esta la hubiera llevado a su casa...? Dios sabía que había tenido muchas oportunidades para liarse con otro hombre. Por lo menos, él estaba lejos de casa medio mes. Quizá había conocido a alguien después de mudarse a Nueva Jersey.

Pero ¿habría sido suficiente motivo para que Vangie se hiciera daño a sí misma? ¡Nunca!

El pastor recitaba la oración final:

«... cuando todas las lágrimas se hayan secado...»

Chris condujo a los padres de Vangie a la antesala donde aceptaron las expresiones de condolencia de los amigos que habían asistido al funeral. Los suegros de Chris se iban a quedar con unos parientes, tras dar su conformidad para que el cadáver fuese incinerado en Nueva Jersey, desde donde enviarían una urna que contendría las cenizas que enterrarían en el panteón familiar.

Por fin, Chris pudo marcharse. Acababan de dar las once cuando llegó al club Athletic, situado en el centro de Mineápolis. Tomó el ascensor que le llevó al decimocuarto piso. Cuando estuvo en el solario pidió un bloody mary y empezó a llamar por teléfono.

Cuando logró ponerse en contacto con el despacho del doctor Salem, dijo:

–Soy el esposo de Vangie Lewis. Es urgente que hable inmediatamente con el doctor.

–Lo siento –le dijo la enfermera–, pero hace poco que el doctor Salem se ha marchado para asistir a la Convención de Colegios de Médicos Americanos que se celebra en Nueva York. No regresará hasta la próxima semana.

–En Nueva York.

Chris digirió la información.

–¿Podría decirme dónde se va a hospedar el doctor, por favor? Quizá sea necesario que me ponga en contacto con él.

La enfermera vaciló. Luego dijo:

–Supongo que obro bien si se lo digo. Tengo la seguridad de que el doctor Salem quiere ponerse en contacto con usted, ya que me pidió que buscase su teléfono de Nueva Jersey. Además, se llevó consigo la historia médica de su esposa. Pero en caso de que él no pueda encontrarle, le diré que estará en el Essex House, en Central Park South, de Nueva York. El número de su extensión es el treinta y dos diecinueve.

Chris sacó el pequeño bloc que guardaba en un compartimiento de su cartera, repitió la información y la escribió rápidamente.

En la parte superior de la página ya había escritas unas notas: la dirección de Edna Burns y la forma de llegar en coche hasta su apartamento en Edgeriver.

32

Scott convocó una reunión para el mediodía en su oficina. Asistirían a ella las cuatro personas que habían asistido también a la cita que sostuvieron un día y medio antes para hablar de la muerte de Vangie Lewis.

Esta reunión era diferente. Katie percibió la tensa atmósfera en cuanto entró en el despacho. Scott le había dicho a Maureen que cogiese pluma y papel.

–Vamos a traer bocadillos. Tengo que volver al tribunal a la una y media y no debemos perder ni un minuto con el capitán Lewis.

«Tal como esperaba –pensó Katie–: Scott se ha centrado en Chris.» Katie miró a Maureen; la chica tenía un aura de nerviosismo que casi era visible. «Esta aura comenzó a manifestarse cuando le di esta mañana la labor que quiero que haga», pensó Katie.

Maureen se dio cuenta y esbozó una sonrisa. Katie asintió.

–¡Hum! Lo acostumbrado –luego, preguntó–: ¿Tuviste suerte con las llamadas?

Maureen miró a Scott, pero este estaba buscando en un archivo y hacía caso omiso de ellas.

–Hasta ahora, no mucho. El doctor Fukhito no es miembro ni del Colegio de Médicos del condado de Valley ni de la Asociación de Colegios de Médicos Americanos. Pasa gran parte de su tiempo haciendo trabajo voluntario con niños perturbados en la clínica psiquiátrica de Valley Pines. Llamé a la Universidad de Massachusetts. Estudió medicina en la facultad.

–¿Quién te lo dijo? –le preguntó Katie.

Maureen dudó:

–Recuerdo haberlo oído decir no sé dónde.

Katie percibió que en aquella respuesta había algo evasivo. Pero antes de que pudiera averiguarlo, Richard, Charley y Phil entraron juntos en el despacho. Sin perder tiempo, le dijeron a Maureen lo que querían comer. Richard acercó una butaca a la de Katie, pasó una mano por encima del respaldo y le tocó la parte superior de la cabeza. Sus dedos eran cálidos y fuertes y le dieron un breve masaje en los músculos del cuello.

–Hay que ver lo tensa que estás –dijo Richard.

Scott levantó la vista, refunfuñó y empezó a hablar.

–Muy bien. Ya sabéis que el niño que Vangie Lewis iba a tener poseía rasgos orientales, lo cual da origen a dos posibilidades: una, dado lo inminente del alumbramiento, es posible que Vangie se pusiese nerviosa y se suicidase. Debió de sentirse aterrorizada al saber que nunca haría pasar a su hijo por retoño de su marido. La segunda posibilidad es que Christopher Lewis se enterase de que su mujer tenía una aventura y la mató. Centrémonos en esta. Supongamos que llegó a su casa inesperadamente el lunes por la noche y discutieron. ¿Por qué quería irse tan rápidamente a Mineápolis? ¿Porque le tenía miedo a Chris? No olvidéis que él nunca admitió que Vangie pensaba ir a Mineápolis y que ella esperaba haberse marchado antes de que él regresara. De acuerdo con lo que Katie nos ha comunicado, el psiquiatra afirma que Vangie salió de su consulta casi histérica.

–El psiquiatra japonés –dijo Katie–. Le he dicho a Maureen que lo investigue.

Scott la miró.

–¿Sugieres que había algo entre el doctor Fukhito y Vangie Lewis?

–Aún no sugiero nada –replicó Katie–. Sin duda alguna, el hecho de que él sea oriental no impide que Vangie no conociera a otro hombre oriental. Pero os puedo decir lo siguiente: ayer, cuando habló conmigo, estaba nervioso. Noté que elegía con mucho cuidado cada una de las palabras. No me cabe duda de que no me contó toda la verdad.

–Lo cual nos lleva al caso de Edna Burns –dijo Scott–. ¿Qué tienes que decirnos, Richard? ¿Se cayó o la empujaron?

Richard se encogió de hombros.

–No resulta imposible que se haya caído. La cifra de alcohol en la sangre era de cero veinticinco. Estaba borracha y era, además, una mujer corpulenta.

–¿Y qué me dices de los borrachos y los niños que se caen sin hacerse daño? –le preguntó Katie.

Richard meneó la cabeza.

–Eso puede que sea cierto en cuanto se refiere a la rotura de huesos, pero no cuando el cráneo se rompe contra un objeto de metal afilado. Yo diría que, a menos que alguien admita que ha matado a Edna, nunca seremos capaces de probarlo.

–Pero ¿es posible que la hayan matado? –insistió Scott.

Richard se encogió de hombros y dijo:

–Claro que sí.

–Además, alguien oyó hablar a Edna con Chris Lewis sobre el príncipe encantado.

Katie pensó en el guapo psiquiatra y habló lentamente:

–¿Acaso alguien como Edna Burns no hablaría de él como del príncipe encantado? ¿Acaso no había llamado al capitán Lewis tras la muerte de su esposa, para decirle que sospechaba que su mujer tenía una aventura? No lo creo –añadió.

Los hombres la miraron con curiosidad.

–¿Qué es lo que no crees? –preguntó Scott.

–No creo que Edna fuera mala, sé que no lo era. No creo que nunca se hubiera atrevido a llamar a Chris Lewis, después de morir Vangie, para herirle diciéndole que sabía lo de la aventura de su mujer.

–A lo mejor sintió la suficiente lástima por Chris como para que este no se considerase un marido burlado –dijo Richard.

–O a lo mejor estaba buscando unos pavos –sugirió Charley–. Quizá Vangie le dijo algo el lunes por la noche. A lo mejor Edna sabía que Chris y Vangie habían discutido y conocía, además, el motivo de la discusión. Edna no tenía donde caerse muerta. Parece ser que aún seguía pagando las facturas médicas de cuando vivían sus padres y estos hace un par de años que han muerto. Quizá pensó que no había nada de malo en aprovecharse de Lewis. Le amenazó con ir a la policía.

–Edna dijo que tenía algo de que informar a la policía –objetó Katie–. Así lo afirma la mujer del conserje.

–De acuerdo –dijo Scott–. ¿Qué me decís de la casa de los Lewis? ¿Habéis encontrado algo?

Charley se encogió de hombros.

–Hasta ahora, no mucho. Hay un número de teléfono con el código territorial seiscientos doce escrito en un bloc, junto al teléfono de la cocina. Sabemos que no se trata del número de los padres de Vangie. Pensamos que deberíamos llamar desde aquí. Quizá Vangie habló con alguna de sus amigas y le contó algo de lo que planeaba hacer.

»Hay otra cosa: se hizo un desgarro en el vestido que llevaba puesto con una punta que sobresalía de un estante del garaje.

–¿Qué quieres decir al referirte al vestido que llevaba puesto? –preguntó Scott.

–Al vestido con el que la encontraron muerta. No hay manera de confundirlo. Era uno de esos trajes largos con un estampado de Madrás.

–¿Dónde está la ropa que Vangie llevaba? –le preguntó Scott a Richard.

–Es probable que aún la tenga el laboratorio –respondió Richard–. La revisamos. Ya sabes que eso forma parte de la rutina.

Scott cogió el bloc de mensajes que Charley le entregó y se lo pasó a Katie.

–¿Por qué no llamas a este número ahora? Si se trata de una mujer, es probable que tú le saques más cosas que nosotros.

Katie marcó el número. Hubo una pausa y luego empezó a sonar el teléfono.

–Consulta del doctor Salem.

–Es la consulta de un médico –susurró Katie con la mano puesta sobre el auricular.

Luego dijo a la persona que estaba en el otro extremo del hilo telefónico:

–Quizá usted pueda ayudarme. Le habla Kathleen DeMaio, de la fiscalía del condado de Valley, Nueva Jersey. Estamos llevando a cabo una investigación rutinaria sobre la muerte de mistress Vangie Lewis, que ocurrió el lunes pasado, y hemos encontrado que tenía su número de teléfono en un bloc de mensajes.

La interrumpieron de pronto.

–¡Vaya coincidencia! Acabo de hablar con el capitán Lewis. También quiere ponerse en contacto con el doctor. Y, tal como se lo expliqué, el doctor Salem está en estos momentos camino de Nueva York. Va a asistir a la Convención de la Asociación de Colegios de Médicos Americanos. Se podrá poner en contacto hoy mismo con él, aunque un poco más tarde, si le llama al hotel Essex House, en Central Park South.

–Estupendo, así lo haré.

Como si obrase al dictado del azar, Katie preguntó:

–A propósito, ¿sabe usted algo de la llamada de mistress Lewis? ¿Sabe si habló con el doctor?

–No, no habló con él, sino conmigo. Llamó el lunes y se sintió muy desilusionada cuando se enteró de que él no volvería a la consulta hasta el miércoles. Concerté una cita de urgencia para ella, para ese día, ya que yo sabía que el doctor iba a salir de nuevo. Mistress Lewis me dijo que tenía que verle.

–Una última pregunta: ¿cuál es la especialidad del doctor Salem?

La voz de la mujer sonó orgullosa:

–¡Oh! ¡Es un ginecólogo y un tocólogo muy importante!

–Ya comprendo, muchas gracias. Ha sido usted muy amable.

Katie colgó el auricular y contó la conversación a los demás.

–Y Chris Lewis sabía lo de la cita –dijo Scott– y ahora quería hablar con el médico. No puedo esperar a echarle el guante esta noche. Tenemos que hacerle muchísimas preguntas.

Alguien llamó a la puerta y Maureen entró sin esperar la respuesta: llevaba una bandeja de cartón en la que había unos vasos de café y una bolsa con bocadillos.

–Katie, me acaban de poner la conferencia que pedí con Boston para hablar del doctor Fukhito –dijo–. ¿Quiere hablar usted?

Katie asintió. Richard se levantó, cogió el auricular y se lo dio. Mientras esperaba que le pasasen la llamada, Katie empezó a percibir que tenía un persistente dolor de cabeza. El golpe que se dio contra el volante no había sido lo suficientemente fuerte como para considerarlo contusión, pero se daba cuenta de que la cabeza le había molestado durante los últimos días. Pensó que todo se debía a que no estaba perfectamente bien, había muchas cosas que le embargaban la mente. ¿Qué intentaba recordar? Algo, una impresión.

Después de explicar quién era, la pusieron rápidamente con el jefe de personal de la Facultad de Medicina de la Universidad de Massachusetts. La voz del hombre parecía cautelosa.

–Sí, el doctor Fukhito se graduó por la Universidad de Massachusetts y fue el tercero de su promoción. Hizo el internado en el Hospital General de Massachusetts y pasó luego a formar parte del personal de dicho centro. También tenía una consulta privada. Hace siete años dejó el hospital.

–¿Por qué lo abandonó? Comprenda que se trata de una investigación policial y que toda la información que obtengamos tiene carácter confidencial. Pero debemos conocer cualquier detalle de la vida pasada del doctor Fukhito.

Hubo una pausa. Luego el hombre añadió:

–Hace siete años, el director del hospital le pidió al doctor Fukhito que renunciase a su puesto y le privó del derecho a ejercer la medicina en este estado por un período de un año. Se descubrió que el doctor Fukhito era culpable de comportamiento poco ético, después de que se defendió sin éxito de una acusación de mal ejercicio de la medicina.

–¿En qué se basó la acusación? –preguntó Katie.

–Una antigua paciente del doctor Fukhito le acusó de inducirla a tener relaciones personales con él mientras estaba bajo tratamiento psiquiátrico. Hacía poco que la paciente se había divorciado y sufría una fuerte depresión nerviosa.

Hubo un silencio. Luego el hombre añadió:

–Como resultado de dicha relación, esta señora tuvo un hijo del doctor Fukhito.

33

Molly se movía animada por la cocina, contenta al ver que todos sus hijos ya habían regresado de la escuela. Hasta Jennifer, de doce años de edad, se había sentido bastante bien para asistir a las clases esta mañana. De hecho se lo había suplicado y Molly, con cierto mal humor, le había dicho:

–Tú eres como Katie. Cuando se te mete algo en la cabeza, tienes que hacerlo. Bien, de acuerdo, pero no puedes ir andando, hace demasiado frío. Te llevaré en coche.

Bill no iría a Nueva York hasta la tarde. Tenía la intención de asistir a una de las ponencias de la Convención de Colegios de Médicos Americanos. En aquel momento gozaban de la rara oportunidad que suponía poder charlar tranquilamente mientras Bill bebía café sentado a la mesa y Molly cortaba las verduras.

–Estoy segura de que Katie, Richard y los Berkeley lo van a pasar muy bien –dijo Molly–. Jim Berkeley es muy listo y, además, muy divertido. ¿Por qué será que la mayoría de la gente que se dedica a la publicidad es tan interesante?

–Porque su negocio es tratar con palabras –sugirió Bill–. Aunque debo añadir que he conocido algunos con los que no perdería ni un minuto.

–Tienes razón –dijo Molly como si estuviera en otro mundo–. Dios haga que Liz no se quiera pasar toda la noche hablando de la niña... Aunque tengo que decir que últimamente está un poco mejor. Hace unos días, cuando la llamé por teléfono para invitarla, solo se pasó los primeros veinte minutos hablando de la última travesura de Maryanne, la cual, por cierto, consiste en soplar las hojuelas de maíz por todas partes cuando se disponen a hacérselas comer. No me digas que no es muy lista.

–Lo sería si se tratase de tu primera hija y llevases quince años esperando para tenerla. Me parece recordar que cada vez que Jennifer pestañeaba, tú lo anotabas en su Diario.

Molly empezó a cortar el apio.

–¿Te acuerdas de que tu tía me dio un Diario para los gemelos? No creo que le llegase a quitar ni el envoltorio. De todas formas, creo que se van a divertir. Y aun en el caso de que Liz empiece a decir tonterías sobre su hija, puede que sirva de incentivo para Katie y Rich.

Bill enarcó las cejas.

–Molly, tienes la lengua más afilada que un cuchillo. Ándate con cuidado. De lo contrario, vas a conseguir que esos dos dejen de verse del todo.

–Tonterías. ¿No ves cómo se miran? Entre ellos se cuece algo, aunque mejor sería que no solo se cociese. ¡Santo Dios! ¡Si hasta Richard me llamó anoche para ver si Katie estaba aquí, y luego me preguntó si le pasaba algo! Deberías haber oído lo preocupado que parecía. Te digo que está loco por ella, pero es lo bastante listo como para no demostrarlo. A lo mejor mi hermana se asusta.

–¿Le dijiste algo de la operación?

–No. Hace unos días Katie me armó un escándalo terrible cuando me preguntó si se lo iba a decir. Sinceramente, cuando hoy día se le cuenta todo a todo el mundo... Dime, ¿por qué no se lo puede decir a Richard, por ejemplo: «Tengo este problema, es una lata. Mi madre lo tenía y tenía que hacerse una operación de legrado cada dos años, y parece ser que yo nací con él»? Pero no, el pobre chico tiene que estar todo el día preocupado creyéndose que es algo serio. No creo que sea una forma honesta de obrar con Richard.

Bill se levantó, fue al fregadero y aclaró la taza y el platillo. Luego los colocó en el lavaplatos.

–Creo que nunca te has dado cuenta de que a Katie le ha dolido mucho la pérdida de los dos hombres que quería y de los que dependía: su padre, cuando ella tenía ocho años, y después John, cuando contaba veinticuatro. Katie me trae a la memoria la última escena de *Lo que el viento se llevó*, cuando Rhett le dice a Scarlett: «Te di mi corazón y lo rompiste. Luego se lo di a Bonnie y lo rompió. No volveré a correr ese riesgo por tercera vez». Ese es parte del problema de Katie. Pero francamente, creo que debe resolverlo ella sola. Tu manera de revolotear sobre ella como si fueras un halcón madre no la ayuda en absoluto. Y que conste que nada me gustaría más que verla unirse a Richard Carroll. Sería bueno con ella.

–Y juega al golf contigo –le dijo Molly.

Bill asintió.

–¿Y por qué no?

Cogió un tallo de apio y empezó a mordisquearlo.

–Te voy a dar un consejo. Si Katie no quiere decirle nada a Richard sobre la operación, no lo hagas tú. No sería obrar honestamente con tu hermana. Y si él persiste en preocuparse de ella, bien debería decírselo. Ya los has unido. Ahora...

–Ahora lárgate –dijo Molly exhalando un suspiro.

–Sí, más o menos eso era lo que iba a hacer. Y mañana por la noche, cuando Katie ingrese en el hospital, tú y yo iremos a la ópera. Hace meses que saqué entradas para *Otelo* y no pienso cambiarlas. Podrás esperarla cuando salga de recuperación, el sábado por la mañana. Aunque tampoco le perjudicaría desear tener a alguien. A lo mejor el viernes por la noche le da por pensar en eso.

–¿O sea que se va a quedar sola en el hospital? –protestó Molly.

–Sí, se va a quedar sola –dijo Bill con firmeza–. Ya es una chica mayor.

Sonó el teléfono.

–¡Dios quiera que no sea la enfermera de la escuela diciendo que los niños han cogido de nuevo el virus! –balbució Molly.

Cuando dijo «dígame», su voz se puso en guardia. Luego se volvió preocupada.

–Hola, Liz. No me vayas a decir que no puedes venir esta noche.

Se quedó escuchando.

–¡Por Dios santo, tráela contigo, tienes el cochecito...! ¡Claro! La dejaremos en nuestro dormitorio y estará muy bien. Claro que no me importa. Y si se despierta la bajaremos para que se una al grupo. Será como en los viejos tiempos aquí... Muy bien, te veo a las siete. Adiós.

Colgó el auricular.

–La chica que suele quedarse cuidando a la hija de Liz Berkeley no puede ir esta noche. Y la pobre tiene miedo de dejarla con algún desconocido. Así pues, traerá a la niñita con ella.

–Muy bien.

Bill miró el reloj de la cocina.

–Será mejor que me largue. Se está haciendo tarde.

Besó a Molly en la mejilla.

–Y, por favor, ¿quieres dejar de preocuparte por tu hermanita?

Molly se mordió un labio.

–Lo siento, pero no puedo. No hay forma de que se me vaya de la mente el presentimiento de que algo le va a ocurrir a Katie.

34

Cuando Richard regresó a su despacho, permaneció durante un buen rato mirando por la ventana. Lo que se veía desde allí era un poco más atractivo que la vista desde la oficina de Scott. Además de contemplar la esquina nordeste de la cárcel del condado, veía una sección muy clara del pequeño parque que quedaba frente al tribunal. Dándose solo cuenta a medias de lo que observaba, vio cómo una ola de nieve medio derretida barría la hierba ya helada.

«¡Qué tiempo tan estupendo!», pensó. Miró el cielo, por el que pasaban nubes muy cargadas de nieve. El cadáver de Vangie Lewis estaría ya volando desde Mineápolis a Newark, en el vuelo de las dos y media. Lo recogerían a las siete y lo llevarían al depósito de cadáveres. Mañana por la mañana lo examinaría de nuevo, aunque no esperaba encontrar nada más de lo que ya sabía. En el cadáver no se veía ni la señal de un golpe, de eso estaba seguro; pero creía que había algo en su pie o en su pierna izquierda que, aunque se fijó en ello, desdeñó como irrelevante.

Apartó aquel pensamiento de su cabeza: era inútil especular hasta que pudiese volver a examinar el cadáver. Era evidente que Vangie era muy emotiva. ¿La habría inducido al suicidio el doctor Fukhito? Si Vangie estaba embarazada de su hijo, el doctor debió de haberse sentido muy nervioso. Su carrera como médico habría acabado si se descubría que había tenido que ver de nuevo con una paciente.

Pero Chris Lewis tenía una amiguita, razón más que suficiente para que quisiera quitar de en medio a su mujer. ¿Y si Chris se había enterado de la aventura de Vangie? Al parecer, ni siquiera los padres de Vangie sabían que ella planeaba ir a Mineápolis. ¿Sería posible que Vangie esperara dar a luz al niño con la ayuda del ginecólogo de Minnesota y lo mantuviera en secreto? A lo mejor hubiera dicho que lo había perdido. Si no quería destrozar su matrimonio, quizá se hubiera visto obligada a ello; o, si se daba cuenta de que el divorcio era inevitable, aquella prueba absoluta de su infidelidad hubiese significado mucho en su resolución.

Ninguno de aquellos motivos parecía acertado.

Richard suspiró, se levantó, se acercó al interfono y le dijo a Marge que entrase. Esta estaba comiendo cuando él regresó del despacho de Scott y, por consiguiente, no había recogido los mensajes.

Agitada, entró con un montón de notitas en la mano.

–Ninguna de estas es importante –le dijo–. Ahora que me acuerdo, alguien le llamó justamente cuando usted se marchaba al despacho de mister Myerson. Un tal doctor Salem. No preguntó por su nombre. Simplemente quería hablar con el médico forense. Luego preguntó si le habíamos hecho la autopsia a Vangie Lewis. Le dije que usted era el médico forense y que la había hecho personalmente. Por lo visto, este señor se disponía a coger un avión en Mineápolis, pero me rogó que le pidiese que le llamase al Essex House, en Nueva York, sobre las cinco de la tarde. Parecía estar impaciente por hablar con usted.

Los labios de Richard formaron un silbido sin sonido.

–Yo sí que estoy impaciente por hablar con él.

–Ya tengo las estadísticas de los pacientes de ginecología del hospital Westlake –dijo Marge–. En los ocho años que lleva implantando el concepto de maternidad Westlake, dieciséis pacientes han muerto, ya en el alumbramiento, ya debido a embarazos complicados.

–¿Dieciséis?

–Dieciséis –repitió Marge con énfasis–. Sin embargo, los casos tratados son muchos. El doctor Highley es considerado un médico excelente. Alguno de los niños que ha traído al mundo constituye casi milagro. Y todas las mujeres que murieron fueron advertidas por otros médicos de que corrían un grave riesgo si quedaban embarazadas.

–Quiero estudiar todos los casos mortales –dijo Richard–. Pero si le pedimos a Scott que embargue los archivos del hospital, les pondremos sobre la pista. Y no quiero que esto suceda. ¿Tienes algo más para mí?

–Quizá. En estos ocho años ha habido dos acusaciones de mal ejercicio de la medicina contra el doctor Highley, aunque ganó ambos juicios. Además, parece ser que un primo de su mujer afirmó que no creía que esta hubiese muerto de un ataque al corazón. La fiscalía se puso en contacto con su médico personal, quien dijo que el primo estaba loco. Era el único heredero antes de que Winifred Westlake se casase con el doctor Highley y ese puede ser el motivo por el que quería mover el asunto.

–¿Quién era el médico personal de Winifred Westlake?

–El doctor Alan Levine.

–Es un internista muy bueno –le dijo Richard–. Hablaré con él.

–¿Quiere saber las personas que le acusaron de mal ejercicio o no?

–Sí, dígame quiénes son.

–Ya sabía yo... Tome nota de sus nombres.

Richard miró los dos nombres que aparecían en el papel que Marge le dio: «Anthony Caldwell, Old Country Lane, Peapack, N. J.; y Anna Horan, 415, Walnut Street, Ridgefield Park, N. J.».

–Has hecho una labor estupenda, Marge –dijo.

Ella asintió satisfecha y comentó:

–Claro está.

–Scott está ahora en el tribunal. ¿Quieres dejarle recado de que me llame cuando regrese a su despacho? Ah, y di al laboratorio que quiero disponer de las ropas de Vangie Lewis para ponérselas mañana a primera hora al cadáver. Es de esperar que esta tarde acaben con todas las pruebas que tenían que hacer con la ropa.

Marge se marchó y Richard se ocupó del trabajo que le esperaba encima de la mesa. Eran más de las cuatro cuando Scott fue a ver a Richard y escuchó la decisión del médico forense de entrevistar a quienes habían acusado al doctor Highley, aunque no pareció claramente impresionado.

–Mira, hoy en día no existe un médico, sea quien sea, al que no hayan acusado de mal ejercicio de la medicina. Si el doctor Schweitzer aún estuviera vivo, estoy seguro de que tendría que defenderse contra semejante acusación en plena selva. Pero adelante. Si quieres seguir tu pista, embargaremos los archivos del hospital en cuanto lo digas. A mí me preocupa el alto número de muertes por cuestiones ginecológicas, pero hasta eso puede tener una explicación. No olvidemos que el doctor Highley se ocupa de embarazos muy difíciles.

La voz de Scott se hizo más profunda:

–Lo que más me interesa saber es lo que el doctor Salem tenga que decir. Tú habla con él. Después ponte en contacto conmigo. Luego entraré yo. Entre nosotros, Richard, creo que tenemos tantas evidencias contra el capitán Chris Lewis, que me parece que ya sabemos quién es el asesino. Sabemos que no hay testigos de sus movimientos del lunes por la noche, cuando murió su esposa. Sabemos que Edna Burns le llamó el martes por la noche. Ahora nos hemos enterado de que el director de la funeraria le dejó antes de las nueve de la noche del martes. Después de eso, se quedó solo. Es muy posible que haya salido. Supongamos que así lo hizo y que fue a verla. Es un manitas. Charley me ha dicho que tiene herramientas muy sofisticadas en el garaje. Edna estaba tan borracha que casi no podía ver cuando le llamó. Esto nos lo ha dicho la vecina. Supón que Lewis fue en coche a su casa, abrió la cerradura, entró en el apartamento y golpeó a Edna antes de que ella se diese cuenta de lo que pasaba. Es así como lo ve mi instinto. De todas formas, esta noche lo tendremos aquí para que nos lo cuente todo.

–Puede que tengas razón –dijo Richard–. Pero así y todo, tengo que hablar con esa gente.

Llamó por teléfono al doctor Alan Levine cuando este estaba a punto de irse de su consulta. Y le sugirió:

–Le invito a una copa. No le llevará más de quince minutos.

Acordaron en verse en el club de campo de Parkwood, que quedaba a medio camino de los dos y tenía la virtud de estar casi vacío durante la semana. Así podrían hablar en el bar sin preocuparse de quien les oyera ni tener que saludar de vez en cuando a la gente.

Alan Levine era el doble de Jimmy Stewart a los cincuenta y cinco años de edad. Ello hacía que sus ancianos padres aún le quisieran más, pues gozaba de la bonachona cordialidad de los profesionales que se respetaban entre sí y que disfrutaban compartiendo una copa cuando se encontraban y se saludaban cordialmente si al jugar al golf sus caminos se cruzaban.

Richard no perdió el tiempo:

–Por diversas razones, estamos interesados en el hospital Westlake. Winifred Westlake fue paciente de usted y sabemos que su primo insinuó que no murió de un ataque cardíaco. ¿Qué puede decirme al respecto?

Alan Levine miró francamente a Richard, bebió un trago del martini, contempló la vista que se veía desde la ventana, un campo nevado, y apretó los labios.

–Tengo que contestar la pregunta a dos niveles diferentes –respondió lentamente–. Primero: sí, es cierto que Winifred fue paciente mía. Durante años estuvo al borde de sufrir una úlcera. Hablando de manera más específica, le diré que presentaba todos los síntomas clásicos de la úlcera duodenal, aunque nunca encontramos rastro de ella en las radiografías. Cuando periódicamente sufría dolores, yo le mandaba que se hiciese radiografías, que siempre daban resultados negativos. Le recetaba un régimen adecuado para úlceras y se aliviaba casi inmediatamente. Ningún otro problema.

Hizo una pausa.

–Luego, un año antes de conocer a Highley y casarse con él, tuvo un ataque muy serio de gastroenteritis que alteró el resultado de sus electrocardiogramas. Pero después de pasar dos días en el hospital, los resultados de otro electrocardiograma que le hicimos volvieron a estar dentro de la normalidad.

–O sea ¿que pudo sufrir o no de problemas cardíacos? –le preguntó Richard.

–Yo no creo que los sufriera. Nunca apareció ni un ligero síntoma en los análisis normales, aunque su madre murió de un ataque cardíaco cuando tenía cincuenta y ocho años de edad, y Winifred estaba a punto de cumplir los cincuenta y dos cuando murió. Supongo que ya sabe que era diez años mayor que Highley. Varios años después de casarse, volvió a visitarme, cada vez con más frecuencia. Se quejaba siempre de tener dolores en el pecho. En los análisis que le hice no apareció nada significativo. Le dije que vigilase su régimen alimenticio.

–¿Y fue entonces cuando le dio el ataque fatal? –le preguntó Richard.

El doctor Levine asintió.

–Una noche, mientras cenaba, sufrió un colapso. Edgar Highley llamó a su hospital inmediatamente. Allí le dieron mi número del hospital donde trabajo y le dijeron que llamase a la policía. Según me enteré, Winifred cayó sobre la mesa del comedor.

–¿Y usted, doctor, estaba allí cuando ella murió? –inquirió Richard.

–Sí, Highley aún intentaba reanimarla. Pero todo fue inútil. Murió unos minutos después de que yo llegara.

–¿Y está usted conforme en que fue un fallo del corazón? –le preguntó Richard.

El doctor Levine hizo de nuevo un gesto de duda.

–Hay que tener en cuenta que había sufrido dolores en el pecho a lo largo de varios años. Los problemas cardíacos no siempre se reflejan en el electrocardiograma. En los dos últimos años antes de su muerte sufrió periódicamente de hipertensión sanguínea. Y no hay duda de que los problemas cardíacos son hereditarios. Sí, en aquel momento me sentí conforme.

–En aquel momento.

Richard subrayó las palabras.

–Supongo que la absoluta convicción que tenía el primo de que había algo oscuro en su muerte me ha preocupado durante estos tres años. Casi le eché de mi consulta cuando vino a verme y me acusó de falsificar los archivos. Supuse que era un pariente despechado que odiaba al tipo que había ocupado su lugar en el testamento. Pero Glenn Nickerson es un buen hombre. Es instructor de atletismo en el instituto de Parkwood, donde estudian mis hijos, y todos le quieren muchísimo. Es un hombre muy familiar, muy religioso y muy activo en el ayuntamiento. Sin duda alguna, no es el tipo de hombre que iría gritando por ahí porque le hubiesen desheredado. También es cierto que él debía saber que Winifred le dejaría en herencia sus bienes a su esposo, pues estaba locamente enamorada de Highley. Nunca he podido intuir la razón, pues si hay un tipo frío, ese es él.

–Me parece que no le cae bien.

Alan Levine acabó la copa.

–No me gusta ni pizca. ¿Ha leído usted el artículo que sobre él trae el *Newsmaker*? Ha salido hoy y lo convierte en un dios, lo cual supongo hará que sea más insoportable. Pero tengo que reconocer una cosa: es un médico excelente.

–¿Lo bastante excelente como para inducir químicamente un ataque cardíaco a su mujer?

El doctor Levine miró de frente a Richard.

–Le voy a decir la verdad. Con frecuencia he deseado haber insistido más en hacer la autopsia.

Richard firmó la nota del bar.

–Me ha sido usted muy útil, Alan.

–No sé cómo. ¿Qué posible utilidad puede tener cuanto le he contado?

–De momento, me da una base más firme para comprender a ciertas personas con las que he de hablar. Después de eso, quién sabe.

Se separaron en la entrada del bar. Richard buscó unas monedas en el bolsillo, se acercó a un teléfono público y marcó el número del hotel Essex House, de Nueva York.

–Por favor, ¿quiere ponerme con la habitación del doctor Emmet Salem?

Oyó el sonido apagado del teléfono del hotel que sonaba, tres, cuatro, cinco, seis veces, hasta que oyó la voz de la telefonista:

–Lo siento. No contestan.

–¿Está segura de que el doctor Salem ya ha llegado? –le preguntó Richard.

–Sí señor. Precisamente me llamó para decirme que esperaba una llamada telefónica muy importante y quería tener la seguridad de que se la pasaría. Eso ocurrió hace solo veinte minutos. Pero supongo que habrá cambiado de idea o habrá ocurrido algo. Como habrá podido oír, he estado llamando a su habitación y nadie contesta.

35

Cuando dejó el despacho de Scott, Katie llamó a Rita Castile y juntas revisaron el material que Katie necesitaría para los próximos juicios.

–Ese robo a mano armada del veintiocho –dijo Katie– en el que el acusado se cortó el pelo a la mañana siguiente de los hechos... Necesitamos que el barbero testifique. Ahora comprendo por qué los testigos del robo no pudieron identificar a nadie. Aunque al acusado le pusimos una peluca en la fila de sospechosos, no tenía el mismo aspecto.

–Ya la tengo.

Rita escribió en un papel la dirección del barbero.

–Es una lástima que no puedas decir al jurado que Venton tiene un largo historial de delincuencia juvenil.

–Pero esa es la ley –dijo Katie, exhalando un suspiro–. No sabes cuánto espero que un día deje de proteger a los criminales. Esto es todo lo que tengo, de momento, para ti. Pero ten en cuenta que no vendré durante el fin de semana. O sea que la próxima semana tendremos un señor lío. Estate preparada.

–¿No vas a venir?

Rita enarcó las cejas.

–Bueno, ya es hora. Después de todo, no te has tomado un fin de semana completo desde hace un par de meses. Confío en que irás a algún sitio a divertirte.

Kati engurruñó la cara.

–No sé hasta qué punto será divertido lo que tengo que hacer. ¡Oh, Rita! Sospecho que Maureen está molesta por algo que ha ocurrido hoy. No es que quiera ser chismosa, pero ¿sabes si pasa algo? ¿Aún está deprimida por haber roto con el novio?

Rita meneó la cabeza.

–No, de eso no queda nada. Ya sabes, son cosas de chiquillos y ella lo sabía. Lo normal. Te comprometes desde que tienes quince años y te dan el anillo de compromiso la noche en que te gradúas. Pero el verano pasado ambos advirtieron que aún no estaban preparados para casarse. Él está estudiando el bachillerato superior, o sea que eso no es ningún problema.

–Entonces ¿por qué parece tan desgraciada?

–Remordimientos –dijo, sin más, Rita–. Justo en el momento en que rompieron, ella se dio cuenta de que estaba embarazada y tuvo un aborto. Ahora la embarga la culpabilidad. Me dijo que no deja de soñar con el niño, que escucha cómo llora mientras ella trata de encontrarle. También añadió que daría cualquier cosa por haberlo tenido, aunque se hubiese visto obligada a entregarlo para que lo adoptasen.

Katie recordó con cuánta ansia había esperado concebir un hijo de John y lo furiosa que se sintió cuando, después de su muerte, alguien comentó que había tenido mucha suerte de no verse atada por un hijo.

–La vida es tan loca –dijo–. Quienes no deben, quedan embarazadas. Después es muy fácil cometer un error con el que uno tiene que vivir el resto de sus días. Aunque ello no explique la existencia. Gracias por contármelo, temo que he dicho algo que la ha molestado.

–No –dijo Rita.

Recogió las carpetas que Katie le había asignado.

–Muy bien, cumpliré estas órdenes y mandaré que busquen al barbero.

Cuando Rita se hubo marchado, Katie se recostó en la butaca. Quería volver a hablar con Gertrude Fitzgerald y Gana Krupshak. La primera había sido muy buena amiga de Edna; con frecuencia comían juntas. Y la segunda solía visitar a Edna por la noche. Quizá Edna les había dicho algo sobre el doctor Fukhito y Vangie Lewis. Valía la pena intentarlo.

Llamó al hospital Westlake y le informaron de que mistress Fitzgerald estaba enferma. Entonces pidió el número de teléfono de su casa y se lo dieron. Cuando la mujer contestó, resultó evidente que aún estaba deprimida. Su voz era débil y temblorosa, y dijo:

–Tengo una de mis migrañas, mistress DeMaio, y tengo motivos para ello. Cada vez que me acuerdo del aspecto de Edna, pobrecita...

–Iba a sugerirle que nos reuniésemos aquí o en su casa –dijo Katie–. Pero mañana me pasaré todo el día en los tribunales. Así pues, supongo que no podremos vernos hasta el lunes. Solo hay una cosa que me gustaría preguntarle, mistress Fitzgerald: ¿Sabe usted si Edna llamó alguna vez con el mote de Príncipe Encantado a alguno de los doctores con los que trabajaba?

–¿Príncipe Encantado? –La voz de Gertrude Fitzgerald denotaba asombro–. ¡Dios mío! ¡Al doctor Highley o al doctor Fukhito! ¿Y por qué alguien les iba a llamar Príncipe Encantado? ¡Santo cielo, no!

–Muy bien, solo es una idea que se me había ocurrido.

Se despidió y marcó el número de mistress Krupshak. Contestó el conserje y dijo que su esposa estaba fuera y que regresaría sobre las cinco.

Katie miró el reloj; eran las cuatro y media.

–¿Cree usted que le importaría a su esposa si camino de casa voy a verla para hablar unos minutos con ella? Le prometo que no tardaré mucho.

–Como usted quiera –contestó él al instante–. ¿Cuándo acabarán con el apartamento de los Burns? ¿Cuándo cree usted que quedará vacío?

–Nadie debe entrar en ese apartamento, ni tocar nada de él, hasta que la fiscalía lo autorice –respondió Katie, cortante.

Colgó el auricular, metió unas carpetas en el maletín y se puso el abrigo. Tenía tiempo suficiente para hablar con mistress Krupshak y luego ir a casa y cambiarse. No se quedaría hasta muy tarde en casa de Molly. Quería dormir bien antes de la operación. Sabía que no descansaría a gusto en el hospital.

Salió antes de la hora punta de tráfico. Cuando llegó a casa de mistress Krupshak esta ya se hallaba allí.

–¡Qué puntualidad! –le dijo a Katie.

La impresión que le había causado descubrir el cadáver de Edna había empezado a desaparecer. Era evidente que empezaba a divertirse con la animación a que daba lugar la investigación policial.

–Esta es la tarde en que echo una partida de bingo con mis amigas –explicó–. Y cuando les cuento lo que pasó, apenas son capaces de mantener los cartones en línea.

«¡Pobre Edna!», pensó Katie. Aunque luego comprendió que a Edna le hubiera encantado ser el centro de una charla muy animada.

Mistress Krupshak la hizo pasar a la sala de estar en forma de L, imagen exacta de la de Edna. Los muebles de la sala de estar de mistress Krupshak eran un antiguo sofá de terciopelo y grandes butacas de respaldos rectos que hacían juego y una desvaída alfombra oriental. Como el de Edna, este apartamento poseía una innata dignidad.

La esposa del conserje tenía un sofá tapizado de escay, una butaca de orejas y una inmensa mesa de centro con un adorno de flores de plástico colocado exactamente en medio. Una tela de color naranja oscuro que cubría el sofá ayudaba a realzar el animado tono de la alfombra. Katie se sentó mientras pensaba: «Este sitio es vulgar, falto de imaginación. Sin embargo, está limpio y es cómodo. Y aunque una presiente que el esposo es brusco y antisocial, Gana Krupshak es una mujer muy feliz».

En aquel mismo instante Katie se preguntó por qué de pronto estaba tan preocupada en definir lo que era la felicidad.

Sintiendo un escalofrío, volvió a concentrarse en las preguntas que quería hacer y dijo:

–Ayer hablamos, mistress Krupshak. Pero estaba usted muy impresionada. Me gustaría saber, si quiere contarme de nuevo y cuidadosamente, lo que pasó anoche: ¿Cuánto tiempo estuvo usted en el apartamento de Edna? ¿De qué hablaron? ¿Tuvo usted la impresión de que cuando habló con el capitán Lewis concertaba una cita con él?

Gana Krupshak se recostó en la butaca, miró por encima de Katie, entornó un poco los ojos y se mordió un labio.

–Veamos. Fui a casa de Edna a las ocho de la noche porque Gus empezó a ver un partido de béisbol y pensé ¡al diablo con los deportes! Iría a charlar un ratito con Edna y a beber una cerveza.

–Y fue usted –dijo Katie, animándola a seguir.

–Sí señora. Lo único que pasó es que Edna se había preparado una coctelera de manhattan y esta ya estaba medio vacía y ella bastante mareada. Ya sabe, a veces una se siente con el ánimo decaído, una especie de depresión, si sabe lo que le quiero decir, y pensé que este era el caso de Edna. Como por ejemplo el jueves último, que era el cumpleaños de su madre y fui a verla. Y me la encontré llorando y diciendo que la echaba mucho de menos. Bien, no quiero decir que tuviera la costumbre de descargarse con uno, ¡qué va! Pero cuando fui a verla el jueves me la encontré sentada con la foto de sus padres en la mano, el joyero en el regazo y las lágrimas corriéndole por las mejillas. Entonces le di un beso muy cariñoso y le dije: «Edna, voy a hacer unos buenos manhattan y brindaremos por tu mamá. Si ella estuviera aquí, haría lo mismo». Así es que, si comprende lo que quiero decir, traté de alegrarla. Al final lo conseguí. Pero cuando fui a verla el martes por la noche y comprobé que estaba piripi, supuse que aún no había superado la crisis de soledad.

–¿Le dijo que aún estaba deprimida la noche del martes? –preguntó Katie.

–No, no, qué va, estaba más bien excitada. Hablaba deshilvanadamente sobre esa paciente que había muerto, sobre lo bonita que era. Dijo que parecía una muñeca y cómo cada día había ido empeorando. Y cómo ella, quiero decir, Edna, podría contar muchas cosas a la policía.

–Y luego ¿qué pasó? –inquirió Katie.

–Bien, me tomé uno o dos manhattan con ella. Luego supuse que era hora de ir a casa, ya que Gus se pone de mala leche si estoy fuera cuando se va a la cama. Pero me molestaba mucho ver a Edna beber tanto porque sabía que se sentiría muy mal al día siguiente. Así pues, saqué ese estupendo jamón de la lata y corté unas rodajas.

–¿Y fue entonces cuando hizo la llamada?

–Sí, tal como se lo dije anoche.

–¿Y habló con el capitán Lewis sobre el Príncipe Encantado?

–Pongo a Dios por testigo.

–Muy bien. Solo una última pregunta, mistress Krupshak: ¿sabe usted si Edna guardaba alguna pieza de vestir de su madre como recuerdo sentimental?

–¿De vestir? No, lo que sí tenía era un precioso alfiler y un anillo de diamantes.

–Sí, sí, ya los encontramos anoche. Sin embargo... Bien, por ejemplo, por motivos sentimentales, mi madre guardaba el antiguo sombrero negro de fieltro de mi abuela en su armario empotrado. Ayer noté que en el cajón donde Edna tenía el joyero había un viejo mocasín y estaba bastante destartalado. ¿Alguna vez se lo enseñó o se lo mencionó?

Gana Krupshak miró a Katie a los ojos y le respondió sin dudar:

–Nunca me dijo nada.

36

El número del *Newsmaker* en el que aparecía el artículo sobre el doctor Highley ya estaba en los puestos de periódicos el jueves por la mañana. Las llamadas telefónicas empezaron tan pronto como llegó a su consulta, después de traer al mundo al niño de los Aldrich. Ordenó a la centralita que le pasasen directamente las llamadas; quería oír personalmente los comentarios. Estos eran superiores a todo cuanto podía esperar.

–Quisiera que me concediera una cita, doctor. Mi esposo y yo deseamos tener un hijo. Puedo volar a Nueva Jersey para verle cuando a usted le convenga. Dios le bendiga por lo que hace.

La Facultad de Medicina de Darmouth le llamó para preguntarle si quería aceptar dar una conferencia. Un articulista del *Ladies' Home Journal* quería entrevistarle. ¿Aceptarían el doctor Highley y el doctor Fukhito aparecer en el programa de televisión *Eyewitness News*?

Aquella pregunta le preocupó. Había procurado dar la impresión a la periodista del *Newsmaker* de que trabajaba con varios psiquiatras, igual que el abogado de una familia haría que sus clientes consultasen a uno entre una docena de consejeros. Sugirió además claramente que el programa estaba enteramente bajo su control, que era un trabajo que no compartía con nadie. Pero la periodista consiguió el nombre de Fukhito: varias de las pacientes en que él confiaba le habían mencionado. Ahora la periodista decía que Fukhito era el psiquiatra que parecía ocuparse principalmente, junto con el doctor Edgar Highley, del concepto de maternidad Westlake.

A Fukhito le desesperaría aquella publicidad, pero aquel era el motivo por el que le había escogido; el japonés tendría que mantener la boca cerrada, aun en el caso de que empezasen a sospechar de él. Estaba decidido a que no se produjese ni un ligero escándalo en el hospital Westlake, pues si llegaba a suceder, se vería arruinado para siempre.

Fukhito se estaba convirtiendo en un problema. En este momento habría sido muy fácil quitárselo de encima: trabajaba mucho tiempo de voluntario en la clínica de Valley Pines y, sin duda alguna, no le costaría mucho trabajo pasar a formar parte del personal de la misma. Luego podría empezar a buscar diferentes psiquiatras. Ya conocía a bastantes que eran totalmente incompetentes para aconsejar a nadie y sería muy fácil comprarlos.

Fukhito tendría que largarse.

Tras tomar esta decisión, dio la señal para que pasase la primera paciente. Era nueva, como las otras dos que le seguían. La tercera era un caso interesante. Tenía un útero tan desviado que no podía concebir si no la intervenía.

Ella sería su siguiente Vangie.

La llamada telefónica llegó al mediodía, precisamente en el momento en que se iba a comer. La enfermera que se ocupaba de la recepción parecía excusarse.

–Se trata de una conferencia del doctor Emmet Salem desde Mineápolis, doctor. Está en una cabina telefónica del aeropuerto e insiste en que debe hablar con usted enseguida.

«¡Emmet Salem!» Cogió el teléfono:

–Le habla Edgar Highley.

–¿Es usted el doctor Highley del hospital Christ, de Devon?

La voz sonaba tan fría como el hielo.

–Sí.

Un miedo frío y enfermizo le puso pastosa la lengua y los labios como si fueran de goma.

–Doctor Highley, anoche me enteré de que usted trató a mi antigua paciente mistress Vangie Lewis. Salgo ahora mismo para Nueva York y me hospedaré en el hotel Essex House. He de comunicarle que pienso hablar con el médico forense de Nueva York sobre la muerte de mistress Lewis. Tengo el historial médico de mistress Lewis. Por pura honestidad, sugiero que hablemos de su caso antes de que yo formule una acusación.

–El tono de su voz y sus insinuaciones me preocupan, doctor.

Ya podía hablar. Y su voz sonaba dura, como pedazos de granito.

–Me llaman para subir al avión. He reservado la habitación treinta y dos diecinueve del hotel Essex House. Llegaré un poco antes de las cinco de la tarde. Puede llamarme allí, si quiere.

La conexión se interrumpió.

Llevaba cierto tiempo esperando en el Essex House cuando Emmet Salem bajó de un taxi. Cogió rápidamente un ascensor y se dirigió al piso treinta y dos. Pasó por delante de la habitación 3219 y giró en el ángulo recto que formaba el pasillo. Otro ascensor se detuvo en el piso. Oyó cómo una llave giraba en una cerradura y a un botones que decía:

–Esta es su habitación, doctor.

Al cabo de un minuto, el botones salió y dijo:

–Gracias, señor.

Se quedó esperando hasta que el ascensor se detuvo en el piso para recoger al botones. Los pasillos estaban silenciosos, pero aquel silencio no duraría mucho. Era probable que muchos delegados de la Convención de Colegios de Médicos Americanos se quedasen en aquel hotel. Por otra parte, siempre había el peligro de tropezarse con algún conocido. Pero tenía que correr aquel riesgo. Tenía que silenciar a Salem.

Abrió rápidamente su maletín de piel y sacó el pisapapeles con el que cuarenta y ocho horas antes pensó matar a Edna. Era incongruente que el que curaba, el médico, se viese de repente forzado a matar.

Se metió el pisapapeles en un bolsillo del abrigo, se puso los guantes, cogió con resolución el maletín con la mano izquierda y llamó a la puerta.

Emmet Salem la abrió de golpe. Acababa de quitarse la americana e inesperadamente preguntó:

–¿Ha olvidado algo?

Era evidente que esperaba ver allí al botones.

–¡Doctor Salem!

Tendiendo la mano para dársela a Salem, avanzó e hizo que este retrocediese en el interior de la habitación. Cuando estuvo dentro, el doctor Highley cerró la puerta.

–Soy Edgar Highley, me alegra verle de nuevo. Colgó usted el teléfono con tanta prisa que no pude decirle que iba a cenar con unos colegas que asisten a la convención. Tan solo dispongo de unos minutos, pero estoy seguro de que podremos aclarar cualquier duda.

Seguía avanzando, obligando a que Salem continuara retrocediendo de espaldas. La ventana que había detrás de Salem estaba totalmente abierta. Quizá había hecho que el botones la abriera. La habitación estaba muy caliente. La ventana era baja. El doctor Highley entornó los ojos.

–Intenté telefonearle, pero al parecer su extensión está averiada.

–Imposible. Acabo de hablar con la operadora.

El doctor Salem se puso tenso y en su cara apareció de pronto una expresión de cautela.

–Entonces le ruego que me perdone. Pero no hay problema. Tengo un gran deseo de que veamos juntos la carpeta de Vangie Lewis.

El doctor Highley metió la mano en el bolsillo y gritó:

–¡Doctor! ¡Detrás de usted! ¡Tenga cuidado!

El doctor Salem se volvió. Conservando el pisapapeles en el puño, el doctor Highley golpeó con él el cráneo del doctor Salem. El golpe hizo que este se tambalease. Fue a dar contra el marco de la ventana.

Edgar Highley se metió el pisapapeles en el bolsillo, cerró las palmas de las manos alrededor de uno de los pies de Emmet Salem y con toda su fuerza lo levantó y lo lanzó hacia fuera.

–¡No, no! ¡Por Dios santo, no!

El hombre, medio inconsciente, cayó por la ventana.

Observó fríamente cómo Salem se estrellaba en el techo de una terraza que había unos once pisos más abajo.

El cuerpo, al chocar, dejó escapar un ruido sordo.

¿Le habrían visto? Tenía que darse prisa. De la americana de Salem, que estaba sobre la cama, sacó un llavero. La llave más pequeña abría el maletín que estaba en el carrito del equipaje.

Encima de todos los papeles estaba la carpeta de Vangie Lewis. La cogió y la metió en su maletín. Volvió a cerrar el de Salem y puso las llaves en la americana. Sacó el pisapapeles del bolsillo y lo colocó en su maletín, junto a la carpeta. La herida no había producido sangre, pero el pisapapeles estaba pegajoso.

Cerró el maletín y miró a su alrededor. La habitación estaba en perfecto orden. No había rastros de sangre ni en el borde de la ventana. Todo había ocurrido en menos de dos minutos.

Con cautela, abrió la puerta y miró fuera. El pasillo estaba vacío. Salió. Mientras cerraba la puerta, el teléfono de la habitación de Salem empezó a sonar.

No se expuso a que le viesen tomar el ascensor en este piso. Su foto había aparecido en la revista *Newsmaker*. Más tarde interrogarían a la gente y podrían reconocerle.

La salida de emergencia estaba al final del pasillo. Bajó cuatro pisos hasta llegar al veintiocho, donde volvió a entrar por el pasillo alfombrado. En aquel momento se detenía un ascensor. Lo cogió mientras escrutaba los rostros de los pasajeros: varias mujeres, un par de adolescentes, una pareja mayor. Ningún médico. Estaba seguro de ello.

Llegó al vestíbulo, salió rápidamente por la puerta del hotel que daba a la calle Cincuenta y ocho, se dirigió hacia el oeste y luego hacia el sur. Diez minutos más tarde recogía su coche del aparcamiento de la calle Cincuenta y cuatro oeste. Abrió el maletero, metió en él el maletín y se marchó.

37

Chris llegó al aeropuerto de Mineápolis-Saint Paul a la una menos diez. Aún tendría que esperar una hora antes de que su avión partiese hacia Newark. El cadáver de Vangie también iría en aquel avión. Ayer, al llegar aquí, no podía pensar en otra cosa, salvo en el ataúd que estaba en la bodega del aparato. Intentó adoptar un aire de normalidad, asegurándose a sí mismo que todo terminaría pronto.

Tenía que ver al doctor Salem. ¿Por qué parecía tan turbado? Hoy, cuando llegara a Newark, los empleados del departamento del médico forense estarían esperando el cadáver de Vangie.

Y los de la fiscalía le estarían esperando. Aquello, sin duda alguna, obsesionaba a Chris. Era evidente que si sospechaban algo sobre la muerte de Vangie, acudirían a él en busca de respuestas, le espiarían para investigar su conducta. A lo mejor, hasta le detenían. Era lógico que si ya habían investigado algo en este momento, supiesen que él regresó a Nueva Jersey el lunes por la noche. Tenía que ver al doctor Salem. Si le detenían para interrogarle, quizá no podría hablar con él. Y no le gustaría hablar en la fiscalía sobre el doctor Salem.

Pensó de nuevo en Molly y en Bill Kennedy. Pero ¿qué importaba que Molly fuese la hermana de Katie DeMaio? Eran buenas personas, gente honesta. Hubiera debido confiar en ellos, hablar con ellos. Tenía que hablar con alguien. Tenía que hablar con Joan.

La necesidad que tenía de ella se había convertido en hambre. Pero tan pronto empezase a decir la verdad, Joan se vería involucrada en aquel asunto.

Joan, que en este sucio mundo aún mantenía principios inviolables, estaba a punto de ser arrastrada por el lodo.

Chris tenía el número de teléfono de la azafata en cuya casa se quedaba Joan cuando estaba en Florida. Sin saber qué decir, Chris se acercó al teléfono y dio a la operadora el número de su tarjeta de crédito. Oyó cómo establecían la comunicación.

Kay Corrigan contestó:

–Kay, soy Chris. ¿Está Joan ahí?

Kay se hallaba al corriente de sus relaciones con Joan. Su voz sonó preocupada:

–Joan ha intentado ponerse en contacto contigo, Chris. Tina llamó desde el apartamento de Nueva York. Los de la fiscalía del condado de Valley han estado haciendo toda clase de preguntas sobre vosotros dos. Joan está histérica.

–¿Cuándo regresará?

–Ahora ha ido al apartamento nuevo, pero aún no tiene teléfono. Desde allí tiene que ir a la oficina de personal de la compañía en Miami. No regresará hasta alrededor de las ocho de esta noche.

–Dile que espere a que la llame –dijo Chris–. Dile que tengo que hablar con ella. Dile...

Él mismo cortó la comunicación y se apoyó en el teléfono mientras contenía las lágrimas. ¡Oh, Dios! Era demasiado. Todo era demasiado. No podía pensar, no sabía qué hacer. Y dentro de unas horas lo tendrían bajo custodia como sospechoso de haber asesinado a Vangie. A lo mejor hasta le acusaban de haberla asesinado.

No, había otra probabilidad. Cambiaría de vuelo y aterrizaría en La Guardia; aún podría hacerlo. Así se encontraría en Manhattan para poder hablar con el doctor Salem casi en el mismo instante en que este llegase al hotel. Los de la fiscalía no advertirían que no iba en el vuelo de Newark hasta las seis de la tarde. Y quizá el doctor Salem podía ayudarle un poco.

Estuvo a punto de perder el vuelo a Nueva York. La clase turista estaba llena. Se vio obligado a comprar un pasaje de primera clase para abordar el avión. No le preocupó el equipaje. Ya lo había facturado hacia Newark.

En el avión aceptó la copa que le ofreció la azafata. Pero no comió nada y, ausente, miró la revista *Newsmaker*. De pronto abrió una página, se encontró con la sección de «Ciencias y medicina» y se fijó en el siguiente titular:

EL CONCEPTO DE MATERNIDAD
WESTLAKE OFRECE UNA NUEVA ESPERANZA
A LAS PAREJAS SIN HIJOS

Leyó el primer párrafo:

> En los últimos ocho años, una pequeña clínica privada de Nueva Jersey ha implantado un programa llamado el «concepto de maternidad Westlake», gracias al cual es posible que las mujeres que hasta ahora no podían tener hijos puedan quedar embarazadas. Este método, que lleva el nombre de un famoso ginecólogo de Nueva Jersey, está bajo la dirección del doctor Edgar Highley, tocoginecólogo y yerno del difunto doctor Franklin Westlake.

El doctor Edgar Highley, el médico de Vangie. ¡Qué extraño que ella apenas hablase de él! ¡Siempre mencionaba al psiquiatra!

–Hoy, el doctor Fukhito y yo hablamos de papá y

mamá... Dijo que era evidente que yo era hija única... El doctor Fukhito me pidió que hiciera un dibujo de papá y mamá tal como los veía. Fue fascinante. Quiero decir que fue verdaderamente interesante comprobar cómo yo los veía. El doctor Fukhito me preguntó sobre ti, Chris.

–¿Y qué le dijiste, Vangie?

–Que tú me adorabas. ¿No es verdad, Chris? Quiero decir que, debajo de esas maneras cansadas con que me hablas, me consideras tu hijita, ¿no es verdad?

–Yo creí que te considerabas mi esposa, Vangie.

–¿Ves? Contigo no puedo hablar de nada, siempre te muestras desagradable...

Chris se preguntó si la policía habría hablado con alguno de los médicos de Vangie.

El mes pasado, Vangie presentaba muy mal aspecto. Chris le sugirió que consultase con otros médicos. Era seguro que el médico de la compañía de aviación le recomendaría a uno que fuera bueno. O Bill Kennedy, sin duda alguna, le habría recomendado a alguien de Lenox Hill. Pero por supuesto, Vangie se negó.

Luego, obrando por iniciativa propia, concertó una cita con el doctor Salem.

El avión aterrizó a las cuatro y media. Chris cruzó rápidamente la terminal y llamó a un taxi. Una de las cosas buenas de aquel horrible día era que podría evitar la hora punta de las cinco de la tarde.

–Al Essex House, por favor –le dijo al taxista.

Eran las cuatro y cincuenta y ocho de la tarde cuando llegó al hotel. Sin dilación, se dirigió a uno de los teléfonos del vestíbulo.

–Por favor, póngame con la habitación del doctor Emmet Salem.

–Muy bien, señor.

Hubo una pausa.

–Lo siento, pero está comunicando.

Colgó. Por lo menos el doctor Salem estaba allí. Por lo menos tendría la oportunidad de hablar con él. Recordó haber anotado la extensión de la habitación del doctor en un bloc. Lo abrió y marcó el 3219. El teléfono sonó una vez... otra vez... Después de sonar seis veces, Chris cortó la llamada y marcó el número de la centralita. Le explicó a la operadora que la línea había estado comunicando solo hacía unos minutos y le rogó que intentase ponerle con la habitación del doctor Salem.

La operadora dudó, habló con alguien y luego se puso de nuevo al aparato:

–Señor, acabo de darle este mensaje a otra persona. El doctor Salem llegó y me llamó para decirme que esperaba una llamada muy importante. Me pidió que hiciera todo lo posible por ponerle en contacto. Pero al parecer ha salido. ¿Por qué no intenta llamar dentro de unos minutos?

–Muy bien, así lo haré, muchas gracias.

Irresoluto, Chris colgó el teléfono, se acercó a una butaca del vestíbulo que estaba enfrente del grupo de ascensores del lado sur y se sentó en ella. Los ascensores se abrían y dejaban salir a los pasajeros; volvían a llenarse y desaparecían dibujando un juego de luces ascendentes en los paneles.

Uno de los ascensores logró captar su atención. Una de las personas que había allí tenía algo vagamente familiar. ¿Sería el doctor Salem? Sin perder un minuto, se fijó en todos los pasajeros: tres mujeres, unos adolescentes, una pareja mayor, un hombre de mediana edad con el cuello del abrigo subido. No, el doctor Salem no estaba allí.

A las cinco y media Chris intentó llamar de nuevo. Y después, a las seis menos cuarto. A las seis menos cinco oyó unos murmullos que corrieron por el vestíbulo como la chispa de un relámpago:

–Alguien ha saltado por una ventana y el cuerpo se ha estrellado contra una terraza.

Desde una dirección determinada de Central Park South empezaron a sonar la sirena de una ambulancia y el «yip-yip» de los coches patrulla de la policía, hasta que se convirtieron en verdaderas explosiones de sonido cada vez más fuerte. Con la certeza que confiere la desesperación, Chris se acercó al mostrador de recepción y preguntó, con tono nervioso y autoritario, como sugiriendo que tenía derecho a saberlo:

–¿Quién ha sido?

–El doctor Emmet Salem. Era uno de los hombres más importantes que asistían a la convención y estaba en la habitación treinta y dos diecinueve.

Caminando automáticamente, como si fuera un robot, Chris empujó la puerta giratoria que daba a la calle Cincuenta y ocho. En aquel momento cruzaba un taxi. Lo cogió y, recostándose en el asiento, cerró los ojos mientras decía:

–¡Vamos al aeropuerto La Guardia! A la terminal de la National Airlines.

Había un vuelo a las siete de la tarde en dirección a Miami; a lo mejor podría cogerlo. Dentro de tres horas, estaría con Joan.

Tenía que verla e intentar que comprendiese antes de que le detuvieran.

38

Jennifer, la sobrina de Katie, que tenía doce años, abrió la puerta al ver a su tía avanzar por el sendero.

–Hola, Katie.

Su voz era alegre y el beso que le dio, apresurado. Las dos se sonrieron. Con sus ojos de un color azul oscuro, el pelo negro y la piel cetrina, Jennifer era una versión adolescente de Katie.

–Hola, Jennie. ¿Cómo estás?

–Bastante bien. ¿Y tú? Me preocupé mucho cuando mamá me contó lo de tu accidente. ¿Estás segura de que ya te encuentras bien?

–Será mejor decir que la próxima semana estaré estupenda.

Cambió de tema:

–¿Aún no han llegado los demás?

–Ha llegado todo el mundo. También está el doctor Richard... ¿Sabes cuál fue la primera pregunta que hizo?

–No.

–«¿Ya ha llegado Katie?» Te lo juro, está loco por ti, Katie. Mamá y papá también lo piensan. Les he oído hablar. Y tú, ¿qué me cuentas? ¿Estás loca por él?

–¡Jennifer!

Medio riendo y medio de mal humor, Katie se encaminó hacia la escalerita que quedaba en la parte posterior de la casa. Luego, volviendo la cabeza, preguntó:

–¿Dónde están tus hermanos?

–Mamá los envió con una chica que se dedica a cuidar niños para que comieran en un McDonald's y después fueran al cine. Dijo que el bebé de los Berkeley no podría dormir si los gemelos estaban por aquí.

–Muy bien pensado –murmuró Katie.

Avanzó por el pasillo y se dirigió al comedor. Después de ver a Gana Krupshak había ido a casa a ducharse y cambiarse. Se marchó de allí a las siete menos cuarto, pensando que muy pronto Chris Lewis sería interrogado en el despacho de Scott. ¿Qué explicación daría por no haber admitido que se hallaba en Nueva Jersey el lunes por la noche? ¿Por qué no lo dijo al principio por propia voluntad?

Se preguntó si Richard habría hablado ya con el doctor de Minnesota. A lo mejor podía aclarar muchísimas cosas. Trataría de tener un aparte con Richard y preguntárselo.

Mientras conducía hacia casa de su hermana, resolvió olvidarse del caso durante el resto de la velada. A lo mejor, no pensar en él durante un rato la ayudaría a seguir las vagas pistas que se le escapaban...

Llegó al comedor. Liz y Jim Berkeley estaban sentados en un sofá, y Molly les pasaba la bandeja de entremeses. Bill y Richard hablaban junto a la ventana. Katie se fijó en Richard: llevaba un traje azul marino, de listas, que ella nunca había visto. En su oscuro pelo había canas que nunca había notado. Los dedos que sostenían el tallo de la copa eran largos y perfectos. ¡Qué extraño! Le había visto durante todo el año pasado, como si fuera un ser anónimo, sin fijarse en los detalles. A Katie le pareció que ella era como una cámara a la que no habían dejado mover de una sola posición. Y la cámara empezaba ahora a girar de nuevo. El aspecto de Richard era serio, se veían arrugas en su frente. Se preguntó si estaría hablando con Bill sobre el feto de Vangie. No, no hablaría de aquello ni siquiera con Bill.

En aquel momento, Richard giró la cabeza y la vio.

–¡Katie!

Su sonrisa estaba en concordancia con el tono agradable de su voz. Se acercó rápidamente para saludarla.

–Me has tenido pendiente del timbre de la puerta.

Con mucha frecuencia en estos últimos tres años Katie había entrado en un salón donde había sido la rara, una mujer solitaria entre parejas. Ahora, aquí, esta noche, Richard la había esperado, había prestado atención a su llegada.

Antes de tener tiempo de pensar en sus sentimientos, Molly y Bill la saludaron; Jim Berkeley se puso de pie y se produjo la normal confusión de saludos entre los asistentes. Al sentarse a la mesa, Katie se las arregló para preguntarle a Richard si había hablado con el doctor Salem.

–No, parece ser que se me escapó por los pelos, a las cinco –le explicó Richard–. Luego intenté llamarle desde mi casa, a las seis. Pero no hubo respuesta. Le di el número de esta casa a la operadora del hotel y al servicio que me recoge las llamadas. Estoy ansioso por escuchar lo que ese hombre tiene que decir.

Por acuerdo tácito, ninguno de ellos habló del suicidio de Vangie hasta que la cena estuvo casi acabada. Entonces el tema surgió porque Liz Berkeley dijo:

–Hemos tenido suerte. Debo admitir que no me atrevía ni a respirar, ya que me temía que Maryanne se despertase y nos diese la lata. ¡Pobrecilla! Tiene las encías muy inflamadas y no hace más que llorar.

Jim Berkeley se echó a reír. Era un hombre moreno y guapo, de pómulos salientes, ojos negros y espesas y oscuras cejas.

–Cuando Maryanne nació, Liz solía despertarla cada quince minutos para asegurarse de que aún respiraba. Pero desde que han empezado a salirle los dientes, Liz se ha vuelto igual que cualquier otra madre. –E imitó la voz de aquella–: ¡Cállate, monstruo! ¡Despertarás al bebé!

Liz, que recordaba a una artista famosa de la televisión y que tenía el cuerpo esbelto y sinuoso, poseía un rostro franco y agradables e hipnotizadores ojos oscuros.

Se encaró con su marido y le dijo:

–Tendrás que admitir que ya no estoy tan nerviosa y que casi soy normal. Pero la niña es un milagro para nosotros. Yo ya había perdido toda esperanza. Entonces intentamos adoptar a un niño. Pero ahora ya no hay niños que adoptar. Y dado que ambos estamos ya en la treintena, nos dijeron que olvidásemos esa idea. Entonces apareció el doctor Highley. Ese hombre es milagroso.

Katie vio cómo Richard entornaba los ojos.

–¿De verdad lo crees así? –le preguntó él.

–Sin duda alguna. Pero hay que tener en cuenta que el doctor Highley no es la persona más amable del mundo... –contestó Liz.

–Lo cual quiere decir que es un hijo de perra egocéntrico y un gran bribón –la interrumpió su marido–. Pero ¿a quién le importa eso? Lo que interesa es que conoce su oficio. Tengo que decir que cuidó a Liz de manera excelente. Hizo que ingresara dos meses antes del alumbramiento y la iba a ver personalmente tres o cuatro veces al día.

–Pero así obra el doctor Highley cuando los embarazos son difíciles –dijo Liz–, no solo conmigo. ¿Sabéis una cosa? Todas las noches rezo por ese hombre. No tenéis ni idea de la diferencia que ha supuesto el bebé en nuestras vidas. Y no dejéis que os embauque. –Señaló a su marido–. Cada noche se levanta diez veces para estar seguro de que

Maryanne está tapada y de que no hay corrientes de aire. Di la verdad.

Le miró.

–Cuando hace un rato fuiste al servicio, ¿no echaste una ojeada?

Él se echó a reír.

–Claro que sí.

Molly dijo lo que Katie pensaba:

–Así es como Vangie Lewis se habría ocupado de su hijo.

Richard miró a Katie interrogativamente y esta movió la cabeza. Sabía que se preguntaba si les habría dicho a Molly y a Bill que el bebé de los Lewis era oriental. Deliberadamente, Richard apartó la conversación de Vangie.

–Tengo entendido que vivías en San Francisco –le dijo Richard a Jim–. Yo crecí allí. En realidad, mi padre aún trabaja en el Hospital General de San Francisco...

–Es una de mis ciudades predilectas –contestó Jim–. Si nos lo ofrecieran, volveríamos allí sin pensarlo. ¿Verdad, Liz?

Mientras los otros hablaban, Katie solo prestaba cierta atención; decía algo de vez en cuando, para que no advirtiesen su silencio. Tenía mucho en que pensar. Los dos días que iba a pasar en el hospital le darían el tiempo necesario para hacerlo. Se sentía fatigada y mareada, pero no quería marcharse demasiado pronto; temía estropear la diversión de los demás.

La oportunidad que esperaba se presentó cuando los componentes del grupo se levantaron de la mesa y se marcharon a la sala de estar para tomar café.

–Voy a despedirme. He dormido muy mal esta semana y me caigo de sueño.

Molly la miró, comprensiva, y no protestó. Richard le propuso:

–Te acompaño al coche.

–Estupendo.

El aire de la noche era frío y Katie tembló al echar a andar. Richard lo notó inmediatamente y le dijo:

–Estoy muy preocupado por ti, Katie. Sé que no te encuentras muy bien, pero parece que no quieres hablar de ello. Quizá podríamos cenar juntos mañana por la noche. El caso Lewis se está desarrollando de tal manera que mañana el despacho parecerá un zoológico.

–Lo siento, Richard, pero no puedo. Me marcho este fin de semana.

Katie se dio cuenta de que por su voz parecía que estaba pidiendo que la excusase.

–¿Que qué? ¿Con todo el lío que tenemos en el despacho? ¿Y Scott lo sabe?

–Yo... yo me he comprometido.

«¡Qué cosa más tonta y estúpida he dicho! –pensó Katie–. Todo esto es ridículo. Voy a decirle a Richard que mañana ingresaré en el hospital.» Las luces del sendero iluminaban la cara del hombre, y leyó en ella una inconfundible expresión de decepción mezclada con desaprobación.

–Richard, no es algo de lo que haya hablado a menudo, pero...

La puerta principal de la casa se abrió de golpe.

–¡Richard, Richard!

La voz de Jennifer sonaba nerviosa y animada.

–Clovis Simmons está al teléfono.

–¡Clovis Simmons! ¿No es la actriz de un serial? –le preguntó Katie.

–Sí. ¡Oh, coño! Esperaba mi llamada y me olvidé. Aguarda un momentito, Katie. Volveré enseguida.

–No, te veré mañana. Vete a tu trabajo.

Katie subió al coche y cerró la puerta. Buscó la llave en el bolso, la encontró y la introdujo en la cerradura. Por un instante Richard pareció dudar. Luego se dirigió rápidamente hacia la casa mientras oía cómo el coche de Katie se alejaba. «Mierda –pensó–. Mira que pasar esto ahora.»

Saludó bruscamente a Clovis.

–Bien, doctor, ¿no es una vergüenza que haya tenido que averiguar dónde estabas? Habíamos hablado de cenar, ¿verdad?

–Lo siento, Clovis.

«No, Clovis, fuiste tú la que hablaste de cenar, no yo», pensó Richard.

–Ya es demasiado tarde.

Su tono de voz era frío.

–Vengo de grabar y quería pedirte excusas en el caso de que hubieras venido. Pero ya veo que me he equivocado –añadió.

Richard miró a Jennifer, que estaba a su lado.

–Te llamaré mañana, Clovis. Ahora no puedo hablar.

Oyó cómo Clovis colgaba el teléfono de mal humor. Él hizo otro tanto, aunque lentamente. Clovis estaba furiosa, pero aún estaba mucho más dolida.

«¡Cómo tratamos a las personas! –pensó Richard–. Solo porque no siento nada en serio por ella, ni me detuve a pensar en sus sentimientos.» Mañana la llamaría y se excusaría. Además, sería lo bastante honesto como para decirle que había otra persona.

Katie. ¿Adónde iba este fin de semana? ¿Existía otra persona para ella? Parecía muy turbada, muy preocupada. ¿Se había equivocado con ella en todo momento? Siempre achacó la reticencia y la falta de interés de Katie hacia él a la probabilidad de que ella viviese en el pasado. Quizá había otra persona en su vida. ¿Había sido tan tonto sobre los sentimientos de Katie como, de manera diferente, lo había sido con los de Clovis?

Aquella idea echó a perder el placer de la velada. Se excusaría y volvería a su casa. Aún no era demasiado tarde para volver a llamar al doctor Salem. Entró en la sala de estar.

Molly, Bill y Berkeley estaban allí. Envuelta en una mantita y sentada en el regazo de Liz había una niña.

–Maryanne decidió unirse al grupo –dijo Liz–. ¿Qué opinas de ella?

La mujer sonreía orgullosamente mientras hacía girar a la niña para que la vieran.

Richard miró aquellos solemnes ojos en medio de un

rostro con forma de corazón. Jim Berkeley estaba sentado junto a su esposa. Maryanne estiró una de sus manitas y le cogió el pulgar.

Richard clavó los ojos en la familia. Podrían haber posado para la cubierta de una revista: los padres sonrientes con su hermoso retoño. Los padres guapos, de tez cetrina, ojos negros, caras angulosas; la hija de tez blanca, rubia y sonrosada y brillantes ojos verdes.

¿A quién coño se creían que engañaban?

Aquella niña tenía que haber sido adoptada.

39

Phil Cunningham y Charley Nugent observaban de mal humor a los últimos y desorientados viajeros que entraban en la sala de espera a través de la puerta número once del aeropuerto de Newark. La expresión perpetuamente doliente de Charley se hizo más honda.

–Se acabó –dijo encogiéndose de hombros–. Lewis debe de haber supuesto que estaríamos esperándole. Larguémonos.

Se dirigió a la cabina telefónica más cercana y llamó a Scott.

–Jefe, puede largarse a casa. El capitán no tuvo ganas de volar esta noche –dijo.

–Pero ¿no estaba a bordo? ¿Y qué me dices del ataúd?

–Ese sí llegó. Los chicos de Richard se están ocupando de él. ¿Quiere que nos quedemos un rato más? Hay todavía un par de vuelos con conexión en los que aún puede venir.

–Olvídalo. Si mañana no se pone en contacto con nosotros extenderé una orden de arresto contra él, como testigo material del caso. Quiero que mañana por la mañana, antes que nada, vayáis los dos al apartamento de Edna Burns y lo registréis a fondo.

Charley colgó el teléfono y se volvió hacia Phil.

–Te diré una cosa. Si de verdad conozco al jefe, te aseguro que mañana por la noche a esta hora habrá una orden de arresto contra Lewis.

Phil asintió.

–Y cuando hayamos cogido a Lewis, espero que podamos echarle el guante a ese chino. Si es que fue él quien embarazó a esa pobre chica.

Ambos hombres se encaminaron cansinamente hacia las escaleras de la salida.

Pasaron por la zona de recogida de equipajes e hicieron caso omiso de la gente que se arremolinaba alrededor de las plataformas movibles a la espera de sus maletas. Unos minutos después la zona quedó desierta. Solo una maleta que nadie había recogido daba vueltas monótonamente en la rampa. Una gran maleta negra donde cabía de todo y que, de acuerdo con las instrucciones de las líneas de aviación, llevaba una etiqueta en la que constaban el nombre y la dirección:

CAPITÁN CHRISTOPHER LEWIS.
4, WINDING BROOK LANE, CHAPIN RIVER, N. J.

Dentro, tras meterla en el último minuto, iba la foto que los padres de Vangie habían obligado a Chris que aceptase.

En la foto, tomada en una sala de fiestas, se veía a una pareja de jóvenes. Y había la siguiente dedicatoria: «Recuerdo de mi primera cita con Vangie, la chica que cambiará mi vida. Con cariño, Chris».

40

Richard llamó al hotel Essex House tan pronto como llegó a su apartamento después de marcharse de casa de los Kennedy. Pero de nuevo no hubo respuesta en la habitación del doctor Salem. Cuando la operadora se puso al aparato, él le preguntó:

–¿Sabe usted si el doctor Salem recibió el mensaje que le dejé en el que decía que me llamara? Le habla el doctor Carroll.

La voz de ella sonó extrañamente dudosa:

–Voy a comprobarlo, señor.

Mientras esperaba, Richard se acercó al televisor y lo encendió. Acababan de empezar las noticias de *Eyewitness News*. Una cámara enfocaba Central Park South. Richard contempló cómo aparecía en la pantalla la marquesina del hotel Essex House en el mismo instante en que la telefonista le decía:

–Le paso con nuestro supervisor.

Richard oyó a la reportera Gloria Rojas que informaba de lo siguiente:

–Esta tarde, desde el prestigioso hotel Essex House, donde se celebra la Convención de Colegios de Médicos Americanos, un conocido ginecólogo de Mineápolis, Minnesota, el doctor Emmet Salem, cayó o saltó al vacío. Murió al instante.

41

Joan Moore estaba sentada junto al teléfono; parecía muy preocupada.

–Kay, ¿a qué hora dijo que llamaría? –preguntó con la voz temblorosa mientras se mordía un labio.

La otra joven la miró, preocupada también.

–Ya te lo he dicho, Joan. Llamó sobre las once y media de esta mañana. Me dijo que se pondría en contacto contigo esta noche y que deberías esperar su llamada. Parecía turbado.

El timbre de la puerta sonó insistentemente; ambas saltaron de sus asientos.

–No espero a nadie –dijo Kay.

Pero el instinto hizo que Joan corriese hacia la puerta y la abriese de par en par.

–Chris. ¡Oh, Dios santo, Chris!

Le arrojó los brazos al cuello. Chris estaba terriblemente pálido, tenía los ojos inyectados en sangre y se tambaleó al abrazarla.

–Chris, ¿qué sucede?

–Joan, Joan.

La voz de Chris era casi un sollozo. La atrajo vehementemente hacia sí.

–No sé lo que ocurre. Hay algo oscuro en la muerte de Vangie. Y ahora, el único hombre que podía habernos contado algo sobre ella también está muerto.

42

Pensó regresar desde el Essex House a su casa. Pero al salir del aparcamiento y meterse en medio del gran tráfico del West Side Highway cambió de idea. Sentía un hambre terrible. No había comido nada en todo el día. Nunca comía antes de operar. Y esta mañana la llamada de Salem sonó justo antes de que se pusiese a preparar la comida.

Tampoco quería ocuparse de prepararla esta noche. Iría al Carlyle. Así, en caso de que alguna vez le interrogasen acerca de dónde había pasado esta noche, podría afirmar con honradez que había estado en Nueva York. El maître le diría a la policía, con gran énfasis, que el doctor Edgar Highley era un cliente asiduo y querido del Carlyle.

Pediría salmón ahumado, vichyssoise, una ración de cordero... La boca se le hizo agua al pensar por anticipado en el banquete.

Ahora que todo había pasado, el súbito y terrible agotamiento de energía necesitaba una rápida compensación. Aún quedaba mañana. Era inevitable que en cuanto Kathleen DeMaio muriese, se llevara a cabo una investigación a fondo. Pero el anterior ginecólogo que había atendido a la paciente estaba jubilado, ya no vivía allí. Y nadie saldría del pasado a desafiarle con viejas historias médicas.

Luego estaría a salvo. Ahora mismo, durante la convención de Colegios de Médicos Americanos, era probable que los médicos hablasen del artículo del *Newsmaker* sobre el concepto de maternidad Westlake. Desde luego, las observaciones de sus colegas dejarían traslucir cierta envidia. Pero así y todo, le ofrecerían que participara en las ponencias de las futuras convenciones. Ahora estaba en el sendero que le llevaría a la fama. El único que podría haberle detenido, el doctor Salem, había muerto. Estaba ansioso por leer la historia médica de Vangie, que se hallaba en la carpeta que le había robado a Salem. La incorporaría a su propio historial. Sería muy valiosa para sus futuras investigaciones.

La última paciente nueva de la mañana sería la siguiente.

Aparcó en la calle, ante el Carlyle. Eran casi las seis y media y el aparcamiento allí sería legal a partir de las siete. Hasta entonces permanecería en el coche. Eso le daría la oportunidad de calmarse.

Su maletín estaba cerrado bajo llave en el maletero. Contenía la carpeta de Vangie, el pisapapeles y el zapato. ¿Cómo haría desaparecer el mocasín y el pisapapeles? ¿Dónde los haría desaparecer? Cualquiera de los cubos de basura llenos hasta los topes de la ciudad servirían. Nadie los sacaría de allí. Los recogerían por la mañana, junto con las toneladas de desperdicios que se acumulaban cada veinticuatro horas en esta ciudad de ocho millones de habitantes. Y quedarían perdidos en medio del hedor de la comida pasada y de los periódicos ya leídos...

Se desharía de ellos camino de su casa. En la oscuridad, nadie se fijaría en él.

Un sentimiento de euforia ante la idea de que todo marcharía bien hizo que se enderezase en el asiento. Se inclinó hacia delante y se miró en el espejo retrovisor. Le brillaba la piel como si el sudor fuese a brotar de un momento a otro de sus poros. Sus párpados y la piel de debajo de los ojos habían acumulado un poco de tejido adiposo. Aún no presentaba signos de calvicie, pero su pelo color arena oscuro empezaba a dejar ver unas hebras plateadas... Empezaba a envejecer. El sutil cambio que empieza a tener lugar a mediados de los cuarenta ya estaba allí; ya tenía cuarenta y cinco años. Aún era bastante joven, pero también era ya hora de que se diese cuenta de cuán raudamente pasaban los años. ¿Quería volver a casarse? ¿Quería ser padre de sus propios hijos? Bien los quiso y esperó que Claire se los diera. Pero cuando no llegaron se hizo un análisis de espermatozoides y encontró que el recuento era sorprendentemente bajo. Secretamente se culpó por todos aquellos años en que Claire fue incapaz de concebir. Hasta que se enteró de que ella se había burlado de él.

No le hubiera importado tener un hijo con Winifred, pero esta ya casi había pasado sus años fértiles cuando se casaron. Cuando ella empezó a sospechar de él, ni se molestó en tocarla. Si uno planea eliminar a alguien, esa persona ya está muerta para uno y el sexo es para los vivos.

Pero ahora no le vendría mal encontrar una mujer más joven, una mujer distinta de Claire y de Winifred. Distinta de la primera que, altivamente, le despreciaba con sus sarcásticos comentarios sobre la farmacia de su padre; distinta de Winifred, la bienhechora con sus beneficencias y caridades. Ahora necesitaba una esposa que no solo se moviese con facilidad en sociedad, sino a la que también le gustase recibir, viajar y mezclarse con la gente.

Él odiaba esas cosas y sabía que no ocultaba su desprecio. Necesitaba de alguien que se ocupase de todas aquellas cosas en su nombre y le ayudase a suavizar la imagen que proyectaba.

Un día podría realizar su obra públicamente. Un día alcanzaría la fama que merecía. Un día los tontos que decían que su obra era imposible se verían forzados a reconocer su genio.

Eran las siete de la tarde. Salió del coche y cerró la puerta con cuidado. Echó a andar hacia la entrada del Carlyle. Un abrigo azul de cachemira cubría su traje azul oscuro. Los zapatos brillaban sin llamar la atención y el aire frío de la noche arremolinaba su pelo ya entrecano.

El portero mantuvo la puerta abierta para que él pasara.

–Buenas noches, doctor Highley. Qué tiempo hace. ¿No es verdad, señor?

El doctor asintió sin contestar y se dirigió al comedor. La mesa que estaba en un rincón, y que era su preferida, estaba reservada. Pero el maître, sin perder tiempo, cambió a los futuros comensales de aquella mesa a otra y él pudo ocuparla.

El vino le calentó y calmó. La cena le proporcionó la fuerza que necesitaba. Y el café y el coñac le restauraron por completo el equilibrio. Su mente volvía a pensar con claridad y ágilmente. Revisó cada uno de los pasos del procedimiento que haría que Katie DeMaio muriese de hemorragia.

No habría errores.

Estaba firmando la nota cuando el maître se acercó a su mesa; sus pisadas sonaron con prisa singular y parecía agitado.

–Me parece que ha surgido un problema, doctor Highley.

Sus dedos apretaron la pluma y alzó la vista.

–El portero vio a un joven que estaba forzando el maletero de su coche. Cuando lo abrió, y en el momento en que el portero se disponía a detenerlo, salió corriendo no sin haber cogido antes un maletín que había dentro. La policía está fuera. Creen que se trata de un drogadicto que se sintió atraído por su coche, al ver la matrícula de médico que ostenta.

Era como si sus labios fueran de goma. Apenas podía articular palabras. Como si fuera un aparato de rayos X, examinó mentalmente el contenido del maletín: el pegajoso pisapapeles, el historial médico con los nombres de Vangie y Salem; el mocasín de Vangie.

Cuando por fin pudo hablar, el tono de su voz era sorprendentemente equilibrado.

–¿Cree la policía que podrá recuperar mi maletín?

–Yo también les hice esa pregunta, señor. Pero creo que no lo saben. A lo mejor lo tira unas manzanas más allá, después de coger lo que busca. O nunca más vuelve a aparecer. Solo el tiempo lo dirá.

43

Antes de meterse en la cama, Katie llenó un pequeño maletín con las cosas que necesitaría en el hospital. Este se hallaba a medio camino entre la casa y el despacho. Habría sido una pérdida innecesaria de tiempo tener que regresar a casa para recoger el maletín.

Se dio cuenta de que, mientras hacía esta tarea, experimentaba una sensación de urgencia. ¡Qué ganas tenía de acabar con todo esto! La molesta realidad de no sentirse físicamente bien la deprimía tanto emocional como mentalmente. Por la noche casi se sintió exaltada cuando se dirigía a casa de su hermana. Pero ahora se sentía vacía, agotada, deprimida. Todo tendría una causa física. ¿O no?

¿O sería quizá aquel insoportable pensamiento de creer que Richard tuviera otra mujer lo que contribuía a que se sintiera cada vez más deprimida?

Quizá cuando ya se hubiese operado podría pensar con mayor claridad. Ahora le parecía que su mente estaba llena de pensamientos vagos; como oleadas de mosquitos que se posaban y la picaban antes de que ella pudiese aplastarlos con la mano. ¿Por qué tenía aquella sensación de no captar todas las señales que percibía, de no saber responder a las preguntas correctamente, de interpretar mal todos estos signos?

El lunes próximo se sentiría mejor, sería capaz de pensar bien.

Experimentando un gran aburrimiento, se duchó, se lavó los dientes, se cepilló el cabello y se acostó. Un minuto después se incorporó sobre un codo, cogió el bolso y sacó la botellita que el doctor Highley le había dado.

«Casi me olvido de tomarla», pensó mientras se tragaba la píldora con un buche de agua del vaso que estaba en la mesilla de noche.

Apagó la luz y cerró los ojos.

44

Muy cansada, Gertrude Fitzgerald dejó correr el agua de la bañera hasta que salió fría y abrió la botellita que contenía el medicamento que le habían recetado. La migraña empezaba a desaparecer. Si no le empezaba a doler el otro lado de la cabeza, estaría bien por la mañana. Esta última píldora la ayudaría.

Algo la preocupaba... Algo que tenía que ver, de una u otra forma, con la muerte de Edna. Algo que tenía que ver con la llamada que le hizo mistress DeMaio, aunque era una real tontería preguntarle si alguna vez Edna había llamado con el mote de Príncipe Encantado al doctor Fukhito o al doctor Highley. Una perfecta tontería.

Pero Príncipe Encantado...

Edna había hablado sobre él, aunque no con relación a los doctores. Pero sí había oído el mote en las dos últimas semanas. ¡Ah! ¡Si pudiera acordarse...! Si mistress DeMaio le hubiera preguntado si Edna lo mencionó, podría haberla ayudado a recordar de manera clara. Pero ahora los detalles se le escapaban. ¿O se lo estaría imaginando todo? ¡Ah! El poder de la sugestión...

Cuando desapareciese aquel dolor de cabeza podría pensar, pensar de verdad. Y quizá recordar.

Se tomó la píldora y se acostó. Cerró los ojos. La voz de Edna sonó en sus oídos:

–Y yo dije que el Príncipe Encantado no...

Gertrude Fitzgerald no pudo recordar el resto.

45

A las cuatro de la mañana Richard abandonó la idea de poder dormir; se levantó e hizo café. Ya había llamado a Scott a su casa para comentarle la muerte de Emmet Salem. Y el fiscal alertó inmediatamente a la policía de Nueva York, y le dijo que la fiscalía quería colaborar en la investigación. Hubiera sido imposible lograr algo más. Mistress Salem no estaba en su casa, en Mineápolis. El servicio telefónico que se ocupaba de recoger las llamadas del doctor solo podía proporcionar el número del médico en lo relativo a su trabajo e ignoraba cómo podía ponerse en contacto con su enfermera.

Richard empezó a tomar notas:

1. ¿POR QUÉ EL DOCTOR SALEM LLAMÓ A NUESTRO DESPACHO?
2. ¿POR QUÉ VANGIE CONCERTÓ UNA CITA CON ÉL?
3. EL BEBÉ DE LOS BERKELEY.

El bebé de los Berkeley era la clave. ¿Era el concepto de maternidad Westlake tan bueno como se decía? ¿No sería una tapadera para llevar a cabo adopciones por parte de mujeres que o bien no podían concebir o bien no podían conservar el feto en su vientre hasta el momento de dar a luz?

¿Acaso el hecho de que se las internase en el hospital dos meses antes del supuesto alumbramiento no sería una manera de ocultar que no estaban embarazadas?

Era muy difícil adoptar niños. Liz Berkeley admitió abiertamente que ella y su marido lo habían intentado. Pero por qué no suponer que Edgar Highley les habría dicho lo siguiente:

«Nunca tendréis hijos. Yo os puedo conseguir un niño. Os costará dinero, pero tendrá que ser algo totalmente confidencial.»

Ambos cónyuges lo habrían aceptado. Richard estaba tan seguro que se hubiese jugado la vida.

Pero Vangie Lewis había estado embarazada. Y, por tanto, no se adaptaba a esta pauta de adopción. De acuerdo en que estaba desesperada por tener un hijo... Pero ¿cómo diablos se las iba a arreglar ante su marido para hacer pasar como hijo suyo a un bebé con rasgos orientales? ¿Habría alguna probabilidad de que hubiese sangre oriental en alguna de las dos familias? A Richard no se le había ocurrido pensar en ello.

Las acusaciones de mal ejercicio de la medicina. Tenía que averiguar qué motivos habían tenido aquellas personas para acusar a Highley. Y Emmet Salem había sido médico de Vangie. En su oficina tenía que estar su historial médico. Aquel sería un buen lugar para iniciar la investigación.

El cadáver de Vangie había regresado en el avión que Chris Lewis no tomó. Ahora estaba en el laboratorio. Lo primero que haría aquella mañana sería revisar los resultados de la autopsia. Volvería a examinar el cuerpo. Había algo... que antes no le pareció importante, lo había pasado por alto sin fijarse mucho; le habían preocupado muchísimo más el feto y las quemaduras de cianuro. ¿Acaso Vangie se habría derramado sencillamente el cianuro por encima? A lo mejor en aquel momento estaba sumamente nerviosa. Pero entonces en el vaso habría habido más huellas dactilares, pues lo habría cogido y llenado de nuevo; tenía que haber algo, un sobre, un vial, donde ella guardara una mayor cantidad de cianuro.

No había sucedido así como así.

A las cinco y media Richard apagó la luz y puso el despertador para que sonase a las siete. Por fin llegó el sueño. Soñó con Katie: esta se hallaba en la parte posterior del apartamento de Edna Burns. Miraba por la ventana mientras el doctor Edgar Highley la observaba, oculto.

46

Como sería de esperar de una buena contable, Edna tenía sus papeles meticulosamente ordenados. El viernes por la mañana, cuando la brigada de investigación, a cuya cabeza estaban Phil Cunningham y Charley Nugent, se ocupó de revisar su apartamento, encontraron en el anticuado escritorio el siguiente documento:

> Ya que el único pariente consanguíneo que tengo nunca se molestó en escribir preguntando por la enfermedad de mis queridos padres, ni en enviar una tarjeta, he decidido dejar mis bienes personales a mis amigas: mistress Gertrude Fitzgerald y mistress Gana Krupshak. Mistress Fitzgerald recibirá mi anillo de diamantes y cualquier otro objeto de mi casa que quiera. Mistress Krupshak recibirá mi alfiler de diamantes y mi abrigo de piel de imitación y cualquier objeto de mi casa que mistress Fitzgerald no quiera. He preparado todo lo relativo a mi funeral en el establecimiento que se ocupó del hermoso sepelio que tuvieron mis padres. Una vez descontados los gastos del funeral, mi póliza de seguros de diez mil dólares la recibirá el hospital que cuidó tan bien a mis padres, y con el cual me encuentro en deuda.

La patrulla se ocupaba rutinariamente de buscar huellas dactilares, cabellos humanos, fibras y cualquier señal que hiciese pensar en una entrada forzada. Un lugar en el que faltaba la suciedad, en la base de la maceta que había en el alféizar de la ventana del dormitorio, hizo que las patas de gallo y las arrugas de la frente de Phil se frunciesen de mala manera. Salió, se dirigió a la parte posterior del apartamento y con mucho cuidado, cogió una muestra de la tierra helada y la metió en un sobre. Luego, con la punta de los dedos abrió la ventana del dormitorio. Era lo bastante baja para que una persona de talla normal pudiera entrar.

–A lo mejor alguien entró por aquí y la mató. Pero

como la tierra está tan helada, es probable que nunca podamos probarlo –le dijo Phil a Charley.

Como última medida llamaron a todas las puertas de los vecinos que daban al jardín, y les hicieron una pregunta muy simple: ¿Había notado alguien la presencia de extraños en la vecindad el martes por la noche?

En realidad no esperaban tener éxito; la noche del martes había sido muy oscura y muy fría. Además, los setos sin podar permitían que cualquiera que quisiera no ser visto pudiera protegerse en las sombras del edificio.

Pero en el último apartamento obtuvieron un éxito inesperado: un chico de unos once años de edad que acababa de regresar de la escuela para cenar oyó la pregunta que le hicieron a su madre.

–Yo le dije a un hombre dónde vivía miss Burns –informó el niño–. ¿No te acuerdas, mamá, de que me hiciste sacar a *Porgy* antes de irme a dormir, después de ver mi programa favorito de televisión?

–Eso sería sobre las nueve y media –dijo la madre del niño–. Y tú no me dijiste que hablaste con alguien –añadió acusadoramente.

El chico se encogió de hombros.

–No era nada importante. Un hombre aparcó junto al bordillo en el momento en que yo regresaba a casa y me preguntó si sabía en qué apartamento vivía miss Burns. Se lo indiqué. Eso es todo.

–¿Qué aspecto tenía? –le preguntó Charley.

El chico frunció la nariz y respondió:

–¡Oh! ¡Tenía buen aspecto! Era moreno, alto y tenía un coche precioso. Era un Viette.

Charley y Phil se miraron. Y el primero dijo llanamente:

–Chris Lewis.

47

El viernes por la mañana, Katie llegó al despacho a las ocho y echó una hojeada final al caso del que se ocupaba. Los acusados eran dos hermanos de diecisiete y dieciocho años respectivamente, a quienes se culpaba de haber destrozado dos escuelas al incendiar doce aulas.

Maureen llegó a las ocho y media; llevaba una cafetera con café caliente. Katie la miró mientras decía:

–A estos dos me los cargo. Quemar el colegio por hacerse los graciosos. ¡Por hacerse los graciosos! Cuando uno ve cómo la gente se esfuerza para pagar los impuestos y mantener las escuelas en buen estado, algo así es repulsivo. Es mucho más que un crimen.

Maureen cogió la taza de Katie y se la llenó.

–Una de estas escuelas está en mi ciudad y el hijo de los vecinos estudia allí. El pobrecito, que tiene diez años, acababa de terminar un proyecto para participar en una competición científica. Era fantástico: una unidad para recoger la energía solar. El pobre chico trabajó en ello durante meses, pero el proyecto se quemó en el incendio y no quedó nada de él.

Katie tomó nota, en un margen, del inicio de su acusación.

–Eso aún me da más motivos. Gracias.

–Katie.

La voz de Maureen sonaba indecisa. Katie levantó la vista hacia aquellos turbados ojos verdes.

–¿Sí?

–Rita me dijo que le contó lo de..., lo del niño.

–Sí, así fue. Y no sabes cuánto lo siento, Maureen.

–Lo peor del caso es que me parece que no puedo superarlo. Y ahora, todo este jaleo con Vangie Lewis... Las charlas que oigo aquí... solo hacen que no consiga olvidarlo... Y lo intento.

Katie asintió.

–Maureen, yo hubiera dado lo que fuese por haber tenido un hijo de John, cuando este murió. Aquel año rezaba para quedar embarazada y poseer algo suyo. Cuando pienso en mis amigas que han preferido no tener hijos o que abortan con tanta facilidad como si fueran a la peluquería, me pregunto cómo se desarrolla la vida. Solo le pido a Dios poder tener hijos míos algún día. Y tú también los tendrás, por supuesto. Y ambas les querremos, ya que no pudimos tener antes los que deseábamos.

Los ojos de Maureen se llenaron de lágrimas.

–Así lo espero. Pero lo que pasa es que el caso de Vangie Lewis es...

Sonó el teléfono. Katie lo cogió. Era Scott.

–Me gusta saber que ya estás ahí, Katie. ¿Podrías venir un minuto?

–Desde luego.

Katie se puso de pie.

–Scott me necesita ahora. Ya hablaremos más tarde, Maureen.

Impulsivamente le dio un beso en la frente a Maureen.

Scott se hallaba junto a la ventana, mirando. Katie tuvo la completa seguridad de que no estaba observando las ventanas con rejas de la cárcel del Condado. Scott se volvió cuando ella entró.

–Creo que hoy tienes una vista, ¿no? La de los hermanos Odenhall.

–Sí. Y es una vista interesante.

–¿Cuánto tiempo te llevará?

–Supongo que casi todo el día. Van a traer testigos que hablen de su comportamiento desde que estaban en el jardín de infancia hasta hoy. Pero no los dejaré escapar.

–Tú sueles obrar así, Katie. ¿No te has enterado aún de lo del doctor Salem?

–¿Te refieres al médico de Mineápolis que llamó a Richard? No, no he hablado con nadie esta mañana. Fui directamente a mi despacho.

–Cayó o lo empujaron desde una ventana del Essex House ayer por la tarde, unos minutos después de llegar al hotel. Trabajaremos junto con la policía de Nueva York en este caso. A propósito, el cadáver de Vangie Lewis llegó anoche de Mineápolis. Pero su esposo no venía en el vuelo.

Katie clavó la vista en Scott.

–¿Cómo?

–Quiero decir que es probable que haya cogido el vuelo que iba a La Guardia. O sea, que seguramente estaba en Nueva York más o menos en el mismo instante en que Salem llegó al hotel. Además, si conseguimos averiguar que estaba en la vecindad del hotel, es posible que podamos hallar la solución de este caso. No me gusta lo del suicidio de Lewis, ni tampoco la muerte accidental de Edna Burns. Y mucho menos creer que el doctor Salem se cayó por una ventana.

–No creo que Chris Lewis sea el asesino –dijo Katie llanamente–. ¿Dónde crees que se halla ahora?

Scott se encogió de hombros.

–Es probable que esté escondido en Nueva York. Pero supongo que cuando hablemos con su amiguita esta nos conducirá a él. Y a ella la esperamos esta noche. ¿Puedes quedarte hasta esa hora?

Katie dudó, pero terminó diciendo:

–Precisamente este es el único fin de semana en que no puedo quedarme. Se trata de algo que no puedo cambiar. Pero voy a ser sincera, Scott. Me siento tan mal, que ni siquiera soy capaz de pensar correctamente. Me ocuparé de la vista de hoy... Estoy bien preparada. Pero después me marcharé.

Scott se quedó observándola.

–Te dije que no deberías haber venido esta semana. Ahora mismo estás más pálida que el martes por la mañana. De acuerdo, ocúpate de esa vista y vete. Habrá mucho trabajo sobre el caso la semana que viene. Volveremos a estudiarlo todo el lunes por la mañana. ¿Crees que podrás venir?

–Claro que sí.

–Deberías hacerte un chequeo completo.

–Esta semana voy a ver a un médico.

–Estupendo.

Scott miró la mesa de su despacho, lo que quería decir que había acabado la charla. Katie fue a su propio despacho; casi eran las nueve y ya debería estar en el tribunal. Mentalmente revisó el horario que le dio el doctor Highley para tomar las píldoras: «Anoche tomé una y hoy otra a las seis de la mañana. Debería tomar una más cada tres horas, hoy». Sería mejor que se la tragase antes de ir al tribunal. Así lo hizo, sorbiendo el poco café que quedaba en su taza. Luego cogió la carpeta. El afilado borde de la primera página le hizo un corte en el dedo. La asombró el profundo dolor que experimentaba. Cogió una servilleta del cajón de su mesa, se envolvió el dedo y corrió hacia el tribunal.

Media hora más tarde, y mientras se ponía en pie al entrar el juez, como el resto de los miembros del tribunal, la servilleta aún seguía empapada en sangre.

48

Edna Burns fue enterrada el viernes por la mañana, después de la misa de Resurrección de las once que se celebró en la iglesia de San Francisco Javier. Gana Krupshak y Gertrude Fitzgerald siguieron el ataúd hasta el cercano cementerio. Y, abrazadas, vieron cómo depositaban a Edna en la tumba, junto a sus padres. El sacerdote, el padre Durkin, se ocupó del responso final, roció con agua bendita el ataúd y las acompañó luego hasta el coche de Gertrude.

–¿Querrían tomar ustedes una taza de café conmigo? –les preguntó el sacerdote.

Gertrude se secó los ojos, movió la cabeza y dijo:

–Tengo que volver al trabajo. Ocupo el sitio de Edna hasta que encuentren una nueva recepcionista. Y esta tarde ambos doctores tienen consulta.

Mistress Krupshak tampoco aceptó:

–Pero padre, si usted va camino de la parroquia, me podría llevar. Así, Gertrude no tendría que desviarse de su camino.

–Desde luego.

Gana se volvió hacia Gertrude e impulsivamente le dijo:

–¿Por qué no vienes a cenar esta noche con nosotros? Voy a hacer un asado estupendo.

La idea de regresar a su apartamento solitario turbaba a Gertrude; así pues, no tardó en aceptar la invitación. Le gustaría hablar sobre Edna, esta noche, con otra persona que había sido su amiga. Quería decirle a Gana la tremenda vergüenza que había sido el hecho de que ninguno de los médicos hubiese ido a la misa. Aunque, por lo menos, el doctor Fukhito había enviado un ramo de flores. Quizá hablar de ello con Gana la ayudaría a pensar con claridad y podría así apresar aquel pensamiento que le zumbaba en la cabeza sobre algo que Edna le había dicho.

Se despidió de Gana y del padre Durkin, entró en su coche, encendió el motor y soltó el freno. En su mente se cernía el rostro del doctor Highley, aquellos grandes y fríos ojos como de pez. ¡Oh, sí, la noche del martes fue bastante amable con ella, le dio la pastilla para que se calmase y la atendió! Pero había algo extraño en él aquella noche. Como cuando fue a buscarle un vaso de agua y ella empezó a seguirle pues no quería que se tomase tantas molestias. Desde el pasillo vio cómo sacó el pañuelo y empezó a abrir la mesilla de noche de Edna.

Luego, aquel agradable doctor Carroll se encaminó hacia el pasillo; en vista de ello, el doctor Highley tuvo que cerrar el cajón, meterse el pañuelo en el bolsillo y retroceder, aparentando que se había quedado en el umbral del dormitorio.

Gertrude había dejado pasar al doctor Carroll y volvió a la sala de estar. No quería que creyesen que intentaba oír de qué hablaban. Pero si el doctor Highley quería algo que había en aquel cajón, ¿por qué no lo dijo y lo pidió? ¿Y por qué razón tenía que abrirlo con un pañuelo cubriéndole los dedos? Sin duda alguna no era porque el apartamento de Edna estuviese demasiado sucio para tocarlo; todo lo contrario: estaba inmaculadamente limpio.

El doctor Highley siempre fue un hombre extraño. En realidad, tanto a ella como a Edna les intimidaba un poco. Por ningún concepto se dejaría convencer para que ocupase el puesto de su amiga. Aquello ya lo tenía decidido. Gertrude salió del camino del cementerio y condujo su coche hacia Forest Avenue.

49

El cuerpo sin vida de Vangie Lewis fue colocado en la mesa de la sala de autopsias del médico forense del condado de Valley. Con el rostro impasible, Richard observó cómo su ayudante le quitaba el caftán de seda que sería el sudario de Vangie. Quien había parecido dulce y natural bajo la suave luz de la funeraria, ahora recordaba un maniquí de un gran almacén: rasgos sin ninguna señal de vida.

El rubio cabello de Vangie, que habían peinado con mucho esmero para que le cayese espontáneamente sobre los hombros, ahora que la laca empezaba a endurecerse presentaba mechones de pelos rojizos y sueltos. Fugazmente, Richard recordó a san Francisco de Borja, que había abandonado la vida cortesana y entrado en un monasterio tras ver el cadáver de una reina que una vez había sido muy bella.

Sin perder un minuto, centró su pensamiento en el problema médico que tenía entre manos; en la tarde del martes no se había fijado en un detalle del cuerpo de Vangie. Estaba seguro. Tenía algo que ver con sus piernas o sus pies; allí concentraría su atención.

Quince minutos después encontró lo que buscaba, un rasguño de unos cinco centímetros en el pie izquierdo, al que no había prestado atención; solo se había fijado en las quemaduras producidas por el cianuro y en el feto.

Aquel rasguño era reciente y no había señal de que la piel fuera a cicatrizar.

Aquello era lo que le preocupaba; le habían hecho aquel

rasguño en el pie poco antes de morir. Además, Charley había encontrado en el garaje un pedacito de tela del vestido que llevaba y que estaba enganchado en una herramienta afilada.

Richard se volvió hacia su ayudante:

–Supongo que el laboratorio ya ha acabado de analizar las ropas que llevaba puestas mistress Lewis cuando la trajeron. Por favor, ve a recogerlas y vístela de nuevo. Luego me llamas.

Regresó a su despacho y escribió en un bloc: «Los zapatos que Vangie usaba cuando la encontraron era un calzado para caminar bastante razonable y que le subía por encima del tobillo. Imposible que los llevase puestos cuando se hizo el rasguño en el pie».

Volvió a estudiar las notas que había tomado aquella noche: el bebé de los Berkeley. Hablaría con Jim Berkeley y le obligaría a admitir que había adoptado a la niña.

Pero ¿qué probaría aquello?

Sencillamente nada, pero daría origen a la investigación. En cuanto lo admitiera, el concepto de maternidad Westlake aparecería como un gigantesco fraude.

¿Llegaría alguien a matar para evitar que semejante fraude saliera a la luz?

Necesitaba ver el historial médico de Vangie Lewis que tenía el doctor Salem. Era de suponer que a esta hora Scott se habría puesto al habla con la consulta del doctor Salem. Sin perder un instante, marcó el número de Scott.

–¿Has hablado con la enfermera de Salem?

–Sí, y también con su esposa. Ambas están hechas polvo y juran que el doctor Salem no tenía síntomas de tensión alta ni de mareos. Ni problemas personales ni problemas económicos. Además, tenía muchas conferencias en los seis meses siguientes. Es mejor, pues, que nos olvidemos de cualquier teoría sobre un suicidio o sobre una caída accidental.

–¿Te has enterado de algo sobre Vangie Lewis? ¿Qué sabía la enfermera?

–Ayer por la mañana, en la consulta, el doctor Salem

le dijo que sacase el historial de Vangie. Luego, justo antes de marcharse a coger el avión, puso una conferencia.

–Puede ser la que me puso a mí.

–Es posible. Pero la enfermera añadió que le había dicho que tenía que poner otras conferencias, y que lo haría utilizando su tarjeta de crédito desde el aeropuerto, después de facturar el equipaje. Al parecer, quería llegar pronto al aeropuerto para disponer de tiempo libre.

–¿Nos enviará el historial de Vangie? Quiero verlo.

–No, imposible. –La voz de Scott se endureció–. El doctor Salem se lo llevó consigo, ella vio cómo lo metía en el maletín. Y el maletín apareció en la habitación del hotel, pero no el historial. Ahora, oye esto: Cuando el doctor se hubo marchado, Chris Lewis llamó a la consulta y dijo que tenía que hablar con Salem. La enfermera le informó dónde estaría en Nueva York y hasta le dio el número de la habitación del hotel. Te aseguro una cosa, Richard: para cuando acabe el día de hoy espero poder emitir una orden de busca y captura contra Lewis.

–Eso quiere decir que crees que había algo en ese historial por lo que Chris Lewis llegaría a matar. Me cuesta trabajo creerlo.

–Alguien quería el historial, eso queda bastante claro. ¿No lo crees? –dijo Scott.

Richard colgó el auricular. Alguien quería el historial. El historial médico. ¿Quién sabría que contenía algo que podía resultar amenazador?

Solo otro médico.

¿Tendría razón Katie al sospechar del psiquiatra? ¿Y qué pensar de Edgar Highley? Había llegado al condado de Valley respaldado por el nombre de Westlake, nombre muy respetado en los círculos médicos de Nueva Jersey.

Impaciente, Richard buscó en su mesa el papel en que Marge había escrito los nombres de los dos pacientes que habían presentado acusaciones de mal ejercicio de la medicina contra Edgar Highley.

«Anthony Caldwell, Old Country Lane, Peapack.

»Anna Horan, 415, Walnut Street, Ridgefield Park.»

A través del interfono le dijo a Marge que intentase telefonearles.

Al cabo de unos minutos Marge entró en el despacho.

–Anthony Caldwell ya no vive en esta dirección; el año pasado se trasladó a Michigan. Pero hablé con una vecina por teléfono, y me dijo que su esposa había muerto por embarazo extrauterino y que presentó una acusación contra el médico, que no prosperó. Esta vecina parecía tener muchas ganas de hablar. Me comunicó que mistress Caldwell le había dicho que otros dos médicos le habían asegurado que nunca podría concebir. Pero que tan pronto empezó a seguir el programa del concepto de maternidad Westlake, quedó encinta. Estuvo todo el tiempo muy enferma y, por fin, al cuarto mes murió.

–Esto me da bastante información de momento –dijo Richard–. Vamos a embargar todos los archivos del hospital. ¿Te has enterado de algo respecto a mistress Horan?

–Pesqué a su marido en casa: es estudiante de derecho en Rutgers. Me dijo que ella trabaja de programadora de computadoras y me dio el número de teléfono de su oficina. ¿Quieres que la llame ahora?

–Sí, por favor.

Marge cogió el teléfono de Richard, marcó el número y pidió que le pusieran con mistress Anna Horan. Un momento después decía:

–Un momento, por favor, mistress Horan. Le paso al doctor Carroll.

Richard cogió el auricular:

–¿Mistress Horan?

–Sí.

Había una inflexión saltarina en su voz y un acento que no podía definir.

–Mistress Horan, el año pasado presentó usted una acusación por negligencia médica contra el doctor Edgar Highley. Me gustaría saber si puedo hacerle unas preguntas sobre este asunto. ¿Puede hablar con libertad?

En el otro extremo del auricular la voz se volvió nerviosa.

–No... Aquí, no.

–Comprendo, pero se trata de un caso urgente. ¿Le molestaría venir hoy a mi despacho cuando acabe el trabajo, para que charlásemos un rato?

–Sí... De acuerdo.

Resultaba evidente que quería colgar.

Richard le dio la dirección de la consulta y le indicó el modo de llegar. Pero la mujer le interrumpió.

–Conozco el camino... Estaré allí a las cinco y media.

La comunicación se interrumpió y Richard miró a Marge, que se encogió de hombros.

–Aunque no le gusta mucho la idea, vendrá.

Ya casi era mediodía. Richard decidió ir al tribunal donde Katie se ocupaba del caso Odenhall, para ver si deseaba acompañarle a comer. Quería contrastar los pensamientos que tenía sobre Edgar Highley. Katie le había entrevistado. ¿Qué impresión había tenido ella? ¿Estaría de acuerdo en que había algo extraño en el concepto de maternidad Westlake? O bien se trataba de un comercio ilegal de bebés o bien de un doctor que corría riesgos criminales con la vida de sus pacientes.

Cuando llegó al tribunal no había nadie, salvo Katie, que aún estaba en la mesa del fiscal.

Ensimismada en sus notas, apenas le miró cuando él se acercó. Cuando la invitó a comer, movió negativamente la cabeza.

–Estoy metida en este caso hasta las cejas, Richard. Esos gamberros niegan ahora su confesión. Intentan decir que fueron otros quienes incendiaron las aulas. Son unos mentirosos tan convincentes que aseguraría que el jurado se lo ha creído. Tengo que estudiar de nuevo todas las pruebas.

Y volvió a mirar las notas.

Richard se la quedó mirando. Su tez, normalmente cetrina, tenía una palidez mortal. Sus ojos, cuando le miró, parecían lejanos y borrosos. Se fijó en la servilleta que le rodeaba un dedo. Con suavidad, le cogió la mano y la desenrolló.

Katie levantó la vista.

–Esta cosa molesta debe de ser una herida profunda. No ha dejado de sangrar intermitentemente durante toda la mañana. ¡Lo que me faltaba!

Richard observó la herida. Al quitarle la servilleta, la sangre empezó a manar de nuevo. Apretó el tejido sobre el corte, cogió una goma elástica y se la enrolló alrededor.

–Déjalo así durante veinte minutos. La sangre debería detenerse. Katie, ¿tienes problemas de coagulación?

–Creo que sí. Pero ¡oh, Richard, ahora no puedo hablar de ello! ¡Este caso se me está escapando de las manos y me siento deprimida!

Se le quebró la voz.

La sala del tribunal estaba vacía con excepción de ellos dos. Richard se inclinó, la rodeó con sus brazos, le acarició la cabeza que se apoyaba en su pecho y le besó el pelo.

–Ya me voy a marchar, Katie. Pero vayas donde vayas este fin de semana, quiero que pienses una cosa: estoy dispuesto a darlo todo por ti, te quiero y, además, deseo cuidarte. Si existe otro hombre, dile que se va a encontrar con una competencia muy reñida. Sea quien sea, ese hombre no se ocupa de ti. Y si es el pasado el que te tiene presa, voy a intentar liberarte.

Se enderezó.

–Ahora, adelante y gana este caso. Puedes hacerlo. Y, por Dios santo, relájate este fin de semana. El lunes voy a necesitar tu apoyo en una interpretación que cada vez veo más clara del caso de los Lewis.

Durante el transcurso de la mañana Katie había sentido mucho frío, un frío helado y desesperado. Ni siquiera el traje de lana de manga larga le ayudó a combatirlo. Y ahora, al sentirse tan cerca de Richard, la calidez de su cuerpo la embargó.

Cuando él se disponía a marcharse, le cogió impulsivamente una mano y se la llevó a la cara. Luego dijo:

–Hasta el lunes.

–Hasta el lunes –contestó Richard.

Y se marchó del tribunal.

50

Antes de abandonar el complejo de apartamentos ajardinados donde Edna había vivido, Charley y Phil llamaron a la puerta de los Krupshak. Gana acababa de regresar del funeral.

–Hemos acabado con nuestra investigación del apartamento –le dijo Charley–. Ya puede usted entrar.

Le enseñó la nota que Edna había dejado y añadió:

–Tengo que comprobar si esto tiene validez como testamento, aunque todo lo que hay en la casa no vale ni mil dólares. Supongo, pues, que le devolveremos las joyas para que usted y mistress Fitzgerald se las repartan, así como los enseres. Por lo menos ahora podrán mirar lo que hay y decidir entre ustedes. Sin embargo, no saque nada todavía.

Ambos investigadores regresaron al despacho y fueron directamente al laboratorio, donde vaciaron el contenido de los sobres que guardaban posibles evidencias. También habían cogido la planta que estaba en el alféizar y unas muestras de tierra que habían recogido del suelo.

–Analizad todas estas cosas ahora mismo, tienen prioridad sobre todas las demás –dijo Phil.

Scott les esperaba en su despacho. Al enterarse de que Chris había estado en la vecindad del apartamento de Edna la noche del martes, refunfuñó con satisfacción y le dijo:

–Parece ser que este tipo ha estado en todas partes esta semana. Y allí a donde ha ido, siempre ha habido un muerto. Esta mañana envié a Rita a Nueva York con una foto de Chris Lewis. Dos botones del Essex House lo identificaron y afirmaron haberle visto en el vestíbulo del hotel alrededor de las cinco de la tarde. Voy a dictar una orden de busca y captura contra él.

El teléfono sonó. Scott lo cogió impaciente y se identificó. Entonces cambió de expresión y dijo rápidamente:

–Pásamela.

Cubrió el auricular con la mano y dijo:

–La amiguita de Chris Lewis me llama desde Florida... Dígame... Sí, le habla el fiscal.

Hizo una pausa.

–Sí, estamos buscando al capitán Lewis. ¿Sabe usted dónde está?

Charley y Phil intercambiaron miradas. La frente de Scott se arrugaba mientras escuchaba.

–Muy bien, vendrá con usted en el avión que llega a Newark a las siete de la tarde. Me gusta saber que se va a entregar voluntariamente. Si quiere hablar con un abogado, será mejor que se lo busque aquí. Muchas gracias.

Scott colgó el auricular y añadió:

–Lewis viene hacia aquí. Esta noche acabaremos con este caso.

51

En la larga noche de insomnio, Edgar Highley trató de razonar sobre el problema del robo de su maletín. Posiblemente nunca volvería a verlo; si lo habían abandonado después de registrarlo, lo más probable es que nunca volviese a aparecer. Muy pocas personas se tomarían el trabajo de devolverlo. Era más que probable que se limitasen a quedarse con él y arrojaran su contenido.

Y si por casualidad la policía de Nueva York lo recuperaba intacto, ¿qué pasaría? En el interior constaban su nombre y la dirección del hospital. En caso de que la policía le llamase, era probable que le pidiesen una lista del contenido; y él, con toda la sencillez del mundo, mencionaría algunas medicinas normales, algunos instrumentos y varios historiales médicos de pacientes. Que todo esto se encontrase en una carpeta que tenía el nombre de VANGIE LEWIS escrito en una etiqueta no les diría nada. Era probable que ni se molestasen en hojearlo; supondrían que pertenecía al médico. Si le preguntaban acerca del zapato y el pegajoso pisapapeles, negaría saber nada sobre ello. Diría que era evidente que el ladrón los colocó allí dentro.

Todo iría bien. Y a la noche del día siguiente desaparecería el último riesgo. A las cinco de la mañana desechó la idea de quedarse dormido: se duchó y permaneció diez minutos bajo las calientes agujas de agua, hasta que todo el baño se llenó de vapor. Al salir se puso una gruesa bata que le llegaba hasta las rodillas y fue a la cocina. No iría a la consulta hasta el mediodía, pero sí haría antes la ronda médica. Hasta entonces, revisaría las notas de sus investigaciones. La paciente de ayer sería su nuevo experimento. Sin embargo, aún no había elegido a la donante.

52

A las cuatro de la tarde, Richard, Scott, Charley y Phil examinaron el cadáver de Vangie Lewis, que ahora aparecía vestido con las ropas que llevaba al morir. El pedacito de tela floreada que encontraron en una herramienta del garaje se ajustaba exactamente al desgarrón que aparecía muy cerca del dobladillo. La tobillera que llevaba en el pie izquierdo mostraba un rasguño de cinco centímetros directamente sobre aquella herida reciente.

–No hay ni huella de sangre en la tobillera –dijo Richard–, lo cual quiere decir que ya estaba muerta cuando el pie se le enganchó en la herramienta.

–¿A qué altura se halla el estante donde está la herramienta? –preguntó Scott.

Phil se encogió de hombros.

–Yo diría que a unos sesenta centímetros del suelo –respondió.

–Lo cual quiere decir que alguien cargó con Vangie Lewis desde el garaje, la colocó en el lecho e intentó que pareciera un suicidio –dijo Scott.

–Sin duda alguna –asintió Richard. Y, refunfuñando, preguntó–: ¿Es Chris Lewis muy alto?

Un poco indeciso, Scott respondió:

–Sí, es un tipo alto. Quizá mide metro noventa. ¿Por qué lo preguntas?

–Vamos a probar una cosa, esperad un minuto –respondió Richard.

Este salió y volvió con un metro. Con cuidado, marcó en la pared las alturas de 60, 90 y 120 cm desde el nivel del suelo.

–Si suponemos que fue Chris Lewis quien cargó con el cadáver de Vangie, sugiero que esta herramienta no la habría arañado.

Se volvió hacia Phil:

–¿Estás seguro de que el estante está a sesenta centímetros del suelo?

Phil se encogió de hombros, pero Charley le echó una mano diciendo:

–Unos centímetros más o menos.

–¿Cuánto mides? ¿Un metro ochenta?

Con delicadeza, Richard colocó un brazo debajo del cuello del cadáver y pasó el otro por debajo de las rodillas. Lo levantó y caminó hasta la pared.

–Comprobad a qué altura roza su zapato en la pared. No olvidemos que Vangie era pequeña. No la habría rozado ningún objeto que estuviese por debajo de noventa centímetros en el estante, si hubiese cargado con ella un hombre alto. Por otra parte...

Se acercó a Phil.

–¿Cuánto mides? ¿Un metro setenta y cinco?

–Más o menos.

–Muy bien. Chris Lewis mide quince centímetros más

que tú. Coge el cadáver y comprueba dónde roza el zapato cuando cargues con él.

Phil cogió rápidamente el cuerpo y caminó junto a la pared. El pie de Vangie rozó la primera señal que Richard había marcado. Con presteza, Phil colocó a la muerta en la mesa.

Scott movió la cabeza.

–Esto no es concluyente, en absoluto. Es imposible saber cómo ocurrió. A lo mejor se inclinó intentando mantenerla separada del cuerpo.

Scott se dirigió a uno de sus ayudantes:

–Queremos estas ropas como prueba. Cuídalas muy bien. Y saca fotos del rasguño, del vestido y de la tobillera.

Volvió con Richard a su despacho.

–Aún piensas en el psiquiatra, ¿verdad? –le preguntó–. Mide un metro setenta y cinco.

Richard vaciló, pero decidió no decir nada antes de hablar con Jim Berkeley y la paciente que había acusado a Highley de mal ejercicio de la medicina. Cambió de tema.

–¿Qué tal van las cosas de Katie?

Scott meneó la cabeza.

–Es muy difícil de saber. Esos gamberros culpan ahora del acto de vandalismo de la escuela a uno de sus amigos que murió en un accidente de motocicleta en noviembre pasado. Intentan convencernos de que asumieron la culpa en nombre de él, pues se sentían muy dolidos por los padres del otro. Pero dicen que el pastor de su iglesia les ha convencido, en nombre de sus propias familias, de que digan la verdad.

–Pero el jurado no se tragará semejante patraña, ¿no? –preguntó Richard.

Scott le respondió:

–Ahora está deliberando. Mira, por mucho que te esfuerces en escoger a los miembros del jurado, siempre hay un sentimental que se dejará engañar por una historia melodramática. El trabajo de Katie ha sido excelente, pero no se puede predecir el resultado. De acuerdo, te veré más tarde.

A las cuatro y media, Jim Berkeley contestó a la llamada telefónica que le había hecho Richard.

–Tengo entendido que ha intentado ponerse en contacto conmigo.

Era la voz de un hombre que parecía estar en guardia.

–Sí.

Richard imitó el tono impersonal del otro hombre.

–Es importante que hable con usted –le dijo–. ¿Podría venir a mi despacho cuando vaya camino de su casa?

–Claro que sí.

Y la voz de Jim sonó resignada.

–Además, me imagino de qué quiere que hablemos.

53

Edgar Highley se apartó de la muchacha a la que había examinado en la camilla.

–Ya puede vestirse.

Ella afirmaba tener veinte años, pero él estaba seguro de que no pasaba de los dieciséis o de los diecisiete.

–Estoy...

–Sí. No cabe la menor duda de que estás embarazada. Yo diría que de unas cinco semanas. Quiero que regreses mañana por la mañana y terminaremos las pruebas.

–Tengo una duda muy grande, doctor. ¿Cree usted que debería tener el niño y que luego lo adoptasen?

–¿Les has hablado a tus padres de esto?

–¡Oh, no! ¡Se disgustarían muchísimo!

–Entonces te sugeriría que aparcases el deseo de ser madre hasta por lo menos dentro de unos años. Te espero mañana a las diez.

El doctor abandonó la sala, se dirigió a su consulta y buscó el número de teléfono de la nueva paciente que había elegido el día anterior.

–¿Mistress Engiehart? Le habla el doctor Highley. Estoy preparado para empezar su tratamiento. Le ruego que venga al hospital mañana por la mañana, a las ocho y media. Y traiga las cosas necesarias para pasar la noche aquí.

54

Mientras el jurado deliberaba, Katie fue a la cafetería del tribunal. Cuidadosamente eligió una mesita que quedaba al fondo del salón y se sentó allí, dando la espalda a las otras mesas. No quería que nadie se le uniese ni que la viesen. La sensación de mareo ya era persistente: se sentía fatigada y débil, pero no tenía hambre. Pensó en que solo tomaría una taza de té. Su madre creía que esa infusión curaba todos los males del mundo. Se acordó de cómo al regresar a su casa, después del funeral de John, su madre, con voz preocupada y suave, le dijo: «Te prepararé una buena taza de té, Katie».

Richard... A mamá le caería muy bien Richard; siempre le habían gustado los hombres altos. «Tu padre era pequeñito y flacucho. Pero, oh, Katie, ¿no es verdad que a veces parecía alto?».

Sí que lo parecía.

Su madre vendría a verla para Semana Santa: aún faltaban unas seis semanas. ¡Cómo le gustaría ver a su hija unida a Richard!

«Pero no quiero tal cosa. ¿O sí? –pensó Katie, mientras se bebía el té–. Aunque no solo se debe a que esta semana me sienta tan sola.»

Era algo más que eso, mucho más; pero en el transcurso del fin de semana que pasaría en el hospital podría tomar decisiones y pensar con tranquilidad.

Permaneció sentada, ausente, durante casi una hora, mientras bebía el té y revisaba cada uno de los puntos del sumario.

¿Habría convencido al jurado de que los chicos Odenhall mentían? El pastor religioso. Allí tuvo un punto a su favor, pues él estuvo de acuerdo con que ninguno de ellos jamás le había consultado por ningún motivo. ¿Sería posible que aquellos gamberros se aprovechasen de él para dar credibilidad a su historia? «Sí –asintió él–. Es posible.» Aquello había quedado muy claro, se aseguró bien de ello.

A las cinco de la tarde regresaron los miembros del tribunal. Cuando entró, vio que el jurado mandaba buscar al juez; ya habían decidido el veredicto.

Cinco minutos más tarde, el portavoz del grupo lo anunció:

–Robert Odenhall no es culpable de ninguna acusación. Jonnathan Odenhall no es culpable de ninguna acusación.

–No puedo creerlo.

Katie no estaba segura de si había hablado en voz alta. El rostro del juez se endureció con un gesto de disgusto. Despidió al jurado cortésmente y ordenó a los acusados que se pusieran de pie. Entonces dijo:

–Tienen ustedes mucha suerte. Mucha más de la que espero vuelvan a tener en sus vidas. Ahora abandonen esta sala y sean lo bastante listos como para no comparecer nunca más ante mí.

Katie se quedó de pie. No le importaba que el juez creyese que el veredicto estaba equivocado. Había perdido el caso. Hubiera debido esforzarse más. Y se sintió aún peor cuando vio la victoriosa sonrisa que le dirigía el abogado defensor. Un nudo espeso y duro le quemaba la garganta y le impedía tragar; estaba al borde de las lágrimas. Aquellos dos criminales estaban a punto de andar libres por la calle después de burlarse de la justicia y de tachar, además, de criminal a un muchacho muerto.

Guardó sus notas en el maletín. Si no se hubiese sentido tan deprimida durante toda la semana, quizá hubiera sido capaz de sacar adelante el caso. Quizá si se hubiese ocupado un año antes de aquel problema hemorrágico, en vez de demorar y posponer su cura debido al miedo loco y pueril que le producían los hospitales, no habría sufrido el accidente del lunes por la noche.

–¿Quiere la representante de la fiscalía acercarse a la presidencia?

Katie alzó la vista y vio que el juez la miraba. Avanzó hacia él mientras el público se marchaba. Katie oyó unas risitas burlonas y gozosas cuando los Odenhall abrazaron a sus novias, que, además de mascar chicle, no llevaban sujetador.

–Señoría.

Katie intentó que su voz sonase uniforme.

El juez se inclinó hacia delante y le murmuró:

–No dejes que el veredicto te deprima, Katie. Tú probaste el caso. Esos hijos de su madre estarán aquí dentro de dos meses con otras acusaciones. Tú y yo los conocemos. La próxima vez los encerrarás.

Katie intentó sonreír.

–Eso es lo que temo, que regresen. Solo Dios sabe todo el daño que harán antes de que podamos echarles el guante. Pero de todos modos, gracias, señoría.

Salió del tribunal y regresó a su despacho. Maureen la miró esperanzada. Pero, moviendo la cabeza, Katie vio cómo la expresión de la muchacha se volvía comprensiva. Se encogió de hombros.

–¿Qué podía hacer yo?

Maureen la siguió hasta su despacho.

–Mister Meyerson y el doctor Carroll están reunidos. No quieren que les molesten. Por supuesto, usted puede entrar.

–No. Tengo la seguridad de que están discutiendo el caso Lewis, y yo no les sería de utilidad ni a ellos ni a nadie. El lunes ya me pondré al día.

–De acuerdo. Katie, siento mucho lo del veredicto de los Odenhall. Pero no se lo tome tan a pecho. Tiene el aspecto de una persona enferma. ¿Cree que se encuentra en condiciones de conducir? ¿No está mareada?

–No, de verdad, no voy muy lejos. Solo unos quince minutos en coche. Y no regresaré hasta el domingo.

Mientras se encaminaba hacia el coche, Katie empezó a temblar. La temperatura externa había subido unos cinco grados centígrados, pero ahora volvía a descender con rapidez. El aire húmedo entraba por las anchas mangas de su abrigo de lana roja y le atravesaba los leotardos de nailon. De pronto sintió nostalgia por encontrarse en su cama. ¡Qué estupendo sería poder irse a casa, acostarse, tomar un ponche caliente y dormir todo el fin de semana!

La oficina de admisión del hospital ya tenía todos los papeles preparados. La empleada que la atendió parecía muy complaciente.

–¡Dios mío, mistress DeMaio! Sin duda tiene usted mucha categoría. El doctor Highley le ha asignado el dormitorio de la suite primera del tercer piso. Eso es como irse de vacaciones. ¡Nunca creerá que ha estado en un hospital!

–Sí, creo recordar que me dijo algo –murmuró Katie. No estaba dispuesta a confiar a esta mujer el temor que le producían los hospitales.

–Quizá se sienta un poco sola. Solo hay tres suites en este piso y las otras dos están vacías. El doctor Highley ha hecho que vuelvan a pintar la salita de estar de la suite en la que estará usted, ignoro el porqué. Hace menos de un año que se había pintado. Pero de todas formas, usted no la necesitará. Solo se quedará aquí hasta el domingo. Si precisa cualquier cosa, apriete el timbre. Las enfermeras de la segunda planta se ocupan de las pacientes de esta planta y de la tercera. En realidad, todas son pacientes del doctor Highley. Bien, esta es su silla de ruedas. Si quiere sentarse, la llevaremos ahora mismo.

Katie miró aquel objeto consternada.

–¿Quiere usted decir que tendré que usar una silla de ruedas ahora?

–Son las reglas del hospital –dijo la empleada con firmeza.

John, en una silla de ruedas, camino de la quimioterapia; el cuerpo de John disminuyendo de tamaño mientras ella veía cómo se moría. La voz de John debilitándose con su sardónico humor cansado mientras alguien acercaba una silla de ruedas a la cama: «Ve despacio, querida carroza, que vienes para llevarme a casa».

El antiséptico olor del hospital.

Katie se sentó en la silla y cerró los ojos. De nada valía mirar hacia atrás. La enfermera de guardia, una mujer madura, regordeta y fuerte, empujó la silla de ruedas por el pasillo hacia el ascensor.

–Es una suerte que cuente con el doctor Highley –le dijo a Katie–. Sus pacientes son las que reciben los mejores cuidados de todo el hospital. Si aprieta usted el timbre, en menos que canta un gallo tendrá a su lado, para lo que usted quiera, a una enfermera. El doctor Highley es muy estricto. Todo el personal tiembla cuando anda por aquí. Pero es una buena persona.

Ya estaban en el ascensor. La enfermera apretó un botón.

–Este hospital es muy diferente de los demás. En la mayoría no quieren ni verla a usted hasta el momento del alumbramiento. Luego la echan fuera cuando el bebé solo tiene dos días. Pero eso no sucede con el doctor Highley. Yo le he visto tener en cama durante dos meses a señoras embarazadas, solo como medida de precaución. Por eso no tiene habitaciones, sino suites, para que las personas disfruten de una atmósfera doméstica. Mistress Aldrich está en la suite que hay en el segundo piso. Ayer dio a luz gracias a una cesárea. No ha dejado de llorar de lo feliz que se siente. Y su marido no le va a la zaga. Anoche durmió en el sofá de la sala de estar de la suite. El doctor Highley les anima para que se comporten así. Bueno, ya ha llegado el ascensor.

Otras personas entraron en el ascensor con ellas y observaron con curiosidad a Katie. Al ver las revistas y flores que llevaban, Katie supuso que eran visitas y se sintió extrañamente distinta a ellos. «En cuanto uno se convierte en paciente pierde su identidad –pensó–. Se convierte en un caso.»

Salieron del ascensor en el tercer piso. El pasillo estaba alfombrado con una moqueta de color verde claro. De las paredes pendían excelentes reproducciones de Monet y Matisse, realzadas por unos marcos muy trabajados.

A pesar de sí misma, Katie se sentía tranquila. La enfermera la llevó hasta el final del pasillo, giró a la derecha y le explicó:

–Está usted en la última suite. Queda un poco lejos. No creo que hoy haya ningún otro paciente en este piso.

–Eso no me importa –murmuró Katie.

Y se acordó de la habitación que había ocupado John cuando los dos intentaron absorberse el uno en el otro para así tomar fuerzas contra la separación; y de los pacientes que deambulaban por allí, se acercaban a la puerta y preguntaban:

–¿Cómo va hoy el juez? Tiene mejor aspecto. ¿No es cierto, mistress DeMaio?

Y ella, mintiendo, decía:

–Sí, está mejor.

«¡Largaos, largaos! ¡Nos queda muy poco tiempo!»

–No me importa estar sola en el piso –repitió.

La enfermera la llevó al dormitorio: las paredes eran de color marfil y la moqueta tenía el mismo verde claro de la del pasillo. Los muebles eran de estilo, pero estaban pintados de blanco. El cubrecama era de tela estampada con diferentes tonalidades de marfil y verde. Katie exclamó:

–¡Oh, qué bonito!

La enfermera la miró encantada.

–Ya sabía yo que le gustaría. Dentro de unos minutos vendrá la otra enfermera. ¿Por qué no saca sus cosas y se pone cómoda? –le dijo.

Y se marchó.

Experimentando cierta inseguridad, Katie se desnudó y se puso un camisón y una bata que la mantuviesen caliente. Colocó los objetos de aseo personal en el armarito del baño y colgó la ropa en el armario empotrado. En nombre de Dios, ¿cómo se las arreglaría para pasar aquella larga y temible noche? Anoche, a esta misma hora, se estaba vistiendo para ir a la cena de Molly. Y cuando llegó allí, Richard ya hacía rato que la esperaba.

Se dio cuenta de que se mareaba e, instintivamente, se apoyó en el tocador. Aquella sensación pasó. Quizá se debía a las prisas o a las secuelas del juicio y, por qué no, a la aprensión.

Se hallaba en un hospital. Por mucho que intentase olvidarse de ello, estaba en un hospital. Era increíble y pueril que no fuese capaz de vencer este miedo atávico. Su padre y John, las dos personas a las que más había querido en el mundo, murieron tras ingresar en un hospital. Por mucho que intentase racionalizarlo y encontrarle lógica, no podía superar aquella horrible sensación de pánico. Bueno, quizá estos días lo lograría. La noche del lunes no fue tan mal.

Había cuatro puertas en la habitación: la del armario empotrado, la del baño y la que daba al pasillo. Era lógico que la otra diese a la sala de estar. La abrió y echó una mirada. Tal como le había dicho la empleada, la estaban decorando. Los muebles se hallaban en el centro de la habitación, cubiertos con los trapos que usan los pintores. Encendió la luz. Sin duda alguna, el doctor Highley era un perfeccionista; nada en aquellas paredes justificaba que pintasen de nuevo la habitación. Ahora comprendía por qué los costos de los hospitales eran tan elevados.

Se estremeció y apagó la luz. Cerró la puerta y se acercó a la ventana. El hospital tenía forma de U y las dos alas eran paralelas y formaban ángulos rectos, detrás del cuerpo principal del edificio.

La noche del lunes, Katie había estado en el otro ángulo, precisamente en el sitio opuesto al que ocupaba. Los coches de los visitantes empezaban a llenar el aparcamiento. Entonces ¿dónde estaba el aparcamiento que ella había soñado? ¡Oh, claro! Era el que quedaba un poco más hacia el costado y el iluminado directamente por el último farol. Allí había ahora un coche aparcado, un coche negro.

En su sueño había visto también un coche negro. Aquella verja, la forma de brillar el panel bajo la luz...

–¿Cómo se siente, mistress DeMaio?

Giró sobre sus talones. El doctor Highley estaba de pie en medio de la habitación. Una joven enfermera le seguía a unos pasos de distancia.

–¡Oh, me ha asustado! Muy bien, doctor.

–Llamé a la puerta pero usted no me oyó.

En su voz había un deje de suave reprensión. Se acercó a la ventana y corrió las cortinas mientras comentaba:

–Por mucho que nos esforcemos, sigue habiendo corrientes. Y no queremos que pille usted un resfriado. ¿Qué le parecería echarse en la cama para poderle tomar la tensión? También queremos tomar unas muestras de sangre.

La enfermera le siguió. Katie notó que a la chica le temblaban las manos. Sin duda alguna, el doctor Highley la atemorizaba.

El doctor le puso el aparato para tomarle la tensión. Una oleada de mareo hizo que Katie tuviese la impresión de que las paredes de la habitación retrocedían. Se agarró al colchón.

–¿Le pasa algo, mistress DeMaio?

La voz del doctor era suave.

–No, de verdad que no. Solo me siento un poco débil.

El doctor empezó a apretar la pera.

–Enfermera Renge, haga el favor de ponerle una compresa fría en la frente a mistress DeMaio.

Obedientemente, la enfermera corrió al baño mientras el doctor observaba el aparato.

–Tiene la tensión un poco baja. ¿Tiene algún problema?

–Sí.

Su voz sonaba como si perteneciese a otra persona o como si se encontrase en una cámara que produjese eco.

–Se me ha reanudado el período. Y ha sido muy abundante desde el miércoles.

–No me sorprende. Francamente, ahora tengo la completa seguridad de que si no hubiese aceptado que la operase, se hubiera visto obligada a hacerlo con carácter de urgencia.

La enfermera regresó del baño trayendo una compresa perfectamente doblada. Se mordía el labio inferior para evitar que se le notase que temblaba. Katie experimentó una oleada de comprensión hacia la chica. Ni quería ni necesitaba una compresa fría en la frente; pero así y todo, se recostó en la almohada y la enfermera le puso la compresa en la frente. El paño estaba empapado. Katie sintió cómo el agua helada le corría entre el pelo. Se resistió al impulso de arrancarse la compresa de la frente; el doctor lo notaría y ella no quería que reprendiesen a la enfermera.

Un relámpago de buen humor le elevó el ánimo. Se imaginaba contándoselo todo a Richard:

«Y esa pobre y asustada chiquilla casi me ahoga. Es probable que a partir de ahora tenga bursitis en los párpados.»

Richard... debería haberle dicho que estaba allí. ¡Cuánto le hubiera gustado tenerlo cerca!

El doctor Highley preparó una jeringuilla. Katie cerró los ojos mientras él le extraía sangre del brazo derecho. Luego observó cómo colocaba la jeringuilla en la bandejita que la enfermera sostenía cerca del médico. El doctor Highley dijo bruscamente:

–¡Quiero que la analicen ahora mismo!

–Sí, doctor.

La enfermera salió a toda prisa, claramente aliviada de poder marcharse.

El doctor Highley suspiró.

–Me temo que esta tímida jovencita estará de turno esta noche. Aunque tengo la completa seguridad de que usted no necesitará nada especial. ¿Acabó las píldoras que le recetó?

Katie se dio cuenta de que se había olvidado de tomar la que le correspondía a las tres de la tarde, y ahora eran cerca de las seis.

–Siento decirle que me olvidé de tomar la de las tres de la tarde –se excusó–. Estaba en el tribunal y me olvidé de todo, excepto del juicio. Supongo que ya es un poco tarde para tomar la última.

–¿Las ha traído consigo?

–Sí, están en mi bolso.

Katie miró hacia la cómoda.

–No se levante. Yo se las traeré.

Cogió el bolso de las manos del médico y lo abrió. Tras rebuscar dentro, sacó la botellita. Solo quedaban dos píldoras. En la mesilla de noche había una bandeja con una jarra de agua helada y un vaso. El doctor Highley le sirvió agua, le alcanzó el vaso y dijo:

–Tómeselas.

–¿Las dos?

–Sí, sí, son muy suaves. Y a esta hora ya se las debería haber tomado todas.

Le dio el vaso y se metió el frasquito vacío en el bolsillo.

Obediente, Katie se tragó las píldoras sintiendo que aquellos ojos la miraban. Los aros de acero de las gafas del doctor destellaban bajo la luz que había en la cabecera de la cama. Aquel destello, los adornos de aquel coche que destellaban.

Había una mancha roja en el vaso cuando ella lo depositó. Él lo advirtió.

Le cogió la mano y le examinó el dedo. El tejido estaba de nuevo húmedo.

–¿Se ha hecho daño? –le preguntó el doctor Highley.

–¡Oh, no es nada! Solo un corte con un papel. Pero debe de ser profundo. No deja de sangrar.

–Ya veo.

Se enderezó.

–He dicho que le traigan una píldora para dormir. Le ruego que se la tome tan pronto como la enfermera se la dé.

–Prefiero no tomar píldoras para dormir, doctor. Me producen una reacción muy extraña.

Katie deseaba que sus palabras sonasen con firmeza, pero su voz parecía vaga y débil.

–Tengo que insistir en que se tome la píldora, mistress DeMaio. En particular, porque es usted una persona que es probable que se pase la noche con ansiedad y sin poder dormir si no la toma. Quiero, además, que esté muy descansada para mañana por la mañana. ¡Bien, ya le traen la cena!

Katie observó cómo una delgada mujer de unos sesenta años entraba llevando una bandeja mientras miraba nerviosamente al médico. «Las tiene a todas aterrorizadas», pensó. Al contrario de las bandejas corrientes de plástico o de metal de los hospitales, esta era de junquillo blanco y tenía una cestita lateral en la que había el periódico de la noche. La porcelana era delicada y los objetos de plata, de líneas gráciles. Había una rosa roja en un esbelto búcaro. Un cubrebandejas de plata mantenía calientes dos chuletas de cordero que había en un plato.

Una ensalada de tomate, judías cortadas en juliana, unas galletitas calientes, té y un sorbete completaban la cena. La enfermera se volvió para marcharse.

–Espere –le ordenó el doctor Highley. Y le dijo a Katie–: Como usted verá, a mis pacientes se les sirve un alimento que puede compararse favorablemente con el de un restaurante de tres tenedores. Creo que uno de los mayores desperdicios de los hospitales son las toneladas de alimentos corrientes que hay que arrojar a diario, mientras que las familias de los pacientes les traen buenas comidas hechas en casa.

Frunció el ceño.

–Sin embargo –prosiguió–, preferiría que usted no comiese esta noche. Creo que mientras más tiempo ayuna una paciente antes de someterse a una operación, hay menos probabilidades de que sienta molestias después de la intervención.

–No tengo ni pizca de hambre –dijo Katie.

–Muy bien.

Le hizo una señal a la enfermera, que recogió la bandeja y salió a toda prisa.

–Me voy –le dijo el doctor Highley a Katie–. Y tómese la píldora para dormir.

Ella asintió, aunque aquel gesto no implicaba nada. Al llegar a la puerta, el doctor se detuvo.

–¡Oh! Siento decirle que su teléfono no funciona. El técnico se ocupará de ello mañana. ¿Esperaba usted alguna llamada esta noche, o quizá alguna visita?

–No, ni llamadas ni visitas. Mi hermana es la única que sabe que estoy aquí. Y esta noche va a la ópera.

Él sonrió.

–Comprendo. Muy bien. Buenas noches, mistress DeMaio. Y, por favor, relájese. Puede confiar en que yo cuidaré muy bien de usted.

–Estoy completamente segura de ello.

El doctor se marchó. Katie se recostó en la almohada y cerró los ojos. Flotaba hacia algún sitio, sentía que el cuerpo se le iba, se le iba...

–Mistress DeMaio.

Oyó una voz juvenil que parecía pedir excusas. Katie abrió los ojos.

–¡Oh! Debo de haberme quedado dormida.

Era la enfermera Renge, que traía una bandeja con una píldora dentro de un vasito de papel.

–Ahora tiene que tomarse esto. Es la píldora para dormir que le recetó el doctor Highley. Me dijo que me quedase hasta que estuviera segura de que usted se la tomaba.

Aunque el doctor Highley no estaba allí, la chica seguía pareciendo nerviosa.

–Ya sé que a las pacientes las pone de mal humor que las despertemos para que se tomen una píldora para dormir. Pero así es como funciona el hospital.

–¡Ah!

Katie cogió la píldora, se la puso en la boca y bebió un trago de agua.

–¿Quiere acostarse ahora? Le abriré la cama.

Katie advirtió que se había quedado dormida sobre el cubrecama. Asintió, se levantó, fue al baño y se sacó la píldora de dormir que había escondido debajo de la lengua. Aunque una porción ya se había disuelto, se las arregló para escupir la mayor parte.

«No hay forma –pensó–. Prefiero no dormir a tener pesadillas.»

Se lavó la cara con agua, se cepilló los dientes y volvió al dormitorio. Se sentía muy débil e indecisa.

La enfermera la ayudó a acostarse.

–Está muy cansada, ¿verdad? Bien, la voy a tapar. Estoy segura de que dormirá muy bien. Si me necesita para cualquier cosa, toque el timbre.

–Gracias.

Le pesaba mucho la cabeza y creía tener los párpados pegados con goma.

La enfermera Renge se acercó a la ventana y bajó la persiana.

–Ha empezado a nevar ahora. Aunque creo que pronto será lluvia. ¡Qué noche más mala! Pero estupenda para estar acostada.

–Descorra las cortinas y abra la ventana. Aunque solo sea unos centímetros, por favor –murmuró Katie–. Siempre me ha gustado que haya aire fresco en el dormitorio.

–Muy bien. ¿Quiere que apague la luz, mistress DeMaio?

–Sí, por favor.

Solo quería dormir.

–Buenas noches, mistress DeMaio.

–Buenas noches. ¡Ah! ¿Me podría decir qué hora es?

–Acaban de dar las ocho.

–Gracias.

La enfermera salió. Katie cerró los ojos. Pasaron unos minutos. Su respiración se volvió uniforme. A las ocho y media no percibió el débil sonido que se oyó cuando alguien empezó a girar la manecilla de la puerta de la sala de estar.

55

Gertrude y los Krupshak se quedaron charlando después de comer el asado. Aquella aceptó la insistencia de Gana para que repitiese de un generoso trozo de pastel de chocolate hecho en casa.

–No suelo comer tanto –se excusó–, pero no he probado nada desde que encontramos a la pobre Edna.

Gana asintió sobriamente. Su marido cogió la taza de café y el plato de postre y dijo:

–Esta noche juegan los Knicks. Voy a verlos.

El tono casi grosero del hombre tenía cierta gracia. Se sentó en la sala de estar y encendió el televisor.

Gana suspiró.

–Los Knicks... Los Mets... Los Giants... Una temporada tras otra. Pero por otra parte, tengo la ventaja de que Ed está aquí. Si levanto la vista, sé que está en el otro extremo del salón. Si regreso de jugar al bingo, sé que no lo hago a un sitio vacío, que es lo que siempre le sucedió a la pobre Edna.

–Ya lo sé.

Gertrude pensó en su propia casa solitaria. Pero luego se acordó de su nieta mayor: «Abuelita, ¿por qué no vienes a cenar?... Abuelita, ¿vas a salir el domingo? Pensamos ir a visitarte».

Y llegó a la conclusión de que su vida podía ser mucho peor.

–¿Por qué no vamos y le echamos un vistazo a la casa de Edna? –dijo Gana–. No es que quiera meterte prisa... Quiero decir, bebe otra taza de café o toma otro pedazo de tarta...

–No, oh no, vayamos ahora. A decir verdad, no es que me apetezca ni pizca. Pero tenemos que hacerlo. No podemos evitarlo.

–Voy a coger la llave.

Cruzaron el patio rápidamente. Mientras aún estaban dentro de la casa de Gana, la húmeda y fría mezcla de nieve y lluvia empezó a caer de nuevo. Gana se cubrió la barbilla con el cuello de su abrigo y pensó en el bonito abrigo de imitación de leopardo de Edna. A lo mejor se lo podía llevar a casa esta noche; se lo había dado.

Al entrar en el apartamento permanecieron calladas. El polvo que habían usado los detectives para tomar las huellas dactilares aún era visible en las superficies de las mesas y en los pomos de las puertas. Sin querer, ambas clavaron la vista en el sitio donde encontraron el cuerpo desmadejado de Edna.

–Aún hay sangre en el radiador. Es probable que Gus lo pinte –dijo Gana.

–Sí.

Gertrude se estremeció. Había que acabar con aquello. Ella conocía los gustos de su nieta. Además del sofá de terciopelo, a Nan le gustarían las butacas que hacían juego, las de alto respaldo, con patas y brazos de caoba. Era una mecedora. Se acordó de que Edna le dijo que, cuando ella era niña, las butacas habían estado tapizadas de terciopelo azul con un fino brocado imitando hojas. Pero aunque había renovado la tapicería, siempre suspiraba: «No parecen como antes».

Si Nan las volvía a tapizar de terciopelo serían preciosas. Y aquella mesita antigua. En los grandes almacenes Altman había reproducciones que costaban una fortuna. Desde luego, la de Edna estaba muy estropeada, pero el marido de Nan la restauraría. «¡Oh, Edna! –pensó Gertrude–. Tú eras más inteligente que la mayoría de nosotros. Conocías el valor de las cosas.»

Gana se acercó al armario empotrado y sacó el abrigo de leopardo mientras decía:

–Edna me lo prestó el año pasado. Fui a una fiesta social con Gus. Me encanta.

No les llevó mucho tiempo repartirse las cosas del apartamento. A Gana le interesaban muy poco los muebles. Y lo que Gertrude no quisiera, lo regalaría al Ejército de Salvación. Pero Gana se sintió encantada cuando Gertrude le sugirió que se quedase con los cubiertos con baño de plata y con la porcelana fina. También acordaron que toda la ropa de Edna iría a parar al Ejército de Salvación. Ella era más pequeña y delgada que cualquiera de las dos.

–Bueno, creo que hemos acabado –suspiró Gana–. Solo nos queda repartirnos las joyas. La policía nos las devolverá dentro de poco. El anillo es para ti y el alfiler para mí.

Las joyas. Edna las guardaba en el cajón de la mesilla de noche. Gertrude se acordó de la noche del martes: aquel era el cajón que el doctor Highley había empezado a abrir.

–¡Vaya, has hecho que me acuerde! –dijo–. No hemos mirado allí. Asegurémonos de que no olvidamos nada.

Abrió el cajón. Sabía que la policía se había llevado el joyero, pero aquel hondo cajón no estaba vacío. En el fondo había un mocasín deteriorado.

–¡Vaya, por todos los dioses! –exclamó Gana–. Pero bueno, ¿podrías explicarme por qué guardaba esto?

Lo cogió y lo mostró a la luz. Estaba deformado; el tacón estaba casi desgastado; unas manchas blancas en un costado sugerían que había estado expuesto a la nieve sucia.

–¡Eso es! –gritó Gertrude–. ¡Ahora comprendo por qué estaba confundida!

Ante la expresión asombrada de Gana, intentó explicar:

–Mistress DeMaio me preguntó si Edna había llamado a alguno de los médicos el Príncipe Encantado. Eso fue lo que me confundió. Claro, ella nunca los llamó así. Pero Edna sí me dijo que mistress Lewis siempre iba a las consultas con unos mocasines muy, muy usados. Y recuerdo que me los enseñó solo hace dos semanas, cuando mistress Lewis se disponía a marcharse. Edna me dijo que siempre se burlaba de ellos con mistress Lewis. El zapato izquierdo le quedaba tan flojo que casi siempre se le salía del pie. Edna solía decirle a mistress Lewis que debía de estar esperando la llegada del Príncipe Encantado para que le recogiese su zapatilla de cristal.

–Pero el Príncipe Encantado no era el novio de Cenicienta –protestó Gana–, sino el de la Bella Durmiente.

–Eso es lo que quiero decir. Le dije a Edna que estaba confundida. Y ella se echó a reír y me dijo que mistress Lewis le había dicho lo mismo. Pero como la madre de Edna le contó así el cuento cuando era una niña, para ella esa era la versión válida.

Gertrude permaneció un momento reflexionando.

–Mistress DeMaio parecía muy ansiosa cuando me preguntó lo del Príncipe Encantado. Y la noche del miércoles... Me pregunto si era el zapato de mistress Lewis lo que el doctor Highley quería coger del cajón. ¿Sería posible? ¿Sabes una cosa? Me están entrando ganas de ir al despacho de mistress DeMaio y hablar con ella o, por lo menos, dejarle un mensaje. No sé por qué, pero tengo el presentimiento de que no debo esperar hasta el lunes.

Gana pensó en Gus, que no apartaría la vista del televisor hasta cerca de la medianoche. Y aquel deseo instintivo de animación surgió en ella; nunca había estado en la fiscalía.

–Mistress DeMaio me preguntó si Edna guardaba un viejo zapato de su madre por razones sentimentales. Y apostaría cualquier cosa a que se refería a este mocasín. Te voy a decir una cosa: iré ahora mismo contigo en el coche. Gus nunca se va a enterar de esta escapada.

56

Jim Berkeley aparcó el coche en el aparcamiento del tribunal y entró en el edificio principal. Allí se enteró de que el despacho del médico forense se hallaba en el segundo piso del ala antigua del edificio. Él se había fijado en la expresión del rostro de Richard Carroll la noche anterior cuando miró a su hija, y el mal humor y el resentimiento estuvieron a punto de hacerle decir: «Bien, la niña no se parece a nosotros, ¡y qué!».

Pero hubiera sido estúpido. Además, hubiera sido totalmente inútil.

Después de equivocarse varias veces en el laberinto del edificio, encontró el despacho de Richard. La mesita de la secretaria estaba vacía, pero la puerta que daba a la oficina de Richard estaba abierta y este salió en cuanto vio que se cerraba la puerta de la recepción.

–Te agradezco mucho que hayas venido, Jim.

«Es evidente que intenta parecer amistoso», pensó Jim. El médico quería que aquello tuviese aire de un encuentro casual. Jim le saludó con reserva y cautela. Entraron en el despacho. Richard le miró y Jim le devolvió, impasible, la mirada. Había desaparecido el humor fácil de la cena de anoche.

Con agilidad, Richard se dio cuenta de la situación y sus maneras se volvieron profesionales. Jim se puso tenso.

–Estamos investigando la muerte de Vangie Lewis, Jim. Era paciente de la Clínica de Maternidad Westlake, que fue donde tu esposa tuvo a la niña.

Jim asintió.

Era evidente que Richard escogía las palabras con muchísimo cuidado.

–Nos preocupan algunos problemas que han surgido gracias a esta investigación. Bien, quiero hacerte unas preguntas. Te prometo que tus respuestas no saldrán de estas cuatro paredes. Pero tú podrías sernos muy útil si...

–Si te digo que Maryanne es adoptada. ¿Se trata de eso?

–Sí.

Jim olvidó instantáneamente su mal humor. Pensó en Maryanne. Fuese cual fuese el precio, ella lo valía.

–No, no es adoptada. Yo estuve presente en su nacimiento y lo filmé. Tiene una pequeña marca de nacimiento en el pulgar izquierdo. Se ve en la película.

–Es sumamente improbable que dos personas de ojos oscuros tengan un niño de ojos verdes –dijo llanamente Richard. Luego se detuvo. A los pocos momentos añadió con toda serenidad las siguientes palabras–: ¿Eres tú el padre de la criatura?

Jim clavó la vista en sus manos.

–¿Quieres decir con eso que quizá Liz haya tenido que ver con otro hombre? No. Me jugaría mi vida y mi alma por ello.

–¿Y qué me dices de inseminación artificial? –preguntó Richard–. El doctor Highley es un experto en fertilidad.

–Liz y yo discutimos esa posibilidad. Pero la rechazamos hace años.

–¿No podría ser que Liz cambiase de idea y no te lo dijera? Eso ya no es tan extraño hoy día. Cada año nacen unos quince mil niños en Estados Unidos por este procedimiento.

Jim metió la mano en un bolsillo y sacó la cartera. La abrió y le mostró a Richard dos fotos de Liz, la niña y él. En la primera, Maryanne era una recién nacida y tenía los ojos casi cerrados. La segunda era reciente y en color. El contraste entre el tono de la piel y el color de los ojos de los padres y la niña era inconfundible. Jim añadió:

–Un año antes de que Liz quedase embarazada nos enteramos de que era casi imposible para nosotros adoptar un niño. Liz y yo hablamos sobre las posibilidades de la inseminación artificial. Pero ambos nos negamos a ello, aunque yo insistí más que mi mujer. Cuando nació, Maryanne tenía el pelo marrón claro y los ojos azules. Muchos niños nacen con ojos claros que, después, toman el color de los de sus padres. Solo en los últimos meses ha quedado bien claro que esto no ha pasado. Y no me importa. Esa niña lo es todo para nosotros.

Miró a Richard.

–Mi mujer sería incapaz de decir ni un chisme frívolo. Es la persona más sincera que he conocido en mi vida. El mes pasado decidí ayudarla a que confesase. Le confié que me había equivocado sobre la inseminación artificial y que comprendía por qué las personas la usaban.

–¿Y qué te contestó? –preguntó Richard.

–Desde luego, se dio cuenta de lo que le quería decir. Y afirmó que si yo pensaba que ella había tomado tal decisión sin decírmelo, ello significaba que yo no entendía la relación que existía entre nosotros. Le rogué que me perdonase. Le juré que no quería decir semejante cosa. Y me las vi y me las deseé para tranquilizarla. Al fin me creyó.

Fijó la vista en la foto.

–Pero por supuesto yo sé que me mentía –dijo.

–O quizá no tiene conciencia de lo que Highley le hizo –añadió llanamente Richard.

57

Dannyboy Duke corrió haciendo zigzagues por la Tercera Avenida en dirección a la calle Cincuenta y cinco y por la Segunda Avenida donde tenía el coche aparcado. La mujer había echado en falta su cartera tan pronto como él subía a la escalera mecánica y la oyó gritar:

–¡Ese hombre, el de pelo negro, acaba de robarme!

El chico se las arregló para deslizarse a través del muro de mujeres que llenaban la planta principal de Alexander's, pero aquella condenada le siguió bajando por la escalera mecánica, mientras gritaba y le señalaba al salir por la puerta. Temía que el guardia de seguridad le cogiese.

¡Ojalá pudiese llegar al coche! No podía tirar la cartera: estaba llena de billetes de cien dólares, él los había visto y necesitaba un pinchazo.

Había sido una buena idea entrar en el departamento de abrigos de pieles de Alexander's. Las mujeres solían llevar dinero contante y sonante a esta tienda; se perdía mucho tiempo mientras aceptaban un cheque o una tarjeta de crédito. Se había enterado de ese detalle mientras trabajaba de ayudante, cuando aún estaba haciendo el bachillerato.

Hoy llevaba uno de aquellos abrigos que le hacían parecer un ayudante. Nadie le prestó atención. La mujer llevaba uno de esos grandes bolsos abiertos y lo sostenía por una de las asas mientras rebuscaba entre los abrigos. Había sido muy fácil robarle la cartera.

¿Le seguiría alguien? No se atrevió a volver la cabeza. Eso haría que la gente se fijase en él. Sería mucho mejor avanzar pegado a los edificios. Todo el mundo tenía prisa y hacía un frío espantoso. Pero él podría pagarse un pinchazo, muchos pinchazos ahora.

Dentro de un minuto estaría en el coche. No sería ya un hombre que corre por las calles. Conduciría por el puente de la calle Cincuenta y nueve hacia su casa, que estaba en Jackson Heights. Al llegar se pincharía.

Volvió la cabeza. Nadie le seguía; no había ningún policía. Anoche había sido terrible. Aquel portero estuvo a punto de cogerle cuando forzó el maletero del coche de un médico. ¿Y qué obtuvo por correr semejante riesgo? No había drogas en el maletín. ¡Por Dios santo, solo una carpeta con informes médicos, un pisapapeles pegajoso y un viejo zapato!

Luego le robó una cartera a una viejecita: diez tristes dólares. Apenas pudo comprar un poco de droga que le mantuviera vivo hasta hoy. Aquella carterita y el maletín del médico estaban en el asiento posterior del coche. Ahora trataría de quitárselos de encima.

Ya estaba junto al coche: lo abrió y entró. Nunca, nunca por muy mal que se encontrase, se desprendería del coche. La policía no esperaba que poseyera semejante vehículo. Cuando a uno lo fichan, lo buscan en las estaciones del metro.

Encendió el motor. Pero antes de que viera la luz giratoria oyó la sirena de un coche patrulla que corría en dirección inversa. Intentó salir con el auto, pero el coche patrulla le cortó el camino. Un policía salió del coche con la mano en la culata de la pistola. La luz del coche patrulla estaba a punto de cegar a Danny.

El policía abrió de golpe la puerta, miró al interior y quitó la llave del motor mientras decía:

–Bien, Dannyboy, ¿sigues en lo mismo? ¿Cuándo aprenderás otras tretas? Sal ahora mismo de ahí, coño, y pon tus condenadas manos donde las pueda ver para ponerte las esposas. ¿Tú qué eres? ¿Un perdedor que pierde por tercera vez? Supongo que te caerán de diez a quince. Eso si tienes suerte con el juez.

58

El avión daba vueltas sobre Newark. El descenso era un poco difícil. Chris miró a Joan. Esta le oprimía con fuerza una mano, aunque sabía que aquel gesto no tenía nada que ver con el hecho de volar. Joan no tenía ni pizca de miedo cuando estaba en el avión. A menudo él la había oído razonar con las personas a las que no les gustaba volar: «Estadísticamente uno está mucho más seguro en el avión que en un coche, en un tren, en una motocicleta o en la bañera».

Tenía el rostro impasible. Había insistido en que bebiesen algo cuando sirvieron los cócteles. Ninguno de los dos cenó, pero ambos tomaron café. La expresión del rostro de Joan era seria pero inmutable. Ella le había dicho: «Lo soporto todo menos pensar que Vangie se suicidó por mi culpa, Chris. No te preocupes porque yo me vea arrastrada a esto. Tú limítate a decir la verdad cuando te la pregunten. No ocultes nada».

Joan. Si alguna vez salían de este problema, gozarían de la vida juntos. Era una mujer de cuerpo entero. Él aún tenía que aprender muchas cosas de ella. Aún no se había dado cuenta de que podía confiarle la sencilla verdad. Quizá él se había acostumbrado demasiado a disimular ante Vangie, intentando evitar así las discusiones. Y no solo tenía que aprender mucho sobre Joan, sino también sobre sí mismo. El aterrizaje fue terrible. Algunos pasajeros gritaron cuando el avión tocó tierra. Chris sabía que el piloto había hecho una buena labor, pues soplaba un terrible viento bajo, si se mantenía era probable que cerrasen el aeropuerto.

Joan le sonrió.

–Por lo menos la azafata debió habernos avisado. –Se trataba de una vieja broma de la profesión.

–O quizá intentar entretenernos de alguna manera.

Permanecieron callados mientras el avión se dirigía hacia la puerta de desembarque. Los que esperaban a los pasajeros tenían que quedarse detrás de la puerta de seguridad.

A Chris no le sorprendió ver a los dos detectives que habían estado en su casa después de que él descubriera el cadáver de Vangie.

Les estaban esperando.

–¿Capitán Lewis? ¿Miss Moore?

–Sí.

–Les ruego que nos acompañen.

La voz de Ed sonaba muy seria.

–Es mi deber poner en su conocimiento que es sospechoso de la muerte de su esposa, Vangie Lewis, así como de otros posibles homicidios. Todo cuanto diga podríamos usarlo en contra suya. No tiene por qué contestar a ninguna pregunta y está en el derecho de pedir la ayuda de un abogado.

Joan contestó por él:

–Chris no necesita ningún abogado. Les dirá todo lo que sabe.

59

Molly se relajó en su asiento cuando la orquesta inició los compases que señalaban el comienzo de *Otelo*. Bill amaba la ópera; a ella le gustaba. Quizá ello fuera parte de la razón por la que su mente no descansaba. Bill parecía ya totalmente absorto, tenía una expresión serena y ensimismada. Molly miró a su alrededor, el Metropolitan estaba hasta los topes, como siempre. Ellos tenían unos asientos excelentes. No era para menos, Bill había pagado setenta dólares por los dos.

Sobre su cabeza, las lámparas relumbraron, destellaron y empezaron a apagarse dentro de una plateada oscuridad.

Molly hubiera debido insistir en acompañar a Katie al hospital. Molly no entendía, ni podía entender, el porqué de aquel miedo que tenía su hermana a los hospitales. No había de qué asombrarse, a Katie le daba vergüenza hablar de ello. Lo peor era que había motivos para tener semejante temor: a su padre no le prestaron ayuda a tiempo. El anciano que ocupaba la misma habitación se lo había dicho. Hasta Bill admitía que en los hospitales se cometían muchos errores.

La cogió por sorpresa la salva de aplausos que estalló mientras Plácido Domingo descendía del buque. Hasta aquel momento no había prestado atención a la ópera. Bill la miró y ella aparentó que lo estaba pasando bien. Después del primer acto llamaría a Katie. Eso la tranquilizaría. Le bastaría con oír la voz de su hermana diciéndole que todo iba bien.

Y, por Dios santo, estaría en el hospital a primera hora de la mañana, antes de la operación, para asegurarse de que Katie no estaba muy nerviosa.

El primer acto le pareció interminable. Nunca se había dado cuenta de que la obra durase tanto. Por fin llegó el intermedio. Tras rehusar, impaciente, la invitación que le hizo Bill para tomar una copa de champaña en el bar del vestíbulo, corrió a un teléfono.

Sin perder tiempo, marcó el número de la clínica y metió las monedas necesarias.

Unos minutos más tarde, y con los labios palidísimos, volvió corriendo a donde estaba Bill. Medio sollozando, se aferró a uno de sus brazos.

–Algo va mal, algo va mal... Llamé al hospital y se negaron a ponerme con la habitación de Katie. Me dijeron que el doctor había prohibido las llamadas. Entonces dije que me pusieran con la enfermera de turno e insistí para que fuera a ver a Katie. Al cabo de unos instantes regresó. Es casi una niña y está histérica. Y me dijo que Katie no estaba en la habitación. Que no sabían dónde estaba.

60

Él salió de la habitación de Katie con una sonrisa de satisfacción en el rostro. Todo iba muy bien, las píldoras daban el resultado apetecido, Katie empezaba a tener hemorragias; la herida del dedo probaba que su sangre ya no se coagulaba.

Fue al piso segundo y se detuvo a ver a mistress Aldrich. El bebé estaba en una cuna junto a Aldrich, y la esposa de aquel, a su lado. Distante, sonrió a los padres y luego se inclinó para ver al niño. Después afirmó:

–Es un hermoso ejemplar. Creo que no lo cambiaremos por nada.

Él sabía que su humor era pesado, pero a veces necesario también. Delano Aldrich podría conseguir miles de dólares en becas de investigación para el hospital Westlake. Más investigaciones. Él podría trabajar en el laboratorio con animales e informar sobre sus éxitos. Luego, cuando empezara a trabajar públicamente con mujeres, los experimentos que había efectuado durante estos años harían que el éxito fuese inevitable. Una fama postergada no es, necesariamente, una fama negada.

Delano Aldrich miraba a su hijo y su rostro era todo un ejemplo de amor y admiración:

–Aún no podemos creerlo, doctor. Todo el mundo nos dijo que nunca podríamos tener hijos.

–Está claro que todos se equivocaban.

El principal problema fue, sin duda alguna, la ansiedad que ella sufría. Fukhito lo descubrió. Por parte de la familia del padre existía distrofia muscular. Ella sabía que quizá podía transmitirla. Eso, y unos quistes fibroides en el útero. Él se había ocupado de los quistes y mistress Aldrich había quedado embarazada. Luego realizó unos análisis tempranos del líquido amniótico y pudo tranquilizarla sobre el problema de la distrofia.

Así y todo, era una mujer muy emotiva y casi hiperactiva. Hacía más de diez años que había tenido dos abortos naturales prematuros; pero él la obligó a meterse en cama dos meses antes del nacimiento y dio resultado.

–Vendré a verles por la mañana.

Esta pareja serían unos fervientes testigos a su favor, en el caso de que surgiera algún problema que pusiera en duda la causa de la muerte de Katie DeMaio.

Pero no habría ningún problema.

La constante bajada de tensión arterial era un asunto de historial médico; la operación de urgencia tendría lugar en presencia de las principales enfermeras de su personal. Hasta enviaría a buscar al cirujano de urgencias para que le ayudase. Molloy estaba de turno esta noche; era un buen hombre, el mejor, y se ocuparía de comunicarles a la familia y al despacho de Katie que fue imposible detener la hemorragia, y que el doctor Highley había estado a la cabeza de un equipo que trabajó sin perder un instante.

Tras dejar a los Aldrich, se fue a ver a la enfermera Renge. Había manipulado cuidadosamente el programa de trabajo para que a ella le tocase el turno de esta noche. Una enfermera más experta hubiera ido a ver a Katie cada diez minutos. Pero Renge no era tan inteligente.

–Enfermera Renge...

–Doctor.

La mujer se puso de pie; le temblaban las manos nerviosamente.

–Estoy muy preocupado por mistress DeMaio. Su tensión sanguínea está en un límite más bajo de lo normal. Pero me temo que la hemorragia vaginal ha sido más copiosa de lo que ella cree. Voy a salir a cenar, luego regresaré. Quiero que para entonces esté hecho ya el recuento del laboratorio de glóbulos rojos en la sangre. No quise molestarla, pues toda la vida ha tenido miedo de los hospitales. Pero no me sorprendería que tuviésemos que intervenir esta noche. Lo decidiré cuando regrese dentro de una hora. La convencí para que no comiese nada a la hora de cenar. Si le pide alimento sólido, no se lo dé.

–Sí, doctor.

–Dele a mistress DeMaio la píldora de dormir. Y bajo ningún concepto le deje entrever que a lo mejor tenemos que intervenirla con carácter urgente. ¿Queda eso claro?

–Sí, doctor.

–Muy bien.

Decidió que tenía que hablar con varias personas en el vestíbulo principal. Luego, que cenaría en el restaurante que estaba cerca del hospital. No era malo: la carne que servían era bastante aceptable. Quería que después su imagen fuera la de un médico muy consciente.

«Me preocupaba mistress DeMaio. Y en vez de ir a casa cené aquí al lado y regresé directamente al hospital para ver cómo estaba. Gracias a Dios que lo hice. Por lo menos lo intentamos todo.»

Otro detalle muy importante: en una noche tan horrenda como esta no sería nada singular ir caminando hasta el restaurante. De esta forma nadie tendría la plena seguridad de cuánto tiempo había estado fuera. Debido a que mientras esperaba que le sirviesen el café, él ya había dado el último paso necesario. Dejó a Katie a las siete y cinco. A las ocho menos cuarto estaría en el restaurante. A las ocho le darían a Katie la píldora para dormir. Era muy fuerte, y gracias a la debilidad de Katie la haría dormir inmediatamente.

A las ocho y media no sería peligroso que subiera por las escaleras posteriores hasta llegar al tercer piso y entrara en la suite por la sala de estar, asegurándose de que Katie estaba dormida. Entonces le inyectaría la heparina, aquella fuerte medicina anticoagulante que, al combinarse con las píldoras, haría que la tensión arterial y el recuento de glóbulos rojos cayeran en picado.

Luego regresaría al restaurante, acabaría de tomar el café, pagaría la cuenta y volvería al hospital. Haría que la enfermera Renge le acompañase a ver a la paciente. Y al cabo de unos minutos Katie estaría en el quirófano.

Además, ella le había ayudado inadvertidamente al pedir que nadie la visitase. Desde luego, él estaba preparado para semejante posibilidad; en tal caso le suministraría heparina con la transfusión que le harían durante la operación. De esta forma sería igualmente efectiva, pero más arriesgado.

El filete no estaba mal. ¡Qué extraño era el hambre que experimentaba en momentos como este! Hubiera preferido esperar a que todo hubiera pasado para comer, pero aquello hubiera sido casi imposible. Cuando pudiera ponerse en contacto con la hermana de Katie ya habría pasado un buen rato desde la medianoche, ya que estaba en la ópera. La esperaría en el hospital para consolarla. Así Molly se acordaría de cuán amable había sido, lo que quería decir que no llegaría a su casa antes de las dos o las tres. Y no podía esperar a comer hasta tan tarde.

Se permitió beber una copa de vino, aunque hubiera preferido la acostumbrada media botella, pero esto era imposible esta noche. Así y todo, aquella copa le calentó, le hizo estar más alerta, le ayudó a que su mente barajase posibilidades y se preparase para cualquier hecho inesperado.

Aquello sería el final del peligro. Su maletín aún no había aparecido. Era probable que nunca lo hiciera.

Había eliminado la amenaza de Salem. Los periódicos informaron que su muerte se debió a «una caída o un salto». A Edna la enterraron esta mañana. A Vangie Lewis la enterraron ayer. El mocasín que encontrarían en el cajón de Edna, las personas que se repartieran sus pobres pertenencias, carecería de significado.

Una semana terrible e innecesaria. Deberían permitirle que prosiguiera abiertamente con su labor. Solo hacía una generación, la inseminación artificial parecía algo horrible, y en la actualidad miles de niños nacían gracias a ella cada año.

Pero retrocedamos unos cientos de años. Los árabes solían destruir a los enemigos infiltrándose en sus campos e impregnando a las yeguas con algodones mojados en el semen de sementales inferiores. Había que reconocer que para planear semejante cosa uno tenía que poseer una notable inteligencia.

Los doctores que hicieron con éxito la primera fertilización in vitro fueron unos genios.

Pero su genio superaba al de todos los demás. Nada se interpondría en su camino para alcanzar los premios que se merecía.

El premio Nobel. Un día se lo darían por su contribución a la medicina que nadie imaginó fuese posible.

Él solo había resuelto el problema del aborto y el de la esterilidad. La tragedia era que, si se enteraban, le considerarían un criminal, como le sucedió a Copérnico.

–¿Le ha gustado la cena, doctor?

Él conocía a aquella camarera. Ah, sí, claro. Hacía varios años la había ayudado a alumbrar. Tuvo un niño.

–Muchísimo. ¿Cómo está su hijo?

–Bien, señor, muy bien.

–Estupendo.

Era increíble que aquella mujer y su marido hubiesen podido pagar lo que él pedía; le entregaron todo el dinero que habían ahorrado para pagar la entrada de una casa. Pero al fin y al cabo ella había obtenido lo que quería.

–Quisiera un cappuccino, por favor.

–Muy bien, doctor. Pero tendrá que esperar unos diez minutos.

–Bien. Mientras me lo prepara haré unas llamadas telefónicas.

Estaría fuera del restaurante menos de diez minutos. La camarera no le echaría de menos.

A través de la ventana vio que había dejado de nevar. Desde luego, no podría sacar el abrigo del guardarropa. Se deslizó por la puerta lateral que quedaba en el pasillo donde estaban los teléfonos y los servicios y se encaminó rápidamente por el sendero. El frío le mordió la cara, pero apenas lo notó. Planeaba cada paso.

Le resultó fácil mantenerse oculto en la sombra. Además, tenía la llave de la salida de emergencia, que quedaba en la parte posterior del ala de maternidad, y nadie usaba aquellas escaleras jamás. Por ellas entró en el edificio.

La escalera estaba muy iluminada. Por consiguiente, apagó la luz. Sabía caminar por el hospital aun con los ojos cerrados. Al llegar al tercer piso abrió la puerta con cautela y se quedó escuchando: no se oía nada. Sin hacer ruido, penetró en el pasillo. Un instante después se encontraba en la sala de estar de la suite de Katie.

También había tomado en consideración otro problema: ¿qué hubiera ocurrido si otra persona hubiera querido acompañarla al hospital, su hermana Molly o una amiga? ¿Qué hubiera pasado si esa persona hubiera pedido permiso para quedarse a pasar la noche en el sofá cama del salón de estar? El hospital Westlake animaba abiertamente a que alguien acompañase a la paciente, si esta así lo deseaba. Pero al mandar que volviesen a pintar la sala había bloqueado tal posibilidad.

Planear, planear lo era todo. Algo tan útil y necesario en la vida como en el laboratorio.

Aquella tarde él había dejado la jeringuilla con heparina en el cajón de una mesita que había en el extremo del sofá, cubierto con los trapos del pintor. La luz del aparcamiento se filtraba a través de la ventana y le daba suficiente visibilidad para encontrar el mueble enseguida. Cogió la jeringuilla.

Este era el momento crucial. Si Katie se despertaba y le veía, quedaría al descubierto. Aunque, sin duda alguna, probablemente ella volvería a dormirse enseguida. Y, con todo, no pondría en cuestión lo de la inyección. Pero si al volver más tarde a aquella habitación con la enfermera Renge, Katie aún estaba consciente y decía algo sobre el pinchazo, ello significaría correr un riesgo. Así y todo, podría explicarse con facilidad: Katie se confundía. Sin duda alguna se refería al momento en que le sacó sangre para proceder al análisis. Pero sería mucho mejor que no se despertase en este momento.

Entró en la habitación, se inclinó sobre ella y se acercó a un brazo. Las cortinas estaban un poco abiertas, una débil iluminación entraba en el dormitorio. Vio el perfil de Katie, con la cara apoyada en dirección opuesta a él. Su respiración era anhelante, hablaba en sueños, pero no pudo entender las palabras; tenía que estar soñando.

Le clavó la aguja en el brazo y apretó la jeringuilla. Katie pestañeó y suspiró. Sus ojos turbios de sueño se abrieron al volver la cabeza. Con aquella débil luz, pudo ver sus pupilas dilatadas. Katie le miró desconcertada y murmuró:

–Doctor Highley, ¿por qué mató a Vangie Lewis?

61

Scott Myerson estaba más cansado que de mal humor. Desde que se encontró el cadáver de Vangie Lewis el martes por la mañana, habían muerto otras dos personas. Muy decentes las dos: una recepcionista sumamente eficaz que se merecía unos años de libertad tras ayudar a cuidar a sus ancianos padres, y un médico que estaba llevando a cabo una verdadera contribución a la profesión.

Ambos habían muerto porque él no se movió con suficiente rapidez. Chris Lewis era el asesino, Scott no dudaba de ello. La tela de araña que envolvía a Lewis era irrompible. ¡Qué distinto hubiera sido todo si hubiese advertido inmediatamente que la muerte de Vangie Lewis era un homicidio!

Entonces habría interrogado inmediatamente a Lewis y a lo mejor le hubiera hecho confesar. Si hubiesen obrado así, Edna Burns y Emmet Salem aún estarían con vida.

Scott no veía el momento en que pudiese echarle el guante a Lewis; un hombre capaz de matar a su esposa embarazada también era capaz de asesinar a sangre fría.

Y Lewis lo probaba, era la peor especie de criminal; el que ni lo parecía ni se comportaba como tal, en quien uno confiaba y a quien uno apoyaba.

Lewis y su amiguita aterrizarían a las siete y estarían en su despacho sobre las ocho. Lewis era frío. Muy bien. Ello quería decir que sabía comportarse mejor que echar a correr, aunque él podría acorralarle.

Lewis sabía que todo era circunstancial, pero las evidencias circunstanciales pueden ser mucho más efectivas que el testimonio de un testigo oculto, si uno sabe cómo presentarlas ante el tribunal. Scott se ocuparía del caso y lo haría con sumo placer.

A las siete cincuenta, Richard entró en el despacho de Scott y no perdió tiempo en preámbulos.

–Creo que hemos descubierto una verdadera cloaca: se llama «concepto de maternidad Westlake».

–Si te refieres a que es probable que ese chino se divertía con Vangie Lewis, estoy de acuerdo –dijo Scott–. Pero creí que ya habíamos hablado de eso esta tarde. De todas formas no nos costará trabajo averiguarlo.

»Hazle un análisis de sangre al feto y nosotros nos ocuparemos de traer a Fukhito. No podrá negarse a que analicemos su sangre. Si lo hiciese, equivaldría a admitir todas sus culpas. Y ello significaría que acabaría su carrera como médico si se probara otro caso de paternidad.

–No me refiero a eso –le interrumpió Richard, impaciente–. Quien me interesa es Highley. Creo que experimenta con sus pacientes. Acabo de hablar con el esposo de una de ellas y no hay forma de creer que sea el padre de la criatura, aunque estuvo presente en el parto. Él opina que su esposa aceptó la inseminación artificial sin su permiso. Pero para mí la cosa va más lejos: creo que Highley hace inseminación artificial sin que lo sepan sus pacientes. Por eso traen al mundo, bajo su atenta mirada, a niños casi milagrosos.

Scott le espetó:

–Así que quieres decir que crees que Highley inyectó a Vangie Lewis el semen de un hombre oriental y esperaba que no se descubriese... Vamos, Richard.

–Quizá él ignoraba que el donante fuese oriental, quizá cometió un error.

–Los doctores no cometen errores de esa clase. Aun admitiendo que tu teoría fuese verdadera, y te voy a hablar con toda franqueza, yo no me la trago, eso no le convierte en el asesino de Vangie.

–Hay algo en Highley que no concuerda –insistió Richard–. Lo presentí en cuanto le eché la vista encima.

–Investigaremos el concepto de maternidad Westlake –dijo Scott–. Eso no es problema. Y si hay algún tipo de ilegalidad lo averiguaremos y formularemos la pertinente acusación. Si tienes razón y Highley insemina a las mujeres sin el consentimiento de ellas, le echaremos el guante, pues ello constituye una clara violación en la legislación que protege a las personas. Pero nos ocuparemos de esto más adelante. Quien me interesa ahora es Chris Lewis.

–Hagamos lo siguiente –insistió Richard–. Investiguemos un poco más el pasado de Highley. Yo estoy estudiando las acusaciones de mal ejercicio de la medicina que pesan sobre él. Una mujer, una tal mistress Horan, vendrá dentro de poco a contarme por qué le acusó. El artículo del *Newsmaker* dice que vivía en Liverpool antes de venir aquí. Llamemos allí y veamos si podemos encontrar alguna pista sospechosa. Ellos no te negarán ninguna información.

Scott se encogió de hombros.

–De acuerdo, adelante.

Sonó un timbre en la mesa.

Scott encendió el interfono y dijo.

–Que entre.

Se recostó en la butaca.

Luego miró a Richard y añadió:

–El acongojado viudo, el capitán Lewis, acaba de llegar con su amante.

62

Dannyboy Duke estaba sentado miserablemente encogido hacia delante en una silla en la celda de la comisaría. Sudaba y tenía los nervios de punta. Le temblaban los brazos y casi no podía ver. Y pensar que con otros treinta segundos no le hubiesen cogido y que en este instante se encontraría en su apartamento con el bendito alivio del pinchazo corriéndole por todo el cuerpo... Sin embargo, ahora se hallaba en medio de aquel sudoroso y caliente infierno.

–Dadme una oportunidad –susurró.

Los policías ni se inmutaron.

–Danos tú una oportunidad, Danny. En este pisapapeles hay manchas de sangre. ¿A quién pegaste, Danny? Vamos, Danny, sabemos que no se trata de la viejecita a la que robaste la cartera anoche. Solo la tiraste al suelo y se le ha roto la cadera. Y eso es bastante malo cuando se tienen setenta y cinco años, Danny. Además, lleva todas las trazas de acabar con neumonía. Y quizá hasta se muera. Ese sería el crimen número dos, Dannyboy. Si tú nos ayudas, veríamos qué podemos hacer por ti.

–No sé de qué me habláis –susurró Danny.

–Claro que lo sabes. En tu coche encontramos el maletín del médico y la carterita también. Y en tu bolsillo la cartera que habías robado en Alexander's. Sabemos que anoche robaste el maletín. Tenemos el aviso aquí. El portero te vio haciéndolo frente al hotel Carlyle y puede identificarte. Ahora bien, queremos saber a quién pegaste con el pisapapeles, Danny. Cuéntanoslo. Y también lo de ese zapato, Danny. ¿Desde cuándo guardas zapatos medio rotos? Venga, dínoslo todo.

–Todo estaba en el maletín –susurró Danny.

Los dos detectives se miraron. Uno de ellos se encogió de hombros y se volvió a mirar el periódico que estaba en la mesa situada detrás de él. El otro dejó la carpeta que había estado examinando y que había sacado del maletín.

–Muy bien, Danny. Vamos a llamar al doctor Salem

para que nos diga qué tenía dentro del maletín. Eso lo arreglará todo. Pero todo marcharía mejor si tú colaboraras. Ya llevas bastante tiempo en la calle para saberlo.

El otro detective levantó la vista del periódico y con voz que dejaba traslucir el asombro preguntó:

–¿El doctor Salem?

–Sí, ese es el nombre que figura en la carpeta. Pero espera un momento. Ahora veo que en la placa del maletín pone DOCTOR EDGAR HIGHLEY. Es de suponer que tenía el historial médico de la paciente de otro médico.

El detective más joven se acercó a la mesa. Llevaba en la mano la edición matutina del *Daily News*. Abrió la carpeta y examinó el montón de papeles que tenían el membrete del doctor Emmet Salem. Luego señaló a la página tres del *News*.

–Salem es el médico que anoche apareció muerto en el techo de la terraza del Essex House. El fiscal del condado de Valley está trabajando con nosotros en este caso.

Los oficiales de la policía miraron a Dannyboy con nuevo interés y con ojos agudos y suspicaces.

63

Él observó cómo los ojos de Katie se cerraban y su respiración se volvía uniforme. Se quedó dormida otra vez. Aquella pregunta sobre Vangie surgió de alguna zona de su subconsciente, disparada quizá por una repetición de su estado mental del lunes por la noche. Quizá ni se acordaría de haber hecho semejante pregunta. Pero no podía correr el riesgo. ¿Qué pasaría si volvía a hacerla frente a la enfermera Renge o a los otros doctores en el quirófano, antes de que la anestesiaran? Su mente se agitó en busca de una solución. La presencia de Katie en la ventana el lunes por la noche... Aún podía descubrirle.

Tenía que matarla antes de que la enfermera Renge hiciera su ronda, dentro de una hora aproximadamente. La inyección de heparina impediría la coagulación inmediatamente, pero así y todo aún le llevaría varias horas al medicamento completar todo el proceso. Eso era lo que había planeado. Pero ahora no podía esperar. Tenía que darle otra inyección sin pérdida de tiempo.

Tenía heparina en la consulta. No se atrevió a acercarse al dispensario del hospital. Tendría que bajar por la escalera de incendios hasta llegar al aparcamiento, entrar por la puerta privada a su consulta, llenar la jeringuilla hipodérmica y regresar. Todo ello le llevaría por lo menos cinco minutos.

La camarera empezaría a preguntarse por qué se había ausentado del restaurante. Pero con respecto a eso no podía hacer nada.

Satisfecho al ver que Katie dormía, salió rápidamente de la habitación.

64

El analista del laboratorio forense del condado de Valley trabajó horas extras el viernes por la noche. El doctor Carroll le había pedido que comparase todas las muestras microscópicas tomadas en la casa de la presunta suicida, Vangie Lewis, con todas las muestras microscópicas tomadas en la casa de la presunta muerta por accidente, Edna Burns. Estudió cuidadosamente todas las cosas que había en el hogar de los Lewis y en el apartamento de Edna Burns. Y buscó con extremo cuidado cualquier sustancia que pudiese ser singular.

El analista sabía que poseía un magnífico instinto para las evidencias microscópicas y un sexto sentido que nunca le fallaba. Siempre se interesaba en particular por los cabellos sueltos y le gustaba mucho decir:

–Somos como animales cubiertos de pelo. Es asombrosa la cantidad de pelo que se nos cae constantemente, incluyendo las personas que casi son calvas.

Entre las muestras recogidas en casa de los Lewis encontró muchísimos cabellos color rubio ceniciento de la víctima. También encontró cabellos castaño claro, en gran cantidad, en el dormitorio. Sin duda alguna pertenecían al esposo, ya que también aparecían en la biblioteca y en la sala de estar.

Pero también había cierto número de cabellos entrecanos de color arenoso en el dormitorio de la víctima. Aquello era singular. Si los hubiera hallado en la cocina o en la sala de estar hubieran podido pertenecer a un visitante o a un recadero. Pero ¿en el dormitorio? Incluso en la actualidad eran muy pocas las personas no pertenecientes a la familia a las que se hacía pasar al dormitorio. Aquellos cabellos tenían un significado especial. Pertenecían a la cabeza de un hombre, ya que su longitud lo sugería de modo directo. También había algunos cabellos en el abrigo que la víctima llevaba puesto.

Fue entonces cuando el analista encontró la relación que Richard Carroll buscaba: unos cuantos cabellos de color arenoso, con raíces blancas, aparecían en la bata de baño de color azul desteñido de Edna Burns.

Colocó las muestras de cabello bajo unos potentes microscopios y con sumo cuidado comprobó los dieciséis puntos esenciales de comparación.

No cabía la menor duda.

Una misma persona había estado muy cerca de las dos mujeres muertas; lo bastante cerca como para tener la cabeza junto al pecho de Edna Burns y haber rozado con ella un hombro de Vangie Lewis. El analista se levantó de la mesa de análisis y fue al teléfono para llamar al doctor Carroll.

65

Intentó despertarse. Oyó un ruido: una puerta se cerró. Alguien acababa de estar allí. Le dolía el brazo. El doctor Highley. Volvió a dormirse...

«¿Qué le había dicho al doctor Highley?» Al cabo de unos minutos Katie volvió a despertarse y se acordó. Se acordó del coche negro con adornos brillantes y de la luz que reflejaban sus gafas. Había visto todo el lunes por la noche. El lunes por la noche el doctor Highley llevó a Vangie Lewis hasta su coche. El doctor Highley había matado a Vangie.

Richard sospechó algo e intentó decírselo, pero no quiso escucharle.

El doctor Highley sabía que ella estaba al corriente. ¿Por qué le había hecho aquella pregunta? Tenía que marcharse de allí, iba a matarla también. Siempre había tenido pesadillas sobre hospitales porque, hasta cierto punto, sabía que moriría en un hospital.

¿Adónde se había ido el doctor Highley? Regresaría, lo sabía. Regresaría para matarla. ¡Ayuda! Necesitaba ayuda.

¿Por qué se sentía tan débil? Le sangraba la herida del dedo. Las píldoras que el doctor le había recetado. Desde que las tomaba había empeorado. Las píldoras hacían que se desangrase.

«¡Oh, Dios mío, ayúdame, por favor! ¡El teléfono, el teléfono!»

Katie se esforzó por cogerlo. Una de sus manos, débil y temblorosa, lo tiró al suelo. Moviendo la cabeza y esforzándose por mantener los ojos abiertos, tiró del cordón. Por fin se puso el auricular en el oído. No oyó nada.

Nerviosa, empezó a dar golpecitos al interruptor, intentando ponerse en contacto con la telefonista.

El doctor Highley había dicho que el teléfono estaba averiado. Apretó el timbre de la enfermera. Ella la ayudaría. Pero la conexión que había de encender la luz fuera de su cuarto no funcionó. Estaba segura de que la señal tampoco se reflejaba en el panel de la enfermera.

Tenía que marcharse de allí antes de que el doctor Highley regresase. Oleadas de mareo la hicieron tambalearse al ponerse de pie.

Tenía que marcharse. Vangie Lewis. Aquel largo pelo rubio, el ansia petulante de aquella muchacha por tener un hijo. El doctor Highley había matado a Vangie, había matado a su hijo. ¿Habría habido otros crímenes?

Salió de la cama y se apoyó en las paredes. El ascensor... Tenía que llegar hasta el ascensor y bajar al segundo piso... Allí había gente, otras pacientes, enfermeras.

Cerca se cerró una puerta... Regresaba. Nerviosa, Katie miró la puerta abierta que daba al pasillo... Él la vería si salía por allí.

La puerta del baño carecía de llave. El armario empotrado... Allí también la encontraría.

Haciendo acopio de voluntad pudo llegar hasta la puerta que conducía a la sala de estar, abrirla, entrar y cerrarla antes de que él llegase al dormitorio.

¿Adónde podría ir? La buscaría de inmediato. No podía quedarse donde se encontraba. Si intentaba llegar hasta el vestíbulo tendría que pasar frente a la puerta abierta del dormitorio... Y la vería. No, tendría que ir hacia el vestíbulo, girar a la izquierda y después avanzar por el largo pasillo hasta llegar al ascensor. No podía enfrentarse a él. ¿Dónde podría ir? Oyó que una puerta se abría... Estaba buscándola en el dormitorio. ¿Debería esconderse bajo los paños que cubrían los muebles? No, no, allí la atraparía; la encontraría y la sacaría.

Se mordió un labio mientras el mareo se posesionaba de su cerebro. Sentía las piernas como de goma y la lengua y la piel como si fueran una esponja.

Dando tumbos, fue hasta la puerta de la sala de estar que daba al pasillo. Allí había otra puerta, la salida de emergencia, la había visto cuando la llevaban a la habitación. Bajaría por allí hasta el segundo piso y pediría ayuda.

Ya estaba en el vestíbulo. Solo era cuestión de minutos que la siguiese.

La puerta que daba a la escalera de incendios era pesada. Se aferró a ella, empujó, y volvió a empujar. Con trabajo, por fin, cedió. La abrió y salió. La puerta se cerró muy poco a poco. ¿Vería él cómo se cerraba? Las escaleras... Todo estaba espantosamente oscuro, pero no podía encender las luces... La vería. Quizá ahora ya corría por el pasillo y se dirigía hacia el ascensor. Si hacía eso, dispondría de otro minuto.

Necesitaba aquel minuto. ¡Ayudadme, ayudadme! Se agarró al pasamanos. La escalera era muy inclinada. Sus pies desnudos no hacían ruido. ¿Cuántos escalones había entre piso y piso? Trece. No, eso era lo normal en una casa. Aquí había un rellano después de ocho escalones.

Luego, otros ocho escalones. Después, estaría a salvo. Siete... cinco... uno.

Estaba en la puerta. Intentó abrirla. Estaba cerrada, solo se abría desde fuera.

Oyó cómo, arriba, abrían la puerta del tercer piso y unas pisadas lentas y pesadas descendían por los escalones.

66

Chris se negó a llamar a un abogado. Estaba sentado frente al fiscal. Este encuentro le había preocupado mucho y aún temía más el que no le creyese. Pero Joan creía en él y le había dicho:

«Es lógico que sospechen de ti, Chris. Cuéntales todo lo que sabes. Recuerda lo que dice la Biblia: "La verdad te hará libre".»

Chris dejó de mirar al fiscal, posó sus ojos en los dos detectives que le habían ido a buscar al aeropuerto y dijo:

–No tengo nada que ocultar.

Scott no parecía impresionado. Un joven con aspecto de intelectual y que llevaba en la mano un bloc de taquigrafía entró en la habitación, se sentó, abrió el bloc y sacó un lápiz. Scott le miró sin disimulo.

–Capitán Lewis, es mi deber informarle que es usted sospechoso de las muertes de Vangie Lewis, Edna Burns y el doctor Emmet Salem. Si quiere, puede callar. No se le exige que conteste a ninguna pregunta. En cualquier momento puede negarse también a continuar contestando preguntas. Tiene derecho a utilizar los servicios de un abogado. Cualquier cosa que diga podemos usarla en su contra. ¿Está esto perfectamente claro?

–Sí.

–¿Sabe leer?

Chris clavó los ojos en Scott. ¿Acaso quería mostrarse sarcástico? No, hablaba completamente en serio.

–Sí.

Scott le pasó un papel por encima de la mesa.

–Este es un ejemplar de la enmienda Miranda, de la que ya habrá oído hablar. Le ruego la lea con cuidado y se asegure de que la entiende. Después, si lo cree conveniente, fírmela.

Chris leyó aquellas palabras con presteza, firmó y devolvió el papel.

–Muy bien.

Scott puso el papel a un lado. Sus modales cambiaron. En cierto aspecto se volvieron más tensos y Chris advirtió que el interrogatorio formal estaba a punto de empezar.

«Qué extraño –pensó–. Todas las noches de nuestra vida, si así lo queremos, podemos ver escenas de ladrones y policías en las que aparecen los tribunales. Pero nunca esperamos vernos envueltos en una de ellas. Era evidente que el fiscal creía que él había matado a Vangie. ¿Acaso obraba locamente al no aceptar un consejero legal? No.»

El fiscal se dirigía a él:

–Capitán Lewis, ¿en algún momento ha recibido usted malos tratos?

–No.

–¿Quiere comer algo, tomar un café?

Chris se pasó la mano por la frente.

–Me gustaría tomar un poco de café a ser posible, aunque estoy preparado para contestar a todas sus preguntas.

Así y todo, no estaba totalmente preparado para la pregunta que le hizo Scott.

–¿Asesinó usted a su esposa, Vangie Lewis?

Chris le miró cara a cara.

–Yo no asesiné a mi esposa e ignoro si fue asesinada. Solo sé una cosa: si murió antes de la medianoche del lunes, Vangie no se suicidó en nuestra casa.

Scott, Charley, Phil y el taquígrafo se mostraron espontáneamente asombrados mientras Chris decía tranquilamente:

–Yo llegué a casa antes de la medianoche del lunes y Vangie no estaba. Regresé a Nueva York. A las once de la mañana del día siguiente la encontré en la cama. Hasta que el director de la funeraria fue a verme a casa para pedir un traje con que vestir a mi esposa para el entierro, no me dijo la hora de su muerte. Y yo me di cuenta entonces de que alguien debió de llevar su cadáver a casa. Pero aun antes de que esto ocurriera, yo sabía que había algún detalle sospechoso. Mi esposa nunca se hubiera puesto, ni siquiera intentado ponerse, los zapatos que llevaba cuando la encontré. Durante las seis semanas que precedieron a su muerte el único calzado que podía usar era un par de mocasines en muy mal estado que la mujer de la limpieza había dejado olvidados. Tenía muy hinchados la pierna y el pie derechos. Hasta los usaba como zapatillas para andar por casa...

Todo fue más fácil de lo que él esperaba. A continuación le siguieron preguntando:

–Usted se marchó del hotel a las ocho de la noche del lunes y regresó a las diez. ¿Adónde fue durante ese tiempo?

–A un cine en Greenwich Village. Cuando regresé al motel no podía dormir. Decidí ir a casa en coche y hablar con Vangie. Eso fue un poco antes de la medianoche.

–¿Por qué no se quedó y esperó a su esposa?

Luego escuchó lo que para él fue como una patada en medio del estómago:

–¿Sabía usted que su esposa llevaba un feto japonés en su seno?

–¡Oh, Dios mío!

El horror, mezclado en parte con una sensación de alivio, le inundó el cuerpo. «No se trataba de mi hijo.» Un feto japonés. Ese psiquiatra. ¿Habría sido tan cerdo como para aprovecharse de ella? Ella, que tanto había confiado en él. Oh, Dios mío, el pobre bebé. Ahora comprendía por qué temía tanto dar a luz. Esa debió de ser la causa por la que llamó al doctor Salem: quería ocultarse. ¡Oh, Dios mío, era tan infantil!

Luego le hicieron otra pregunta:

–¿Sabía usted que su mujer tenía algo que ver con otro hombre?

–No, no.

–¿Por qué fue al apartamento de Edna Burns el martes por la noche?

Llegó el café e intentó contestar.

–Un momento, por favor. ¿Quieren que les cuente todo lo que pasó?

Y empezó a beber el café, aquello le ayudaba.

–El martes por la noche, precisamente después de advertir que a Vangie la habían traído a casa tras estar muerta, esa mujer, Edna Burns, me llamó. Sus palabras casi eran incoherentes. Empezó hablando de Cenicienta y del Príncipe Encantado. Me dijo que tenía algo para mí, algo que yo querría poseer, y que tenía una historia que contar a la policía. Pensé que a lo mejor sabía con quién había estado Vangie. Pensé que, si me lo decía, quizá no me vería forzado a admitir que había estado en casa el lunes por la noche. No quería que Joan se viese envuelta en este asunto.

Colocó la taza de café en la mesa mientras se acordaba de lo ocurrido el martes por la noche. Parecía que había transcurrido mucho tiempo y que todo había perdido sus justas proporciones.

–Fui en coche hasta la urbanización donde vivía miss Burns. Un chiquillo que vi por allí paseando a su perro me indicó cuál era su apartamento. Toqué el timbre y llamé a la puerta. Oía el televisor, y veía que las luces estaban encendidas. Pero no respondía. Supuse que se había quedado dormida y que no sacaría nada en limpio intentando hablar con ella. A lo mejor solo se trataba de una loca. Regresé a casa.

–O sea, que no entró en la casa.

–No.

–¿Se acuerda de la hora, más o menos?

–Serían las nueve y media.

–Muy bien. ¿Qué hizo después?

Así fueron preguntándole una y otra vez, mientras él bebía café.

La verdad, la sencilla verdad era mucho más fácil que intentar evadirla. Había que pensar en el futuro. Si ellos le creían, Joan y él podrían vivir la vida juntos.

Se acordó de cómo le había mirado y arrojado los brazos al cuello la noche anterior, en su apartamento, al verle.

Por primera vez en toda su vida sabía que tenía a quién recurrir cuando tuviera algún problema. Había alguien que querría compartirlo con él. Todos los demás, Vangie e incluso sus padres, siempre habían dependido de él.

Para lo mejor o para lo peor.

Para él y Joan, todo iría mejor. «Joan, amada mía», pensó. Se llenó el pecho de aire. Entonces empezaron a preguntarle sobre el doctor Salem.

67

Richard se sentó a la mesa de Katie mientras esperaba a que el director de personal del hospital Christ, de Devon, contestase al teléfono. Solo tras dejar bien claro la urgencia que tenía de hablar con alguien que tuviese autoridad y llevase más de diez años en el hospital había logrado que le diesen el número privado de su casa. Mientras esperaba, echó una ojeada a su alrededor. La mesita que se hallaba al lado de la mesa de trabajo de Katie estaba llena de las carpetas de los casos de los que se ocupaba. No era de extrañar que no se hubiese tomado ni un día de descanso después del accidente. Pero por muy ocupada que estuviese, hubiera debido quedarse en casa. Esta tarde tenía un aspecto horrible, y el haber perdido la vista de aquel día debía de haberla afectado muchísimo. A Richard le hubiera gustado verla antes de que se marchase.

El teléfono continuó sonando. Aquel hombre debía de estar fuera o dormido. Quizá podía esperar hasta mañana. Pero no, quería enterarse ahora.

Sobre la mesa de trabajo de Katie había varias fotos enmarcadas: una de Katie y una señora mayor, posiblemente su madre. Richard sabía que vivía en Florida. Otra con Jennifer, la hija mayor de Molly, en la que Katie parecía su hermana mayor. Otra con un grupo de personas vestidas para esquiar. Debían de ser los amigos con los que se reunía cuando iba a Vermont.

No había ninguna de John DeMaio. Katie no era del tipo de personas que recuerda sutilmente a los que trabajan con ella que es la viuda de un juez importante. Pero en su casa sí había muchísimas fotos de John.

El teléfono continuó sonando. Decidió esperar un poco más.

Richard se dio cuenta de que le gustaba comprobar que no había ninguna foto de otro hombre. Había estado analizando su reacción cuando Katie le dijo que se marcharía el fin de semana e intentó parecer sorprendido de que no se quedase por culpa de aquel caso que estaba a punto de solucionarse. ¡Coño! Aquello no tenía nada que ver con el caso. Le preocupaba que pudiese estar con otro hombre.

–¿Sí?

Una voz adormilada y malhumorada contestó al teléfono.

Volviendo a la realidad, Richard apretó con fuerza el auricular.

–¿Mister Reeves? ¿Puedo hablar con mister Alexander Reeves?

–Soy yo.

Richard fue directamente al grano.

–Señor, le ruego me perdone por insistir tanto con el teléfono a estas horas, pero se trata de un asunto de vital importancia. Le llamo desde Estados Unidos. Soy el doctor Richard Carroll, médico forense del condado de Valley, de Nueva Jersey. Necesito que me informe sobre el doctor Edgar Highley.

La sensación de sueño desapareció de la voz del otro hombre, que se volvió tensa y precavida.

–¿Qué quiere saber?

–Acabo de hablar con la clínica Queen Mary de Liverpool y me ha sorprendido saber que el doctor Highley trabajó allí durante un período relativamente corto. Nosotros creíamos lo contrario. Sin embargo, me dijeron que el doctor Highley había trabajado para el hospital Christ durante nueve años por lo menos. ¿Es eso cierto?

–El doctor Highley hizo el internado con nosotros después de graduarse en Cambridge. Es un médico brillante y le invitamos a que pasase a formar parte del personal como especialista en ginecología y tocología.

–¿Y por qué se marchó?

–Cuando murió su esposa se fue a vivir a Liverpool. Luego nos enteramos de que había emigrado a Estados Unidos, lo cual no es raro, desde luego. Muchos de nuestros médicos y cirujanos no están dispuestos a percibir los bajos salarios que pagamos debido a nuestro sistema de medicina pública.

–¿Hubo alguna otra razón para que el doctor Highley renunciase a su puesto?

–No entiendo su pregunta.

Richard se arriesgó a lanzarle una indirecta.

–Pues yo creo que sí la entiende, mister Reeves. Evidentemente, esta conversación es confidencial. No puedo perder el tiempo siendo discreto. Creemos que es posible que el doctor Highley esté experimentando con sus pacientes embarazadas, y quizá hasta con sus vidas. Ahora bien, yo quisiera saber si usted puede darme alguna justificación que sirva de apoyo a esta hipótesis.

Hubo una larga pausa. Y las palabras que se oyeron después las pronunció el doctor Reeves lenta y deliberadamente:

–Mientras el doctor Highley estuvo con nosotros no solo se ocupaba de ejercer como médico, sino que, además, estaba muy interesado en la investigación prenatal. Hizo experimentos muy brillantes con embriones de ranas y mamíferos. Entonces un colega empezó a sospechar que también estaba experimentando con fetos humanos abortados, lo cual es ilegal, claro está.

–Y ustedes ¿qué hicieron?

–Obramos con sigilo. Le observamos con mucho cuidado. Entonces ocurrió una tragedia: la esposa del doctor Highley murió de repente. Aunque no pudimos probar nada, existía la sospecha de que se le había implantado un feto abortado. Se le pidió que renunciase a su cargo. De más está decir que todo esto que le he dicho es confidencial. No poseemos ni la menor evidencia. Espero que usted considere que esta conversación es inviolable.

Richard comprendió lo que había escuchado. Sus sospechas eran ciertas. ¿A cuántas mujeres habría matado Highley con sus experimentos? Entonces se le ocurrió hacer una pregunta: era una posibilidad loca y de largo alcance.

–Mister Reeves, ¿por casualidad conoce usted a un médico llamado Emmet Salem?

La voz de mister Reeves cobró calidez inmediatamente:

–Claro que sí, es muy buen amigo mío. El doctor Salem trabajaba en Devon, gracias a un intercambio de médicos con su país, en el momento en que estalló el escándalo de Highley.

68

En silencio, Katie bajó las escaleras hasta llegar al principal. Desesperada, agarró el pomo de la puerta e intentó abrirla; pero la puerta no cedía, estaba cerrada con llave. Más arriba, las pisadas se detuvieron. Intentaba abrir la puerta del segundo piso para asegurarse de que no había escapado. Las pisadas sonaron de nuevo, descendían. Nadie la oiría aunque gritase. Aquellas pesadas puertas estaban construidas a prueba de fuego. Hasta allí no llegaba ningún sonido del hospital, aunque al otro lado de la puerta hubiese gente: visitantes, pacientes, enfermeras. Estaban a menos de quince centímetros de distancia, pero no podrían oírla.

Se acercaba, la alcanzaría... La mataría. Katie se sintió abotargada y un dolor sordo en la zona pélvica. Tenía una hemorragia muy abundante. El medicamento había hecho que la sangre empezase a fluir. Se sentía mareada, pero tenía que irse de allí. Highley había hecho que la muerte de Vangie pareciese un suicidio y hasta era probable que se saliese con la suya. Enloquecida, siguió bajando la escalera: aún quedaba otro piso. Probablemente llevaba al sótano del hospital. Él tendría que explicar cómo y por qué Katie había llegado hasta allí. Cuanto más lejos llegara ella, más preguntas le harían a él. Tropezó en el último escalón. «No te caigas, no hagas que esto parezca un accidente.» Edna se había caído. ¿O no? ¿Habría matado también a Edna?

Allí la atraparía. Otra puerta... También estaría cerrada con llave. Experimentando una sensación de inutilidad, hizo girar el pomo. Ya estaba en el rellano situado entre el primer piso y el sótano. A pesar de la oscuridad reinante, pudo ver el movimiento, una sombra que corría hacia ella.

La puerta se abrió, el pasillo estaba muy mal iluminado. Se encontraba en el sótano. Vio habitaciones en el corredor. Silencio, todo estaba tan callado... La puerta se cerró de golpe tras ella. ¿Podría esconderse en algún sitio? «Ayudadme, ayudadme.» Vio un interruptor en la pared y lo apretó, ensuciándolo con la sangre que manaba de su dedo. El pasillo desapareció en la oscuridad mientras a unos metros detrás de ella la puerta que daba a la escalera se abría de golpe.

69

Se sospechaba que Highley había provocado la muerte de su primera esposa. El primo de Winifred Westlake creía que él era el causante de la muerte de su prima. Highley era un investigador muy brillante. Era posible que hubiera experimentado con algunas de sus pacientes. Quizá Highley había inyectado a Vangie Lewis el semen de un hombre oriental. Pero ¿por qué? ¿Acaso esperaba salir bien librado de aquello? Indudablemente conocía la vida de Fukhito. ¿Intentaría acusarle? ¿Habría sido un accidente? ¿Habría empleado un semen equivocado? ¿O habría tenido que ver Vangie con Fukhito? ¿Habían coincidido los posibles experimentos del doctor Highley con el embarazo de Vangie?

Richard no podía encontrar la respuesta. Estaba sentado en la mesa de despacho de Katie y jugaba con su pluma estilográfica. Katie siempre la llevaba encima. Había debido de salir a toda prisa esta noche para olvidársela. Pero por supuesto, estaba de mal humor. Haber perdido aquel caso la había deprimido muchísimo. Sin embargo, Katie sabía hacer frente a esta clase de situaciones. Aunque se tomaba muchas cosas en serio. A Richard le hubiera gustado saber dónde estaba, quería hablar con ella. La forma en que le sangraba aquel dedo... Debería preguntarle a Molly si sabía o no si Katie tenía bajo el recuento de glóbulos rojos, pues ello representaría un verdadero problema.

Un escalofrío hizo que los dedos de Richard se tensasen. Aquello podía ser señal de leucemia. ¡Oh, Dios mío!

El lunes la arrastraría a que fuera a ver a un médico, aunque tuviera que llevarla atada.

Alguien llamó suavemente a la puerta y Maureen comprobó quién era. Sus ojos, de un verde esmeralda, eran grandes y ovalados. Hermosos ojos y hermosa chica.

–Doctor Carroll...

–Maureen, siento muchísimo haberle dicho que se quedase. Pero pensé que mistress Horan debería de estar aquí desde hace un buen rato.

–Está bien, ha llamado por teléfono, viene hacia aquí. Algo surgió en el trabajo y la necesitaban. Pero aquí hay otras dos mujeres. Son amigas de esa miss Burns que murió. Querían ver a Katie. Les dije que no estaba, pero una de ellas mencionó su nombre. Le conoció a usted la otra noche cuando se hallaba en el apartamento de la víctima. Es una tal mistress Fitzgerald.

–¿Fitzgerald...? Claro, mistress Fitzgerald, trabaja medio día de recepcionista en el hospital Westlake.

Cuando Richard dijo Westlake se puso de pie.

–Diles que entren. No sería mala idea que llamaras a Scott.

–Mister Myerson me ha dicho que no le moleste por ningún motivo. Charley, Phil y él aún siguen interrogando al capitán Lewis.

–Muy bien. Yo hablaré con ellas. Y si hay algo importante las haré esperar.

Entraron las dos mujeres. Gana estaba tan nerviosa que se le salían los ojos de la cara. Sentía haber decidido no llevar el abrigo de leopardo de Edna, pero era demasiado pronto. A pesar de todo, tenía muy bien preparada la historia que se disponía a contar.

Gertrude llevaba el mocasín en una bolsa de papel. Su liso pelo gris estaba perfectamente peinado. Llevaba anudada la bufanda al cuello. La buena cena ya había pasado al recuerdo y ahora, ante todo, quería volver a su casa para acostarse. Pero la aliviaba poder hablar con el doctor Carroll; le contaría que la otra noche, en el apartamento de la pobre Edna, había visto al doctor Highley abrir el cajón de la mesita de noche. Y allí solo había ese zapato. ¿Sabría el doctor Carroll el motivo por el que el doctor Highley quería apoderarse de aquel zapato?

Además, mistress DeMaio se había mostrado muy interesada en aquella historia del Príncipe Encantado. A lo mejor el doctor Carroll también quería conocerla. Así, podría contárselo a mistress DeMaio cuando ella volviera, el lunes. Richard las miraba expectante.

Gertrude se inclinó hacia delante, abrió la bolsa y la meneó. Y sobre la mesa de trabajo de Katie cayó el mocasín semidestrozado. Remilgadamente empezó a explicar:

–La razón de que hayamos venido es este zapato.

70

Katie fue haciendo zigzagues por el pasillo. ¿Sabría él dónde estaba el interruptor de la luz? ¿Se atrevería a encenderla? ¿Y si daba la casualidad de que había alguien más allí abajo? ¿Debería intentar gritar?

Highley conocía el hospital. ¿Hacia dónde podría ir ella? Había una puerta al final del pasillo, la más lejana. Quizás él abriese las otras antes, quizás ella pudiera encerrarse en algún sitio.

A lo mejor Katie no se fijaba en las puertas que quedaban a los lados. Pero si seguía corriendo en línea recta tendría que llegar al extremo más lejano. Y en su centro estaba la puerta. El dedo le sangraba. Trataría de restregar la sangre en la puerta. Cuando la enfermera hiciera la ronda empezarían a buscarla y quizá notarían las manchas de sangre.

Permaneció quieto intentando escuchar hacia dónde se dirigía. ¿Vería una sombra cuando la puerta se abriese? Katie extendió una mano y tocó una fría pared. «¡Oh, Dios mío! ¡Haz que encuentre la puerta!» Pasó la mano por la pared hasta que tocó un marco.

A sus espaldas oyó el débil sonido de unos pasos sigilosos. Había abierto la primera puerta. Pero no se molestaría en buscar en aquella habitación. Se daría cuenta de que, como no podía oír ningún ruido, ella no había intentado abrirla.

La mano de Katie tocó el pomo. Lo hizo girar restregando deliberadamente el dedo cortado. Un pesado olor a formol le llenó la nariz. A sus espaldas oyó el ruido de unos pies que se apresuraban. Demasiado tarde. Demasiado tarde. Intentó cerrar la puerta, pero alguien la abrió de golpe. Katie tropezó y cayó. Estaba muy mareada, demasiado mareada. Intentó levantarse. Sus manos tocaron una pierna cubierta con un pantalón.

–Todo se acabó, Katie –dijo el doctor Highley.

71

–¿Está seguro de que este zapato pertenecía a su esposa? –le preguntó, exigente, Scott.

Cansado, Chris asintió:

–Estoy completamente seguro. Precisamente era el que le quedaba muy flojo... El izquierdo.

–Cuando Edna Burns le llamó por teléfono, ¿le dijo que tenía este zapato?

–No. Me dijo que tenía algo que contarle a la policía y que quería hablar conmigo.

–¿Le dio la impresión de que se trataba de un chantaje..., de una amenaza?

–No. Hablaba como una borracha. Yo sabía que Edna trabajaba en el hospital Westlake. Pero entonces no caí en la cuenta de que se trataba de la recepcionista de quien Vangie hablaba. Ella decía que Edna siempre se burlaba de sus zapatillas de cristal.

–Muy bien. Ahora mismo pasarán a máquina su declaración. Léala con cuidado y fírmela si la encuentra exacta. Luego podrá marcharse a su casa. Mañana volveremos a hablar con usted.

Por vez primera Chris creyó que el fiscal empezaba a tomar en serio sus palabras. Se puso de pie para marcharse.

–¿Dónde está Joan?

–Ha completado ya su declaración, se puede marchar con usted. Ah, una pregunta: ¿qué impresión le produce a usted el doctor Highley?

–Nunca he tenido la oportunidad de conocerle.

–¿Leyó el artículo sobre él?

Scott le enseñó la revista *Newsmaker*.

Chris miró el artículo y la foto del doctor Highley.

–Ayer lo vi en el avión, camino de Nueva York.

De pronto su memoria empezó a funcionar.

–¡Eso es! Eso es lo que yo no podía situar –dijo Chris.

–¿De qué está usted hablando? –le preguntó Scott.

–Este es el hombre que salió ayer del ascensor en el Essex House cuando yo intentaba ponerme en contacto con el doctor Salem.

72

Él encendió una luz. A través de una nebulosa Katie vio su cara angulosa, sus ojos desorbitados mirándola, su piel brillante de sudor y el pelo color arena que le caía desordenado sobre la frente.

Katie se las arregló para ponerse de pie. Se hallaba en una especie de sala de espera. Hacía mucho frío. A sus espaldas había una gruesa puerta de acero. Se apoyó contra ella.

–Usted me ha facilitado mucho la labor, mistress DeMaio.

Ahora le sonreía.

–Todo el mundo que la conoce bien sabe que le aterrorizan los hospitales. Cuando la enfermera Renge y yo hagamos la ronda dentro de unos minutos, supondremos que usted se marchó del hospital. Llamaremos a su hermana. Pero no regresará a su casa hasta dentro de unas horas, ¿no es así? Por consiguiente, no empezaremos a buscarla dentro del hospital hasta que haya transcurrido mucho tiempo. Sin duda nadie pensaría en buscarla en este sitio.

Hizo una pausa.

–Un anciano ha fallecido esta noche en la sala de urgencias y está en uno de los depósitos. Mañana por la mañana, cuando el de la funeraria venga a buscar el cuerpo, la encontrará a usted. Y quedará muy claro lo que le sucedió: tuvo una hemorragia y se puso nerviosa. Estaba desorientada y casi en estado de coma. Por desgracia vino hacia aquí sin saber adónde se encaminaba y murió desangrada.

–¡No!

El rostro se desvanecía. Katie se sentía muy mareada, estaba a punto de desmayarse.

Él pasó por su lado, abrió la puerta de acero y la empujó. La sostuvo para que no se cayera, pero ella se desmayó. Se arrodilló a su lado y le inyectó heparina. Era probable que no volviese a recuperar la conciencia. Y aunque lo hiciera, no podría salir. De este lado para acá la puerta no se podía abrir. La miró ensimismado. Luego se puso de pie y se quitó el polvo que ensuciaba sus pantalones. Por fin había acabado con Katie DeMaio.

Cerró la puerta de acero que separaba las cámaras frigoríficas de la zona de recepción del depósito de cadáveres y apagó la luz.

Con cuidado, abrió la puerta que daba al pasillo y salió apresuradamente. Se dirigió al aparcamiento del hospital por la misma puerta por la que había entrado un cuarto de hora antes.

Unos minutos después bebía un cappuccino tibio y se negó a aceptar la invitación de la camarera para traerle otro caliente.

–Me llevó mucho más tiempo hablar por teléfono de lo que esperaba –explicó–. Y ahora tengo que darme prisa en regresar al hospital. Tengo una paciente que me tiene muy preocupado.

73

–Buenas noches, doctor Fukhito. Me siento mucho mejor, gracias.

El rostro juvenil se las arregló para sonreír.

–Me gusta oírselo decir. Duerma bien esta noche, Tom.

Jiro Fukhito se puso de pie lentamente. Este joven saldría adelante. Hacía semanas que tenía una depresión profunda que casi le había llevado al suicidio. Tras conducir a más de 130 km por hora, su coche chocó y su hermano más joven murió en el accidente. Remordimiento. Culpabilidad. Todo ello era mucho más de lo que el chico podía soportar.

Jiro Fukhito sabía que le había ayudado a pasar lo peor de todo. Su trabajo podía proporcionarle muchas satisfacciones. Reflexionó mientras caminaba por uno de los pasillos del hospital de Valley Pines: El trabajo que hacía aquí, este trabajo voluntario era lo que en realidad quería hacer.

Era bien cierto que había hecho mucho por innumerables pacientes del hospital Westlake, pero también hubo otros a los que no pudo ayudar, a los que no le permitieron ayudar.

–Buenas noches, doctor.

Algunos pacientes del pabellón psiquiátrico le saludaron cuando se encaminó hacia el ascensor. Los directivos de este hospital le habían pedido que trabajase con plena dedicación, y él quería aceptar la oferta.

Pero ¿daría origen aquello a una investigación que le destruiría inevitablemente?

Edgar Highley no dudaría en revelar el escándalo de Massachusetts si sospechaba que su socio había hablado de la paciente con la policía.

Mistress DeMaio ya sospechaba algo. Había notado su nerviosismo hacía unos días, cuando le había interrogado.

Entró en su coche y se sentó irresoluto. Vangie Lewis no se había suicidado. Era imposible que se hubiese suicidado ingiriendo cianuro. Durante una de sus sesiones, cuando ella empezó a hablar de religión, habían hablado del culto de Jones.

Aún podía verla sentada en su despacho dándole aquella ansiosa, aunque superficial, explicación de cuáles eran sus creencias religiosas.

«Yo no sirvo para ir a la iglesia, doctor. Quiero decir que yo creo en Dios, pero a mi manera. A veces pienso en Dios. Y creo que eso es mucho mejor que asistir a una ceremonia a la que uno no presta atención. ¿No lo cree así? ¡Ah! En lo referente a todos estos cultos, creo que la gente está loca. No comprendo cómo pueden interesarles. ¿Se acuerda de toda esa gente que se mató porque Jones les dijo que tenían que hacerlo? ¿Escuchó las cintas en las que se les oye gritar después de ingerir el veneno? Aquello me causó pesadillas. Además, ¡tenía un aspecto tan feo!»

Dolor, fealdad. ¿Vangie Lewis? ¡Nunca!

Jiro Fukhito suspiró. Sabía lo que tenía que hacer. Su vida profesional volvería a pagar de nuevo por el terrible error que había cometido diez años antes.

Pero tenía que informar a la policía de lo que sabía. Vangie salió corriendo de su despacho y se dirigió al aparcamiento. Sin embargo, cuando se marchó, al cabo de unos quince minutos, el Lincoln Continental de Vangie seguía estando allí.

Al doctor Fukhito ya no le cabía ninguna duda de que Vangie había entrado en la consulta de Edgar Highley.

Salió del aparcamiento del hospital y giró hacia el despacho del fiscal del condado de Valley.

74

Scott tenía el mocasín en la mano. Richard, Charley y Phil estaban sentados alrededor de su mesa.

–Intentemos juntar todos los datos que conocemos –dijo Scott–. Vangie Lewis no murió en su casa. La llevaron allí entre la medianoche y las once de la mañana del día siguiente. El último sitio donde se la vio fue en la consulta del doctor Fukhito, en el hospital. El lunes por la noche Vangie llevaba puestos dos mocasines. Perdió uno de ellos en el hospital y Edna Burns lo encontró. La persona que llevó a Vangie a su casa le calzó otros zapatos intentando ocultar el que faltaba. Edna Burns lo encontró y habló de ello. Y por eso Edna Burns murió.

Hizo una pausa.

–Emmet Salem quiso ponerse en contacto contigo, Richard. Quería hablarte de la muerte de Vangie. Cuando llegó a Nueva York, cayó o lo arrojaron desde la ventana de su habitación y murió al instante. La carpeta que llevaba sobre Vangie Lewis desapareció.

Richard le interrumpió.

–Y Chris Lewis jura que vio a Edgar Highley en el Essex House.

–Lo cual puede ser verdad o no –apuntó Scott.

–Pero el doctor Salem sabía lo del escándalo del Christ –dijo Richard–. Y Highley no quería que eso saliese a la luz precisamente ahora, cuando recibía el reconocimiento público.

–Ese no es motivo para matar –dijo Scott.

–¿Y qué me dices de cuando Highley intentó sacar el zapato de la mesita de noche de Edna? –le preguntó Charley.

–Eso no lo sabemos. Esa mujer del hospital afirma que le vio abrir el cajón, pero no tocó nada –refunfuñó Scott–. Nada tiene pies ni cabeza. Estamos hablando de un médico famoso y no podemos echarle el guante porque se viera implicado en un escándalo que sucedió hace diez años. El gran problema es encontrar el móvil. Highley carecía de motivos para matar a Vangie Lewis.

El intercomunicador sonó y Scott lo puso en funcionamiento. Se oyó la voz de Maureen que anunciaba:

–Ha llegado mistress Horan.

–De acuerdo, que pase. Quiero que toméis nota de su declaración –ordenó Scott.

Richard se inclinó hacia delante: era la mujer que había presentado una acusación de mal ejercicio de la medicina contra Edgar Highley.

Se abrió la puerta y la joven que precedía a Maureen entró en el despacho. Era una japonesita que tendría poco más de veinte años. El pelo le caía lacio sobre los hombros. El lápiz de labios rojo brillante que usaba daba una nota incongruente a aquella piel amarillenta. Su forma de andar, delicada y grácil, hacía que pareciera como si flotase, incluso con el traje pantalón barato que llevaba.

Scott se puso de pie.

–Le agradecemos mucho que haya venido, e intentaremos no entretenerla demasiado, mistress Horan. ¿Quiere sentarse?

Mistress Horan se sentó y asintió. Era evidente que estaba nerviosa. Se humedeció los labios y deliberadamente cruzó las manos sobre el regazo. Maureen ocupó un sitio a su lado y abrió el bloc de taquigrafía.

–¿Quiere usted decirnos su nombre y dirección? –le preguntó Scott.

–Mi nombre es Anna Horan y vivo en el cuatrocientos quince de Walnut Street, en Ridgefield Park.

–¿Es usted o ha sido en algún momento paciente del doctor Edgar Highley?

Richard se volvió con presteza al oír que Maureen se quedaba sin resuello. Pero la chica se recobró enseguida, y, bajando la cabeza, siguió tomando nota. El rostro de Anna Horan se endureció.

–Sí, fui paciente de ese asesino.

–¿Ese asesino? –preguntó Scott.

Las palabras de la mujer brotaron ahora como un torrente.

–Fui a verle hace cinco meses. Estaba embarazada. Mi esposo estudia segundo año de Derecho. Vivimos de lo que yo gano. Y yo decidí abortar. No quería hacerlo, pero pensé que no me quedaba otro remedio.

Scott suspiró.

–Y el doctor Highley la hizo abortar tras pedírselo. Y ahora le culpa usted, ¿no?

–No, eso no es cierto. Me dijo que volviese al día siguiente y así lo hice. Me llevó a un quirófano del hospital. Me dejó allí. Y yo supe que, sin saber cómo, nos las íbamos a arreglar. Yo quería tener a mi hijo. El doctor Highley volvió. Yo estaba sentada y le dije que había cambiado de idea.

–Y probablemente entonces él le dijo que una de cada dos mujeres piensan lo mismo en ese momento.

–Él me ordenó: «Tiéndase». Y me obligó a que me acostara en la mesa.

–¿Había otra persona en el quirófano? ¿Una enfermera, por ejemplo?

–No, solo el doctor y yo. Y le dije: «Doctor, sé lo que digo y...».

–Y usted dejó que la convenciera, ¿no es cierto?

–No, no. Ignoro lo que pasó. Me puso una inyección mientras yo intentaba levantarme. Cuando me desperté, estaba en una camilla. La enfermera me dijo que todo había acabado ya y que debía descansar durante un rato.

–¿Y no recuerda usted lo que le hizo?

–No recuerdo nada, no recuerdo nada. De lo único que me acuerdo es de que intentaba marcharme.

Las palabras empezaron a atropellarse en su boca.

–Yo quería salvar a mi hijo. Yo quería a mi hijo. Y el doctor Highley me lo quitó.

Un grito crispado y doloroso resonó tras los sollozos lastimeros de Anna Horan. El rostro de Maureen estaba contraído y su voz era un lamento.

–Eso fue exactamente lo que me hizo a mí.

Richard se quedó mirando fijamente a las dos mujeres que lloraban: la japonesita y Maureen. Maureen con su cabello pelirrojo dorado y sus ojos verde esmeralda. Y con absoluta certeza supo dónde había visto aquellos ojos antes.

75

Bajó del ascensor en el segundo piso del hospital e inmediatamente percibió la tensión en el ambiente. Las enfermeras, con cara asustada, se deslizaban por el pasillo. Un hombre y una mujer con traje de noche estaban de pie frente a la mesa de la enfermera Renge.

Sin perder un instante se acercó a la mesa. Su voz sonó desaprobadora y crispada cuando preguntó:

–¿Ocurre algo malo, enfermera Renge?

–Se trata de mistress DeMaio, doctor. No sabemos dónde está.

La mujer vestida con traje de noche tendría unos treinta años y su aspecto le resultaba familiar. Claro... Era la hermana de Katie DeMaio. ¿Por qué había ido al hospital?

–Soy el doctor Highley –le dijo–. ¿Qué significa todo esto?

A Molly le costó trabajo hablar. Algo le había pasado a Katie. Lo sabía, y nunca se lo perdonaría.

–Katie...

Se le quebró la voz.

El hombre que la acompañaba la interrumpió y dijo:

–Soy el doctor Kennedy. Mi esposa es la hermana de mistress DeMaio. Doctor, ¿cuándo la vio por última vez y cómo se encontraba?

Aquel no era un hombre fácil de engañar.

–Vi a mistress DeMaio hará poco más de una hora. Su estado no era satisfactorio. Como es probable que usted sepa, esta semana le hemos hecho dos transfusiones. El laboratorio está analizando ahora su sangre. Espero que el recuento de glóbulos rojos sea bajo. Como podrá decirle la enfermera Renge, yo esperaba practicarle un legrado esta noche en vez de esperar a mañana. Creo que mistress DeMaio ha ocultado a todo el mundo hasta qué punto eran graves sus hemorragias.

–¡Oh, Dios mío! Entonces ¿dónde está?

Él la miró. Le sería más fácil convencer a la mujer.

–Su hermana tiene un miedo casi patológico a los hospitales. ¿Cree posible que se haya marchado?

–Su ropa está en el armario empotrado, doctor –dijo la enfermera Renge.

–Puede que haya alguna ropa en el armario –le corrigió el doctor Highley–. ¿Deshizo usted el equipaje de mano de mistress DeMaio?

–No.

–Entonces ignora qué otros artículos de vestir tenía consigo, ¿no?

–Sí, es posible –dijo Bill lentamente.

Se volvió hacia Molly y añadió:

–Cariño, tú sabes que es posible.

–Tendríamos que haber estado aquí –dijo Molly–. ¿Está muy grave, doctor?

–Debemos encontrarla y hacerla volver. ¿Cree probable que fuera a su casa o a la de ustedes?

–Doctor...

La tímida voz de la enfermera Renge temblaba.

–El somnífero hubiera debido hacerla dormir. Le recetó usted el más fuerte.

Él la fulminó con la mirada.

–Se lo receté porque comprendía la ansiedad de mistress DeMaio. Le dije a usted que comprobase que se lo tragaba. ¿Vio usted cómo se lo tomaba?

–Vi cómo se lo ponía en la boca.

–¿Observó si se lo tragó?

–No... De eso no tengo la certeza.

Dio la espalda a la enfermera con un gesto de desprecio y se dirigió a Molly y Bill con una voz que dejaba traslucir la emoción.

–Apenas puedo creer que mistress DeMaio esté vagando por el hospital. ¿Están ustedes de acuerdo en que es posible que se haya marchado por su propia iniciativa? Podía haberse dirigido al ascensor tranquilamente, llegar al vestíbulo y salir con los visitantes que entran y salen durante toda la noche. ¿Están de acuerdo en que eso es posible?

–Sí, sí, lo estoy.

Molly rogó que ojalá las cosas fueran así.

–Entonces esperemos lo mejor. Es posible que mistress DeMaio llegue pronto a casa.

–Quiero ver si su coche está aún en el aparcamiento –dijo Bill.

El coche. No había pensado en el coche. Si ahora empezaban a buscar a Katie en el hospital...

Bill refunfuñó:

–¡Oh, diablos! ¡Aún tiene ese coche alquilado! Molly, ¿de qué marca es? Me parece que yo ni lo he visto.

–Yo... no lo sé –dijo Molly.

Edgar Highley suspiró.

–Creo que aunque pudiesen identificar su coche, perderían el tiempo buscando en el aparcamiento del hospital. Me permito sugerirles que en primer lugar llamen por teléfono a su casa. Y si no está allí, que vayan y la esperen por si mistress DeMaio llega. Apenas hace una hora que se ha marchado. Cuando la encuentren, les ruego que insistan para que vuelva al hospital. Si quiere puede quedarse con ella, mistress Kennedy. Si usted cree que mistress DeMaio se sentirá más tranquila, doctor Kennedy, me encantará que me acompañe en el quirófano. No podemos permitir que esa hemorragia continúe. Mistress DeMaio está muy enferma.

Molly se mordió un labio.

–Ya veo. Gracias, doctor, es usted muy amable. Vamos a casa de Katie, Bill. Quizá esté allí y no quiera contestar al teléfono.

Le dieron la espalda al doctor Highley. Parecía que creían en él y no sugerirían que se inspeccionara el hospital hasta por lo menos pasadas unas horas. Era todo cuanto necesitaba.

Se volvió hacia la enfermera. Gracias a su conducta torpe y estúpida había sido un peón que había jugado a su favor. Desde luego Katie no se había tomado el somnífero que se había visto obligado a recetarle.

–Estoy seguro de que pronto tendremos noticias de mistress DeMaio –dijo–. Llámeme inmediatamente cuando esto ocurra. Estaré en casa. Tengo que acabar de escribir algunos historiales médicos.

76

–Tenemos que conseguir los archivos del doctor Highley antes de que pueda destruirlos. ¿Sabe usted si los guarda en su despacho?

Jiro Fukhito miraba a Richard. Había ido a la fiscalía decidido a prestar declaración. Le escucharon casi con impaciencia. Luego el doctor Carroll esbozó su increíble historia.

¿Era posible? Jiro Fukhito revivió la época en que las primeras sospechas se formaron en su mente y cómo se calmaron gracias al genio ginecológico de Highley. Sí, era posible.

Archivos. Le habían preguntado por los archivos.

–Edgar Highley nunca guardaría historiales médicos que indicasen un fracaso en su despacho del hospital –dijo lentamente–. Siempre hay el peligro de un embargo por mal ejercicio de la medicina. Suele llevarse historiales a su casa. Es algo que nunca he podido comprender del todo.

–Que preparen ahora mismo dos órdenes de registro –le dijo Scott a Charley–. Iremos a su consulta y a su casa al mismo tiempo. Yo me ocuparé de la casa. Richard, tú vendrás conmigo. Charley y Phil, al hospital. Detendremos a Highley como testigo material. Si no está, quiero que rodeen la casa para cogerle en cuanto llegue.

–Lo que me preocupa es que pueda haber alguien con quien esté haciendo experimentos en este instante. Apuesto lo que quieran a que las muestras de cabello que encontraron los empleados del laboratorio en los cadáveres de Edna y Vangie, pertenecen a Highley.

Miró su reloj de pulsera. Eran las nueve y media.

–Esta noche cerraremos el caso –predijo.

Hubiera deseado que Katie estuviera con ellos. Se hubiese alegrado al saber que Chris Lewis estaba a punto de ser descartado ya como sospechoso. Lo que ella había creído sobre Lewis era cierto. Pero la sospecha que él tuvo sobre Highley también era cierta.

El doctor Fukhito se puso de pie.

–¿Necesitan algo más de mí?

–Por ahora no, doctor –dijo Scott–. Ya nos pondremos en contacto con usted. Si por casualidad habla con el doctor Highley antes de que le detengamos, le ruego que no mencione esta investigación. ¿Me comprende?

Jiro Fukhito sonrió cansado.

–Edgar Highley y yo no somos amigos. No tiene ningún motivo para telefonearme a casa. Si me escogió es porque sabía que podía tenerme en sus manos. ¡Cuánta razón tenía! Esta noche analizaré mi conducta. Y determinaré cuántas veces he hecho caso omiso de sospechas que deberían haber sido estudiadas. Temo la conclusión a la que puedo llegar.

Salió del despacho. Mientras caminaba por el pasillo, vio una placa: MISTRESS K. DEMAIO. Katie DeMaio. ¿No tenía que ingresar esta noche en el hospital? Pero desde luego, nunca la intervendrían mientras Edgar Highley estuviese sujeto a una investigación.

Jiro Fukhito se fue.

77

Katie se dejaba ir por un pasillo oscuro al final del cual había una luz. Cuando llegase encontraría calor. Habría calor y estaría segura. Pero algo le impedía avanzar. Tenía que hacer algo antes de morir. Tenía que hacer que los demás supieran quién era el doctor Highley.

La sangre seguía manando de su dedo. Podía sentirla. Se hallaba echada en el frío suelo. Durante todos aquellos años había tenido pesadillas de que moriría en un hospital. Pero después de todo no era algo tan malo. Había temido mucho estar sola. Quedarse sola, sin su padre, y luego otra vez sola, sin John.

Había temido mucho al dolor. Todos estamos solos. Todos nacemos y morimos solos. No hay nada que temer en realidad.

¿Podría escribir el nombre del doctor Highley en el suelo con la sangre del dedo? Aquel hombre estaba loco, alguien tenía que detenerlo.

Lenta, dolorosamente, Katie movió el dedo. Trazó una raya hacia abajo, otra horizontal, otra de nuevo hacia abajo: «H...».

78

Llegó a casa a las nueve y cuarto. La gratificadora sensación de haber minado, por fin, aquella postrera amenaza le había exaltado. Hacía menos de una hora que acababa de comer, pero, ignoraba por qué, ni siquiera podía acordarse de los alimentos que había tomado. Quizá Hilda le había dejado algo preparado.

Lo que encontró fue mejor de lo que esperaba: fondue. Hilda hacía unas fondues notablemente buenas. Quizás eran su mejor logro culinario. Encendió la cocina debajo de la olla y ajustó la llama para que quedase baja. En una cesta había una crujiente barra de pan francés cubierta con una servilleta adamasquinada. Prepararía una ensalada. Era seguro que en la casa habría tomates. Aquel mismo día le había dicho a Hilda que comprase.

Mientras se calentaba la fondue, terminaría el historial médico de Katie DeMaio. Ansiaba quitárselo de encima. Quería pensar en las dos pacientes que tendría mañana: la donante y la receptora. Confiaba en que podría duplicar su éxito.

Pero ¿acaso aquello le bastaba? ¿No sería mucho más interesante que la receptora llevase en su seno un par de gemelos? ¿Dos fetos diferentes de donantes distintas también?

La teoría de la inmunidad a la reacción que él había perfeccionado podría salir a la luz. Casi con toda seguridad. Pero ¿cuánto tiempo tardaría aún? ¿Qué problemas específicos surgirían?

Entró en la biblioteca, abrió un cajón de la mesa y sacó la carpeta de Katie DeMaio del sitio donde estaba escondida. En la página final hizo las siguientes anotaciones definitivas:

> La paciente ingresó en el hospital a las seis de la tarde más o menos, con una tensión sanguínea de 100-60 y no más de diez gramos de hemoglobina. Este médico le administró las últimas pastillas de Cumadín a las siete de la tarde. A las ocho y media este médico regresó a la habitación de mistress DeMaio y le inyectó cinco milímetros de heparina. Mistress DeMaio se despertó un instante y, en un estado casi comatoso, preguntó: «Doctor Highley, ¿por qué mató a Vangie Lewis?».
>
> Este médico se marchó del lado de la paciente para coger más heparina. Estaba claro que era imposible permitir que mistress DeMaio repitiese aquella pregunta ante testigos. Cuando regresó, la paciente se había marchado de la habitación. Es probable que al darse cuenta de lo que había dicho intentase escapar. La paciente fue atrapada y se le administraron otros cinco milímetros de heparina. La paciente morirá esta noche de hemorragia en el hospital Westlake.
>
> Con estas anotaciones queda cerrado el caso.

Dejó la pluma y se estiró. A continuación se acercó a la caja fuerte que había en la pared y la abrió. Bañados por la luz de la lámpara de cristal, los archivos de color amarillo tomaron una tonalidad casi dorada.

Eran doradas: las historias que demostraban su genio y que estaban a su disposición. Con optimismo las sacó todas y las colocó sobre la mesa. Como un Midas que gozase con su tesoro, pasó los dedos por las etiquetas donde estaban escritos los nombres. Sus grandes éxitos: BERKELEY y LEWIS. De pronto sus dedos se detuvieron y su rostro se ensombreció. APPLETON, KAREY, DRAKE, ELLIOT... Los fracasos. Más de ochenta. Aunque en realidad no eran fracasos. Gracias a ellas había aprendido mucho. Todas habían contribuido en algo. Las que murieron y las que abortaron. Todas eran parte de la historia.

Lewis. Se hacía necesario añadir un anexo. Al historial de Vangie añadió un relato de su encuentro con Emmet Salem.

La fondue ya debería de estar caliente. De forma irresoluta miró las carpetas. ¿Debería guardarlas ahora o concederse el placer de leer algunas? Quizá debía estudiarlas. Esta semana había sido muy difícil. Necesitaba refrescar sus conocimientos sobre algunas de las combinaciones de medicamentos que quería usar en el nuevo caso.

Desde un sitio indefinido en la distancia, un sonido empezó a penetrar en la biblioteca. El ululante sonido de las sirenas de la policía que arrastraba un viento capaz de helar los huesos. El sonido cada vez fue mayor dentro de la habitación, hasta que de pronto cesó.

Corrió a la ventana, apartó las cortinas y miró: Acababa de llegar un coche de la policía. ¡La policía estaba allí!

¿Habrían encontrado a Katie? ¿Habría podido hablar?

Con movimientos ágiles corrió a la mesa, amontonó las carpetas y las volvió a colocar en la caja fuerte aún abierta. Después la cerró y la cubrió con el panel.

Calma, tenía que conservar la calma. Sentía la piel pegajosa y los labios y las rodillas como de goma. Tenía que controlarse. Había una última carta desesperada que siempre podría jugar.

Si Katie había hablado, todo había concluido.

Pero si la policía estaba allí por otra razón, aún podría engañarles. Quizá Katie ya estaba muerta y habían encontrado su cadáver. «Acuérdate de las preguntas y acusaciones que te hicieron cuando murió Claire. Al final no significaron absolutamente nada. No hubo ni una sola prueba concluyente.»

Todas las posibilidades y las consecuencias estallaban en su mente al mismo tiempo. Era como cuando durante una operación o un parto algo de pronto iba mal y tenía que tomar una decisión irrevocable.

Entonces surgió. La calma deliberada, la sensación de poder, la omnisciencia divina que nunca le faltaba en el transcurso de una intervención quirúrgica difícil. Sintió cómo le llenaban el cuerpo y el cerebro.

Oyó una llamada cortante y autoritaria en la puerta. Lenta, deliberadamente, se pasó la mano por el cabello. Sus dedos, ahora milagrosamente secos y cálidos, apretaron el nudo de la corbata. Fue hasta la puerta principal y la abrió.

79

Mientras el coche patrulla se dirigía hacia la casa de Edgar Highley, Scott, metódicamente, recordó las declaraciones que habían hecho en las últimas horas Chris Lewis, Gertrude Fitzgerald, Gana Krupshak, Jiro Fukhito, Anna Horan y Maureen Crowley.

En apariencia todas apuntaban en una misma dirección, al doctor Edgar Highley, y le colocaban bajo la grave sospecha de mal ejercicio de la medicina, abuso de confianza y asesinato.

Hacía menos de tres horas que la mayor parte de las evidencias circunstanciales apuntaban a Chris Lewis.

Scott pensó en el juego de los palitos chinos al que solía jugar de niño. Había que quitar los palitos del montón, uno a uno, sin mover el resto. Bastaba con que movieses los palitos una fracción de centímetro para perder. Era un juego en el que Scott demostraba mucha destreza. El problema radicaba en que casi siempre, a pesar del cuidado que tuviese, el montón terminaba por moverse.

Las evidencias circunstanciales eran así: cuando estaban juntas parecían impresionantes. Pero cuando se iba apartando pieza por pieza, se desmoronaban.

Richard estaba sentado a su lado, en el asiento posterior del coche patrulla. Era gracias a su insistencia en dirigir toda la evidencia contra el doctor Edgar Highley, por lo que se encontraban allí corriendo a través de Parkwood. Richard había hecho que aquella investigación alcanzara una temperatura febril al convencerlos de que Highley destruiría toda evidencia si sabía que sospechaban de él.

Edgar Highley era un médico importante, un ginecólogo excelente. Mucha gente de categoría se hallaba en deuda con él debido a los hijos que había traído al mundo. Si el caso se convertía en una caza de brujas, el público y la prensa atacarían a la fiscalía.

–Esto apesta.

Scott no se dio cuenta de que hablaba en voz alta.

Richard, sumido en sus pensamientos, se volvió refunfuñando.

–¿Qué es lo que apesta?

–Todo este asunto, esta investigación. Es de suponer que Highley es una mezcla de genio y de asesino. ¿Qué pruebas tenemos, Richard? Gertrude Fitzgerald cree que Highley se acercó a la mesilla de noche para sacar el zapato. Chris Lewis cree que vio fugazmente a Highley en el Essex House. Tú crees que Highley ha hecho milagros médicos. Mira, aunque el gran jurado revoque la acusación, cosa que dudo que haga, un buen abogado puede hacer que todo este lío sea sobreseído sin siquiera llegar a juicio. Estoy casi a punto de cambiar de idea.

–¡No!

Richard le agarró por el brazo.

–¡Por Dios santo! ¡Tenemos que conseguir su archivo!

Scott se echó hacia atrás tirando de su brazo mientras Richard le decía rápidamente:

–Olvídate de todo lo demás, Scott, salvo del número de

muertes por maternidad del hospital Westlake. Eso solo es razón suficiente para iniciar una investigación.

El coche patrulla dobló una esquina y entró en la elegante sección oeste de Parkwood.

–De acuerdo. Pero recuerda una cosa, Richard: quizá mañana por la mañana los dos lamentemos este viaje –le espetó Scott.

–Lo dudo –dijo Richard cortante.

Deseaba vencer aquella creciente preocupación que le atenazaba el estómago. No tenía nada que ver ni con este momento ni con este caso. Se trataba de Katie. Estaba desesperado e irracionalmente preocupado por ella. ¿Por qué?

El coche frenó en el garaje.

–Bien, hemos llegado –dijo Scott.

Los dos detectives que iban sentados en el asiento delantero saltaron del coche. Cuando Richard se disponía a salir percibió el movimiento de una cortina tras una ventana situada en el extremo derecho de la casa.

Aparcaron detrás de un coche negro en cuya matrícula se leían las iniciales del médico. Scott tocó el capó.

–Aún está caliente. Lo que quiere decir que no hace mucho tiempo que ha llegado.

El detective más joven, que había conducido el coche, llamó insistentemente a la puerta. Esperaron. Scott saltaba impaciente sobre los pies intentando calentarlos. Irritado, preguntó:

–¿Por qué no has llamado al timbre? Para eso está.

Entonces Richard le dijo:

–Nos estaba vigilando. Sabe que estamos aquí.

El investigador joven se disponía a oprimir el timbre con un dedo cuando la puerta se abrió y apareció Edgar Highley en el vestíbulo. El primero en hablar fue Scott:

–¿Es usted el doctor Highley?

–Sí.

El tono era frío y cuestionador.

–Doctor Highley, soy Scott Myerson, fiscal del condado de Valley. Tengo una orden de registro. Y es mi deber informarle de que es usted sospechoso de las muertes de Vangie Lewis, Edna Burns y del doctor Emmet Salem. Le asiste el derecho de consultar a un abogado y puede negarse a responder a nuestras preguntas. Cualquier cosa que diga puede utilizarse en su contra.

«Sospechoso.» No estaban seguros, no habían encontrado a Katie. Todo indicio de evidencia tenía que ser circunstancial.

Se apartó y abrió aún más la puerta para que pasasen. Su voz sonó frágil, con furia contenida, mientras decía:

–No comprendo por qué se produce esta intrusión. Pero les ruego que entren, caballeros. Responderé a todas las preguntas que me hagan. Además, pueden registrar la casa. Sin embargo, debo prevenirles de que cuando consulte un abogado será para formalizar una acusación contra el condado de Valley y contra cada uno de ustedes personalmente.

Cuando se marchó del hospital Christ, de Devon, amenazó con una acusación en caso de que se filtrase cualquier testimonio de la investigación. Y en su mayor parte se echó tierra al asunto. Se las arregló para ver el archivo relativo a su persona en la clínica Queen Mary, de Liverpool. Y allí no había ninguna referencia al incidente.

Les condujo deliberadamente a la biblioteca. Sabía que su figura parecía imponente cuando se sentaba detrás de la impresionante mesa de estilo jacobino. Era vital que los pusiera nerviosos, que les asustara para que no le interrogasen, para que no le agobiasen demasiado.

Con un ademán que apenas disimulaba su desprecio les indicó el sofá y las butacas de cuero. El fiscal y el doctor Carroll se sentaron. Los demás permanecieron de pie. Scott le entregó la declaración Miranda impresa, con sorna, la firmó.

–Ahora procederemos a efectuar el registro –dijo el detective mayor educadamente–. ¿Dónde guarda los historiales médicos, doctor Highley?

–En mi consulta, por supuesto –le respondió–. Sin embargo, les ruego que lo comprueben. En esta mesa hay un archivo que contiene papeles personales.

Se puso de pie, fue hasta el bar y se sirvió un Chivas Regal en un vaso de cristal. Deliberadamente le añadió hielo y un poquitín de agua, y ni siquiera se molestó en invitar a tomar una copa a los demás. Si hubieran llegado dos minutos antes, habían encontrado la carpeta de Katie en el cajón de la mesa. Eran investigadores expertos y notarían el falso fondo del cajón. Pero nunca descubrirían la caja fuerte. A menos que echasen la casa abajo.

Se sentó en la alta butaca tapizada de terciopelo a rayas, cerca de la chimenea, y siguió bebiendo whisky y mirándoles con ojos fríos. Cuando entró por primera vez en la biblioteca estaba tan ensimismado con sus problemas que ni siquiera notó que Hilda había encendido el fuego. Ahora ardía espléndidamente. Más tarde comería la fondue y bebería una copa de vino.

Empezaron las preguntas.

–¿Cuándo fue la última vez que vio a Vangie Lewis?

–Como ya le dije a mistress DeMaio...

–¿Tiene usted la seguridad, doctor, de que mistress Lewis no entró en su consulta el lunes por la noche, después de ver al doctor Fukhito?

–Como ya le dije a mistress DeMaio...

No tenían ninguna prueba. No tenían absolutamente nada.

–¿Dónde estaba usted el lunes por la noche?

–En casa, aquí donde me ve. Vine a casa después de acabar la consulta.

–¿Recibió alguna llamada telefónica?

–No recuerdo ninguna.

El servicio de contestador no había recibido ningún mensaje el lunes por la noche. Lo había comprobado.

–¿Estuvo usted en el apartamento de Edna Burns el lunes por la noche?

El doctor Highley sonrió con desdén.

–¿Para qué?

–Nos gustaría tomar unas muestras de su cabello.

Muestras de cabello. ¿Habrían encontrado algunos en Edna o en su apartamento? ¿Y qué decir de Vangie? Pero él había estado en el apartamento de Edna con la policía, el miércoles por la noche. Vangie siempre llevaba aquel abrigo negro cuando iba a la consulta. Aunque se encontrasen hebras de su cabello cerca de la muerta, siempre podría dar una explicación.

–¿Estuvo usted ayer en el hotel Essex House, después de las cinco de la tarde?

–Claro que no.

–Tenemos un testigo que está dispuesto a jurar que le vio a usted salir de un ascensor del hotel a las cinco más o menos.

¿Quién le habría visto? Al salir del ascensor miró a su alrededor, en el vestíbulo, asegurándose de que allí no había nadie que le conociera bien. Quizás estaban fingiendo. De todas formas, la identificación ocular no tenía gran valor.

–Ayer no estuve en el Essex House, sino en el Carlyle, en Nueva York. Suelo cenar allí con frecuencia. Y para desgracia mía, mientras me encontraba allí cuando robaron el maletín médico.

Les había dado una información gratuita para fingir que quería colaborar con ellos. Había cometido el error de mencionar el nombre de Katie DeMaio. ¿Habría sido lógico decirles que faltaba del hospital? Era evidente que no sabían que estaba internada. La hermana de Katie aún no se había puesto en contacto con ellos. No, no diría nada. Aquello formaba parte de la confianza entre médico y paciente, y era secreto profesional. Más tarde explicaría: «Se lo hubiera dicho, pero desde luego supuse que mistress DeMaio huyó del hospital a impulsos de la ansiedad nerviosa. Creí que a ella le preocuparía que semejante hecho pudiera pasar a su expediente de trabajo».

Pero había sido una tontería mencionar el robo.

–¿Qué contenía su maletín?

El interés del fiscal parecía superficial.

–Un botiquín de emergencia, algunas medicinas... Nada que justifique el robo.

¿Debería mencionar que contenía carpetas con historiales médicos? No.

El fiscal apenas escuchaba.

Se dirigió al investigador más joven.

–Que traigan el paquete del coche.

¿Qué paquete? Los dedos de Edgar Highley apretaron el vaso. ¿Sería todo una treta? Permanecieron sentados en silencio, esperando. El detective regresó y le entregó a Scott un paquetito atado con una goma elástica. Este quitó la atadura, el papel que lo envolvía y le enseñó al doctor un zapato muy estropeado.

–¿Reconoce usted este mocasín, doctor?

Se mojó los labios. Cuidado. Cuidado. ¿A qué pie pertenecía aquel zapato? Todo dependía de aquello. Se inclinó hacia delante y lo examinó. Era el zapato izquierdo. El que estaba en el apartamento de Edna. No habían encontrado su maletín.

–¡Claro que no! ¿Por qué tenía que reconocerlo?

–Vangie Lewis, su paciente, lo usó en todo momento durante las últimas semanas de su vida. Solía ir a su consulta varias veces a la semana. ¿Nunca se fijó usted en él?

–Mistress Lewis usaba un par de zapatos bastante estropeados. Sin duda alguna, no le presté la suficiente atención como para reconocer específicamente ese zapato en particular.

–¿Oyó usted hablar alguna vez del doctor Emmet Salem?

Highley chascó los labios.

–Es posible. Su nombre me es familiar. Pero tendría que consultar mis archivos.

–¿No formaba parte del personal del hospital Christ, de Devon, cuando usted trabajaba allí?

–Claro que sí. Estaba allí debido a un intercambio entre Estados Unidos e Inglaterra. Por supuesto, sí me acuerdo de él.

¿Cómo es que se habían enterado de lo del hospital Christ?

–¿Visitó usted al doctor Salem ayer por la tarde en el Essex House?

–Creo que ya he respondido a esa pregunta.

–¿Sabía usted que Vangie Lewis iba a tener un hijo oriental?

Conque de eso se trataba. Con toda tranquilidad, explicó:

–Mistress Lewis estaba aterrorizada ante la perspectiva de dar a luz. Eso lo explica todo, ¿no creen? Sabía que nadie creería que su marido era el padre de la criatura.

Luego le preguntaron sobre Anna Horan y Maureen Crowley. Se acercaban. Cada vez se acercaban más. Como perros que husmean y acorralan a su presa.

–Estas dos jóvenes son el típico exponente de las muchas que quieren abortar y luego culpan al médico cuando sufren reacciones emocionales. No es raro. Por si lo ignoran, pregúntenle a cualquiera de mis colegas.

Richard escuchaba mientras Scott seguía con el interrogatorio. Deprimido, pensó que el fiscal tenía razón. En su conjunto, todo significaba algo; por separado, todo era refutable y lógico. Y excepto que pudieran explicar las muertes de los casos de maternidad, sería imposible acusar de nada al doctor Edgar Highley y conseguir, además, que dicha acusación fuera razonable.

Highley parecía un hombre muy seguro, muy preparado. Richard intentó pensar cómo reaccionaría su padre, neurólogo, ante la muerte injusta de uno de sus pacientes. ¿Cómo reaccionaría Bill Kennedy? ¿Cómo reaccionaría él, Richard, como persona y como médico? No como este hombre. No con ese sarcasmo ni esa sorna. Se trataba de una actuación. Richard estaba seguro de que Edgar Highley actuaba. Pero ¿cómo podría probarlo? Con deprimente certeza, sabía que nunca encontraría nada incriminador en los archivos de Highley. El doctor era demasiado listo para eso.

En aquel momento Scott le preguntó acerca del bebé de los Berkeley.

–Doctor, ¿se ha dado usted cuenta de que mistress Elizabeth Berkeley ha dado a luz a una niña con ojos verdes? ¿Existe alguna posibilidad médica de que ocurra algo así cuando tanto sus padres como todos sus abuelos tienen los ojos negros?

–Yo diría que no. Pero es evidente que mister Berkeley no es el padre del niño.

Ni Scott ni Richard habían esperado que lo admitiera.

–Ello no quiere decir que yo sepa quién es el padre –dijo sin inmutarse Edgar Highley–. Aunque tengo serias dudas de que sea de la incumbencia del ginecólogo. Si mi paciente desea decirme que su esposo es el padre de su hijo, que lo haga.

«¡Qué vergüenza!», pensó el doctor Highley. Tendría que retrasar la llegada de la fama un poco más. Ahora no podría admitir el éxito que había obtenido con el bebé de los Berkeley. Pero ya cosecharía otros éxitos.

Scott miró a Richard, suspiró y se puso de pie.

–Cuando vaya mañana a su consulta, doctor Highley, se enterará de que nos hemos apropiado de todos los archivos de su hospital y de su despacho. Estamos muy interesados en el número de muertes a la hora de dar a luz en el hospital Westlake. Este asunto está siendo investigado concienzudamente.

Pisaba terreno seguro.

–Les invito a que hagan una investigación minuciosa de todos los historiales médicos de mis pacientes –dijo el doctor Highley–. Puedo asegurarles que la proporción de muertes por maternidad en el hospital Westlake es notablemente baja debido a los muchísimos casos de que nos ocupamos.

El olor de la fondue llenaba la casa. Deseaba comer. Tenía mucha hambre. Y a menos que lo removiera, sin duda alguna se quemaría. Solo unos minutos más.

Sonó el teléfono.

–Dejaré que el servicio de contestador tome el mensaje –dijo.

Pero entonces supo que no podía obrar así. Indudablemente le llamarían desde el hospital para comunicarle que mistress DeMaio aún no había llegado a su casa y que su hermana estaba frenética. Aquella sería una estupenda oportunidad para decir al fiscal y al doctor Carroll que Katie había desaparecido.

–Le habla el doctor Highley.

–Le habla el teniente Weingarden de la comisaría Diecisiete de Nueva York, doctor. Acabamos de detener a un hombre que responde a la descripción de la persona que anoche robó un maletín del maletero de su coche.

El maletín.

–¿Lo han recuperado?

Algo en su voz le traicionaba. El fiscal y el doctor Carroll le observaban con curiosidad. El fiscal se acercó a la mesa y sin disimulo cogió la otra extensión del teléfono.

–Sí, hemos recuperado su maletín, doctor. Y de eso precisamente se trata. Algunas de las cosas que hemos hallado dentro podrían dar origen a acusaciones mucho más serias que la de robo. ¿Podría describirme el contenido del maletín, doctor?

–Algunas medicinas, ya sabe, casi todas de carácter esencial, un botiquín de urgencias.

–¿Qué sabe usted de una carpeta relativa a una enferma de la consulta del doctor Emmet Salem, de un pisapapeles pegajoso que parece ensangrentado y de un zapato viejo?

Sintió sobre sí la duda y la inquisitiva mirada del fiscal.

Cerró los ojos. Cuando habló, su voz pareció notablemente controlada.

–¿Está usted bromeando?

–Es lo que pensé que me iba a decir, señor. Estamos trabajando en colaboración con la fiscalía del condado de Valley en lo referente a la sospechosa muerte del doctor

Emmet Salem. Ahora llamaré al fiscal. Es posible que el sospechoso haya matado al doctor Salem cuando iba a robarle. Gracias, señor.

Entonces oyó cómo Scott Myerson le ordenaba al policía de Nueva York:

–¡No cuelgue!

Lentamente, colocó el auricular sobre el receptor. Todo había acabado. Ahora que ya tenían el maletín todo había acabado. Cualquier oportunidad de salir de aquel enredo y librarse de la investigación, había desaparecido.

El pisapapeles pegajoso con la sangre de Emmet Salem, la carpeta médica de Vangie Lewis, que contradecía la información del archivo de su consulta, el zapato... Aquel miserable y sucio zapato.

Si el zapato casaba con el otro...

Bajó la vista y la clavó en sus pies. Contempló objetivamente la pátina que había sobre sus hermosos zapatos de cordobán inglés.

Ahora no se detendrían ante nada, hasta que encontrasen las carpetas auténticas. Si el zapato te queda bien, póntelo.

Los mocasines nunca le habían quedado bien a Vangie Lewis. Pero la suprema ironía era que a él sí le quedaban bien. Con la misma certeza que si hubiese caminado con ellos puestos, aquel calzado le unía a las muertes de Vangie Lewis, Edna Burns y Emmet Salem.

Una risa histérica le corría por dentro y hacía temblar su estólido esqueleto. El fiscal terminó de hablar por teléfono y con voz normal le dijo:

–Doctor Highley, queda usted detenido por el asesinato del doctor Emmet Salem.

Edgar Highley observó cómo el detective que estaba sentado a la mesa se ponía de pie con presteza. Hasta ahora no había advertido que aquel hombre había estado tomando notas. Entonces vio cómo sacaba un par de esposas del bolsillo.

Esposas, cárcel, juicio. Muchísimas personas opinando sobre él, juzgándole. Él, que había conquistado el acto esencial de la vida, el proceso del nacimiento, era un prisionero común.

Se puso de pie. Aquella fuerza indomable volvía a él. Había hecho una operación. A pesar de su brillantez, había fallado. El paciente estaba clínicamente muerto. No había otra cosa que hacer, salvo apagar los aparatos que ayudaban a sostener la vida.

El doctor Carroll le miraba con curiosidad. Desde que se conocieron, el miércoles por la noche, se había mostrado hostil. De alguna forma Edgar Highley estaba seguro de que Richard Carroll había sido quien había desviado las sospechas hacia él. Pero él ya tenía la venganza. La muerte de Katie DeMaio sería la venganza contra Richard Carroll.

El detective se aproximaba. En las esposas brilló por un momento el fuego de la chimenea.

Le sonrió educadamente.

–Acabo de acordarme de que tengo unos cuantos historiales médicos que pueden interesarles –dijo.

Se acercó a la pared y apretó el resorte que mantenía el panel en su sitio. Este se deslizó y, mecánicamente, el doctor abrió la caja fuerte. Aún tenía tiempo de coger las carpetas y tirarlas a la chimenea. El fuego que Hilda había encendido ardía con una llama muy viva. Antes de que pudieran detenerle se desprendería de los papeles más importantes.

No. Sería mejor que conocieran al genio y lamentaran su pérdida.

Sacó las carpetas de la caja y las colocó en la mesa. Todos le miraban fijamente. Carroll se aproximó a la mesa. El fiscal aún tenía una mano en el teléfono. Un detective esperaba con las esposas. El otro acababa de entrar de nuevo en la habitación. Posiblemente había registrado la casa... Perros que acorralaban a su presa.

–¡Ah! ¡Hay otro caso que querrán conocer!

Se acercó a la mesa que había junto a la butaca que estaba al lado de la chimenea y cogió el whisky. Volvió a la caja fuerte y bebió, como si no quisiera la cosa. En el fondo de la caja fuerte estaba el vial. Lo había colocado allí el lunes por la noche, por si tenía que usarlo algún día, en un futuro. El futuro era ahora. Nunca esperó acabar de esta manera, pero aún estaba en total posesión de la vida y de la muerte. La suprema decisión solo podía tomarla él.

Un olor a quemado impregnaba la casa. Lamentó que fuera la fondue.

Al llegar junto a la caja obró con presteza. Abrió el vial y echó los cristales de cianuro en el vaso; mientras la comprensión se reflejaba en el rostro de Richard, alzó el vaso fingiendo un brindis.

–¡No!

Richard gritó y corrió desde el otro extremo de la habitación mientras Edgar Highley se llevaba el vaso a los labios y bebía el contenido. De un golpe Richard tiró el vaso a un lado mientras el médico caía, aunque ya sabía que era demasiado tarde. Los cuatro hombres observaron inútilmente mientras los gritos y gruñidos de Highley se apagaban en un silencio sobrecogedor.

–¡Dios mío! –exclamó el detective más joven, y salió de la biblioteca con el rostro pálido.

–¿Por qué lo ha hecho? –preguntó el otro detective–. ¡Qué forma tan espantosa de morir!

Richard se inclinó sobre el cuerpo. El rostro de Edgar Highley estaba contraído, la espuma le quemaba los labios, los sobresalientes ojos grises estaban abiertos y fijos. «¡Y pensar que podría haber hecho tanto bien!», pensó Richard.

Sin embargo, había sido un genio egocéntrico y usó el don que Dios le dio para experimentar con la vida.

–Tan pronto como me puse al habla con el policía de Nueva York supo que ya no podría mentir ni salir de esta –dijo Scott–. Tenías razón, Richard.

Richard se enderezó, fue hasta la mesa y leyó los nombres de las carpetas: BERKELEY. LEWIS.

–Estos eran los archivos que estábamos buscando.

Abrió el de Berkeley. La primera página comenzaba así:

Elizabeth Berkeley, 29 años de edad. Hoy se ha convertido en paciente mía. Nunca concebirá un hijo propio. He decidido que será mi próxima paciente extraordinaria.

–Esto forma parte de la historia de la medicina –dijo Richard, sereno.

Scott estaba de pie, junto al cadáver, y farfulló:

–Y pensar que este loco era el médico de Katie.

Richard levantó la vista, dejó de leer el archivo y preguntó:

–¿Qué has dicho? ¿Quieres decir que Highley trataba a Katie?

–Tuvo consulta con él el miércoles –replicó Scott.

–¿Que tuvo qué?

–Me lo contó por casualidad cuando...

El teléfono le interrumpió. Scott lo cogió.

–Dígame.

Luego añadió:

–Lo siento, pero no le habla el doctor Highley. ¿Quién le llama, por favor?

La expresión de su rostro cambió. Se trataba de Molly Kennedy.

–¡Molly!

Richard le miró y la aprensión le tensó los músculos del cuello. Mientras, Scott decía:

–No, no puedo pasarte al doctor Highley. ¿De qué se trata?

Se quedó escuchando y luego cubrió el auricular con la mano al tiempo que decía:

–¡Dios mío! ¡Highley hizo que Katie ingresase hoy en el hospital Westlake y ha desaparecido!

Richard le arrancó el teléfono de las manos.

–Molly, ¿qué ha pasado? ¿Por qué ingresó Katie? ¿Qué quieres decir con eso de que Katie no está?

Se quedó escuchando.

–¡Vamos, Molly! Katie nunca se marcharía de un hospital. ¡Tú deberías saberlo! Espera.

Soltó el auricular y buscó rápidamente entre las carpetas que había encima de la mesa. Entre las útimas del montón encontró la que temía ver: DEMAIO, KATHLEEN. La abrió y la leyó con la mayor prisa posible mientras su rostro palidecía.

Con la calma de la desesperación, cogió el teléfono y dijo:

–Dile a Bill que se ponga, Molly.

Mientras Scott y los detectives escuchaban, dijo:

–Bill, Katie se está desangrando en algún sitio del hospital Westlake. Llama al laboratorio del Westlake. Necesitaremos una botella de sangre cero negativa en cuanto encontremos a Katie. Diles que se preparen para hacer un análisis de sangre y averiguar el recuento de hemoglobina, hematocritos y grupo sanguíneo. Y que preparen inmediatamente cuatro unidades de otras sangres que se puedan poner mediante transfusión y en un quirófano.

Cortó la comunicación.

«Increíble –pensó–. Todavía se puede funcionar sabiendo que ya es demasiado tarde.» Se volvió al detective que estaba en la mesa.

–Llama al hospital y di a la patrulla que efectúa el registro que salga del despacho de Highley y empiece a buscar a Katie. Diles que busquen en todas partes: en todas las habitaciones, en todos los armarios empotrados. Haz que les ayude todo el personal del hospital. Un solo segundo es vital.

Sin esperar a que le dieran instrucciones, el detective más joven salió corriendo para poner en marcha el coche mientras Scott decía:

–¡Vámonos, Richard!

Este cogió la carpeta de Katie.

–Tenemos que saber todo lo que le ha hecho.

Al salir, miró el cadáver de Edgar Highley, por unos segundos había llegado demasiado tarde para evitar su muerte. ¿Sería también demasiado tarde para salvar a Katie?

Se metió con Scott en el asiento posterior del coche patrulla, que corrió a toda velocidad a través de la noche. Hacía más de una hora que Highley había inyectado a Katie la heparina. Y aquel medicamento actuaba con mucha rapidez.

«Katie –pensó–. ¿Por qué no me lo dijiste? ¿Por qué creías que tenías que pasarlo todo tú sola? Nadie puede, nadie. Qué bien podríamos vivir los dos juntos, Katie. ¡Oh, Katie! Podríamos tener lo que Bill y Molly tienen. ¡Está esperándonos! Katie, tú también lo pensabas así y has luchado contra ello. ¿Por qué, por qué? Te hubiera bastado con confiar en mí, con decirme que te trataba Highley. Nunca te hubiera dejado acercarte de nuevo a él. ¿Por qué no me di cuenta de que estabas enferma? ¿Por qué no te obligué a decírmelo? Te necesito, Katie. No te mueras, Katie. Espera. Déjame encontrarte. No te vayas, Katie...»

Habían llegado al hospital. Los coches patrulla rugían mientras entraban en el aparcamiento. El grupo subió las escaleras hasta llegar al vestíbulo. Phil, con una cara en la que se marcaban las arrugas de la preocupación, estaba al mando de la búsqueda.

Bill y Molly entraron corriendo en el vestíbulo. Molly lloraba y Bill estaba completamente sereno.

–John Pierce viene hacia aquí. Es el mejor hematólogo de Nueva Jersey. Además, aquí tienen mucha sangre y podemos coger más en el banco de sangre. ¿La has encontrado?

–Aún no.

Las puertas de la escalera de incendios que estaban medio entornadas se abrieron de golpe. Un joven policía entró corriendo.

–Está en el piso del depósito de cadáveres. Creo que está muerta.

Segundos después, Richard la acunaba entre sus brazos. La piel y los labios de Katie eran de color ceniza y Richard no sentía latir su corazón.

–Katie, Katie.

Bill le cogió por un hombro.

–Vamos arriba. No debemos perder ni un minuto, si es que se puede hacer algo.

80

Katie estaba en un túnel. Al final había una luz. Había calor al final del túnel. Sería muy fácil dejarse llevar.

Pero alguien le impedía marchar. Alguien la detenía. Una voz, la voz de Richard.

–No te vayas, Katie, no te vayas.

Ella no quería volverse. Era demasiado oscuro, demasiado duro.

Sería mucho más fácil dejarse ir.

–No te vayas, Katie.

Suspirando, ella se volvió y empezó a desandar el camino.

81

El lunes por la noche Richard entró de puntillas en la habitación llevando una docena de rosas en la mano. Desde el domingo por la mañana Katie estaba fuera de peligro.

Pero no había estado lo bastante despierta para decir más de una o dos palabras.

La miró.

Katie tenía los ojos cerrados. Richard decidió salir y pedir a la enfermera que le diese un jarrón.

–Pónmelas cruzadas sobre el pecho.

Richard se volvió.

–¡Katie! –Acercó una silla–. ¿Cómo te encuentras?

Abrió los ojos e hizo un mohín al aparato de la transfusión.

–Me han dicho que los vampiros están de huelga. Les estoy dejando sin trabajo.

–Estás mucho mejor.

Richard esperó que la súbita humedad que apareció en sus ojos no fuese visible.

Pero Katie lo notó.

Y con la mano que tenía libre, suavemente, se acercó y le pasó un dedo por debajo de los párpados.

–Por favor, antes de que vuelva a dormirme cuéntame lo que pasó. De lo contrario me despertaré a las tres de la mañana y trataré de buscar yo la solución. ¿Por qué mató Edgar Highley a Vangie?

–Experimentaba con las pacientes, Katie. Desde luego, ya has oído hablar del bebé probeta de Inglaterra. Pero era mucho más ambicioso para limitarse a hacer nacer niños en tubos para sus padres naturales. Lo que se proponía era tomar fetos de mujeres que abortaban e implantarlos en los úteros de mujeres estériles. Y lo logró. En estos ocho años aprendió cómo inmunizar a la madre receptora para que no rechazase un feto extraño.

Hizo una pausa.

Luego prosiguió:

–Tuvo un éxito completo. He enseñado sus archivos al laboratorio de investigaciones sobre la fertilidad del hospital Monte Sinaí. Y me han dicho que la investigación de Edgar Highley significa un salto de años luz en lo referente a blastocistos y embriones.

Luego siguió diciendo:

–Después de este éxito quiso conseguir otros. Anna Horan, una mujer que abortó, afirma que cambió de opinión respecto a la operación, pero que la durmió y le sacó el feto cuando estaba inconsciente. Anna tenía razón. En el quirófano contiguo esperaba Vangie Lewis para que le hicieran el trasplante. Vangie creía que solo le iban a hacer un tratamiento que la ayudaría a quedar embarazada de un hijo propio. Highley nunca creyó que Vangie retuviese tanto tiempo el feto oriental. Aunque llegó a perfeccionar su sistema hasta tal punto que el aspecto racial de la cuestión no era, en realidad, digno de ser tenido en cuenta.

Hizo otra pausa:

–Cuando Vangie no abortó espontáneamente, Highley se sintió tan fascinado con sus investigaciones que fue incapaz de pensar en destruir el feto. Y decidió que naciera. Además, ¿quién le iba a culpar porque Vangie tuviera un hijo con rasgos orientales? La madre natural del feto, Anna Horan, está casada con un hombre de raza blanca.

–¿Logró vencer el sistema de inmunidad?

Katie se acordó de aquellos elaborados gráficos de las clases de ciencias que había hecho en el bachillerato superior.

–Sí. Y sin causarle ningún daño al niño. El peligro que corría la madre era mucho mayor. Highley mató a dieciséis mujeres en los últimos ocho años. Vangie estaba muy enferma, cada día peor. Por desgracia, se tropezó con Highley el lunes pasado por la noche, cuando salía de ver a Fukhito. Y le dijo a Highley que pensaba ir a consultar a su antiguo doctor de Mineápolis. Ello hubiera representado un gran riesgo, ya que la probabilidad de Vangie era de una entre un millón. Cualquier ginecólogo que la hubiese tratado lo habría sabido.

Tragó saliva.

–Y cuando Vangie mencionó el nombre de Emmet Salem, dictó su sentencia de muerte. Highley sabía que Salem habría adivinado lo sucedido cuando Vangie diera a luz a un niño con rasgos orientales y luego jurase que nunca había tenido nada que ver con un hombre de esa raza. Salem estaba en Inglaterra cuando murió la primera esposa de Highley y se enteró del escándalo. Y de momento basta. Todo lo demás puede esperar. Se te están volviendo a cerrar los ojos.

–No... Tú dijiste que Highley tuvo un éxito. ¿Pudo implantar un feto y hacer que naciera?

–Sí. Y si te hubieras quedado cinco minutos más en la cena que dio Molly el lunes pasado por la noche, y hubieses visto el bebé de los Berkeley, habrías adivinado quién era su madre natural. Liz Berkeley dio a luz a la hija de Maureen Crowley.

–¡La hija de Maureen Crowley!

Katie abrió los ojos totalmente despabilada e intentó luego incorporarse.

–Calma. Que si no se saldrá la aguja.

Con suavidad, Richard apoyó las manos en los hombros de Katie e hizo que volviera a recostarse.

–Highley tenía historias médicas completas de todo lo que hizo desde el momento en que Maureen abortó hasta que le implantó el feto a Liz. Y enumeró todos los medicamentos, todos los síntomas y todos los problemas hasta el momento del alumbramiento.

–¿Y Maureen lo sabe?

–Creo que lo único que se podía hacer era decírselo a ella y a los Berkeley y dejar que leyesen el historial. Jim Berkeley creía que su esposa le había mentido, aceptando la inseminación artificial. Además, tú sabes muy bien qué pensaba Maureen del aborto. Eso la estaba destrozando. Ha ido a ver a su hija y es una mujer feliz, Katie.

»La habría entregado para que la adoptaran si la hubiese traído ella misma al mundo. Pero ahora que ha visto a Maryanne y comprobado lo locos que están los Berkeley con la niña, se siente en el séptimo cielo. Aunque me parece que vas a perder una buena secretaria. Maureen va a continuar sus estudios el próximo otoño.

–¿Y qué me dices de la madre del hijo de Vangie?

–Anna Horan está destrozada. Mucho, muchísimo, con lo del aborto. Creímos que era innecesario hacerle saber que su hijo habría nacido si Highley no hubiera matado a mistress Vangie la semana pasada. Anna tendrá otros hijos.

Katie se mordió un labio. No le quedaba más remedio que hacer aquella pregunta que temía formular:

–Richard, por favor, dime la verdad. Cuando me encontraron, me estaba desangrando. ¿Qué tuvieron que hacer para detener la hemorragia?

–Tú estás bien. Te hicieron un legrado. Y estoy seguro de que ya te lo han dicho.

–Pero ¿eso fue todo?

–Eso fue todo, Katie. Aún puedes tener una docena de hijos, si quieres.

La mano de él se acercó para cubrir la de Katie. Aquella mano había estado a su lado, había tirado de ella cuando había estado tan cerca de la muerte.

Aquella voz había hecho que desease regresar.

Durante un prolongado silencio se quedó mirando a Richard. «¡Oh, cómo te quiero –pensó–, cuánto te quiero!»

La expresión preocupada e inquisitiva de él se convirtió de pronto en una sonrisa.

Era evidente que se sentía satisfecho por lo que leía en el rostro de Katie.

Ella le devolvió la sonrisa.

–Estás muy seguro de ti mismo. ¿No es verdad, doctor? –le preguntó con doble intención.

Título de la edición original: *The Cradle Will Fall*
Traducción del inglés: Clara Janés,
cedida por Plaza & Janés Editores, S. A.
Diseño: Joaquín Monclús
Fotografía de la sobrecubierta: Index

Círculo de Lectores, S. A. (Sociedad Unipersonal)
Travessera de Gràcia, 47-49, 08021 Barcelona
www.circulo.es
3 5 7 9 3 0 0 2 8 6 4 2

Licencia editorial para Círculo de Lectores
por cortesía de la autora.

Depósito legal: B. 361-2003
Fotocomposición: gama, s. l., Barcelona
Impresión y encuadernación: Printer industria gráfica, s. a.
N. II, Cuatro caminos s/n, 08620 Sant Vicenç dels Horts
Barcelona, 2003. Impreso en España
ISBN 84-226-9403-4
N.° 43505